A SERPENTE E O LOBO

HERANÇA SOMBRIA – LIVRO 1

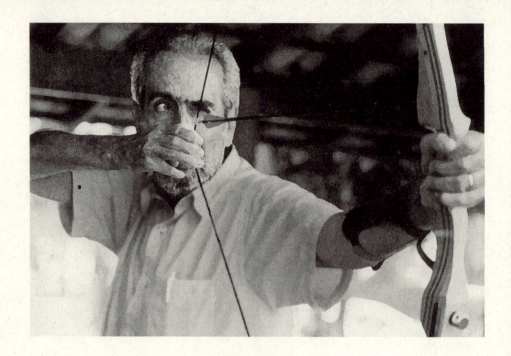

O Arqueiro

GERALDO JORDÃO PEREIRA (1938-2008) começou sua carreira aos 17 anos, quando foi trabalhar com seu pai, o célebre editor José Olympio, publicando obras marcantes como *O menino do dedo verde*, de Maurice Druon, e *Minha vida*, de Charles Chaplin.

Em 1976, fundou a Editora Salamandra com o propósito de formar uma nova geração de leitores e acabou criando um dos catálogos infantis mais premiados do Brasil. Em 1992, fugindo de sua linha editorial, lançou *Muitas vidas, muitos mestres*, de Brian Weiss, livro que deu origem à Editora Sextante.

Fã de histórias de suspense, Geraldo descobriu *O Código Da Vinci* antes mesmo de ele ser lançado nos Estados Unidos. A aposta em ficção, que não era o foco da Sextante, foi certeira: o título se transformou em um dos maiores fenômenos editoriais de todos os tempos.

Mas não foi só aos livros que se dedicou. Com seu desejo de ajudar o próximo, Geraldo desenvolveu diversos projetos sociais que se tornaram sua grande paixão.

Com a missão de publicar histórias empolgantes, tornar os livros cada vez mais acessíveis e despertar o amor pela leitura, a Editora Arqueiro é uma homenagem a esta figura extraordinária, capaz de enxergar mais além, mirar nas coisas verdadeiramente importantes e não perder o idealismo e a esperança diante dos desafios e contratempos da vida.

REBECCA ROBINSON

A SERPENTE E O LOBO

Traduzido por
Isadora Prospero

Título original: *The Serpent and the Wolf*

Copyright © 2024 por Rebecca Gilmore
Copyright da tradução © 2025 por Editora Arqueiro Ltda.
Publicado mediante acordo com Baror International, Inc., Armonk, Nova York.

Todos os direitos reservados. Nenhuma parte deste livro pode ser utilizada ou reproduzida sob quaisquer meios existentes sem autorização por escrito dos editores.

coordenação editorial: Gabriel Machado
produção editorial: Guilherme Bernardo
preparo de originais: Beatriz D'Oliveira
revisão: Carolina Rodrigues e Rachel Rimas
diagramação: Guilherme Lima e Natali Nabekura
capa: dtv a partir do design de Math Monohan
imagens de capa: AGB Photo; iStock; Vecteezy
adaptação de capa: Miriam Lerner / Equatorium Design
impressão e acabamento: Lis Gráfica e Editora Ltda.

CIP-BRASIL. CATALOGAÇÃO NA PUBLICAÇÃO
SINDICATO NACIONAL DOS EDITORES DE LIVROS, RJ

R556s

Robinson, Rebecca
 A serpente e o lobo / Rebecca Robinson ; tradução Isadora Prospero. - 1. ed. - São Paulo : Arqueiro, 2025.
 352 p. ; 23 cm.   (Herança sombria ; 1)

 Tradução de: The serpent and the wolf
 ISBN 978-65-5565-807-1

 1. Romance americano. I. Prospero, Isadora. II. Título. III. Série.

25-97500.0

CDD: 813
CDU: 82-31(73)

Meri Gleice Rodrigues de Souza - Bibliotecária - CRB-7/6439

Todos os direitos reservados, no Brasil, por
Editora Arqueiro Ltda.
Rua Artur de Azevedo, 1.767 – Conj. 177 – Pinheiros
05404-014 – São Paulo – SP
Tel.: (11) 2894-4987
E-mail: atendimento@editoraarqueiro.com.br
www.editoraarqueiro.com.br

*Para Ben, que segurou minha mão no escuro
enquanto eu descobria minha magia.
Você ainda é a coisa mais amável que já me aconteceu.*

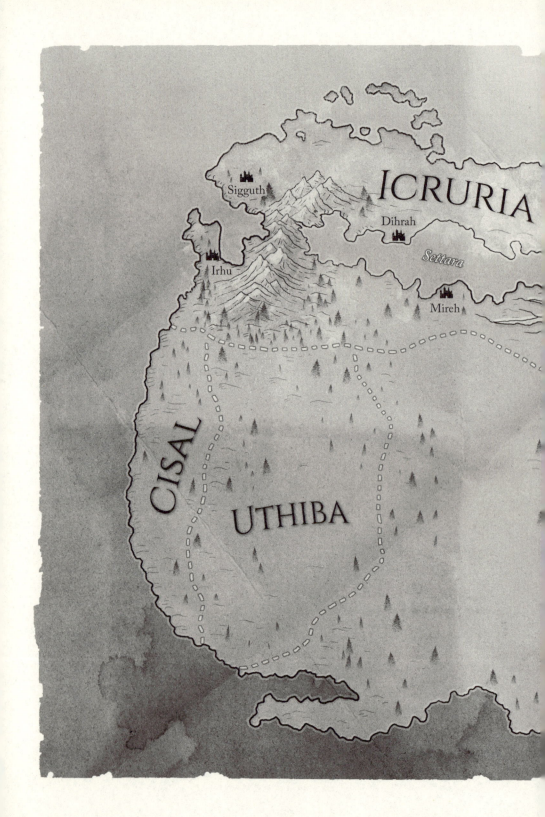

CAPÍTULO

1

Com uma corda sob um travesseiro e uma pequena lâmina escondida embaixo de outro, Vaasalisa Kozár se esgueirava por um cômodo mal iluminado do Grande Templo de Mireh.

Não estaria ali quando o sol nascesse.

As pessoas dançando no salão no andar de baixo do imenso templo eram a distração perfeita, com aquela música alta irritante e as danças em grupo, absortas em si mesmas e no hidromel, sem dar a mínima para a noiva ou o noivo.

Ela desprezava cada um dos presentes naquele grande salão. Cada pessoa que tinha comparecido àquela cerimônia que não passava de uma farsa.

Em especial seu irmão, Dominik, com o sorriso de serpente e o lustroso cabelo preto. Enquanto tirava o vestido de casamento, branco e horrendo, fantasias violentas pulsavam em sua mente. Tinha vontade de arrancar aquele cabelo e silenciar a risada insolente.

Mas a morte dele não era sua prioridade. De toda forma, Dominik já tinha voltado ao seu palácio e às suas lindas mulheres, em Asterya, o império natal deles. Ela não se importava com os motivos para a víbora do irmão lhe arranjar aquele casamento poucos meses após a morte do pai, poucas *semanas* após a morte da mãe. Era imperdoável. Era o tipo de coisa pela qual alguém podia perder a vida.

Vaasa não sabia se a morte seria o destino de Dominik, mas decidira que aquele casamento não seria o dela.

Tinha poucos minutos antes que o infeliz do seu marido viesse encontrá-la.

Reid de Mireh era um guerreiro enorme e brutal, o guardião de território mais jovem que Icruria já vira, e de longe o mais notório. *O lobo de Mireh*. Ele tinha olhado para o vestido branco dela como se detestasse a ausência de cor – como se detestasse Vaasa, talvez. Aquela nação exaltava cores fortes e matizes brilhantes, então ela deixou de lado a camisola branca que planejara usar e a trocou por uma vermelha, que ia apenas até o meio da coxa e tinha uma fenda que subia até o quadril direito. A seda fria deslizou pelo corpo. Deixando sua bolsa discretamente perto da janela, afundou nos lençóis de seda e cruzou as pernas de um jeito que as fazia parecer mais longas. De um jeito que esperava conseguir enredar Reid de Mireh.

Vaasa tinha estudado aquela nação à exaustão – assim como todas as outras ameaças ao reinado da família. Embora ninguém tivesse conseguido se infiltrar na Icruria ocidental e voltar vivo, a violência dominava os territórios orientais, que estavam à beira de uma guerra declarada contra Asterya. A república de Icruria começara como seis cidades-Estados independentes, unidas havia gerações. Os tutores de Vaasa tinham enfatizado sua estrutura política incomum: o governante eleito de Icruria, chamado de grande mestre, mudava a cada dez anos e era escolhido entre os guardiões dos seis principais territórios. Os cinco que não eram eleitos se tornavam os conselheiros do mestre. Eles o orientavam e, por fim, eram seus votos que selecionavam o governante seguinte. Dizia-se que o novo marido de Vaasa era a escolha mais óbvia para se tornar o próximo governante de Icruria – um senhor da guerra perigoso e violento, conhecido por não ter misericórdia.

Se isso fosse verdade, a pequena fenda na camisola poderia ser sua maior vantagem – o tecido se abriu sobre sua perna quando Vaasa se remexeu na cama. Até senhores da guerra eram homens, afinal, e homens eram quase sempre responsáveis pela própria ruína.

Os dedos dela coçavam para pegar a corda sob o travesseiro. A lâmina.

O guardião de Mireh provavelmente esperaria que a herdeira de Asterya fosse uma mulher recatada e bem-comportada, não a assassina em que o pai a transformara – a filha impiedosa e manipuladora que ele tinha exigido. A primogênita de Asterya não seria uma noiva inútil... Ela seria uma arma.

Após a morte dos pais, Dominik se tornou o imperador só por causa do que pendia entre suas pernas.

E tudo que Vaasa ganhou foi Reid de Mireh.

Ela ouviu passos se aproximando no piso de pedra do lado de fora.

A inquietação fez seu estômago se revirar por um momento, mas ela a sufocou com a força de um golpe. Medo era a emoção mais perigosa que podia sentir, a emoção que invocava a maldição infecciosa que se espalhava sob sua pele. Vaasa a imaginava como uma serpente, enrodilhada em suas entranhas, pronta para dar o bote. Poderia muito bem matar todas as pessoas naquele templo se deixasse aquela força escapar. Poderia acabar se matando também. Era muito mais fácil continuar com raiva. Não era uma vulnerabilidade.

Era a única emoção a que a maldição parecia dar ouvidos.

A porta se abriu, e o guardião de Mireh entrou com passos suaves, ocupando a maior parte da entrada com seus ombros extremamente largos.

Seus olhos se encontraram.

Vaasa se recusava a ter medo daquele homem, não importava a força que visse nele.

Mas houve um sussurro por trás daquela força, choque ou confusão ao vê-la sentada daquele jeito em sua cama.

O guardião de Mireh se transformou em um homem diligente e deferente, pragmático e calmo. Seu rosto recém-barbeado a fez questionar o que encontraria naquela mandíbula tão rígida – presas ou alguma outra característica abominável, algo como a magia e os monstros que diziam vagar por Icruria.

Porém, ele parecia apenas humano, assim como ela, um pensamento que a assombrara desde a breve e vazia troca de votos que tinham feito. Jovem, confiante. Estava vestido de preto e roxo, o cabelo escuro preso com uma fita de couro, e seus olhos curiosos passearam por ela, que esperava pacientemente na cama. Vaasa suavizou seu olhar e deixou a boca se curvar em um sorrisinho impressionado. Olhos dourados desceram para observar aquela boca. O guardião de Mireh era uma mosca na teia, com certo desejo mostrando-se no canto de sua mandíbula. Parecia um verdadeiro conquistador.

Vaasa ia desfrutar da sua fuga.

Saindo da cama, ela se aproximou. Reid não se moveu. Observou-a andar até parar bem na frente dele.

– Você fica bem de vermelho.

O sotaque ocidental dele flutuou entre os dois no idioma comercial dos icrurianos, seus olhos erguendo-se para encontrar o oceano dos olhos dela.

– Você não pareceu gostar do branco – disse ela.

Os lábios dele se contraíram de surpresa antes de se abrirem em um sorriso genuíno.

– Desconfio que você seria capaz de parar meu coração vestindo qualquer cor.

Belas palavras. Erguendo a mão até o peito dele, no ponto bem acima do coração, Vaasa abriu os dedos e encostou a palma na seda do traje de casamento drapeado. Em vez de usar palavras, que raramente faziam jus a qualquer situação, deslizou as mãos para os botões da capa dele, bem na curva do pescoço, e começou a abri-los. Com cuidado, afastou o tecido frio dos seus ombros e expôs mais do seu peito nu.

Ele tirou a peça de suas mãos e a colocou delicadamente na cadeira que havia à esquerda.

Ela estendeu as mãos para o traje cruzado no peito, enfiando os dedos pelo tecido.

Reid a observou em silêncio, os olhos um pouco desconfiados, mas a respiração já ficando acelerada.

Ela tirou o traje cerimonial e se permitiu dar uma boa olhada em seu peito nu, de músculos definidos, coberto por uma tatuagem intricada que se espalhava sobre a pele marrom-clara do ombro direito e pelo braço. A fragrância sutil de sal e âmbar alcançou seu nariz, um pouco doce e terrosa. Em qualquer outra situação, ela teria descrito o cheiro como irresistível. Teria admitido que o corpo dele, de pele marrom, iluminado por velas e coberto de tatuagens pretas, era mais atraente do que ela gostaria.

Mas não era para isso que estava ali.

Com desembaraço, correu um dedo até a cintura dele, então o guiou na direção da cama até que suas pernas encontrassem o colchão.

Perplexidade e excitação reluziam nos olhos de Reid, e ele entrelaçou os dedos nos dela, delicadamente levando sua mão aos lábios.

– Eu tinha esperança de que nos déssemos bem – disse Reid de Mireh.

Vaasa parou de morder o lábio inferior e abriu a boca para responder:

– Eu gostaria que isso acontecesse.

Pegando-a pela cintura, Reid os girou para guiá-la aos cobertores macios, indicando com a cabeça que ela se deitasse. Mantendo o olhar fixo no dele, Vaasa se acomodou na cama e subiu um pouco o corpo, só o suficiente para deixar a corda e a lâmina ao alcance de suas mãos.

A cama afundou quando ele apoiou os joelhos e se inclinou sobre ela. Só que aquela posição não funcionaria como Vaasa precisava.

Ela levou as mãos à calça do marido. Ele agarrou seu pulso.

– Você já fez isso antes, Vaasalisa?

Ela hesitou. Será que ele esperava castidade? Teria sido parte do acordo com o irmão dela?

– A verdade – pediu ele, erguendo a mão para afastar um fio de cabelo preto comprido de sua bochecha e descendo até o ombro dela. – A verdade sempre será melhor para nós.

A verdade era que os homens não sabiam distinguir uma virgem de um buraco numa árvore, não importava o quanto se enganassem. Ela duvidava que aquele homem ali soubesse. Mesmo assim, queria que ele a achasse inocente. Queria que a achasse dócil.

– Não – mentiu ela. – Mas ouvi dizer que é mais fácil para a mulher se ela estiver por cima. Se puder controlar a velocidade.

– E você quer fazer isso?

Se ela tivesse permitido, aquela pergunta – a severidade de sua boca firme e de seu cenho franzido – poderia tê-la paralisado.

– Sim, eu quero.

Ele tinha mesmo perguntado aquilo?

Reid assentiu, a empolgação retornando aos seus olhos tranquilos e aos ombros relaxados. Ele deslizou a mão até a base de suas costas e girou, colocando-se embaixo dela. Totalmente à sua mercê. Suas mãos eram delicadas, subindo pelas pernas dela, posicionando-se ao redor dos seus quadris.

– Então, por favor, continue – sussurrou ele.

Esse era o homem que governaria todas as cidades-Estados de Icruria por um ciclo inteiro?

Embaixo dela não havia lobo algum... só um tolo.

Fugir era a melhor escolha, então. Ele seria esmagado sob as botas de Asterya. O irmão dela não tinha interesse em negociações comerciais com um mero guardião de território, e ela não acreditava nas garantias que tinha recebido de que Reid se tornaria grande mestre ainda naquele ano. Ele era um dos seis guardiões de Icruria e, ao que tudo indicava, o território de Mireh era o mais longe que chegaria.

Vaasa levou a boca à bochecha dele, roçando os lábios na pele macia e recém-barbeada. Teria preferido a aspereza de uma barba – um pensamento que guardou baixo em seu ventre. Desceu mais, as mãos passando suavemente pelos ombros dele, as unhas correndo por sua pele e deixando arrepios pelo caminho. Levou os lábios ao peito dele. Quando ela ergueu os olhos, por baixo dos cílios, ele perdeu o ar por um momento.

Erguendo-se, ela beijou seu pescoço de novo, uma mão deslizando do ombro dele para baixo do travesseiro.

Com um movimento veloz, ela pegou a lâmina e a encostou no pescoço dele. Bem onde seus lábios tinham estado.

– Coloque as mãos na cabeça.

Paralisado, os olhos parecendo se acender em alerta, Reid de Mireh não se mexeu.

Então se mexeu.

Ele girou com o foco de um assassino; os dois rolaram, a força do movimento quase fazendo Vaasa soltar a faca. A perna de Reid se enfiou entre as dela e manteve a vantagem até Vaasa descer a lâmina pela coxa dele. Reid soltou um grunhido com o corte, e ela conseguiu empurrá-lo para longe. Usando o próprio impulso para ficar por cima de novo, Vaasa apertou a faca contra a jugular dele e o joelho em sua virilha, pronta para atacar.

Dessa vez, Reid congelou.

Vaasa apertou a lâmina mais forte contra a pele ensanguentada.

– Faça o que mandei ou esses lençóis vão ficar vermelhos.

Ele obedeceu devagar e com precisão. Ergueu os braços e os encostou nos lençóis acima da cabeça, e ela o sentiu se tensionar quando apertou o joelho com mais força em sua virilha. Vaasa usou a mão livre para enrolar a corda nos pulsos dele e apertá-la bem, amarrando a ponta à cabeceira. O processo todo não demorou mais que uma respiração, algo que ela tinha planejado antes de ele entrar pela porta. Aquele único momento de vulnerabilidade tinha passado, e ela novamente se rebelou contra seu pânico crescente.

A maldição em suas entranhas sibilou, lembrando-lhe que, mesmo se pudesse controlar o homem sob ela, não conseguia controlar a infecção em seus ossos.

– Me conte uma coisa – pediu Reid com uma calma letal. – Você planejou me matar desde o começo ou me viu e decidiu que eu não era bonito o bastante para você?

Havia grandes chances de que nenhuma alma viva os interromperia naquela noite. O corpo dele só seria encontrado pela manhã, e àquela altura Vaasa já estaria longe.

Ela começaria uma guerra contra a nação mais brutal do continente e deixaria Dominik pagar o preço.

Apertou a faca um pouco mais forte. Com os olhos arregalados, ele disse, ofegante:

– Você não precisa fazer isso.

As palavras dele voltaram para assombrá-la, enrodilhando-se em seu estômago. Misturaram-se com a magia, a adrenalina e a urgência.

E você quer fazer isso?

Por que aquela pergunta deveria importar? Um ato de gentileza não apagava as coisas que ela ouvira sobre ele, as histórias de selvageria que a mantiveram acordada à noite, com um medo incessante, desde o anúncio do casamento. O guardião mais jovem de Icruria, que obteve a posição antes dos trinta anos. Ninguém obtinha poder tão rápido sem cometer algum mal.

Mas algo a intrigava. Mudava o aspecto do homem embaixo dela.

Alguém brutal pedia permissão?

Uma névoa preta começou a redemoinhar na ponta dos dedos de Vaasa, lambendo a pele sob a mandíbula dele. Sua magia.

Vaasa estava perdendo o controle.

Sentindo o coração saltar, fez um corte raso no pescoço dele.

– Não venha atrás de mim, ou vou terminar o que comecei.

Saltando da cama, ela escondeu as mãos e a lâmina, calçando as botas e vestindo a capa grossa revestida de pele que ele lhe dera no jantar como presente de casamento. Tirou a fina aliança dourada e a deixou na cômoda. De trás dela vieram sons baixos enquanto ele se debatia, mas Vaasa sabia muito bem como atar um nó. Jogou sobre o ombro a bolsa que tinha deixado perto da janela; enfiara ali as sedas dele e qualquer coisa remotamente valiosa deixada no quarto. Amarrando a capa, se virou e encontrou Reid observando-a com perplexidade, uma fúria ardente flexionando seus músculos enquanto seus braços forçavam a corda.

Se ele tivesse agido mesmo com brutalidade, se tivesse feito jus às histórias que as pessoas cochichavam no império dela, Vaasa o teria matado sem pensar duas vezes.

E você quer fazer isso?

Apenas palavras, embora, de certa forma, uma ação também.

Uma ação que salvara a vida dele.

– Esses nós foram bem amarrados – comentou ele, os olhos fixos nos dela, aquele sotaque entrecortado se transformando num rosnado raivoso. – Você terá que me ensinar, para podermos trocar de lugar da próxima vez.

O desgraçado arrogante sorriu. *Sorriu*, como se achasse graça nela. Como se considerasse engraçado estar amarrado seminu na sua cama, na noite de núpcias.

Aquilo fez a maldição em suas entranhas e mãos começar a formigar. Começar a dançar em resposta às provocações dele. Escondendo as mãos da vista de Reid, Vaasa correu para abrir a janela. Ao se virar, viu um fio vermelho escorrendo pelo pescoço dele.

– Não haverá próxima vez, Vossa Alteza.

Ela saiu pela janela e a fechou silenciosamente. Através do vidro, ficou por um segundo vendo-o lutar contra os nós na cama. Observou a névoa preta que tomava suas mãos e ameaçava roubar toda a vida do seu corpo trêmulo.

Não podia permitir.

Fugiu pelo telhado do Grande Templo de Mireh, com o capuz da capa erguido para ocultar seu rosto, e desceu para a escuridão abaixo.

Primeiro, encontraria uma sodalidade: uma escola icruriana. Entretanto, não eram conhecimentos de história ou aritmética que buscava. Nenhuma magia pulsava em Asterya, mas a magia ali em Icruria era rara e tinha sido cobiçada pelo pai dela... e agora pelo irmão, que tinha tomado seu trono com igual crueldade.

Algumas pessoas costumavam chamar o pai dela de serpente.

Ele costumava chamar Vaasa de seu camaleão.

Misturando-se na multidão, como tinha nascido para fazer, ela fugiu da cintilante cidade de Mireh, vendendo as sedas de Reid para obter passagem para outra cidade-Estado. Se havia um lugar onde podia aprender sobre a maldição que aflige seus ossos, era em Dihrah, a Cidade dos Eruditos.

CAPÍTULO
2

Noite após noite, com um passe de acesso noturno em mãos, Vaasa entrava na Biblioteca de Una.

Normalmente, a torre de sete andares ficava abarrotada de acólitos em suas típicas túnicas, circulando por todos os andares e jogados nas poltronas e ao lado das mesas redondas, ocupando todo o espaço que queriam, com os narizes enfiados nos livros, lendo ou fingindo. Alguns levavam a sério seus estudos naquela sodalidade; outros, nem tanto. Vaasa aprendera a fazer a distinção depressa – e a agir como se pertencesse ao primeiro grupo.

Nos três meses desde que fugira de Mireh, aquela antiga biblioteca fora a única coisa que lhe dera qualquer consolo. Era o lugar mais silencioso da sodalidade.

Ela tinha aprendido a apreciar o silêncio.

Descobrira que Dihrah era conhecida não só por seus eruditos, mas por aquela biblioteca específica. O ateneu retangular mergulhava no subterrâneo, os sete andares se aproximando do centro do mundo, iluminados apenas pelas luzes douradas tremeluzindo em cada nível e pendendo do centro da torre. Com pisos de mármore marrom e vermelho polido, a biblioteca mística deixava Vaasa arrebatada. A primeira vez que a vira, ficara boquiaberta. Nada em Asterya era tão magnífico quanto aquele lugar, apesar do que certas pessoas orgulhosas queriam acreditar.

Quanto mais explorava a biblioteca, mais entendia por que a Icruria ocidental era tão isolada – seus territórios mais a oeste protegiam suas cidades como a um segredo. Aquela era só uma das seis sodalidades de Icruria. Os espiões do pai dela tinham se infiltrado em duas, no leste, mas nenhum dos homens mandados para o oeste tinha voltado. Vaasa não ficara em Mireh tempo suficiente para conhecer a cidade. Cortara o cabelo curto e se matriculara naquela sodalidade com um documento de identidade falsificado, e era só por isso que tinha acesso àquela biblioteca antiga. Só os estudantes de Dihrah eram permitidos ali.

Luminárias pendiam do centro da torre, balançando em alturas diversas, alimentadas pela pequena centelha de magia que os descendentes de Una carregavam. De cabeça baixa e com o capuz da túnica erguido, Vaasa caminhava o mais casualmente possível em meio às sombras lançadas pelo brilho dourado delas.

O melhor lugar para se esconder era em plena vista.

Se fosse reconhecida, Reid de Mireh – para não falar do irmão – viria atrás dela.

Vaasa desceu direto para o sexto andar, passando pelo lado ocidental, onde ficava a escassa seção de magia. Tinha esperado que a coleção fosse maior e mais útil, com textos atualizados. Nas semanas que passara vasculhando o lugar, não pôde evitar a sensação de que estava deixando algo passar. Como se houvesse uma verdade escondida naquela biblioteca, esperando para ser descoberta. Até o momento, não ouvira a magia ser discutida abertamente pelos acólitos, quase como se fosse tão sagrada, tão incompreendida, que não pudesse ser compartilhada nem entre eles.

Com passos suaves, percorreu uma das muitas fileiras de livros encadernados em couro e tirou seu próximo conjunto de textos da estante – autores com o sobrenome começando com V. Em vez de volumes sobre magia em si, vinha recorrendo a textos antigos sobre os deuses e deusas icrurianos. Os livros estavam empilhados na mesa que escolhera, a mais próxima da parede de pedra, como ficavam toda vez que ela tinha a liberdade de ler o que queria. Vaasa planejava permanecer sentada ali até amanhecer, pesquisando. Muitas vezes chegava às primeiras aulas sonolenta e bocejando, mas com algumas xícaras de chá se recuperava. Ali embaixo, na biblioteca, conseguia respirar. Ninguém ficaria desconfiado ao vê-la ali, isso se a vissem, e a maioria das pessoas que se encontrava lá tão tarde estava ocupada demais com as próprias tarefas para se importar com ela.

Vaasa mergulhou nos textos, perdendo a noção do tempo.

Já tinha aprendido sobre os deuses e deusas que davam nome às sodalidades icrurianas, sobre como a magia que pulsava em Icruria supostamente vinha dessas divindades em si. Já lera sobre curandeiros e manipuladores de elementos, até alguns textos históricos sobre a época anterior à unificação de Icruria, quando guerras por magia e linhagens fizeram os rios correrem vermelhos. A maioria dos livros detalhava Una, o deus que aquela biblioteca específica homenageava.

Mas ele manipulava a luz, não uma névoa preta de morte que se esgueirava sob a pele das pessoas.

Ela correu os olhos pelas páginas em busca de uma descrição, a imagem em sua mente distinta e perturbadora. Como uma serpente. A maldição era como veneno e presas, escamas e aflição. Lendo, lendo, lendo, ela topou com uma palavra que nunca tinha visto: *Veragi*.

A deusa da feitiçaria.

A maior parte do texto era uma história inócua sobre o caso de amor dela com Setar, o deus da linguagem e da escrita. Mas, no meio do parágrafo, o coração de Vaasa deu um salto.

Névoa preta. Um vazio desprovido de sentidos, onde não há visão ou som ou cheiro, onde apenas a escuridão não estremece.

Os dedos frios de Vaasa começaram a tremer sobre a página empoeirada. Pele acinzentada e faces encovadas surgiram em sua mente, junto com olhos desprovidos de íris e completamente engolidos pela escuridão. Cabelo preto ficando grisalho e fino, como se a cor tivesse sido tomada de cada vinco e poro, como se a alma da mulher tivesse sido drenada do seu âmago.

Sua mãe.

A imperatriz de Asterya era pouco mais que pele e ossos quando a névoa preta a deixou, o vestido de seda verde flutuando ao seu redor como se estivesse em uma piscina.

Não havia qualquer traço de sangue.

Só a fumaça preta oleosa rodopiando por sua pele, o aroma putrefato de carne morta enchendo as narinas de Vaasa.

Era essa *coisa* que Vaasa sentia dentro de si. Tinha extraído o ar do cômodo e arranhado sua garganta até escapar na forma de um grito de gelar os ossos, que ecoou por todos os corredores e passagens. Foi a primeira vez que Vaasa sentiu a serpente em seu estômago. Os guardas apareceram, o mundo se curvou e borrou com a passagem brusca do tempo e, antes que ela pudesse começar a processar a tragédia, seu irmão, recém-nomeado imperador, a tinha mandado para Icruria para se casar com Reid de Mireh.

Disseram que o luto tinha levado a mãe dela.

Dominik insistiu que ninguém podia saber a verdade, senão saberiam que aquilo tinha infectado Vaasa também e começariam a questioná-lo. A magia não era tolerada em Asterya, muito menos pelo imperador. Os nobres asteryanos se voltariam contra ele. O conselheiro mais próximo de seu pai, Ozik, tinha posto fim a qualquer boato sobre o que acontecera antes que Vaasa saísse do quarto da mãe. Se um guarda tinha visto qualquer parte do ocorrido, morrera discretamente.

Silêncio, Ozik a alertara. *Tronos são tão instáveis quanto nossa humanidade.*

Aquela série de eventos era incompreensível. Se ela nunca se casasse, nunca seria uma ameaça a Dominik. Uma filha não podia assumir o trono asteryano. No entanto, caso fosse casada e a última herdeira viva, seu marido poderia se tornar imperador. Dominik passara a vida inteira removendo toda e qualquer ameaça à sua ascensão, então fora lá e criara uma. Por outro lado, quando Vaasa morresse da mesma forma que a mãe deles, Dominik ao menos teria ganhado *alguma coisa* com a existência dela.

Sal, o recurso mais precioso de Mireh.

Sua mão e sua vida tinham sido vendidas por sal.

Ela sentiu um aperto no coração. A primavera icruriana em que vivia no momento não conseguia afastar o frio. Aquela *coisa* ainda fluía por suas veias, cravava as garras em sua mente e se enterrava em seu peito.

Alimentava-se dela.

Vaasa jurava que podia senti-la ali, arrastando as unhas por seus músculos e tendões, gorgolejando em suas veias. Como se fosse senciente, aquela força ia aonde queria no corpo dela. Por longos momentos, Vaasa concentrou-se em respirar. Tentou livrar-se da sensação de que algo rastejava sob sua pele. Tentou afastá-la. A morte dela causaria uma guerra e daria a Dominik tudo que ela já desejara.

Ela fechou o livro com força.

– Aneta? – chamou uma voz melodiosa, seguida pelo farfalhar de uma túnica se arrastando no chão ao redor de uma estante.

Era uma mulher de cabelo escuro, com trajes simples, seu sorriso amistoso já largo e os olhos castanhos sem delineador cintilando. Aquela falta de adornos e maquiagem era muito diferente da moda em Asterya.

Aneta. Era um nome falso que tinha rabiscado no pergaminho dobrado que entregara para se matricular na sodalidade.

Vaasa revirou a mente em busca do nome da mulher que fazia com ela a aula matinal sobre as primeiras guerras de Icruria, que totalizavam sete.

– Brielle – disse Vaasa, lembrando, e forçou um sorriso, enfiando as mãos na túnica sob a mesa para esconder qualquer traço da névoa preta.

Vá embora, ordenou à força colérica, que se dissipou da ponta dos seus dedos e se escondeu de novo entre as dobras de seus órgãos e tecidos. Ainda presente, ainda ali, mas disposta a se esconder. Enrodilhada em sua barriga como uma cobra, a magia ficou ali, à espera.

Brielle apoiou as mãos no livro mais próximo de Vaasa, sua pele marrom-escura resplandecendo sob as luminárias tremeluzentes penduradas no teto e colocadas nas mesas de madeira.

– Não sabia que você tinha conseguido um passe noturno tão depressa.

Ela não tinha. Vaasa sorriu, erguendo o passe prateado como se estivesse igualmente surpresa. Não explicou nem deu abertura à conversa, esperando que Brielle fosse embora logo.

Mas a mulher não fez isso. Sentou-se na cadeira em frente à de Vaasa e correu os olhos pelos livros na mesa, reparando em cada um. Vaasa teve a distinta impressão de que, apesar daquele ar afetuoso, Brielle tinha uma inteligência aguçada. Provavelmente não esqueceria nenhum título.

– Está animada? – perguntou a outra, de repente.

Vaasa franziu o cenho.

– Animada?

– Para o guardião. – Brielle inclinou a cabeça. – Ele vem para uma visita amanhã. Não foi por isso que você saiu da aula uns dias atrás? Você não vai acompanhá-lo? É o que estão dizendo, pelo menos.

O coração de Vaasa subiu à garganta.

– Qual guardião?

– Koen – disse Brielle, como se fosse óbvio. Deveria ter sido. – Ele foi convidado a dar uma palestra daqui a alguns dias.

O guardião de Dihrah. Não o azarado marido de Vaasa, do qual tinha escapado de modo conveniente, ainda que violento. A imagem dele esparramado na cama, com as mãos amarradas e a garganta sangrando, pulsou em sua cabeça. Vaasa soltou o ar e deu de ombros.

– Não, na verdade só não estava me sentindo bem. Estou tendo dificuldade em me adaptar.

Isso deveria ser interpretado como uma fraqueza, uma vergonha. Ela esperava sinceramente que deixasse Brielle desconfortável a ponto de fazê-la ir embora.

– Ah, eu posso ajudar! Agora que você tem o passe, podemos nos encontrar aqui depois das aulas e estudar juntas.

– Hã, isso realmente não é...

– Eu insisto. Uma pessoa me ajudou quando eu cheguei aqui, só estou repassando o favor. Deve ter sido tão difícil vir para este lugar... Um dia você também vai poder ajudar alguém.

A cabeça de Vaasa girava, seu precioso tempo a sós escorrendo entre os dedos e escapando do seu alcance. Onde estavam os monstros brutais e malignos que seu pai tanto amaldiçoava? Os leviatãs implacáveis sobre os quais o irmão cochichava? Vaasa tinha se encontrado e negociado com outras pessoas da Icruria oriental, que eram mal-educadas e se enfureciam com facilidade. A Icruria ocidental era tão diferente assim?

Só conhecera pessoas calorosas, com sorrisos felizes e um ar contente.

O gosto acre de ressentimento e frustração tomou a língua de Vaasa, escapando em palavras ríspidas:

– Não preciso de sua assistência, Brielle.

Os olhos da mulher se arregalaram um pouco, deixando transparecer a mágoa, e então retomaram uma expressão neutra.

– Perdoe a oferta.

Brielle empurrou a cadeira para trás e seguiu até o fim das estantes, então parou e olhou por cima do ombro.

– Os livros sobre magia não são guardados na biblioteca principal – disse ela, os olhos pousando na mesa onde Vaasa empilhara todos os seus textos.

Como ela tinha entendido o que Vaasa estava procurando?

Merda. Ela abriu a boca, mas Brielle já se afastava sem outra palavra. Vaasa não a culpava nem um pouco. Foi ela que arruinou sua primeira oportunidade de obter alguma informação. Claro que havia volumes faltando ali. Onde ficava essa seção oculta da biblioteca? Se não a encontrasse, estava morta.

A pontada intensa de culpa e medo a obrigou a encarar suas mãos trêmulas.

A força profana corria sobre a ponta dos seus dedos como uma névoa preta cintilante. Parecia engolir suas mãos quanto mais seu medo crescia... quanto mais ela sentia. Alimentando-se.

Vaasa enfiou as mãos na túnica de novo, olhando ao redor, mas Brielle tinha desaparecido atrás das estantes de madeira. Ela estava sozinha.

Sempre tinha sido assim, ríspida. Talvez por isso a magia encontrara um lar dentro dela.

A cadeira fez um rangido terrível contra o chão de pedra quando ela a empurrou para trás, sacudindo as mãos. Lágrimas começaram a arder em seus olhos. A névoa só crescia, engolindo seus pulsos e antebraços, o pânico descendo abrasador pela coluna, e ela se enfiou num canto das paredes como se pudesse mergulhar nas sombras e nunca mais ser vista.

Será que aquilo tinha algo a ver com a deusa sobre a qual tinha lido? Veragi?

Era sua única pista. A única em meses.

Não estava progredindo. O único jeito de encontrar a verdade era com alguma ajuda, mas não havia ninguém ali de quem pudesse se aproximar o bastante para confiar seu segredo. Talvez Dihrah não fosse o melhor lugar para obter respostas, afinal.

Em sua mente, o rosto do irmão se contorceu em uma careta. Ela podia se ouvir implorando – tão desolada que estivera disposta a *implorar* – que ele não a sentenciasse à morte naquela nação. Sempre soubera que sua família era cruel, mas o pendor de Dominik pela tortura excedia em muito o dos pais.

Vaasa e o pai tinham um acordo: apesar de todas as coisas terríveis que ela tinha testemunhado, não sofreria aquele destino. Mesmo assim, ela se tornara uma ameaça à sucessão de Dominik, e não havia força no mundo capaz de convencê-la de que aquele casamento não fora ideia dele.

A magia demoníaca começou a se esgueirar pela parede em que ela estava recostada, as sombras lambendo a pedra e devorando a luz. Como se tivesse vida própria, sibilou e sussurrou em uma linguagem desconhecida aos ouvidos de Vaasa.

Com os dentes cerrados, ela gemeu baixinho, implorando à força para se dissipar, implorando que a deixasse e nunca mais voltasse.

A magia só cresceu e cresceu e cresceu.

Seria esse o momento em que a tomaria? Será que ficaria como a mãe, drenada e lívida no chão?

Vaasa fechou os olhos com força e se obrigou a respirar. A pensar em qualquer outra coisa.

Imaginou os livros. Tinha se dedicado ao aprendizado com toda a fibra do seu coração devastado. Lembrou que havia trabalho a fazer.

A névoa voltou para dentro de sua pele com um silvo ardente.

Ela cambaleou alguns passos para trás quando a náusea a tomou, ameaçando sua garganta já apertada. Vaasa se inclinou e apoiou as mãos nos joelhos sobre a túnica vermelha de acólita.

Fechando todos os livros depressa, ela os devolveu aos lugares certos nas estantes, que tinha anotado diligentemente, e não aos carrinhos rolantes que os severos bibliotecários usavam para rastrear o uso de cada volume. Levou-os um a um, as costas doendo do esforço, até não restar qualquer traço seu na mesa. Apesar do mal-estar, memorizou o título do volume com sua única pista.

Sua túnica farfalhou contra o piso de pedra e seus pés de chumbo a arrastaram pelas escadas, com o estômago embrulhado e as coxas doendo, até o andar principal. Evitando todos os olhos ao redor, ela foi quase correndo até a saída.

Mas um par de olhos capturou os dela, sua cor um ébano escuro e caloroso, envolto em tristeza.

Brielle, observando Vaasa com pena enquanto ela cambaleava da biblioteca até a latrina mais próxima.

Os joelhos de Vaasa bateram na pedra. Aquele cheiro fétido de carne podre e cabelo queimado desceu para o vaso e envolveu seu rosto enquanto ela tinha ânsia de vômito. Era o mesmo cheiro que tinha rodeado sua mãe morta e assombrado seus dias e noites.

Vaasa expeliu o conteúdo do estômago. Duas. Três vezes.

E então, quando parou, quando o fôlego voltou aos seus pulmões e só restava o gosto horrível em sua boca, ela viu seu vômito.

Preto.

Como a névoa.

Como a última cor dos olhos da mãe.

CAPÍTULO
3

Uma multidão de acólitos cercava Vaasa enquanto ela adentrava o enorme auditório.

No palco, na frente do recinto, havia um púlpito com um pequeno copo d'água. Os sábios marchavam com queixos empinados ao entrar no salão, descendo os nove lances da escada coberta de veludo preto até a seção frontal do auditório reservada para eles. Os acólitos tomavam seus respectivos assentos nas outras seções. A maioria trazia cadernos e canetas, alguns, lápis de grafite entre os dedos ou atrás das orelhas, e todos encontravam os amigos e acenavam uns para os outros. Os sorrisos eram abundantes, e ninguém disse uma palavra sequer a Vaasa.

Ela se sentou sozinha em um canto escuro, sem a menor ideia do nome do acólito que se acomodou ao seu lado. Com cabelo castanho curto e maneirismos parecidos com os dos outros, o rapaz nem se deu ao trabalho de olhar para Vaasa.

Cabeças giraram quando a grande sábia apareceu na entrada, e todos os acólitos se levantaram depressa, erguendo os olhos em respeito à mulher de ombros severos e língua mais severa ainda. Sua túnica distinta, feita de seda cor de terracota, arrastava-se atrás dela pelo auditório.

– Sentem-se, por favor – comandou ela. O mar de acólitos imediatamente se sentou. – E não é necessário cumprimentarem os guardiões.

Guardiões?

Atrás da grande sábia vinha um homem que não usava túnica, mas elegantes tecidos vermelhos e dourados, que cobriam um ombro e desciam por seu torso. O mesmo tecido cintilante em formato de triângulo pendia de sua cintura e acabava logo acima dos joelhos. Ele usava uma calça preta. Era mais alto que a grande sábia, com cabelo castanho e o rosto de pele marrom-clara coberto por uma barba bem aparada. Seus olhos calculistas viajaram pela fileira de acólitos, e Vaasa notou que ele não portava armas. O homem não parecia um guerreiro, não da forma que ela esperava ou conhecia. Seus braços e pernas compridos a lembraram de raízes mergulhando fundo na terra firme. Junto com os óculos de aro de metal, o guardião de Dihrah não parecia em nada um guardião.

Não como o outro que ela conhecera.

Todos os acólitos seguiram as instruções, voltando os olhos ao sábio visitante na frente da sala. A túnica com capuz revelava sua estatura e senioridade enquanto ele deslizava pelo palco até o púlpito. Listras de todas as cores corriam o tecido preto que cobria seus braços.

E então outra pessoa cruzou a porta.

Todo o ar nos pulmões de Vaasa ficou preso na garganta.

Ali, usando seda preta e roxa, estava Reid de Mireh.

Houve um rebuliço no auditório, a reputação dele sendo suficiente para fazer cada acólito endireitar a postura e observá-lo com atenção.

Ao contrário do guardião de Dihrah, aquela montanha de ombros largos *parecia* muito bem um guerreiro, desde as roupas mais justas ao arsenal de armas pendendo dos quadris. Exatamente como Vaasa lembrava. Adagas afiadas e uma lâmina implacável de ônix pareceram dar uma piscadinha para ela. A lembrança de estar em cima dele, correndo a lâmina pelo lado esquerdo de sua mandíbula, surgiu na mente de Vaasa, e ela ficou tensa.

Usando um tecido parecido sobre o ombro e entre os joelhos, Reid ocupava quase todo o batente. Seus olhos examinaram o auditório. Seu rosto não estava barbeado, diferente da noite do casamento. No momento, uma barba escura escondia a cicatriz que ela certamente deixara, e seu cabelo castanho-escuro estava afastado do rosto, destacando a linha rígida da mandíbula. Ele lhe lembrava um predador, com seus olhos terríveis e aguçados e uma massa de músculos ainda mais terrível cobrindo cada centímetro do corpo. Naquele último encontro, Vaasa havia temido descobrir presas ou alguma outra feição monstruosa sob a boca enganadora – mas não foi o que aconteceu. Parte dela sabia que ele a deixara correr a lâmina perto de sua garganta, sorrindo como se achasse engraçada a ideia de uma mulher de Asterya segurar uma faca.

Vaasa podia fazer – e faria – coisas piores com uma faca se ele se aproximasse.

Com a adrenalina ameaçando invocar a magia, ela apertou a caneta-tinteiro e cerrou um punho sob a mesa de madeira do assento.

Controle. Ela conseguiria controlar a maldição.

Se ele estivesse ali em busca dela, já estaria vindo em sua direção. Não se incomodaria em fazer um escândalo ou parecer um brutamontes – pessoas poderosas tomavam o que queriam e muitas vezes eram elogiadas por isso. Não, se ele soubesse que ela estava ali, não a teria deixado permanecer naquele assento.

Baixando a cabeça para as anotações e virando um pouco o pescoço, seu cabelo preto agora curto cobriu as bochechas e os olhos, escondendo-os inteiramente da vista dele.

Precisava sair dali. Tinha que fugir para bem longe, vender o que ainda tivesse e ir para algum outro lugar. Seu tempo em Dihrah fora um fracasso completo. Ela não encontrara quase nada para ajudá-la em seu propósito.

Era hora de recomeçar. De novo.

Mas não podia fugir naquele momento, nem nos seguintes. Tinha que manter um equilíbrio delicado; as pessoas já se perguntavam se seu lugar era ali na sodalidade, então, se desaparecesse, ninguém questionaria. Na verdade, era o esperado. Ela seria considerada apenas outra estudiosa fracassada.

Embora fosse uma experiência nova para Vaasa, ela percebeu que preferia ser um fracasso a um cadáver.

Se saísse rápido demais, porém, poderia levantar suspeitas. O guardião de Mireh perigava encontrá-la de novo.

Vaasa se perguntou se sua vida seria sempre assim, eternamente fugindo de homens indignos e mais poderosos que ela, com a maldição chacoalhando seus ossos, até ir parar em uma cova rasa.

Ela sempre quisera ver o mundo. Construir um lar em seu coração, em vez de dentro de uma fronteira.

Vaasa se movia alguns centímetros por vez, o mais discretamente possível, tão casual quanto qualquer outro acólito em um auditório com não apenas um, mas dois guardiões. Para sua irritação, eles não foram embora. Assomando contra a parede esquerda, como se qualquer coisa que aquele instrutor dissesse pudesse ser considerada interessante, a grande sábia e os guardiões permaneceram plantados em seus lugares de honra.

Vaasa tinha o talento extraordinário de observar com atenção os lábios das pessoas, fingindo se concentrar em cada palavra, sem ouvir uma sequer. Era capaz de passar a vida na própria cabeça, sem precisar de nada fora dela para entretê-la. Para todos os outros, ela parecia focada, até fascinada, com a palestra dada por aquele sábio ancião.

Na verdade, nem sabia qual era o assunto.

Assim que as três horas acabaram, enrolou seu pergaminho e guardou a caneta na túnica, passando pelo enorme grupo de acólitos que cercavam os guardiões. Todos competiam pela chance de falar com eles e provar que eram importantes e inteligentes, mas Vaasa sabia que não precisava provar nenhuma das duas coisas.

Escapuliu para o corredor e voltou às pressas para seu quarto. Não podia ficar muito tempo ali; se entocar em um único lugar seria uma péssima escolha. Precisaria se esconder durante o jantar, esperar pacientemente que ele não a tivesse notado – ou que, se tivesse, não houvesse conseguido localizar seu nome falso e seu quarto –, e então achar uma saída da cidade.

Inferno, talvez da nação.

Mas não sem aquele livro.

VAASA DESCEU AS ESCADAS FURTIVAMENTE, com uma bolsa de couro escondida sob as enormes dobras da túnica. Esperava que ninguém a encontrasse entre as estantes empoeiradas da biblioteca roubando um livro ao qual não tinha direito algum.

Idiota. Era uma completa idiota.

Mas o livro era a única resposta que encontrara até o momento, e ela não conseguia se convencer a deixá-lo para trás. Não era pesado o bastante para reduzir sua velocidade ou impossibilitar uma fuga – caberia em sua bolsa, que estava quase vazia. E talvez, depois que tirasse o que precisava dele, pudesse vendê-lo.

A biblioteca estava deserta naquela noite, pois todos se encontravam reunidos no salão principal para compartilhar uma refeição com os dois guardiões, e Vaasa apostava que seria o único momento em que conseguiria surrupiar o livro. Ao final do sexto lance de escadas, suas coxas protestavam, mas ela seguiu em frente até virar a esquina do lado ocidental, na quinta fileira, dezessete livros a partir do começo. E lá estava.

Encadernado em couro velho e amarrado com uma única fita, o livro parecia sua salvação. Vaasa o tirou da estante, afastou a túnica e abriu a bolsa.

– Essa é uma péssima ideia – disse uma voz rouca e familiar à sua direita.

As vogais abertas e palavras entrecortadas desceram pelas suas costas, que Vaasa prontamente endireitou.

Ali, encostado na mesa dela, com as mãos apoiadas na madeira como se fosse o dono de tudo à vista, estava o guardião de Mireh.

Nenhum dos dois fez menção de sair do lugar, mas Vaasa ajustou levemente o corpo, pronta para girar e correr. A morte assomava à sua frente; aquele homem a mataria pelo que ela tinha feito, tanto pelo constrangimento quanto pelo ferimento. Aquela cova rasa tinha vindo ao seu encontro, e tudo em seu coração se rebelava contra ela.

– Vossa Alteza... – murmurou ela por instinto.

– Aqui, não nos referimos a nossos líderes escolhidos como "Vossa Alteza" – informou ele com calma, ainda imóvel, embora seus olhos a percorressem da cabeça aos pés.

O guardião parou no pulso dela, que Vaasa jurava que ele podia ver e sentir lá de onde estava recostado, mas então seus olhos brilhantes capturaram os dela.

E, assim como tinha feito na cama, ele *avançou*.

Vaasa girou para a direita e correu, mas o guardião era rápido demais. Ela só chegou à metade da fileira de estantes empoeiradas antes que o braço dele cercasse sua cintura e a erguesse tranquilamente do chão, empurrando suas costas contra uma estante. Nem a força dela nem todas as suas tentativas de se debater o fizeram afrouxar o aperto; a execução do desgraçado era impecável. Estantes flanqueavam o corredor, deixando saídas apenas à esquerda e à direita. Uma mesa bloqueava a saída à esquerda, e, presa entre ele e uma longa estante, ela estava a pelo menos dez passos do corredor principal à direita. Vaasa olhou por cima do ombro dele, focando a estante à sua frente, sua chance de escapar desaparecendo.

– Eu teria te dito, se você tivesse se despedido direito, que deveria me chamar pelo meu nome – disse Reid, assomando sobre ela e praticamente a desafiando a tentar fugir de novo.

O corpo dele cobria todo o dela. Perto demais... ele estava perto demais. Fogo e raiva se reviravam na barriga de Vaasa, e ela estreitou os olhos, finalmente erguendo-os para Reid.

– Teria mesmo? Mal nos conhecemos.

Ele fez um muxoxo – de diversão ou de desagrado, ela não tinha certeza – e então recuou, dando um pouco mais de espaço a ela.

– "Marido" também serve, dado que é meu outro título.

Vaasa bufou, contraindo os lábios.

– Não somos casados.

– Com todo o respeito, discordo.

– Com todo o respeito, não me importo se você concorda ou discorda.

Então ele sorriu, olhando por um momento para o volume que caíra aberto no chão.

– Se você roubar isso, serei obrigado a relatar à grande sábia. Não gostaria de descobrir qual seria a punição escolhida por ela.

Será que Vaasa podia largar o livro ali? Será que sequer tinha uma chance de fugir? Ela só precisava de uma saída, um caminho para a liberdade e as escolhas, pelo máximo de tempo que conseguisse.

– E se eu não roubar?

– Então é um motivo a menos para brigarmos. Picuinhas de marido e mulher não são divertidas, pelo que ouvi dizer. Não que minha esposa tenha ficado em casa por tempo suficiente para eu descobrir se são ou não.

Os olhos de Vaasa reluziram de raiva, e Reid pareceu se deleitar, querendo gravar todos os detalhes daquele momento. Era isso que o excitava, então? Ameaças e controle?

Ela o deixara viver porque pensara que ele fosse diferente.

– Me solte – exigiu ela.

– Só depois de discutirmos suas opções.

– Minhas opções? – sibilou Vaasa. – Devíamos discutir as suas, isso sim. Saia da minha frente ou vamos reviver a última vez que você se viu no lado errado da minha lâmina.

Ele ergueu uma sobrancelha no exato momento em que ela encostou a adaga escondida na túnica contra a barriga dele. Vaasa a pegara quando Reid olhara de relance para o livro.

A mesma arma que tinha escondido sob o travesseiro.

Surpresa e uma pequena centelha de aprovação cruzaram os olhos dele, dançando nos pontinhos laranja e pretos entremeados no dourado. Ele deu um passo para trás, depois outro. Vaasa o acompanhou de perto, empurrando-o com a adaga até ele encostar na estante oposta. Até que fosse o *seu* corpo controlando os movimentos dele. Até que *ele* não tivesse rota de fuga.

Ela arrastou a lâmina pelo peito dele, parando na garganta.

Vaasa ficou em choque quando viu Reid erguer o queixo quadrado, expondo o pescoço a ela.

– Vá em frente.

A ansiedade revirava seu estômago, e ela o encarou com ferocidade, seus rostos a centímetros de distância.

– Você não vai fazer isso, vai? – perguntou ele, a garganta ainda exposta, virando um pouco o rosto para que a parte inferior de sua mandíbula ficasse visível. O lado direito, dessa vez. – Faça outro corte para combinar, Indomável.

Os lábios de Vaasa se entreabriram.

Tão rápido quanto tinha se movido antes, ele agarrou a mão com que ela segurava a lâmina, apertando seu pulso e a empurrando com força. Reid lhe deu uma rasteira, e ela começou a cair. Com um passo largo, ele a empurrou contra a estante da qual Vaasa tinha acabado de se livrar, seu peso fazendo todo o trabalho por ele. Vaasa sentiu a madeira contra as costas. Um grito de dor ameaçou escapar, mas ela o conteve.

– Achei mesmo que não – rosnou ele, a raiva transbordando das palavras enquanto a adaga caía no chão. Reid aproximou o rosto do dela, não lhe dando mais o espaço de antes, como se ela tivesse perdido o direito. – Agora vamos conversar como seres humanos ou você prefere continuar essa dança?

– Cretino – disparou ela.

– Talvez eu prefira *Vossa Alteza*, afinal.

Vaasa tentou se desvencilhar da mão ao redor dos seus pulsos, com uma raiva que jamais sentira pulsando na cabeça. No peito. A serpente em seu estômago começou a subir para a garganta, e ela soube que tinha poucos momentos antes de se revelar.

– Me solte – exigiu ela. – Me...

– Escute por *um* momento e eu solto – disse Reid.

Ela apertou os lábios. Examinando o rosto dele e decidindo que estava sendo sincero, ela assentiu, sua resistência se aquietando e a maldição zumbindo logo abaixo da pele.

O guardião de Mireh inspirou fundo, se empertigou e deu um passinho mínimo para trás, de modo que ela tivesse espaço para respirar. Imperturbável, ele relaxou os ombros como se tudo aquilo não tivesse exigido esforço, com uma das mãos ainda encostada na estante, ao lado da orelha esquerda dela, e a outra pendendo na lateral do corpo, como se quisesse enfatizar o espaço que estava dando a Vaasa. Ela girou os pulsos e estudou uma estratégia de fuga, notando onde o corredor de estantes se abria para o corredor principal.

– Onde você esteve? – perguntou ele, por fim.

Vaasa não respondeu. Só o encarou com frieza, esperando por suas supostas "opções". Reid pareceu entender sua linha de raciocínio, porque mudou de abordagem. Inclinando a cabeça, perguntou:

– A magia já venceu você?

O coração dela despencou, mas Vaasa não permitiu que os músculos do seu rosto tivessem um espasmo sequer. Não reagiria nem revelaria nada.

– Não sei do que está falando.

– A magia cobriu suas mãos na noite em que você quase cortou minha garganta. Achou que eu não fosse reparar?

Vaasa não conseguia se mexer. Não tinha tempo para deliberar ou calcular uma nova estratégia. Em vez disso, manteve a voz neutra:

– O que você sabe sobre a magia?

– Muito.

Ele ofereceu essa única palavra e nada mais. O silêncio pairou entre eles enquanto Vaasa considerava suas opções e tentava fingir que não estava disposta a tudo para conseguir a informação que ele estava escondendo.

– O que você quer? – indagou ela.

Sabendo que tinha a situação a seu favor, o guardião de Mireh afastou a mão da estante e deu dois passos para trás, concedendo a ela todo o espaço que desejava. De que precisava. Ela podia fugir agora; conseguiria chegar ao final das estantes.

Com os braços cruzados, ele disse:

– Acredito que podemos ajudar um ao outro.

Vaasa ergueu as sobrancelhas. Ele queria fazer um acordo? O que ela poderia oferecer a um guardião?

A estante da frente rangeu quando Reid se recostou ali. Os dois se encararam.

– Você sabe alguma coisa sobre como funciona nossa transferência de poder?

– Só um pouco – mentiu ela.

Ele riu.

– Mentirosa.

Torcendo os lábios, ela deu de ombros. Nos olhos dele, viu o brilho intenso do desejo por um título e de um senso de importância. Vaasa tinha passado a vida entre homens sedentos de poder e conseguia identificá-los com facilidade.

– Sei que você provavelmente vai ser eleito.

– E seria um grande golpe à minha reputação se descobrissem que minha noiva asteryana fugiu depois de me amarrar ao leito de núpcias.

Vaasa entendeu, então, qual propósito servia a ele. Soube com tanta certeza que um calafrio desceu por sua coluna, mesmo que não devesse importar.

– Me conquistar tornaria você digno dos votos deles, então?

Os olhos de Reid cintilaram de divertimento, e ele controlou um sorriso crescente.

– Conquistar você com certeza me deixaria morto, Indomável. Mas você feriu meu ego profundamente.

– É mesmo?

– Eu fiz um acordo com o seu irmão na esperança de provar que poderia consolidar uma aliança entre nossos povos. Sua ausência ameaça estragar tudo. Já faz tempo demais que estou guardando segredo sobre isso.

Dominik não sabia que ela tinha fugido?

– Você não devia querer uma aliança com meu irmão – alertou Vaasa.

– É verdade. Mas vários dos senhores do sal querem, e imagino que, se alguém tem que entrar no covil do leão, eu sou o mais qualificado.

Resistindo ao impulso de revirar os olhos, Vaasa se recostou mais um pouco na estante de madeira às suas costas. Ele não era o mais qualificado, mas ela nunca diria isso. Estava familiarizada com o equilíbrio frágil entre um governante e as pessoas que mantinham a economia funcionando. A diferença era que, em Asterya, seu pai sempre fizera os nobres e mercadores servirem a ele. Será que Reid não conseguia lidar com os homens que colhiam e vendiam seu sal?

– Você não disse que seu ego estava ferido?

– Ferido, não destruído.

Ela bufou de leve.

– Não entendo o que você quer de mim. Deve saber que não posso convencer meu irmão a fazer nada que ele não queira.

– Não preciso de você por causa do seu irmão. – Ele franziu a testa como se não conseguisse decidir o quanto revelar. – Ninguém nunca assumiu a posição de grande mestre sem uma consorte igualmente forte. Preciso de uma esposa asteryana que não renegue nosso acordo. Como vou provar meu potencial para liderar Icruria a uma era de acordos comerciais se não conseguir manter meu relacionamento com o seu império?

Vaasa queria dizer que não era capaz de mudar os fatos, mas, em vez disso, declarou:

– Eu não quero estar casada.

– Percebi.

– Então não sei o que posso lhe dar além de um conselho: ser o governante de qualquer coisa é um trabalho que corrompe. Você não será mais o mesmo. Se você valoriza algo sobre si... e imagino que valorize, levando em conta seu ego resiliente... contente-se em ser um guardião e cuidar do seu povo.

Para a surpresa de Vaasa, Reid refletiu sobre as palavras dela por um longo momento.

– Eu também posso precisar da sua sabedoria, pelo visto, embora me pergunte se sua visão pessimista sobre a governança vem de um exemplo diferente do que eu tive.

– E eu me pergunto se todo homem que usa uma coroa não pensa o mesmo.

– Ainda bem que não há coroas envolvidas aqui.

Ela bufou de novo. Não importava que os guardiões e grandes mestres não usassem uma coroa formal – eles brincavam de Deus, independentemente do metal em suas cabeças ou dos títulos que assumiam.

– Além disso – continuou Reid –, parece que você também precisa de uma coisa. Se não aprender a controlar sua magia em breve, ela sem dúvida vai matá-la.

Vaasa sabia pouco sobre o que corria sob sua pele, mas sabia que não era uma bênção. Era só um parasita que a possuía. Ainda assim, a ideia de uma morte iminente a fez estremecer.

– É uma maldição. Pretendo me livrar dela.

Com um olhar estranho e incrédulo, ele disse:

– A névoa preta vazando da ponta dos seus dedos vem da minha terra natal, Mireh. É magia veragi, e conheço uma mestra no assunto.

Vaasa o encarou, inexpressiva, forçando o rosto a permanecer neutro apesar do coração martelando no peito. Era a palavra exata que tinha lido naquele volume, embora nunca a tivesse ouvido em voz alta.

E ele conhecia alguém que a tinha dominado? Em *Mireh*?

Acreditava em muitas coisas – até em magia e monstros –, mas nunca tinha acreditado em coincidências.

– E, claro, eu ofereço moradia, comida e roupas. Posso até estar disposto a lhe dar outra daquela capa revestida de pele que te ofereci e, de alguma forma, acabou nos ombros de um homem nos Picos de Surmeny.

O estômago de Vaasa se contraiu de vergonha, mas ela afastou o sentimento e tentou aprumar os ombros como se não sentisse qualquer culpa sobre o incidente. Não deveria. Reid a tinha comprado, negociando-a como se ela fosse gado, assim como qualquer outro homem em busca de poder inevitavelmente faria. Ela era um meio para um fim.

– Qual é sua proposta, então?

Alívio, breve mas nítido, cruzou o rosto de Reid.

– Proponho o seguinte: você age como minha esposa por um tempo e eu te ajudo a descobrir tudo que quiser sobre a magia veragi.

Tentador, Vaasa tinha que admitir. E relativamente fácil. Significaria parar de fugir e talvez encontrar respostas.

Mas também significaria se colocar no caminho de Dominik.

– E quando nos separamos? – perguntou ela.

Ele respondeu à sua pergunta objetiva com calma, sem hesitar:

– Depois que o ciclo eleitoral passar e você tiver aprendido a controlar ou conter a magia com segurança... Digamos que em uns três anos? Aí eu ofereço a você uma separação legal e a envio para onde quiser.

Por pouco o queixo de Vaasa não desabou. Se eles se separassem legalmente, Reid não teria mais direito ao trono asteryano. Ela poderia fugir, criar uma vida nova em algum lugar, e Dominik não se sentiria ameaçado a ponto de persegui-la.

– E você vai lidar com as consequências de uma separação?

Não seria contraintuitivo para a imagem que ele queria cultivar?

– Há poucas coisas que eu temo, Indomável.

Indomável. Se eles seguissem em frente, Vaasa teria que dar fim àquele apelido. Correndo a língua pelos dentes, ela relaxou um pouco mais contra a estante.

– Se eu recusar, você vai me deixar ir embora?

Os olhos dele escureceram, como se só a insinuação já fosse absurda.

– Você não é uma prisioneira, mesmo se aceitar. Se puder confiar em alguma coisa sobre mim, que seja a promessa de que eu nunca a obrigarei a fazer algo contra a sua vontade.

– Você se casou comigo contra a minha vontade.

– Eu não estava ciente das suas objeções.

– Teria importado?

– Teria mudado tudo.

O mundo oscilou com essas simples palavras. *Teria mudado tudo.*

– Se vamos fazer isso – continuou ele –, vou esperar uma cúmplice disposta e engajada, em quem eu possa confiar. Preciso que Icruria acredite que estamos felizes juntos. Que nossa união é forte o bastante para representá-los.

Vaasa queria lhe lembrar que já tinha encostado uma faca em sua garganta duas vezes, mas aquilo seria dar um passo para trás. Não conseguia decifrá-lo, não conseguia ver nada além da esperança e da voracidade em seus olhos, além da determinação de fazer o que fosse necessário para obter a única coisa que já desejara.

Ela odiava todo homem que colocava o mundo sob os pés e decidia que tinha direito a ele. Que decidia que as pessoas não eram nada além de peões criados para alcançar essa meta.

Mas ele não a via como um peão naquela noite. Ele a via como uma parceira.

Ir com ele era a opção mais rápida e segura, com os maiores benefícios. Se ela tirasse as emoções da equação, a decisão era fácil.

– Eu vou partir amanhã – murmurou Reid. – Ao amanhecer. Estarei no escritório da grande sábia esperando por você se escolher ir comigo.

Ele se virou, chutando a faca de volta para ela enquanto seguia com passos confiantes até o fim do corredor.

– E se eu não for? – Vaasa ousou perguntar, e os ombros dele se enrijeceram.

Reid parou e virou a cabeça para ela.

– Então vou presumir que essa é sua resposta e oferecerei um divórcio legal assim que pedir por um.

Vaasa soltou o ar devagar.

E o guardião de Mireh desapareceu entre as estantes, deixando-a sozinha com seu choque e confusão.

CAPÍTULO 4

E nquanto o sol se erguia sobre a Cidade dos Eruditos, os dedos de Vaasa tremiam ao redor da aldrava de ferro da porta da grande sábia.

Ao bater o metal duas vezes contra a madeira, Vaasa só teve um segundo antes que a porta se abrisse e revelasse uma figura enorme que ocupou toda a sua visão.

Reid e ela se entreolharam, e Vaasa pôde jurar que o homem estremeceu de alívio.

O cabelo cor de mogno do guardião estava preso com uma tira de couro, e ele usava os mesmos tecidos roxos e pretos típicos usados no casamento. A pele marrom suave do peito exposto reluzia com a luz matinal, que destacava ainda mais o matiz de ouro queimado do cabelo. Quando ele virou os ombros largos para dentro da sala, Vaasa teve que se impedir de inspecioná-lo mais de perto e absorver cada novo detalhe em vez de encarar as outras pessoas no cômodo.

Vaasa vinha evitando aquele escritório fazia semanas. Decorado exclusivamente em verde e marrom, a sala banhada de sol continha pergaminhos e volumes organizados em seus devidos lugares. As estantes em duas das quatro paredes estavam decoradas com berloques e bugigangas parecidas com os antigos artefatos pelos quais aquela sodalidade era mais conhecida. Na parede dos fundos, erguia-se uma estátua de mármore de Una, o deus icruriano da história, da justiça e da sabedoria. Ele segurava um escudo enorme em uma mão e um livro na outra, os olhos penetrantes esculpidos em argila vermelha. Olhos que pareciam encarar diretamente a alma de Vaasa e sussurrar *mentirosa, mentirosa, mentirosa.*

Dando um passo para o lado, Reid se posicionou de modo que Vaasa pudesse finalmente ver os outros dois presentes.

A grande sábia ficou imóvel diante da sua chegada, e o guardião de Dihrah, usando os mesmos adornos formais do dia anterior, ergueu os olhos. Através dos óculos de aro de metal, ele examinou Vaasa da cabeça aos pés e abriu um sorrisinho.

Crispando as mãos, a mulher irascível se empertigou.

– Cliona – disse Reid, dirigindo-se à grande sábia pelo primeiro nome –, permita-me apresentar minha esposa, Vaasalisa, herdeira de Asterya e consorte de Mireh.

A surpresa paralisou brevemente o rosto de Cliona, sua pele clara adquirindo uma palidez mortal, mas sua expressão se transformou em humilhação e raiva no momento seguinte. Sem dúvida, a mulher estava furiosa com o tamanho da mentira de Vaasa: ela tinha conseguido se matricular na sodalidade e estudar ali por semanas sem que ninguém descobrisse sua verdadeira identidade, sem que Cliona tivesse ciência de que a consorte de outro guardião vivia sob seu teto. Endireitando-se na cadeira e franzindo as sobrancelhas, ela começou:

– Reid, eu...

Mas então parou e semicerrou os olhos para Vaasa, que repassou várias opções: desculpar-se e demonstrar fraqueza; manter-se confiante e parecer ardilosa; ser sincera e mostrar vulnerabilidade. Vaasa ergueu o queixo, escolhendo ser ardilosa e mostrar que, acima de tudo, estava no controle. Só não teve a chance de falar.

– Eu queria que minha esposa soubesse tudo que precisa saber para liderar com confiança ao meu lado – disse Reid, apoiando a mão nas costas de Vaasa e encontrando os olhos dela só por um segundo para indicar que deveria corroborar a história.

Não parecendo muito convencida, Cliona olhou de um para o outro como se medisse a distância entre eles.

– Me disseram que não haveria lugar melhor – completou Vaasa, enquanto Reid observava cada mínima expressão que fazia. – Mas pensei que não testemunharia a realidade se alguém soubesse quem eu era. Queria fazer por merecer meu conhecimento, a exemplo de vocês. Por isso mantive minha identidade em segredo.

Sabendo o que sabia sobre aquelas pessoas – o orgulho que sentiam de seus estudos e sua crença enraizada no mérito –, Vaasa soube que tinha acertado. Especialmente quando as mãos da grande sábia relaxaram. A mulher magra, que tinha o cabelo grisalho trançado ao redor da cabeça como um diadema, afastou um fio solto e apertou os lábios.

Koen de Sigguth, o guardião de Dihrah, interceptou a atenção da mulher, afastando-a de Vaasa e de Reid e confirmando a desculpa deles.

– Foi por sugestão minha e sob minha proteção, Cliona, que Vaasalisa veio até aqui ver por si mesma como todos recebem a oportunidade de aprender – disse o homem, cheio de lábia, empurrando os óculos para cima do nariz com ar inocente e abrindo um sorrisinho torto. – Veja bem, é muito diferente de como ela foi criada, e eu só queria que experimentasse em primeira mão o que nosso povo desfruta sob sua tutela, Cliona: autonomia, confiança e oportunidades.

Cliona empinou o queixo, orgulhosa.

– Bem, eu lhe garanto que foi o que ela experimentou aqui sob minha supervisão – disse a grande sábia. Então, virando-se bruscamente para Vaasa, acrescentou: – Não foi?

Vaasa assentiu, olhando para Reid como se buscasse o apoio dele, depois de volta para a grande sábia e para a mesa larga atrás dela, as estantes e os volumes trancados.

– Claro que foi. Realmente desfrutei do meu tempo aqui. Obrigada.

Era a primeira vez que ela via a mulher, mas o que era uma mentira a mais?

– Fico feliz em saber – disse Reid com tanta gentileza que Vaasa quase acreditou que fosse verdade.

Desviando os olhos dela, o marido novamente atraiu a atenção de todos na sala de um jeito que irritou Vaasa.

– Receio ter que pedir a Vaasalisa que retorne a Mireh agora. Fiquei semanas sem minha esposa, e é hora de ela cumprir seu papel ao meu lado.

Vaasa teve vontade de rir, ou talvez de vomitar, mas sorriu como se não houvesse nada no mundo que desejasse mais.

– Preciso reunir meus pertences.

O guardião de Dihrah fez uma mesura para a grande sábia e se dirigiu à porta.

– Voltarei em breve. Obrigado mais uma vez.

– Foi uma honra – disse Reid à mulher, e Vaasa expressou o mesmo, grudada nele como se sentisse qualquer segurança ao seu lado.

Apesar das explicações, Vaasa sentiu o olhar de Cliona queimar suas costas enquanto deixava a sala. Reid não disse nada ao se despedir do guardião de Dihrah, os dois parecendo mais amistosos do que Vaasa esperaria de adversários políticos. Koen deu um passo à frente, e eles seguraram os antebraços um do outro para depois se abraçarem.

Estranho.

Ela jurou ter ouvido Koen sussurrar:

– Boa sorte.

Virando-se para encontrar o olhar de Vaasa, o guardião de Dihrah manteve-se ereto e orgulhoso.

– Consorte.

Ele curvou a cabeça antes de desaparecer em uma esquina e deixá-la sozinha com Reid. Koen poderia facilmente ter revelado a mentira – por que não fizera isso? Talvez Reid pudesse ler seus pensamentos, porque murmurou:

– Minha mãe e o pai dele foram criados juntos. Ele é a coisa mais próxima que tenho de um irmão.

– Tome cuidado com irmãos – murmurou ela, antes de se virar e adentrar os dormitórios.

Acólitos a encararam de olhos arregalados, observando o guardião seguir seus passos. Reid caminhava bem perto dela, protetor ou talvez temendo que ela fugisse de novo.

Não fugiria.

Entrando no quarto, ela fechou a porta e o deixou esperando do lado de fora.

O que estava fazendo?

Com as costas contra a parede, respirou fundo e temeu que, se perdesse o controle, libertaria as consequências.

Respirou duas vezes.

Três vezes.

Correndo até a cama, pegou a única roupa limpa que ainda tinha e que era adequada para voltar a Mireh, e começou a se trocar.

A porta ao seu lado se abriu, e Reid, com seu corpo gigante e seu andar elegante e predatório, entrou no quarto.

Vaasa endireitou a coluna, sibilando e se cobrindo com a túnica.

Encostando-se na porta, Reid a encarou e, por sorte, ninguém entrou atrás dele.

– Não agi disposta e engajada o suficiente para você? – perguntou Vaasa, lembrando a exigência que ele fizera na biblioteca, na noite anterior, e tentando fingir que não tinha entrado em pânico por um momento. Que não estava seminua sob aquele tecido.

Aquele mesmo divertimento irritante dançou nos olhos do homem – olhos que ela observara quando ele estava esparramado naquela cama.

– Bom dia para você também, esposa.

– Não sou sua esposa.

– Aos olhos dos meus deuses, é.

Vaasa apertou mais as vestes contra o peito.

– Nunca consumamos nossa união.

– Que conceito asteryano ultrapassado.

Vaasa hesitou. Se as cerimônias não dependiam da consumação, como eram confirmadas?

Lendo a expressão dela, o sorriso lupino de Reid cresceu, vitorioso. Avançando até invadir seu espaço pessoal, deixando os dois bem próximos do seu colchão minúsculo, ele perguntou:

– É disso que você precisa, Indomável? Dividir a cama comigo?

– Basta.

– Vai trazer a faca? – perguntou ele.

– Esse seria o *único* jeito de você me ter na sua cama – rosnou Vaasa, dando um passo à frente, até o peito dele, mostrando que não temia o espaço que seu corpo enorme ocupava.

Imaginava que ele já soubesse bem a ameaça que ela representava, mas Vaasa o faria lembrar se necessário.

Erguendo as sobrancelhas, Reid deu uma risada baixa diante da audácia da esposa. A ira que pulsou em Vaasa ao ver a curva daquela boca maldita poderia ter arrasado montanhas.

– Hummm – murmurou ele, virando-se e cedendo espaço, ou talvez indicando a ela que não tinha intenções vis.

De todo modo, ela pôde voltar a respirar.

– Não estou pronta – rosnou ela. – Não pode esperar lá fora?

Virando-se de costas, Reid estendeu a mão esquerda e a girou, gesticulando para ela se apressar.

Tudo bem.

Vestindo uma calça leve verde-oliva, ela enfiou uma blusa bege esvoaçante na cintura e tentou ficar apresentável. Arrumou-se o mais rápido possível, prendendo uma tira de couro ao redor da calça para mantê-la no lugar e enfiando uma faca na bainha. Ao redor da coxa, prendeu mais duas lâminas.

– Acabou? – perguntou ele.

– Acabei.

Encostando-se na cômoda vazia, Reid inclinou a cabeça e analisou a aparência dela, só se demorando nas facas por um momento.

– Você cortou o cabelo.

Recusando-se a erguer a mão e tocar os fios pretos ondulados que agora mal alcançavam seu ombro, ela assentiu.

– Eu gostei – disse ele.

– Não me importo com o que você gosta.

Reid bufou.

– Vai ter que fingir gostar de mim no meio de outras pessoas.

– Minto muito bem.

– Não me diga.

Vaasa lhe deu um olhar seco.

Demonstrando a inteligência que ela sabia que ele tinha, Reid de Mireh novamente conteve seu divertimento. Aproximou-se, parando bem na frente dela e a obrigando a erguer os olhos. Então falou em voz baixa, como se temesse ser ouvido:

– Você deseja esse acordo?

Lá estava de novo: a escolha numa bandeja de prata. A maldita escolha que tinha salvado a vida dele.

Talvez Vaasa devesse tê-lo matado. Ou talvez fosse estar condenada se tivesse.

Ela passou pelo homem sem se abalar, pegando a bolsa na cômoda.

– Você não contou ao meu irmão?

Franzindo um pouco a testa, ele balançou a cabeça.

– Três anos – disse Vaasa. – Tempo suficiente para eu me livrar dessa magia, o que quer que seja, e para você conquistar uma nação. Quando nós dois considerarmos aceitável, dissolveremos o casamento.

– Concordo.

– Você não vai me levar para a cama nem esperar nada de mim além do que demonstrarmos aos outros em público.

– Eu prefiro mesmo minha cabeça unida ao corpo.

– Então não me dê um motivo para cortá-la.

Sorrindo, ele deu um passo à frente.

– Podemos ser amigos, sabe. Não há nenhuma regra dizendo que você tem que me odiar.

Vaasa não tinha interesse em amigos. Eles só complicariam as emoções fervilhando em seu peito e tornariam a magia muito mais palpável. Era mais fácil sentir raiva do que qualquer outra coisa. Ela enfiou seus últimos pertences na bolsa, em cima do livro roubado, e a fechou.

– Não preciso de amigos.

– Muito bem. Leve o tempo de que precisar para chegar à conclusão que eu já cheguei.

Seguindo até a porta, desesperada pelo fim daquela conversa, Vaasa perguntou:

– E que conclusão foi essa?

Reid chegou à porta antes dela, segurando a maçaneta para abri-la primeiro.

– Que estamos à altura um do outro.

Ela o encarou, boquiaberta.

– À altura um do outro?

A porta se abriu, e Reid deu uma piscadela, pegando as duas lâminas que ela tinha prendido ao redor da coxa do seu próprio arsenal no cinto.

Ela sentiu uma pontada de surpresa e, tinha que admitir, de respeito. Seus movimentos passaram despercebidos por ela.

Ajoelhando-se na frente dela, Reid envolveu sua coxa com as mãos, os dedos nas fivelas douradas na faixa de couro. O coração dela começou a martelar.

– Eu já disse, você subestima o quanto eu gosto de um bom jogo de lâminas.

Ele deslizou as facas de volta para as bainhas, as mãos firmes contra a calça dela, se encontrando atrás de suas coxas.

– Senti sua falta, esposa – murmurou ele, bem a tempo de Vaasa ver dois sábios e um pequeno grupo de acólitos, todos de queixo caído diante do guardião de Mireh e sua aparente consorte.

Com um sorriso travesso, Vaasa correu a mão pelo rosto dele e desceu até sua mandíbula, esfregando o polegar contra a cicatriz que lhe dera.

– Me leve para casa.

Os olhos de Reid talvez tivessem se fechado pela audácia dela de reivindicar a casa dele como sua em deboche... mas Vaasa não se importava com seus sentimentos ou suas sensibilidades.

Ele tinha pedido um jogo de lâminas, e era isso que ia ganhar.

Erguendo-se na frente de Vaasa, ele sussurrou:

– Finja que me ama, Indomável. E seja convincente.

CAPÍTULO 5

Vaasa passou toda a viagem de volta à Cidade do Sal em um navio incrivelmente rápido, recusando-se a deixar sua admiração transparecer no rosto. Tinha ouvido falar daquelas embarcações, capazes de cruzar o poderoso Settara em um dia, mas nunca esperara navegar em uma delas. O lago de sal se estendia por quilômetros, dividindo o ocidente como a lombada de um livro. Construído acima da compacta cabine do capitão, o pequeno convés superior onde ela estava consistia apenas em um quarto do navio. Ela estava sentada em um banco aferrolhado à beirada de madeira do convés superior, com as pernas apertadas contra o peito. Se olhasse sobre a amurada, veria os homens e mulheres trabalhando no convés abaixo.

As pessoas podiam dizer o que quisessem sobre Icruria, sobre Mireh, mas o povo ali trabalhava duro. Fazia sentido que suas tropas fossem notórias. Nas águas revoltas do Settara, homens menos experientes se afogariam.

Se aquela embarcação conseguia suportar a salinidade do Settara, o oceano gelado em que Vaasa crescera seria facilmente explorado se os icrurianos ousassem tomá-lo.

Eles mesmos propeliam o navio, remando juntos, e, para a surpresa de Vaasa, Reid passava seu tempo lá com os remadores. Ele trabalhava em turnos, como o resto da tripulação, descansando e então retomando os movimentos como se não estivesse cansado. De vez em quando, seus olhos procuravam por ele, mas Vaasa os desviava depressa antes que Reid pudesse notá-la observando e pensasse que estava interessada.

Vaasa estava grata pela trégua – tanto dos olhos curiosos dos guardas como do seu suposto marido. Muitas vezes ele a olhava como se ela fosse um enigma, e Vaasa não gostava da ideia de ser decifrada.

Após as primeiras horas, ela foi embalada pela beleza do Settara e esqueceu o resto do mundo. Poucos asteryanos chegariam a ver aquela parte do continente. Embora Vaasa tivesse estudado mapas antigos, desenhados antes da unificação de Icruria, tão poucas pessoas tinham sobrevivido aos rios que se ramificavam dali na direção do seu império natal que os mapas estavam, no melhor dos casos, desatualizados. Aqueles rios agiam como um escudo contra o resto do mundo. Os únicos navios capazes de cruzar suas águas pertenciam aos icrurianos, e apenas sob ordens de Reid um deles levara Vaasa até Mireh para seu casamento. As águas esmeralda do lago por fim se tornaram turquesa. Linhas brancas se acumulavam no litoral seguido pela embarcação, e ela podia sentir o cheiro no ar fresco e o gosto na língua. Sal.

Ao redor deles havia colinas ondulantes com flores silvestres, verdes e amarelas, caules beges de alguma planta resistente ao calor despontando em lugares de onde era impossível expulsar a natureza. A paisagem não era pontilhada por árvores, como na terra natal dela. Em Mekës, a capital de Asterya, onde Vaasa tinha crescido, a paisagem não era coberta por nada exceto montanhas nevadas e árvores. Ali, naquele universo alternativo cheio de colinas, ela se viu embalada pelo jeito como o sol banhava sua pele e se refletia nas águas turquesa.

Nunca tinha visto Icruria daquele jeito.

O ressentimento inundou suas veias, e ela endireitou as costas, lembrando-se de quem era e por que estava ali. Nenhuma brisa fresca ia apagar o que teria que suportar só para recuperar sua vida.

Pelo resto da viagem, manteve a boca fechada e os olhos fixos no horizonte. Quando o sol se pôs e a noite reinava no céu, Vaasa resistiu à parte de si que queria cair em um sono cauteloso. Sempre estivera acostumada ao frio e, embora o ar gelado da noite deixasse sua pele arrepiada, a primavera tinha coberto a Icruria ocidental com um frescor tolerável.

Mireh finalmente apareceu sob uma lua de sangue, vermelha em um anel de fogo, quando já estava bem tarde. Construções coloridas ladeavam as docas extensas onde os homens e mulheres da tripulação amarraram o navio, e lampiões pendurados nas janelas iluminavam o teto abobadado de muitas construções. Estrelas pontilhavam o céu e oscilavam nas ondas cobertas de espuma salgada. Subindo o olhar pelo rio sinuoso que dividia a cidade no meio, ela apertou os lábios e desviou os olhos. Tinha escapado daquela cidade sem nada além de uma capa e uma camisola, três meses antes, quando o inverno estava no ápice, se despindo num beco para vestir uma calça e uma blusa discreta.

Tinha visto o suficiente do lugar.

Ouviu o coaxar dos sapos, um refrão no ar que se mesclava aos uivos de lobos na costa distante. Ela só vira os lobos brancos das montanhas, não os cinza e vermelhos que vagavam pelas margens do lago de sal.

– Vaasalisa – chamou Reid, atrás dela. O Lobo.

Ao se virar, ela o encontrou observando-a com ombros tensos que contradiziam seu sorriso tranquilo e sua expressão relaxada. Talvez ele só estivesse dolorido do trabalho duro e realmente se sentisse à vontade agora que tinha chegado em casa. Não que ela já o tivesse visto parecer nada além de à vontade.

– Chegamos.

Os olhos de Vaasa ardiam de fatiga, ameaçando se fechar, e seus membros pesavam como chumbo. Erguendo-se e tentando usar as pernas, ela só cambaleou um pouco antes de se obrigar a recuperar o equilíbrio. Mesmo assim, ele deu um passo à frente e tentou ajudar.

Ela recuou.

Com a testa franzida, Reid se afastou e lhe deu o espaço de que precisava.

– Deixou isso de lado em algum momento desde que me abandonou?

– O quê?

– Seu instinto de fuga.

Ela semicerrou os olhos. Ninguém inteligente deixava esse instinto de lado.

– Você está segura aqui – disse ele, como se fosse óbvio.

Não havia lugar no mundo onde Vaasa estivesse segura.

– Eu encostei uma faca na sua garganta.

Fazendo um aceno para que ela seguisse em frente, Reid disse:

– Não sou vingativo.

Vaasa teria até rido se sentisse a necessidade de reagir. Reid apoiou a mão em suas costas para guiá-la para fora do navio, passando pelas tropas. Um guardião com sua consorte, protetor e preocupado com sua segurança, mesmo que fosse uma mentira deslavada. Quando os guerreiros olharam para ela, como se a avaliassem, os dedos de Reid se apertaram na blusa bege fina demais. Os braços dela estavam arrepiados, um calafrio descendo pela coluna. O calor era escaldante durante o dia, mas as noites eram formidáveis.

Para consternação de Vaasa, Reid tirou a capa preta e a jogou sobre os ombros dela. Vaasa sentiu uma onda de calor e inspirou fundo.

– Eu nasci no gelo – lembrou a ele.

– Não é por isso que merece passar frio.

Ela sentiu uma pontada de insegurança, o suficiente para fazê-la desviar os olhos e encarar as botas pretas. A demonstração de afeto a deixava desconfortável. Não interpretava o gesto como ele. Ainda assim, se pegou falando sem pensar:

– Obrigada.

Ele sorriu.

Esperando na doca flutuante que ameaçava jogar Vaasa nas águas, havia um pequeno grupo de pessoas, todas a cavalo. Uma, em especial, não parecia feliz em vê-los quando se afastou do resto e avançou.

Apeando-se do animal escuro, a mulher alta foi até eles, tirando o elmo com crista e o enfiando sob o braço. Seu cabelo loiro estava penteado para trás, revelando os ângulos bem marcados em um rosto pálido, a boca cor de tangerina se franzindo. Quando seus olhos azuis pousaram em Vaasa, se estreitaram como se avaliassem uma ameaça.

Mulher esperta.

Os músculos de Vaasa ficaram ainda mais tensos. Abaixo das sobrancelhas daquela mulher ela viu gelo – no seu olhar, na contração da boca.

Reid passou o braço pela cintura de Vaasa, que ficou paralisada por um momento, mas então se derreteu contra o calor dele, como se por instinto. *Finja que me ama*, ele tinha dito.

– Você a encontrou? – perguntou a mulher, sem rodeios.

Pareceu analisar a proximidade entre Reid e Vaasa, o que só fez a ruga entre suas sobrancelhas se aprofundar.

– Vaasalisa, você deve se lembrar de Kosana, minha comandante – disse Reid, firme. – Kos, você se lembra da minha esposa.

Esposa. Que declaração ousada.

– Quem poderia esquecer? – disse Kosana, tão contrariada quanto antes, mas dessa vez com o sorriso cruel de uma guerreira.

Não havia a menor chance de aquela mulher não saber o que ocorrera na suposta noite de núpcias deles. Talvez Kosana tivesse sido a alma infeliz que encontrou Reid de Mireh amarrado à cama, seminu e sangrando. Notando o brilho protetor nos olhos dela, Vaasa se perguntou se a comandante tinha gostado da cena mais do que revelava. Arriscando um olhar para Reid, viu que sua expressão estava severa. Ele não estava mais à vontade. Um brilho possessivo reluzia nos olhos do homem, mas Vaasa sabia que não era dirigido a ela.

Kosana era importante para ele, de um jeito ou de outro, então.

Vaasa abriu um sorriso perverso, e algo pulsou entre ela e a comandante, como se a força de vontade das duas lutasse por dominância naquele pequeno espaço. O desafio fez o âmago de Vaasa se avivar outra vez, por mais falsa que fosse a situação.

Reid se remexeu.

Outro homem, mais velho e sem a armadura das tropas de Reid, desceu do cavalo e bateu a poeira do casaco preto impecável. Sua pele clara tinha sido delicadamente tocada pelo sol naqueles primeiros dias de primavera. Astuto e inabalável, como o guardião de Dihrah, o homem de cabelo grisalho foi até eles, olhando entre Vaasa e Kosana. Não sorriu nem demonstrou emoção alguma, o que fez dele a pessoa mais agradável que Vaasa tinha conhecido até então.

– Vaasalisa, é um prazer conhecê-la. Infelizmente, não tivemos a chance de conversar na noite do seu casamento. Sou Mathjin, conselheiro de Reid.

Ele a fitou com olhos cinza atentos.

Como exatamente Reid pretendia explicar a situação? Nenhum daqueles dois – pessoas importantes, ela suspeitava – acreditaria que eles tinham uma união feliz. O que ele pretendia falar para explicar a ausência dela?

– É um prazer – disse Vaasa, baixando a cabeça, como tinha aprendido ser o costume em Icruria.

Eles não faziam mesuras, como os zataarianos, nem apertavam as mãos, como os asteryanos. Se chegavam a se tocar, era no antebraço, pois abraços eram reservados para os companheiros mais íntimos.

– Ela foi bem instruída – comentou Mathjin, com uma calma pragmática.

– Vamos? – perguntou Kosana a Reid, ignorando Vaasa de propósito.

Aquela magia feia se agitou nas veias dela, alimentada pela necessidade pulsante de fugir ou se esconder ou se defender. Cerrando os dentes, Vaasa a abafou. O veneno brincava na sua língua, mas ela o engoliu e os seguiu até os cavalos à espera. Um deles era um cavalo icruriano espetacular, com uma pelagem castanho-clara sedosa e a crina e cauda cor de nanquim. As pernas e o focinho do animal também eram pretos e, sacudindo a cabeça, ele exibiu uma intimidade natural com o guardião de Mireh. Pousando a mão no focinho, Reid encostou delicadamente a testa na do cavalo.

– O nome dele é Duch – disse Reid, espiando por cima do ombro com um sorriso. – Comprei a mãe dele aos dezessete anos. Ele veio cinco anos depois.

– Quantos anos você tem? – perguntou Vaasa, percebendo que não sabia nem isso sobre ele.

– Tenho 27.

– Jovem para um guardião.

– Pensei que você soubesse pouco sobre Icruria – apontou Reid, a mão ainda em Duch.

Vaasa não disse mais nada.

Ele gesticulou para que ela montasse e, assim que Vaasa subiu, ele enfiou o pé no estribo de couro. Com movimentos lânguidos e graciosos demais para um homem de seu tamanho, Reid montou atrás dela, tão perto que seu peito roçava contra as costas de Vaasa.

– Só um cavalo? – perguntou ela.

– Pode ir com Kosana se preferir.

Vaasa ficou tensa.

– Não, obrigada.

Reid riu baixinho. Desgraçado arrogante.

No caminho até a casa dele, a exaustão novamente pesou sobre Vaasa. Ela se sentia prestes a perder o controle. Mas não importava. Manteve-se ereta na sela, os olhos alertas, e examinou as ruas enquanto trotavam. Algumas pessoas acenavam, outras sorriam e curvavam a cabeça, mas ninguém se aproximou do guardião e de sua escolta. Em vez disso, iam voltando ao que faziam antes. Alguns comiam em estabelecimentos e bebiam em copos de cobre em meio a lampiões pendurados e toldos coloridos. Mesmo tarde da noite, a cidade de Mireh pulsava com uma energia diferente de qualquer outro lugar que Vaasa já vira. Nem em Dihrah as pessoas passavam tanto tempo fora de casa. E muito menos em Mekës, com suas paisagens congeladas durante nove dos doze meses do ano.

Ao passarem por uma praça movimentada, Vaasa observou as pessoas dançando nas ruas, ouvindo uma música acelerada de tambores e violões. Risadas ecoavam ao redor deles, casais se abraçavam, e as pessoas pareciam beber juntas e dividir a comida. *Comunidade* foi a primeira palavra que lhe veio à mente, a cena fazendo o coração de Vaasa dar uma cambalhota; seu estômago se embrulhou e seus olhos baixaram de volta para o cavalo.

No lugar de onde ela vinha, as pessoas não dividiam a comida com os vizinhos.

Elas cuidavam da própria vida, jantavam cedo, de cabeças baixas, e não tinham muitos motivos para dançar. Será que um dia encheriam as ruas? Teriam permissão para fazer isso?

Ela tinha passado a maior parte dos seus dias na fortaleza – estudando, lendo, tentando evitar Dominik ou sentada obedientemente ao lado do pai, traduzindo. Por isso, foi alvo dos ciúmes e da insegurança do irmão, sempre com medo de que ela usurpasse seu lugar.

Meu camaleão, tão boa em se misturar na multidão..., elogiava o pai. *Você fará grandes coisas por este império.*

Então ela estudava mais, praticava mais os idiomas que conhecia, porque sabia o que aconteceria se não fizesse isso. Ozik a avisara dia após dia sobre o destino de uma filha inútil: tornar-se a esposa infeliz de alguém e, então, a mãe infeliz de alguém. Assim, quando ele lhe ensinava um novo idioma, ela fazia como o conselheiro exigia. Toda vez. E a cada nova nação que esses idiomas ajudavam seu pai a conquistar, ela sabia que o custo era sua moralidade.

Vaasa nunca tinha dançado nas ruas. *Nunca* dançaria nas ruas.

Era uma perda de tempo, decidiu, e parou de olhar. Só ergueu os olhos quando passaram pelo Grande Templo de Mireh, com seus cintilantes degraus de pedra branca que brilhavam com um matiz rosa sob a lua vermelha. Nos fundos do templo de pedra de vários andares havia uma janela que ela conhecia bem, mesmo se não conseguisse vê-la. A lembrança de fugir por ela a fez abrir um sorrisinho rebelde.

Assomando na linha do horizonte da cidade havia uma construção mais alta e pontiaguda, que incluía uma torre do relógio e sinos: a Sodalidade de Setar, que recebera seu nome em homenagem ao deus das linguagens e da escrita. Algo em Vaasa a atraía para aquela torre de pedra que beijava o céu, alguma coisa tão enraizada em suas entranhas que ela não entendia. O campus enorme chamava seu nome.

A sodalidade desapareceu quando eles viraram outra esquina e, com ela, o instinto de seguir aquele chamado.

O pequeno desfile de três cavalos atravessou outros dois distritos, ambos mais silenciosos do que o primeiro. Quanto mais avançavam, menos pessoas havia ao redor. Enquanto trotavam por uma rua sinuosa, os prédios desapareceram e eles começaram a subir por um caminho flanqueado por árvores de galhos longos e por grama amarela, contornando a costa e passando longe do agito da cidade. Vaasa pôde ver as águas escuras do Settara através das árvores.

Eles viraram outra esquina e se depararam com uma pequena propriedade. Diante deles havia uma villa com um lago aberto ao fundo, perfeitamente posicionada em uma colina que descia até a água. As mesmas flores silvestres e grama amarela que Vaasa tinha visto nas outras margens do Settara pontilhavam a encosta. As flores subiam por uma casa modesta e pendiam de treliças de madeira na entrada. Construída exclusivamente de pedra vermelha e laranja, a casa não era nem grandiosa nem simples, tendo alguns andares marcados pelo brilho de lampiões atrás das janelas. O que parecia ser um jardim se espalhava por um pequeno pátio que Vaasa conseguiu distinguir através do arco de pedra que marcava a entrada.

– Onde estamos? – perguntou em voz baixa.

– Em casa – disse Reid atrás dela.

Vaasa só teve um momento para se irritar antes que ele apeasse e lhe oferecesse a mão. Ele a ajudou a descer do cavalo robusto e a guiou para a casa.

– Conversaremos amanhã – disse Reid à sua comandante.

– Reid, eu... – começou Kosana, os olhos ansiosos voltando-se para Vaasa.

– Amanhã – repetiu ele, sem deixar espaço para negociação.

Curvando a cabeça, Kosana se retirou sem dizer mais nada.

Reid as levou sob o arco sem explicar suas palavras ou a situação. Vaasa sabia que a comandante pretendia separá-los, de modo que pudesse ser vigiada. Olhando ao redor, reparou cada vulnerabilidade da villa, um alerta soando na sua cabeça.

Nenhum portão? Nenhum guarda?

Nada naquele lugar fazia sentido. Reid não queria se proteger? Não queria ser deixado em paz? Estavam tão perto da cidade, tão acessíveis. Alguém poderia só caminhar ao longo da margem coberta de sal e subir a colina.

Era assim que ele fazia as coisas, então?

Vaasa desenhou um rápido mapa mental da casa quando entraram. Não havia vestíbulo, só uma sala bem mobiliada com sofás marrons e uma mesa de madeira. Estantes e um armário de bebidas altos estavam encostados nas aconchegantes paredes de terracota. Três portas saíam da sala principal; eles entraram em um corredor largo e, depois de passarem por alguns cômodos, uma lufada de ar frio os atingiu de novo quando atravessaram uma pequena passagem externa, com o lago à direita. Através de portas duplas de vitral, entraram em um quarto.

Simples foi de novo a primeira palavra que lhe veio à mente. As paredes bege estavam quase todas vazias, exceto por duas cômodas de carvalho escuro e um espelho que ia do chão ao teto. Um sofá verde-floresta estava encostado em uma parede, com um biombo ao lado. Do outro lado, cortinas translúcidas levavam a um banheiro, que Vaasa não conseguiu ver direito. Em vez disso, encarou a vista ampla, emoldurada por duas portas de vidro que cobriam uma parede inteira.

O Settara estava além daquelas portas, além da varanda de pedra. Flores silvestres amarelas e laranja pendiam de uma treliça de madeira, como na entrada principal. Não se viam outras casas nem olhos curiosos através das janelas, só o reflexo da lua vermelho-sangue nas águas noturnas.

Ele considerava aquilo ali seguro? Alguém não poderia invadir aquele lugar com facilidade?

Reid se encostou no batente atrás dela e, quando Vaasa se virou, viu-o parecendo tenso pela primeira vez desde que a encontrara. Com a mandíbula cerrada, ele inclinou a cabeça, e mechas caíram da faixa de couro que usava para prender o cabelo.

– O que acha? – perguntou ele.
É provavelmente o quarto mais lindo em que já estive.
Nunca vivi com portas, só janelas.
– É um quarto – respondeu ela. – Onde você vai dormir?

Tirando o casaco, Reid gesticulou para a cama de dossel que ficava na frente das enormes portas de vidro, coberta de lençóis cor de creme e peles castanho-avermelhadas.

O estômago dela despencou. Por que ele lhe mostraria aquele quarto se não era dela? Odiava perguntar sobre coisas assim – acomodações, comida, acesso a necessidades básicas. A fraqueza lhe dava comichões, e tão tarde da noite ela já estava sensível. Apertando a bolsa com mais força, disse:

– Tudo bem. Onde *eu* vou dormir?

Com os dedos ágeis desfazendo a faixa de couro no cabelo, Reid apontou com o queixo para a mesma cama.

E então teve a audácia de se virar e entrar no banheiro, como se não tivesse insinuado o que insinuara.

Furiosa, Vaasa jogou a bolsa no chão e atravessou as cortinas brancas esvoaçantes até o cômodo contíguo. Preparada para cuspir algumas palavras bem escolhidas, ela parou de repente quando olhou o banheiro.

O lado esquerdo inteiro era revestido de uma pedra que lembrava opala, incluindo um chuveiro enorme e uma banheira com pés de garra atrás de portas de vidro. Vinhas folhosas caíam do teto e transbordavam de vasos, e havia um banquinho de madeira ao lado da banheira.

A cidade natal de Vaasa era fria demais para aquele tipo de infraestrutura. Nas montanhas nevadas, a água trazida para dentro de casa congelava e fazia os canos estourarem. Ela tinha visto chuveiros como aquele em outras áreas de Asterya e em Zataar, mas não em Mekës.

Ignorando sua curiosidade, ela apoiou a mão no quadril.

– Achei que eu tinha deixado claro: você não vai me levar para a cama.

– Eu não *vou para a cama* com você – disse Reid. Ele puxou as faixas do seu traje e ergueu o tecido sobre a cabeça, jogando-o no chão sem cuidado. Seu cabelo caiu sobre os ombros largos, o peito tatuado exposto outra vez. – Mas alguns membros das minhas tropas moram nessa casa e, se quisermos que acreditem que nossa relação é séria, você não pode dormir em outro quarto.

– Muitos casais dormem em quartos separados – argumentou ela.

– Claro, em Asterya, onde os casais se odeiam.

– Ah, e nós somos grandes amigos.

– Você não me odeia, e eu com certeza não odeio você.

Ela jogou as mãos para o alto.

– Eu quase te matei na nossa noite de núpcias.

– Como eu já disse, você subestima o quanto gostei daquilo.

– Você é doente.

Ele apenas deu de ombros.

– Quer se juntar a mim? Esse chuveiro é grande o bastante para dois, e não é uma cama, então, seguindo a sua regra, tecnicamente não seria uma violação do nosso acordo se eu a tomasse nele.

Boquiaberta, Vaasa deu um grito frustrado e saiu batendo os pés, fechando as cortinas com força.

Ele gargalhou e fez algum comentário sobre lâminas.

Ah, ele podia não odiar Vaasa, mas ela *o odiava*. Nunca mais estaria sozinha. Nunca conseguiria dormir em paz, fazer o que precisava e o que queria, em seu próprio espaço. Teria que dividir todo momento com aquele cretino.

A magia se agitou na ponta dos seus dedos, mas Vaasa sacudiu as mãos e recuou até a parte de trás de seus joelhos bater na cama. Aquela cama idiota e *inútil*.

Ela podia dormir no sofá.

Não... *ele* podia dormir no sofá.

O som de água corrente ecoou de trás das cortinas, e Vaasa correu para trás do biombo e fuçou em sua bolsa. Tinha uma camisa longa, a túnica ridícula de acólita e...

A camisola vermelha. Era uma das poucas coisas que não tinha vendido ao fugir para Dihrah.

Inspiração e poder brotaram em seu peito, e Vaasa vestiu a peça, esperando atrás do biombo que ele terminasse o banho. Em um minuto, Reid desligou a água, e ela ouviu seus passos nas pedras do banheiro. As cortinas se abriram.

Ela saiu de trás do biombo, e Reid, só com uma toalha amarrada na cintura, parou na mesma hora. Aparentemente, parou até de respirar. Descendo os olhos por ela, disse:

– Achei que ia ter muito mais trabalho para ver você nessa camisola de novo.

Correndo a mão pelo cabelo curto, Vaasa foi até a cama e puxou as peles, passando as mãos pelos mesmos lençóis de seda que tinham recoberto sua cama de núpcias. Arqueando as costas de leve, ela ergueu os olhos para ele.

– Marido e mulher, certo?

Hesitante, Reid assentiu.

– Então o que é seu é meu. – Ela apontou para o sofá. – Você pode dormir lá esta noite.

Ele bufou.

– Você pode dormir no sofá, Indomável. Eu trabalhei o dia inteiro e não vou abrir mão da minha cama.

– Eu não vou dormir na mesma cama que você.

Dando de ombros, Reid foi até a cômoda.

– Como eu disse, o sofá está aí. É seu se quiser.

Como uma maldita criança, Vaasa se deitou na cama, no *centro* da cama, e cruzou os braços.

Reid parou. Encarou.

Então avançou devagar pelo quarto.

Parando no pé da cama, ele subiu no colchão e foi se aproximando, até que Vaasa começou a se pressionar contra a cabeceira. Havia fogo no olhar dele, que não se desviava do dela. Apoiando as mãos dos dois lados do corpo dela, Reid aproximou o rosto até pairar sobre Vaasa, o peito cobrindo o dela, exatamente como tinha feito na noite do casamento.

– Eu *vou* dormir nesta cama – disse ele devagar. A respiração de Vaasa ficou pesada. – Em respeito aos seus desejos, pelo menos vou usar uma calça. Em respeito aos meus... – ele a olhou da cabeça aos pés – troque de roupa. Não quero mais vê-la nessa camisola, a menos que vá me deixar tirá-la.

Os lábios de Vaasa se entreabriram ao mesmo tempo que o fogo em seu peito ardeu mais forte. A raiva preencheu cada canto livre da sua mente, e a magia se debateu contra a coleira apertada com que ela a prendia.

– E se eu deixar você tirá-la?

– Você não vai vencer esse jogo, Indomável. – Reid se afastou dela, indo novamente até a cômoda. – Apesar do que diz, você não mente tão bem quanto pensa.

– Não pareceu ser um problema na nossa noite de núpcias.

Ele a olhou por cima do ombro enquanto escolhia uma camisa.

– Eu subestimei você. Não cometerei esse erro de novo. – Reid jogou a camisa no colo dela. – Agora, se troque e decida onde quer dormir.

A névoa escura em seus dedos sussurrava sobre violência e crueldade, encorajando-a à raiva e ao derramamento de sangue, provocando-a.

Os olhos dele pousaram em suas mãos, e Vaasa jurou que o viu franzir o cenho para a magia se enrodilhando ali. Algo naquele olhar despertou uma parte profunda e insegura dela, que queria se esconder sob os lençóis e nunca mais ser vista.

Ela sabia que era horrível. Sabia que era nojento.

Agarrando a camisa, Vaasa considerou cada possibilidade. Continuar discutindo e perder. Tentar vencer do jeito que tinha vencido na noite do casamento e potencialmente irritá-lo ainda mais. Todos os caminhos levavam ao mesmo destino: a camisa em suas mãos.

Em silêncio, ela se ergueu e foi para trás do biombo, tirando a camisola e a guardando na bolsa. A camisa que ele lhe dera era praticamente um vestido, caindo até o meio das coxas. Depois de se vestir, ela ficou parada ali por mais um momento, fervilhando de raiva.

Três anos.

Só três anos e ela estaria livre. Poderia ir aonde quisesse; estaria livre da magia. Era por isso que estava ali. Nenhuma cama, nenhum quarto, nenhuma maldita vista de um lago poderia ser mais importante que isso.

A voz de Reid ecoou do outro lado do biombo.

– Seu irmão mandou isso aqui, algumas semanas atrás.

Todos os pensamentos sobre o futuro e a liberdade desapareceram.

Uma carta caiu por cima do biombo, o pergaminho seco pousando no chão na frente dos pés descalços de Vaasa.

Ela rapidamente o pegou e abriu, com as costas na parede e os olhos correndo pelas palavras asteryanas em caligrafia elegante.

Seu coração subiu à garganta.

Para qualquer um, pareceria uma carta inofensiva. Preocupação com seu bem-estar, até.

Para ela, porém, a mensagem estava clara: ele queria notícias – não sobre seu casamento, sobre a eleição nem sobre nada relacionado a Reid.

Ele queria notícias sobre a maldição.

O que significava que Vaasa precisava acabar com ela antes que Dominik viesse fazer o trabalho pessoalmente. Depois disso, ela não precisaria mais de Reid de Mireh por um momento sequer.

A violência e a raiva e a magia escoaram de seus membros e se enrodilharam num nó apavorado em seu estômago. O medo era um veneno em sua língua, mas ela engoliu, apesar da boca seca.

Quando Vaasa saiu de trás do biombo, Reid estava usando uma calça cinza, como tinha dito, e ela não se permitiu olhar para ele por mais de um segundo. Nem quando ele se remexeu sob a coberta do lado direito da cama.

– O que seu irmão quer?

– Saber como estou me adaptando – mentiu ela enquanto se aproximava da cama.

Reid a encarou, sem tentar esconder o brilho de desejo nos olhos que pousaram em seus seios, marcando a camisa.

Enfiando as mãos sob as peles quentes, Vaasa puxou a coberta, que deslizou da cama para o chão. Reid suspirou de irritação enquanto ela reunia as peles nos braços e marchava até o sofá. Vaasa se deitou no couro frio e enrolou os cobertores ao redor do corpo, envolvendo-se tão completamente que ele teria que erguê-la para pegá-los de volta.

– Só durma na maldita cama, Vaasalisa – rosnou ele.

Virando-se para não encará-lo, ela disse com uma crueldade casual:

– Por quê? Não tenho que fingir amar você nesse quarto.

Silêncio.

Então Reid de Mireh soprou o lampião na cabeceira, e o quarto ficou escuro.

CAPÍTULO 6

A Sodalidade de Setar se projetava para o céu com pináculos pontiagudos e duas cúpulas grandes e simétricas, uma na frente da outra, de cada lado da propriedade. Feito de tijolos brancos e telhas vermelhas, o prédio ficava à beira-mar e tinha as próprias docas flutuantes.

– Por que estamos aqui? – perguntou Vaasa, arqueando as costas para não se apoiar no peito de Reid.

Sentado atrás dela e parecendo convencido demais para um homem que dormira sem cobertores, ele se remexeu na sela.

– Estou cumprindo minha parte do acordo, Indomável.

Eles não estavam cercados por nenhum guarda, nenhum ouvido curioso que pudesse criar histórias a partir de suas mentiras. O cavalo trotou através dos portões de ferro forjado do prédio alto, e Vaasa contou um total de nove torres com pináculos vermelhos. Janelas pontilhavam os vários andares, e havia um campanário no meio do campus, com um relógio tão grande que ela podia ver os detalhes curvos dos ponteiros. Pórticos em arco percorriam todo o perímetro do piso térreo, e através deles Vaasa vislumbrou extensos jardins coloridos.

Dentro dos portões de ferro, Reid desmontou com desenvoltura. Olhando para seus olhos dourados e arrogantes, Vaasa ficou tentada a roubar o animal e deixá-lo ali. Cada momento com ele era um teste de sua paciência e controle.

Apesar disso, ela apeou e entregou as rédeas a ele, resignada a enfrentar qualquer coisa que a aguardasse dentro daquela sodalidade. O conhecimento morava naquelas estruturas, e a falta de informações assombrava Vaasa mais do que tudo.

Depois de entregar o cavalo a um acólito usando uma túnica cor de ametista, ela e Reid entraram em um dos túneis arqueados e imediatamente viraram à esquerda, passando por portas duplas até chegarem a um grande vestíbulo. Ar fresco soprou na nuca de Vaasa, que soltou um pequeno suspiro de alívio. Eles subiram os degraus de uma escada curva que levava a um mezanino de mármore branco, cuja balaustrada também era feita de ferro forjado.

E então subiram mais seis escadarias, porque aparentemente todo mundo nas sodalidades icrurianas tinha pernas de ferro.

Reid não pareceu nem um pouco cansado, mas, considerando sua demonstração de força no navio, no dia anterior, isso não era surpreendente. Ele a superava fisicamente, algo que ela não gostava de considerar.

No topo das escadas havia outro corredor emoldurado pelos tons verde-floresta e marrom-queimado do andar de entrada. No final, à direita, depois de três portas, Reid abriu uma quarta passagem sem esperar um convite, puxando Vaasa para dentro.

Paredes pretas davam numa câmara enorme, revestida por estantes de nogueira. O teto abobadado revelava um dos muitos pináculos do prédio, e a intrincada estrutura de ferro forjado era estonteante vista de baixo. Aquela sala tinha que englobar pelo menos três andares, e escadas gigantes estavam encostadas em cada parede. Os fundos do cômodo eram inteiramente feitos de painéis de vidro, revelando a cidade e deixando entrar luz suficiente para cintilar o piso de mosaico em tons de laranja, azul e cinza. Lampiões pendiam do teto, trazendo a mesma faísca incandescente que ela vira na Sodalidade de Una, ao lado de trepadeiras que lembravam cascatas verdes. Na parede dos fundos também havia um sofá do tamanho de um colchão.

Sentada nele estava uma garota de cabelo preto, deslumbrante, poucos anos mais velha que Vaasa, usando uma túnica ametista que fazia um contraste bonito com sua pele marrom-clara, as mãos segurando os cantos de um livro. À entrada deles, a garota ergueu os olhos imediatamente e abriu um sorriso, revelando dentes muito brancos. Assim que fechou o livro, outra mulher saiu de trás de uma estante.

O cabelo loiro com fios grisalhos caiu no rosto da desconhecida quando ela ergueu os olhos âmbar cercados de rugas. Dando um sorriso largo como o céu, a mulher mais velha abaixou o enorme volume de couro que segurava, sua túnica ônix esvoaçando atrás de si.

– Você voltou – disse ela, com o mesmo sotaque ocidental de Reid, e então se virou para Vaasa.

A mulher pareceu atônita, como se não acreditasse no que estava vendo.

– Voltamos – disse Reid, finalmente se afastando de Vaasa e cruzando o salão em quatro passos largos.

Enquanto abraçava a desconhecida, que se derreteu em seus braços, Vaasa podia jurar que o ouviu murmurar alguma coisa. Os dois mantiveram contato visual enquanto a mulher o inspecionava, segurando seu queixo e o olhando da cabeça aos pés antes de fitar Vaasa de novo.

– Essa é Melisina Le Torneau – disse Reid, virando-se para Vaasa de novo. – A grande bruxa de Veragi.

– A mais poderosa de todas nós – provocou a mulher de cabelo castanho.

Outro corpo contornou a estante e parou de súbito, quase deixando cair uma xícara de cerâmica. Cabelo grisalho emoldurava seu rosto de pele marrom-clara e enrugada, e seus olhos pareciam café derramado.

– Vaasalisa – disse Melisina –, está é Suma. Vejo que já conheceu Amalie.

Na verdade, ela não tinha conhecido ninguém.

A mais jovem – Amalie, pelo visto – se ergueu do sofá com um salto.

– É um prazer conhecê-la, consorte.

Nesse momento, outras duas mulheres entraram pela porta, se empertigando de surpresa. Ambas apareciam estar na quinta ou sexta década de vida. Uma tinha tranças pretas compridas e pele marrom-escura, olhos escuros emoldurados por óculos roxos de estilo gatinho; a outra tinha pele branca clara e o cabelo tão platinado que rivalizava com os pisos do andar de baixo.

– Temos visita? Nunca temos visita.

A outra soltou uma risada.

– Quietas – disse Amalie.

As mulheres se entreolharam, depois viraram-se para Amalie, e a de cabelo platinado lhe mostrou a língua.

Vaasa teve a distinta impressão de que ninguém dizia àquelas duas o que fazer e saía com a cabeça intacta. Especialmente quando Reid deu uma risadinha e voltou para junto de Vaasa, sua proximidade fazendo o corpo dela formigar.

– Não se preocupe com elas – disse Melisina, se inclinando para mais perto. – São encrenqueiras, se quer minha opinião.

– Ninguém quer – cantarolou uma das duas, os óculos roxos caindo pelo nariz enquanto ela passava tranquilamente por todos eles até o sofá onde Amalie estivera sentada.

Amalie protestou na mesma hora, mas a mulher baixou os quadris voluptuosos e se acomodou no lugar dela, balançando as pernas. Depois que abriu seu livro, não prestou atenção em mais nada.

– É uma escrota – disse a outra, antes de seguir até o sofá e jogar-se nele também.

As duas deram risadinhas antes de caírem em silêncio quando começaram a ler seus livros.

Vaasa deu um passo para trás. Quem eram aquelas pessoas?

– Você é veragi? – perguntou Suma, os olhos castanhos subindo e descendo por Vaasa, como se não acreditasse muito nela.

– Eu... – Vaasa hesitou, o medo revirando seu estômago. – Eu não sou nada. É uma maldição, é...

– Mostre-nos – ordenou Melisina.

Com os dedos trêmulos, Vaasa ergueu o pulso. Entregando-se um pouco às emoções perversas sempre enrodilhadas dentro de si, deixou a pressão mover-se até sua palma. Seus dedos. Dançando na ponta deles, a névoa preta emergiu e girou, brincalhona, sobre a pele dela. *Um vazio*, como o livro de couro roubado tinha chamado.

Amalie puxou o ar com força e, para a confusão de Vaasa, Melisina sorriu como se a asteryana tivesse lhe mostrado o sol.

A visão da magia a deixou nauseada, e Vaasa sacudiu os dedos antes de enfiá-los nos bolsos da calça clara. Ela olhou para o chão.

– Você tem medo dela – disse Melisina.

As palavras ficaram presas em sua garganta, e Vaasa olhou de relance para Reid. Ele já a estava observando, avaliando. Jurava que era desdém o que nadava nos olhos dele no momento. De toda forma, Reid gesticulou para que respondesse.

– Eu... – começou Vaasa, então apertou os lábios.

Não conseguia. Reid sem dúvida via exatamente o mesmo que ela: aquela coisa maligna tinha feito lar dentro dela, e já escapava por suas expressões e sua língua.

Ele decerto pensava que a coisa tinha escolhido bem seu receptáculo.

Reid não precisava saber nada profundo sobre ela – como tinha encontrado a mãe, como sentira a invasão terrível daquela força em seu estômago e em seu peito. O jeito como roubava o ar dela sem misericórdia, açoitando-a como uma onda.

Como a estrangulava de dentro para fora.

Vaasa não daria a ele mais nenhuma munição.

Com o nó na garganta crescendo e a magia ficando mais pesada, ela balançou a cabeça.

– Saia – disse Melisina de repente.

Claro. Assentindo com resignação, Vaasa ergueu os olhos.

E encontrou Melisina olhando diretamente para Reid.

Ele fez menção de discutir, mas Melisina balançou a cabeça com firmeza.

– Ela não vai falar com você aqui. Você precisa ir.

– Ela é minha esposa. Preciso saber se...

– E será viúvo em questão de meses se ela não falar – disse uma das mulheres no sofá, fechando o livro com força e se erguendo. A outra foi atrás. – Você pode nos acompanhar até nossas salas de aula.

Reid cerrou a mandíbula e olhou para Vaasa, seus olhos mais suaves, mesmo que só por um momento.

– Vou esperar lá embaixo.

– Você vai voltar em cinco horas – disse Melisina, dispensando-o com um aceno. – Com certeza tem coisas mais importantes a fazer do que nos supervisionar. É um guardião, pelo amor da deusa.

Vaasa... talvez gostasse daquela mulher. Especialmente quando Melisina foi até a porta e a abriu para ele.

Resmungando, mas totalmente derrotado, Reid de Mireh saiu da sala batendo os pés.

As duas mulheres deram piscadelas e foram atrás dele. Amalie soltou uma risadinha que soou como sinos de vento, e Suma apenas se afastou, como se estivesse entediada com tudo aquilo.

Vaasa teria ficado boquiaberta se não estivesse prestes a vomitar de nervoso.

– Nós... nós precisamos de cinco horas?

– Não – disse Melisina. – Só imaginei que você não deve ter tido um momento a sós desde que chegou de Dihrah.

Vaasa franziu as sobrancelhas. Como aquela mulher sabia que ela estivera em Dihrah?

Ela viu Melisina fechar a porta e voltar para sua mesa, nem um pouco preocupada por ter deixado o guardião bravo.

– Os vômitos já começaram?

Os lábios de Vaasa se abriram de choque.

– Vou presumir que isso é um sim – afirmou a mulher.

Ela apontou para a cadeira diante de sua mesa, erguendo a túnica preta e se acomodando em seu assento. Vaasa se sentou e tentou parecer à vontade. Não estava.

Amalie também se sentou à mesa. Aquela ali era corajosa.

– Como você gosta de ser chamada? Às vezes Melisina a chama de Vaasalisa, outras, de Vaasa.

Melisina falava sobre ela? Com aquelas mulheres?

– Vaasa está bom. Vocês duas são sábias aqui?

– Melisina é – disse Amalie, com um toque de orgulho. – Eu serei, um dia. O mais importante, porém, é que somos bruxas veragi.

Franzindo a testa, Vaasa olhou para Melisina em busca de respostas.

– As veragi são mais fortes em grupo – disse Melisina. – Todos os covens são.

– Uma bruxa só é um problema – disse Amalie.

– Um coven é um pesadelo – completou Melisina.

Vaasa se remexeu, sem jeito, fazendo a cadeira de madeira ranger. Relacionamentos maternais a incomodavam, e esse era o único jeito de descrever o que se passava entre as duas mulheres na mesa. Apesar do instinto pulsante de se esconder ou sair correndo, Vaasa também ansiava pela aprovação de pelo menos uma pessoa. Precisava de respostas. Não podia perder aquela chance.

– Eu não entendo.

– Cada sodalidade em Icruria tem seu próprio coven – explicou Melisina. – Um lugar para estudarmos com segurança, contribuirmos com a literatura e as pesquisas sobre magia, e para ser um lar para bruxos que não têm um. O nosso tem esse nome por causa de Veragi, a deusa cuja magia pulsa em suas veias.

– Temos sorte de ter encontrado você – disse Amalie. – Existem pouquíssimas linhagens com uma conexão com Veragi.

Virando-se para Melisina, Vaasa ergueu as sobrancelhas.

– Linhagens?

– O que você sabe sobre magia veragi? – perguntou Melisina, erguendo a mão para calar Amalie.

Nada. Nada sólido, ao menos.

– Eu...

Fazia muito tempo que Vaasa não se encontrava assim, sem conseguir falar. Muitas vezes *optava* por não falar, esperando o momento oportuno para deixar a frase perfeita sair de sua língua, mas estar simplesmente sem palavras? Ela sentiu a carícia íntima da vulnerabilidade e quis arrancá-la de seus nervos.

– Eu não sei nada. Só que me infectou quando... – Ela baixou os olhos para a mesa e engoliu em seco.

Um silêncio pairou na sala, como se Melisina e Amalie estivessem só esperando Vaasa decidir que estava pronta para falar. Não se sentia pressionada, só sentia a neutralidade de duas escolhas: *fale e descubra a verdade, não fale e não aprenda nada.*

– Ela me infectou quando encontrei o corpo da minha mãe – disse Vaasa, por fim.

A boca de Amalie se franziu. Melisina balançou a cabeça, um leve *tsc* escapando de seus lábios.

– Ela não infectou você. A magia veragi é geracional, passada da mãe à filha mais velha. Ela só é transmitida na morte da bruxa.

O coração de Vaasa deu um salto, seu peito se apertou, e alguma coisa naquelas palavras a fez querer se encolher e chorar.

– O quê?

– É transferida quase imediatamente. Sinto muito.

Vaasa cravou as unhas nas palmas, brava consigo mesma por não estar tão triste quanto Melisina esperava que estivesse. Em vez disso, sua confusão se mesclou com ressentimento.

– Ela... ela sempre teve isso?

– Depois que a mãe dela morreu, sim.

– Não.

Melisina franziu a testa.

– Eu não posso mudar a realidade.

Então... a mãe sabia que aquilo aconteceria com ela? Ela mesma passara pela situação, mas não contara nada a Vaasa? Condenara Vaasa à morte? A crueldade de sua família realmente não tinha limites.

– Minha mãe era uma *bruxa*?

Melisina assentiu.

– Igual a mim. Igual a você.

– Igual a todas nós aqui – acrescentou Amalie.

– Quem era ela, então? – perguntou Vaasa. – Ela nasceu em Asterya, casou-se com um imperador...

– Essa é uma pergunta importante – disse Melisina, sem alterar minimamente o tom. – Vamos focar no que é possível.

Algo em suas palavras silenciou as vozes na cabeça de Vaasa. O que podia ser mais importante do que as respostas que procurara por *meses*? Do que a oportunidade de deixar aquele lugar e começar do zero em outro?

Melisina apoiou as mãos na mesa.

– Às vezes, o mundo é grande demais, e as perguntas, difíceis demais para uma pessoa enfrentar sozinha. Concentre-se no que você sabe com certeza. O que você sabe agora?

Pela expressão de Melisina, Vaasa se perguntou se sequer queria ouvir as respostas. Talvez uma revelação como aquela fosse enfim acabar com ela.

– Eu quero que isso pare – respondeu ela.

– Não vai parar. A magia é parte de você, como qualquer órgão ou sangue.

Bile subiu à garganta de Vaasa, ardendo por trás dos dentes. As implicações daquilo... Também não conseguia encará-las.

– Então quero saber como impedi-la, quando eu precisar.

– Muito bem. Hoje você vai aprender a mover a magia pela força de vontade.

Aquela magia *podia* ser comandada? Do que era feita, e por que a escolhera? Vaasa tinha uma centena de outras perguntas, cada uma ardendo em seu estômago e na ponta dos dedos...

Foque no que é possível.
– Você... você vai me ensinar a usá-la? – perguntou ela, rouca.
Sorrindo, Melisina respondeu:
– Se nos permitir, vamos lhe ensinar muito mais do que isso.

Cinco horas depois, pela primeira vez em meses, Vaasa se sentia vazia.

Era um vazio bom, não aquela exaustão latejante, solitária, dolorida. Aquele nó constante de angústia e aflição tinha desaparecido de suas entranhas. Talvez ainda estivesse lá, mas estava abafado o bastante para parecer dormente.

Nenhuma das mulheres fez outras perguntas. Elas não cutucaram, bisbilhotaram ou buscaram respostas que Vaasa não tinha. Abandonando por completo o assunto, Vaasa parara de se sentir tão dolorosamente vulnerável e tivera um pouco de êxito.

Melisina e Amalie foram as únicas a ficar com ela e, por mais que Vaasa não entendesse, passara a respeitar as duas. Amalie era incrivelmente esperta e compassiva, e era óbvio que trabalhava duro. Foi ela que ensinou Vaasa a direcionar sua magia: para a frente e para trás, para cima e para baixo, até poder guiar o caminho da sensação dentro do corpo.

A magia ainda parecia ardilosa e resistente, mas, quando Vaasa a aceitou e concentrou-se nela, em vez de tentar abafá-la, o poder passou a serpentear por seus pulsos ou entre seus dedos. A visão ainda embrulhava seu estômago, mas, apesar da náusea iminente e da exaustão pulsando em suas têmporas, era bom estar cansada daquele jeito. Ter feito algo que valia a pena fazer.

Quando não estavam trabalhando para controlar a magia de Vaasa, as mulheres conversaram banalidades. Por uma hora, a deixaram com um livro sobre a história da magia veragi e seus muitos usos. Na obra, ela aprendeu o que o volume que roubara queria dizer com *vazio*. A magia era exatamente isso – uma força de puro poder, que sufocava o ar, a luz e som. Sufocava qualquer sentido.

A torre do coven, que continha os aposentos das bruxas, estava repleta do tipo de livro que Vaasa tinha procurado em Dihrah, e ela se perguntou se as coisas eram iguais por lá. Será que todos os livros sobre magia estavam escondidos nos aposentos das bruxas na Biblioteca de Una também? Foi isso que Brielle quisera dizer?

Na sua última hora juntas, Amalie deu a Vaasa algo que não estava relacionado à magia veragi. Um livro simples, para ela se divertir e aliviar o peso das coisas difíceis, e o rosto da garota se iluminou ao recomendar algo que valia a pena ler. Para a surpresa de Vaasa, ela achou fácil conversar com Amalie. Nunca tinha convivido com mulheres da sua idade, pelo menos não por muito tempo. Foi inquietante e especial, de certa forma, o que só a fez erguer mais a guarda.

Ao ir embora, elas lhe pediram para identificar três coisas pelas quais estava grata. Talvez tivesse sido uma das tarefas mais difíceis daquele dia – e admitir isso a incomodava.

Ela respondeu que estava grata pelo cobertor com o qual dormira, pela temperatura fresca da sodalidade e pela cor verde. Os nomes das mulheres tinham sido as primeiras coisas a surgir em sua cabeça, mas ela não podia falar isso em voz alta.

Ainda assim, aquelas foram suas primeiras horas de calma completa, e ela precisou de toda a sua força de vontade para deixar a sodalidade.

Não podia só dormir ali?

– O fato de você ter se aferrado à magia por tanto tempo é uma prova do seu poder – disse Melisina ao acompanhar Vaasa de volta às escadas. – Hoje, você reconheceu sua existência. A dor deve abrandar, pelo menos por um tempo. Se voltar, não tenha medo de acolher o desconforto. A magia não é inerentemente má. Mas, se parecer fora de controle, não deixe que a domine. Na violência, você vai perder o ar.

Embora pensar em ser sufocada por aquele vazio desprovido de sentidos não ajudasse seus nervos, ouvir outra pessoa mencionar a dor agoniante, validar seu sofrimento, mudou tudo para Vaasa. Era a primeira vez que discutiam como Vaasa vinha segurando a magia dentro de si sem ter uma válvula de escape.

Mas acolher a magia? Ela não achava que fosse capaz disso.

– Amanhã, no mesmo horário? – perguntou Melisina.

– Eu... eu não sei como agradecer a vocês.

Melisina ergueu a mão.

– Não há necessidade. Amanhã, no mesmo horário.

Dessa vez, não foi uma pergunta.

Algo brilhante começou a fervilhar dentro de Vaasa enquanto ela descia a escadaria de mármore que a levaria de volta ao primeiro andar da torre isolada.

Talvez fosse orgulho.

A felicidade desapareceu quando chegou ao pé da escada e encontrou Reid parado ali. Ele a esperava pacientemente, o corpo meio virado e os olhos no horizonte através dos painéis das janelas. Seu cabelo estava puxado para trás, como sempre, mas naquela noite ele não usava as vestes cerimoniais que Vaasa se acostumara a ver nos últimos dias. Em vez disso, vestia uma calça escura, nenhuma camisa, só com um tecido marrom jogado por cima de um ombro e sobre o peito. Uma capa leve cobria o outro ombro, caindo até o meio das panturrilhas. Braceletes ornavam seus braços formidáveis, um deles segurando uma trouxa de tecido. Roupa extra. Assim que a viu, Reid a pegou nas mãos.

– Você está viva.

– Sim, bem, elas são uma companhia bem melhor. Não senti a necessidade de pular da janela dessa vez.

Reid inclinou a cabeça e riu.

– Deuses, minhas conversas foram infinitamente mais entediantes sem você, Indomável.

Como ele conseguia deixá-la tão irritada? Espiando as bruxas que tinham descido as escadas também, Vaasa foi até ele como se sua proximidade não a incomodasse.

– Podemos ir?

Olhando para ela, Reid confessou:

– Elas sabem. Não precisa fingir aqui.

Ela entreabriu a boca, uma pontada de humilhação ardendo no peito. Dando um passinho para trás, Vaasa assentiu.

– Você me deixaria te mostrar Mireh esta noite? – perguntou ele.

Mostrar Mireh?

– Como assim?

– O Jardim Inferior ganha vida de noite. Eu gostaria de exibir você por aí. Esperei meses por isso.

Essa seria a vida deles, então? Desfilar sempre que Reid pedisse?

Bem, era com isso que ela tinha concordado, sem tirar nem pôr. Reid provavelmente precisava convencer seu povo de que a união deles era real e que seu relacionamento com Asterya estava assegurado. Vaasa olhou para si mesma e perguntou:

– Essas roupas são para mim?

Ele não ia querer que sua consorte aparecesse diante do mundo usando uma calça simples e uma blusa branca meio encardida.

– São – confirmou ele, acenando para ela ir se trocar.

Suspirando, Vaasa pegou as roupas das mãos dele e foi para o lado esquerdo do primeiro andar, xingando baixinho enquanto Amalie a observava. Entrou no banheiro contíguo e se trocou, correndo os dedos pelo cabelo e resmungando outro palavrão ao ver as roupas que ele tinha escolhido.

Uma calça solta, cor de oliva, e uma blusa branca sem mangas, feita de um material justo que lhe subia até o pescoço. Vaasa franziu o cenho. A blusa mal cobria seu torso. Nunca fazia calor suficiente em Mekës para usar algo tão fino, ou com a barriga à mostra, muito menos sem mangas. Por sorte, ele tinha incluído uma capa.

O queixo de Amalie caiu quando Vaasa saiu do banheiro e parou ao lado de Reid, que estava trocando mais algumas palavras com Melisina. Ambos se viraram juntos para ela, e Reid se endireitou.

– Você vestiu mesmo.

– Não era para vestir?

– Bem, sim. – Ele esfregou o queixo. – Só achei que fosse brigar primeiro.

– Posso achar um motivo para brigarmos se você quiser.

O canto direito dos lábios dele se ergueu num meio sorriso torto.

– Acho que gosto de você dócil.

– Não abuse da sorte – resmungou ela, então se despediu das bruxas de novo.

Tentou ignorar sua irritação quando ele a seguiu, rindo.

– Eu nem sonharia em fazer isso, Indomável – disse Reid, guiando-a pela porta.

CAPÍTULO 7

Quando chegaram ao coração da cidade, os dois seguiram para o que devia ser o Jardim Inferior. Era o mesmo lugar onde Vaasa tinha visto as pessoas dançando e compartilhando comida, no dia anterior. Embora não fosse tecnicamente um jardim, tinha esse nome porque a maioria dos toldos era decorada com plantas de todas as cores – azuis, roxos, vermelhos e verdes pareciam iluminar as construções laranja, vermelhas e brancas. Eles caminharam à beira do Settara, junto a arcos de pedra branca que davam vista para as estrelas refletidas no lago. Na praça circular, no epicentro da área movimentada, havia músicos. Notas de violões e tambores de aço ecoavam ao redor deles.

Lindo.

O lugar todo era de tirar o fôlego e, se Vaasa se permitisse, teria pensado que era o lugar mais acolhedor que já tinha visto. O pai e o irmão haviam desdenhado tanto daquela nação... mas por quê? A única diferença entre os povos era que os mirehanos eram felizes. As pessoas passeavam, a maioria dançava, e todos riam, como ela vira antes, ao chegar ali. O som convidativo dos tambores e do violão fez seu peito se apertar. O que aquelas pessoas tinham feito, que o seu povo não tinha, para merecer tanta felicidade?

Enquanto o pensamento amargo flutuava por sua mente, uma rápida pontada de tristeza veio junto. Gostar de qualquer coisa naquele lugar era uma perda de tempo – partiria dali assim que pudesse.

Reid tirou a capa de Vaasa e a jogou numa mesa ali perto. Segurando sua mão, ele a puxou até a aglomeração no centro da praça. Todos os olhos pareciam segui-los, e ela sentiu as faces esquentarem.

– O que vamos fazer? – perguntou Vaasa, a amargura de antes se insinuando em sua voz enquanto se apressava para acompanhar o passo dele. Na mesma hora sorriu, como se a pergunta não tivesse significado nada, e se repreendeu em silêncio.

Ainda puxando-a pela mão e obrigando-a a se virar, Reid a guiou por entre um grupo de pessoas. Então apoiou a mão na sua cintura, puxou-a para junto do seu peito largo e olhou ao redor da multidão.

– Vamos dançar.

Quê?

Parecia que cada pessoa na praça observava os dois.

A música tocava e as pessoas dançavam em círculos comunais, alguns grupos trocando parceiros de um lado para outro e girando entre os outros dançarinos. Casais dançavam juntos. Um homem deslizou a mão pelo corpo de uma mulher e a puxou de costas contra seu peito. Ela se grudou a ele e se inclinou para a frente, rebolando contra os quadris dele.

Reid viu como Vaasa observava o casal, seus olhos indo para os lugares onde os dois se tocavam, e deu uma risada baixa.

Será que ele esperava tocá-la assim?

Delicadamente, Reid pegou sua mão.

– É bem fácil. Segure aqui. – Ele guiou a mão dela devagar pelo seu torso, acima dos tecidos, com as unhas de Vaasa roçando sua pele nua, e a acomodou em seu peito. – E aqui...

Sem desviar os olhos dela, ele fez a mesma coisa com a outra mão, dessa vez colocando os dedos de Vaasa logo abaixo do cabelo em sua nuca.

– Ótimo. – Reid a segurou pelo quadril, flertando com o cós da calça de cintura alta. – Mexa os quadris para mim.

Ele se moveu devagar, dando tempo para ela se afastar se quisesse, mas Vaasa não recuou do contato. Ele tinha mais do que cumprido sua parte do acordo naquele dia e, com os olhos da cidade sobre os dois, ela sentiu um nó se apertar na barriga. Uma disposição surpreendente de ser o que ele precisava que ela fosse. Ao som dos tambores, ela gingou para a esquerda e para a direita, e ele a conduziu com a mão, erguendo a outra para entrelaçar os dedos com os dela em seu peito.

Um sorrisinho começou a despontar nos lábios de Vaasa, e os olhos dele pousaram ali.

Girando-a e a puxando de volta, Reid tirou as mãos da sua cintura e começou a acariciar as laterais do seu corpo, movendo Vaasa ao ritmo da música de um jeito que ela nunca tinha sido conduzida antes. Ele a guiou sem esforço ao longo dos ecos dos tambores, tão gracioso que era irritante. Ele conduzia Vaasa por cada movimento, então ela só precisava segui-lo. Com sua orientação, não errou um único passo.

Quando Reid apertou sua mão e a jogou para longe dele, só o suficiente para girá-la, como se a exibisse para a multidão, algo se revirou em seu estômago – e dessa vez não foi a magia. Ele correu os dedos pela cintura dela e a segurou, apertando e puxando até que as costas de Vaasa estivessem contra seu peito. Como o casal de antes.

Ela congelou, errando um passo. Reid passou o braço ao redor da sua cintura para fazer o tropeço parecer intencional. Seu hálito quente soprou na orelha dela.

– Dance comigo como se fôssemos amantes.

Curvando a cabeça para a frente, ele deixou os lábios roçarem o pescoço dela.

As pessoas notaram. Algumas cochichavam.

Provavelmente sobre sua recente ausência. Ou talvez sobre o que estavam fazendo naquele momento.

Preciso que Icruria acredite que estamos felizes juntos. Que nossa união é forte o bastante para representá-los.

Às margens do círculo, Vaasa avistou Kosana parada com um grupo de pessoas desconhecidas. A loira tomou um gole de vinho e, mesmo à distância, Vaasa teve a impressão de que a pobre taça estava presa num aperto de ferro.

Vaasa tinha que ser convincente. Fazer todos ao redor acreditarem que aquela relação era importante, que era real. Que, quando a hora chegasse, ela e Reid trabalhariam para o desenvolvimento de Asterya e Icruria.

Juntos.

Então ela ergueu o braço, como tinha visto a outra mulher fazer, e o curvou ao redor da cabeça dele, correndo os dedos por seu cabelo volumoso. Reid riu contra sua pele e deslizou a mão pela sua barriga, sussurrando:

– Isso, assim.

A música ficou mais alta e mais rápida, e ela acompanhou o ritmo, dançando de um jeito mais relaxado sob as mãos dele e se entregando. Ele a puxou mais para perto, colando seus corpos, depois a fez se inclinar para a frente, e Vaasa se esfregou contra seus quadris. As mãos dele a guiaram de volta aos passos, e os dois se moveram juntos. Pelo canto do olho, ela viu Kosana sumir na multidão.

A batida mudou, e Reid a lançou em outro giro perfeito, que acabou com ela grudada ao seu peito, sem opção exceto erguer a cabeça para ele.

– Gostaria de uma taça de vinho? – perguntou Reid, levando as mãos de Vaasa de volta ao seu cabelo, como se gostasse da sensação.

Algumas mechas tinham se soltado e pendiam na frente do rosto dele, emoldurando sua mandíbula forte.

Com a garganta seca, provavelmente do esforço físico, Vaasa assentiu.

Reid a levou do centro da praça, através de enormes grupos de pessoas que os cumprimentavam ou a examinavam atentamente, até um bar a céu aberto. Havia muita gente sentada ao redor de mesas, todas usando roupas como as de Vaasa e de Reid e conversando. Ela captou algumas palavras, mas não conseguia focar em muita coisa – só no modo como Reid apertava sua mão com força enquanto atravessavam a multidão.

Depois que ele pegou duas taças de vinho, Kosana apareceu, e não transparecia muita felicidade. A comandante das forças de Mireh usava um lado do cabelo comprido trançado para trás, a pele branca bronzeada à mostra no pescoço e no peito. Uma calça azul-clara translúcida cobria seus quadris, fendia-se e então se fechava de novo nos joelhos, onde o tecido se abria outra vez antes de se amontoar nos tornozelos. Vaasa estranhava aquela moda icruriana leve e solta, mas tinha que admitir que caía muito bem nas pernas musculosas de Kosana.

Só que a mulher não parecia uma guarda-costas. Não era esse seu papel naquela noite? Vaasa gostou de ver a expressão azeda na boca da comandante, então tomou um gole do vinho doce e seguiu Reid até uma mesa, onde ele se sentou sem se preocupar com todo o espaço que ocupava. Com as pernas entreabertas e o braço jogado casualmente no espaldar de madeira, ele parecia uma estranha mistura de um deus irreverente e um guerreiro renomado.

Com um olhar travesso, Reid puxou Vaasa pela cintura e a sentou em seu colo, rindo da rigidez dela e de como quase derrubou o vinho.

– Como amantes – lembrou-a com um sussurro, os lábios em seu ouvido.

Vaasa perdeu o fôlego por um segundo, mas então se acomodou junto ao peito dele, como se aquele fosse seu lugar.

Ele apoiou a mão na sua barriga e olhou para além dela, assentindo para algumas pessoas que os cumprimentavam ao passar. Kosana se sentou na cadeira diante dele e olhou para a multidão, dando mais um gole no vinho e observando os outros casais que pareciam tão colados quanto eles.

– Comandante – provocou Reid.

– Guardião – resmungou ela.

Reid fez Vaasa se mexer e estender as pernas compridas, dobrando-as sobre a dele e acomodando a esposa em seu colo de um jeito mais natural. Com um braço ao redor do pescoço dele, Vaasa enfiou os dedos em seu cabelo de novo e, como o ator fantástico que era, Reid se inclinou na direção do toque.

– Há quanto tempo vocês se conhecem? – perguntou Vaasa a Kosana, olhando de soslaio para Reid. – Parecem bem íntimos.

Engolindo o vinho, Kosana disse:

– Desde crianças. Melisina era praticamente minha mãe também. Fiquei sabendo que você a conheceu hoje.

Mãe?

O peito de Vaasa se comprimiu.

– Quê?

Reid ficou imóvel, abaixando a taça que estava levando aos lábios.

– Ela não contou a você.

Com um olhar firme, Vaasa espiou as outras mesas ao ar livre. Algumas pessoas os observavam, o que devia tê-la deixado temerosa, mas foi a expressão divertida e convencida de Kosana que inflamou seu peito.

– Melisina Le Torneau é sua mãe? – perguntou a Reid.

A mãe dele saberia o que ela tinha feito ao filho. Saberia que ela quase o havia *matado*...

– Sim – respondeu ele. – Achei que ela fosse te contar. Ou pelo menos que alguma das bruxas diria algo.

Apertando a taça, Vaasa disse:

– Ninguém mencionou nada.

Como ela podia voltar agora? Bem quando pensou ter achado o único lugar no universo que Reid de Mireh não controlava...

Melisina Le Torneau tinha bons motivos para odiar Vaasa.

Por que ela tinha sido tão *gentil*?

– Não se preocupe, Vaasalisa – disse Kosana, afastando uma mecha do ombro. Seu tom soou doce, uma falsidade praticamente transbordando de desprezo. – Melisina *perdoa fácil*.

Reid ficou tenso por um momento, parecendo captar a insinuação do comentário.

Será que Melisina seria mesmo capaz de perdoar Vaasa pelo que tinha feito com Reid na noite de núpcias? Por roubar a chance do filho de ter um casamento verdadeiro e amoroso?

Kosana claramente não tinha perdoado.

Aquelas, porém, eram perguntas que só Melisina poderia responder.

Aproveitando a situação ao máximo, Vaasa sorriu e puxou a mão de Reid até sua coxa, entrelaçou os dedos deles, depois tomou um gole necessário de vinho.

– Ótimo. Acho que gosto mais da Sodalidade de Setar do que da de Una. Combina com o templo onde Reid e eu nos casamos. – Corando e dando de ombros, ela imitou o tom de Kosana. – Na verdade, combina até com nosso quarto.

Kosana se retraiu.

– Isso é normal? – Vaasa apontou para eles três, mudando de assunto como se não soubesse que tinha chateado a comandante. – O guardião sair pelas ruas assim?

– Ele faz o que quer – murmurou Kosana.

– É normal – disse Reid, olhando para as duas mulheres como se esperasse uma briga. – Kosana é minha comandante, mas também é o mais próximo de uma guarda-costas que eu aceito.

– Ele deveria me deixar designar um guarda-costas de verdade – disse Kosana. – Especialmente devido às suas escolhas recentes.

Vaasa começou a se eriçar, mas Reid a apertou com mais força.

– Não preciso de proteção.

– Vai precisar, quando for o grande mestre.

– Ele não faz o que quer? – provocou Vaasa.

A comandante estreitou os olhos, examinando Vaasa como um gavião mal-encarado pronto para mergulhar na superfície do Settara com as garras abertas.

Reid olhou de uma para a outra, os lábios se franzindo, e então se curvando num sorriso satisfeito, do tipo que significava que tivera uma ideia.

– Talvez. E é por isso, Vaasalisa, que você vai começar a treinar combate com Kosana amanhã.

O estômago de Vaasa despencou no mesmo instante em que Kosana se endireitou na cadeira.

– Quê? – perguntou a loira.

– Não – objetou Vaasa.

– Eu não faço o que quero? – murmurou Reid, dando outro gole no vinho.

Kosana bufou, frustrada, e talvez aquilo fosse a única coisa em que ela e Vaasa concordavam. Virando-se para ele, com os dedos ainda no seu cabelo, Vaasa perguntou:

– Acha mesmo que eu não sei me defender?

As cenas que a assombravam – ela, ele, facas – pareceram pairar entre os dois.

Reid abriu um sorriso malicioso, começando a desenhar círculos preguiçosos na barriga dela com o polegar.

– Ah, estou bem familiarizado com sua inclinação por lâminas, Indomável.

– Nada disso é necessário – interveio Kosana.

Virando-se para a comandante, Reid não cedeu, sua carícia em Vaasa descendo mais e fazendo o ventre dela se contrair.

– Você é uma das guerreiras mais habilidosas de Icruria, talvez do continente, e é minha melhor amiga. Ela é minha esposa. Não quero guardas me vigiando o tempo inteiro, então a treine como treinaria uma mirehana, por favor.

Os dois trocaram um olhar – um olhar de familiaridade profunda, que Vaasa não entendia nem queria entender. Claramente incrédula, Kosana suspirou e assentiu em concordância.

– Reid. – Vaasa tentou dissuadi-lo, mas quase ofegou quando a mão dele desceu ainda mais, e teve que se controlar para não recuar do toque.

Ele balançou a cabeça e a olhou nos olhos, inflexível.

– Você pode treinar com Kosana antes de ir à sodalidade, quando ainda estiver fresco, ou pode tentar a sorte no calor.

A ousadia daquele homem. A *audácia*. Ela fez menção de falar de novo, mas ele se inclinou e mordiscou sua orelha.

Vaasa puxou o cabelo dele com força.

Algo endureceu sob ela.

Vaasa ficou imóvel.

Sorrindo em sua pele, ele sussurrou:

– Quer fazer isso de novo?

Ela podia estapeá-lo. Podia se virar e estrangulá-lo. Mas Kosana os observava com tanta raiva e uma frieza tão implacável que Vaasa se viu cruzando as pernas e tomando um gole de vinho com calma. Olhando para a comandante, *não* para Reid, perguntou:

– Pode ser pela manhã?

Ela e Reid discutiriam o assunto mais tarde, em particular, assim como o resto de suas opiniões. Quando ela não estivesse o sentindo em seu traseiro.

Os dedos de Kosana se apertaram ao redor da taça, mas ela deu um aceno brusco e olhou de volta para a multidão.

Ninguém disse mais nada de importante e, quando Reid pareceu convencido de que o mundo acreditava no joguinho deles, pôs Vaasa de pé com facilidade.

– Vamos para casa – disse ele.

Ao saírem, a multidão se abriu para os dois, ainda atenta a cada um de seus passos.

– Isso é absurdo – disparou Vaasa, do outro lado do quarto.

Reid apenas sorriu, divertindo-se ao vê-la andar de um lado para outro na frente do sofá enquanto ele estava recostado na cabeceira, com as mãos atrás da cabeça. *Insuportável* era a única palavra que ela podia usar para descrever aquele ar presunçoso.

– Aprenda a se dar bem com ela e vai dar tudo certo – sugeriu ele.
– A me dar bem com ela?
Kosana e Vaasa não eram capazes de tal coisa. Parando seu vai e volta, Vaasa foi para trás do biombo e começou a tirar as roupas.
– Ela é apaixonada por você?
Reid riu alto.
– Ela é casada. Você provavelmente vai conhecer a esposa dela amanhã.
Certo, então Vaasa tinha lido a situação completamente errado. Mas não era uma hipótese absurda. Será que amigos se defendiam como Kosana defendia Reid? E ele a tinha chamado de sua *melhor* amiga.
– Foi ela que encontrou você?
– Quando?
Ela saiu de trás do biombo, forçada a usar a maldita camisa dele de novo.
– Amarrado ao leito de núpcias, sozinho e sangrando.
A leve curva dos lábios dele fez os dedos de Vaasa estremecerem.
– Sim, foi ela que me desamarrou.
Então por que eles tinham que fingir que se gostavam na frente de Kosana? Vaasa desviou o olhar, acomodando-se no sofá e passando os cobertores ao redor dos ombros de novo. Reid não precisava fingir se importar com a segurança dela.
– Ela sabe que isso é só um acordo. Não temos que fingir na frente dela.
– Insistir que você saiba se defender não é fingimento – comentou Reid, como se fosse óbvio.
– Como assim?
Reid se sentou na cama, apoiando os cotovelos nos joelhos.
– Eu conquistei meu título com honra, mas há pessoas que não gostam da minha posição de autoridade. Que gostariam de me ver eliminado antes de eu ser eleito grande mestre. E, por consequência, ver *você* eliminada.
– Eu não sou uma donzela indefesa.
– Sei muito bem disso.
– Então por quê?
– Porque, embora você seja inteligente, astuta e muito engenhosa, não é uma guerreira. Não foi para isso que seu pai a treinou.
A menção do pai, de seu treinamento, despertou a violência em suas entranhas.

– O que você sabe sobre meu *treinamento*?

Correndo os olhos pelo corpo dela, Reid disse:

– Eu sei que você fala quatro idiomas e que os homens se jogavam aos pés do seu pai para ter você na casa e na cama deles. Ele nunca aceitou. O que significa que você era útil, e que ele a amolou como a uma lâmina.

Seis. Ela falava seis idiomas. E aprendera uma versatilidade que lhe dava uma vantagem em quase todo dialeto que encontrara no continente – as raízes eram as mesmas, ainda que o contexto e as gírias mudassem. Não era surpreendente que Reid se perguntasse qual era o papel de Vaasa no império da família. Que segredos e conselhos ela ouvira. Mas Vaasa só agira como tradutora, e só não tinham lhe arrumado um marido porque isso faria com que existisse um homem que poderia matar seu irmão e tomar o trono dele. Inclinando a cabeça, ela disse:

– Tem certeza disso?

– Tenho – insistiu ele. – Mas me pergunto o que mais ele te ensinou. E o que você fez para deixar de ser útil ao seu irmão.

As palavras a atingiram como um soco no estômago.

– Talvez eu seja mais útil do que você pensa.

Isso o fez hesitar.

– Sabe o que eu penso?

– Em pouca coisa além da sua virilha e da sua lâmina.

Sorrindo com a alfinetada e botando as pernas para fora da cama, ele admitiu:

– Penso mesmo na minha virilha e na minha lâmina com frequência, em especial quando você está por perto.

Ela mesma tinha se colocado nessa armadilha. Revirando os olhos, se aconchegou ainda mais no sofá, especialmente quando ele veio em sua direção com passos lentos.

– Tenho duas teorias. A primeira é que você sabe muito menos do que deixa transparecer. – Ele apontou para ela. – Que todo esse comportamento é só uma defesa.

Inclinando a cabeça, ela soltou uma risada rouca.

– Você acha que me provocar vai fazer com que eu revele meus segredos?

– Pessoas com o universo nas mãos não escondem tanta coisa.

– Pessoas com o universo nas mãos nunca mostram as palmas.

Reid se ajoelhou na frente dela, e Vaasa prendeu a respiração.

– E a segunda – ele agarrou o cobertor na cintura dela – é que você sabe muito mais do que me deixa ver. Talvez seu irmão não tenha a menor chance com você ao meu lado. Talvez você seja mais perigosa do que ele.

Vaasa não ousou dizer nada. Encarou as mãos dele, depois seus olhos, que a examinavam por trás dos cílios longos. Seu coração começou a martelar no peito. Onde Reid achava que aquilo ia dar?

Inclinando-se para perto, sem romper o contato visual, Reid acrescentou:

– E talvez seja você quem vai passar frio hoje.

Ele puxou o cobertor e Vaasa rolou, caindo no chão e sibilando de raiva. Quando se deu conta do que tinha acontecido e levantou a cabeça, com um xingamento asteryano na ponta da língua, ele já estava se acomodando na cama e alisando o cobertor.

Reid não se importava nem um pouco com a segurança dela. Vaasa era um brinquedo, uma carta na manga. Um investimento que ele se sentia obrigado a proteger.

– Você é um cretino – disparou.

– Você é bem-vinda nessa cama a qualquer momento, Vaasalisa.

– Nunca.

– Nunca diga nunca. Os dias podem ser quentes aqui, mas você sabe que as noites são brutais.

Ela se ergueu do chão com um sorriso vacilante.

– Meu pai me ensinou a falar esses idiomas porque pretendia me vender para quem pagasse mais e não sabia quem faria a oferta. É por isso que fiquei espantada por ter acabado sob o seu teto.

– Ele te ensinou icruriano, não foi? – Reid se inclinou um pouco para a frente, segurando o cobertor. – Devia saber que eu estaria na disputa.

Homem tolo e arrogante.

– Considerando que estou apenas temporariamente na sua casa e que com certeza não estou na sua cama, eu diria que você não estava disputando nada.

– Você está dormindo seminua no meu sofá, então eu diria que ainda estou no jogo.

– Que proeza, só tirar metade das roupas de uma mulher.

– Venha aqui que eu conserto isso – provocou ele.

Bufando e empurrando a porta da varanda, Vaasa respondeu:

– Prefiro ser comida por lobos.

No tom mais audacioso que ela já ouvira, Reid soprou a vela ao lado da cama e disse uma única frase.

– Pode me chamar de lobo quando quiser, Indomável.

Ah, essas palavras acenderam um fogo nela. Vaasa se virou, arreganhando os dentes.

– Você é o homem mais arrogante, pomposo...

– E *você* é a mulher mais falsa que já vi na vida.

A frase a atingiu feito um tijolo, mas Vaasa apenas deu de ombros.

– Como você disse, é tudo fingimento.

– Deixe-me ser claro: se Dominik quer algo do meu país, é melhor você compartilhar essa informação comigo. *Agora*. Entrei nesse casamento preparado para defender você, como faria com uma consorte que amasse, mas prefiro alienar os asteryanos e perder a eleição a permitir que você arrisque a segurança do meu lar.

Dominik me quer morta e você é apenas dano colateral. Inclinando a cabeça, ela murmurou:

– Você não disse que eu não minto bem?

Saltando da cama, ele cruzou o quarto em poucos passos e a encurralou contra a parede. Não a tocou – uma escolha –, mas deixou o rosto a centímetros do dela.

– Qual é o problema? A gente se aproximou demais? Você *quase* se divertiu e agora quer brigar?

Silêncio. Ela soltou o ar pelo nariz, irritada, mas manteve os lábios fechados.

– Esse é o *meu* limite, Vaasa. Não ameace meu país.

A qualquer momento, o irmão dela ia entrar naquela linda cidade e queimá-la até virar cinzas. Talvez já estivesse a caminho.

Mas ela não podia dizer isso. Não se fosse fazer com que Reid a mandasse embora antes que ela aprendesse a controlar a magia – ou pior, se ele fosse tentar tomar o trono asteryano.

Se Reid soubesse o que o casamento deles significava de fato, nunca a deixaria ir embora.

Ela encarou seu olhar sombrio na escuridão. A única fonte de luz no quarto vinha das janelas abertas. Ela se afastou da parede, invadindo o espaço de Reid. Não tinha medo dele e nunca teria.

– Não é uma ameaça, é a verdade. Você não deveria querer uma aliança com meu irmão.

E ela não queria Dominik mais perto deles do que já estava.

– Por quê?

– Porque ele é uma víbora que se disfarça de aliado e se vira contra você no seu momento mais vulnerável.

– E você é como ele?

Vaasa não sabia por quê, mas as palavras a atingiram com tudo no peito. Abriram todas as cicatrizes que possuía, na pele e embaixo. A magia em sua barriga, enrodilhada como a víbora que ela acusava o irmão de ser, preparou-se para dar o bote.

Claro que ela era como ele. Seu pai a *treinara* para ser. Ele a tinha criado à sua semelhança, e a magia era prova disso.

A mulher mais falsa que ele já vira.

Arqueando as costas e levando os lábios ao ouvido dele, como tinha feito mais cedo, ela sussurrou:

– Sim. Você também não deveria querer se envolver comigo.

E o empurrou para longe.

Reid tropeçou e a encarou, boquiaberto, o ódio se entremeando em seus olhos como ouro.

Ela bufou.

– Se acha por um segundo que um acordo comercial com Asterya será benéfico, você é um idiota. Se deixar meu irmão chegar perto desta cidade, ele fará você se arrepender.

Sem outra palavra, ela pegou sua capa e saiu para dormir em uma espreguiçadeira na varanda.

Que os lobos viessem atrás dela. Que rasgassem seus membros um a um.

Pelo menos lá fora havia silêncio, e ela estava finalmente sozinha.

CAPÍTULO 8

Três quilômetros.
Todo dia, por duas semanas, Kosana a obrigou a correr três quilômetros às margens do Settara. Vaasa queria vomitar.

Sempre fora uma pessoa ativa; tivera aulas com um mestre de esgrima, treinara luta com ele, às vezes até o vencera no corpo a corpo. Ganhara hematomas, suportara dores e normalmente conseguiria correr três quilômetros sem grandes problemas.

No frio.

Ali, com o sol da manhã fazendo cada centímetro do corpo suar, Vaasa aceitou que tinha sido vencida. Que talvez Reid estivesse correto ao dizer que ela precisava aprender a usar seu corpo naquela temperatura e umidade.

A única coisa pior que admitir que estava errada era ter que passar a manhã com Kosana, que mal falava com ela. Quando se dignava a dizer alguma coisa, a desconfiança e o ressentimento pingavam de cada palavra. Depois dos seus três quilômetros, elas paravam perto de um grupo das tropas de Kosana e, embora todos aqueles guerreiros recebessem a chance de lutar, Vaasa era dispensada com arrogância.

Ela sabia que era uma ofensa. Sabia que seu corpo era forte o suficiente para suportar mais do que uma corrida. Que ela provavelmente conseguiria reproduzir ao menos algumas manobras e golpes que os guerreiros treinavam.

Mas por que teria que se provar?

Se queriam vê-la como uma herdeira mimada e indefesa, o erro era deles. Vaasa sorria com doçura para Kosana, voltava para a villa e não trocava uma palavra com Reid. Os dois só conversavam quando estavam ao redor de outras pessoas, o que acontecia com frequência – senhores do sal, mercadores e representantes das guildas. Na frente deles, ela era a esposa devotada e uma grande consorte em potencial. Faria o necessário para continuar voltando à sodalidade dia após dia.

Quando chegara lá no segundo dia, Amalie comentara, quando estavam a sós: "Você parece aterrorizada. Ele deve ter contado quem Melisina é."

Ela não me odeia?

Você não o matou, isso deve contar para alguma coisa.

Amalie parecia conhecer a história toda, então era uma das únicas pessoas com quem Vaasa não precisava mentir. A jovem bruxa a ensinou a invocar fios do vazio e enrolá-los ao redor de objetos. Melisina lhe ensinou a dissipar a magia quando ela saía do controle. Até Suma se juntara às aulas. Vaasa rapidamente aprendera o nome das duas mulheres rebeldes que tinham roubado o sofá de Amalie: Mariana e Romana. Não eram irmãs, mas deveriam ser.

Cada bruxa fazia um uso diferente da magia pura concedida por Veragi, mas todas eram capazes de fazer as mesmas coisas, de modo geral. Todas invocavam fios de poder, criavam formas e muralhas de preto cintilante. Vaasa observara, maravilhada, quando Suma criou um anel de magia ao redor de si, sem sufocar os próprios sentidos, mas projetando uma barreira que só um tolo cruzaria. Algo nos olhares trocados entre elas fazia Vaasa se perguntar o que não estavam lhe revelando.

Mas os limites, os *perigos* da magia estavam claros: dentro do vazio, era fácil perder a vida. Elas não conseguiam manipular nada exceto a magia – o que, aparentemente, os bruxos de Imros, em Sigguth, eram capazes de fazer, manipulando metal, assim como os bruxos de Una manipulavam a luz. Isso explicava por que as armas daquele povo eram tão precisas, suas embarcações tão bem construídas. Os bruxos de Zohar, em Irhu, controlavam as marés. E havia ainda os curandeiros, em Wrultho. Quanto mais aprendia sobre os covens, mais Vaasa entendia por que a magia era mantida nas sombras: antes da unificação de Icruria, guerras entre os seis territórios tinham dizimado a população de bruxos. Aparentemente, muito antes disso, não eram os territórios que definiam Icruria, e sim as linhagens mágicas. Famílias antigas e cruéis governavam diversos territórios ao longo da costa do Settara, e tinham arrasado umas às outras por todo o continente em sua busca por mais terras. Fora uma época perversa e desastrosa, e agora a magia parecia vulnerável demais para partilhar. Os próprios covens não trabalhavam juntos, nem permitiam acesso a suas histórias. Era uma balança que se equilibrava no fio de uma navalha: por um lado, os bruxos eram impedidos de consolidar seu poder e, por outro, eram impedidos de entendê-lo por completo.

– *Eu gostaria de uni-los um dia, como os territórios foram unidos pelo bem maior* – dissera Amalie.

Vaasa nunca vira um sonho tão claro nos olhos de outra pessoa – e uma ambição tão digna. Mas quase todos os bruxos do continente já tinham sessenta ou setenta anos, às vezes bem mais, quando ganhavam sua magia. Suma acreditava que era uma punição dos deuses e deusas. Melisina dizia que era uma ambiguidade que nem ela conseguia entender. A magia só vivia em uma geração por vez.

Bruxos jovens, embora poderosos, eram uma tragédia.

Uma manhã, quando Vaasa foi sentar-se à mesa de sempre e observar as bruxas em silêncio, Melisina ergueu a mão.

– Não se sente. Temos algo a fazer.

– O que vamos fazer?

– Arrumar um caderno para você.

– Um caderno?

Melisina foi até a porta e gesticulou para Vaasa a seguir. Amalie sorriu como se soubesse de um segredo.

Melisina desceu as escadas que Vaasa tinha acabado de subir e, embora quisesse amaldiçoá-la por obrigá-la a usar seus músculos doloridos, eles pareciam mais flexíveis depois do esforço. No andar principal da Sodalidade de Setar, elas percorreram vários corredores e atravessaram o pátio central. Acólitos em túnicas roxas passavam por ali a caminho das aulas da manhã, e a rotina era familiar, como sua vida em Dihrah. Por um momento, ela sentiu falta do pequeno senso de propósito advindo de ter uma rotina assim.

Aprender só por aprender era um privilégio.

Melisina a levou para uma sala grande, cheia de pergaminhos – papéis, cadernos e livros ocupavam cada prateleira.

– Escolha um de que goste – disse Melisina. – Mas não abra. Você deve escolher só pela capa.

Só pela capa?

Vaasa foi devagar até uma estante e pegou um caderno aleatório da prateleira, com uma capa cinza, uma lombada firme e o que pareciam ser muitas páginas dentro. Virando-se para Melisina de novo, ela se deparou com um cenho franzido.

– Que foi? – perguntou Vaasa.

– Escolha um que você ame – disse a bruxa. – Se não amar, não vai significar nada para você, e precisa significar alguma coisa.

– Os cadernos têm que significar algo para nós?

– Sim, caso contrário, não os usamos. Eu voltarei em uma hora.

Vaasa ficou embasbacada. Uma hora? Quem precisaria de tanto tempo? Mas Melisina apenas sorriu, como Amalie, e desapareceu atrás da porta.

Quando olhou ao redor, Vaasa se perguntou se aquelas mulheres sequer usavam os cadernos que amavam.

Havia centenas deles.

Mas ela fez exatamente como Melisina instruiu – não os abriu. Alguns eram simples, com capas lisas de cor única, e outros eram tão ornamentados que Vaasa queria torcer o nariz. Nenhum lhe chamou particularmente a atenção, então ela só continuou avançando pela estante.

Quando Melisina voltou, exatamente uma hora depois, cruzou os braços e riu.

Vaasa estava sentada no chão no centro da sala, com uma coleção de cadernos ao redor, o nariz apertado contra a capa de um enquanto segurava um outro pesado na mão.

– Eu disse para achar *um* – disse Melisina.

– Bem, achei doze, e gostaria de levar todos eles – declarou Vaasa.

A risada preencheu a sala, e Vaasa encolheu as pernas contra o peito, se encostando em uma das estantes enquanto Melisina sentava-se ao lado dela.

– Um. Só escolha um.

Um? Ela fez um bico enquanto examinava as opções, então encontrou o olhar âmbar de Melisina. Com aquele tom, devia ter percebido que ela e Reid eram parentes.

– Como eu escolho?

Melisina deu de ombros.

– Siga sua intuição.

Vaasa não tinha mais muita confiança em sua intuição. A vida toda, dependera dela para se guiar. Tinha sido a força propulsora por trás das negociações que traduzira, das estratégias de guerra que aconteciam atrás de portas fechadas na fortaleza do pai. Enquanto os soldados e oficiais dele tinham poderio militar, e muitos podiam vencer com forças e armas, ela sabia como manipular as pessoas. Como se comunicar com elas e ganhar sua confiança. Tinha feito isso ouvindo a voz em sua mente que lhe dizia o que as pessoas queriam e como dar isso a elas.

Tudo que tinha feito, tudo que tinha testemunhado, fora para permanecer nas boas graças do pai. Para garantir que nunca acabaria exatamente onde estava agora: casada, sem controle e representando uma ameaça ao irmão. Vaasa sempre pensara que, caso ela se provasse mais útil ao lado dele do que como moeda de troca, Dominik nunca precisaria caçá-la.

– Não consigo – admitiu.

– Por que não?

A magia pareceu chacoalhar em seus ossos. Em vez de responder, ela baixou os olhos.

Mas Melisina não recuou. Não respondeu por ela e não passou para outro assunto. Ficou sentada em silêncio e esperou. Vaasa percebeu que a mulher esperava uma resposta e que não ia se safar sem dar uma.

– Eu não sei distinguir entre a magia e minha intuição – sussurrou ela.

– Humm. – Melisina se remexeu. – Isso acontece porque não há diferença. A magia é sua intuição, e você nunca vai aprender a usá-la se não aprender a ouvi-la.

As palavras assentaram dentro de Vaasa, entrelaçadas com o poder em suas veias, e dissolveram um peso em seu peito.

– Agora, olhe e escute.

Espiando os livros, Vaasa respirou fundo. Ao fitar o espectro de cores, mergulhou dentro de si até o ponto onde a magia reinava. Como uma entidade própria, ela podia sentir sua presença enevoada revestindo o interior do seu corpo. Como se pudesse tocá-la. Cheirá-la.

Então a força ganhou vida de repente, e Vaasa recuou, fazendo o que sempre fazia, focando em algo fora de si para desviar a atenção.

Melisina estalou a língua.

– Você precisa enfrentar esse desconforto algum dia. Por que não hoje?

Seu primeiro instinto foi pegar um caderno e atirá-lo do outro lado da sala. O segundo foi fugir sem olhar para trás.

Mas ela fitou os cadernos de novo, e uma vozinha dentro de si lhe disse para fazer algo extremamente idiota: tentar.

Então ela tentou.

Nada mais tinha funcionado até o momento.

Ela sentiu outra vez nas entranhas o jeito como a magia ganhou vida e deslizou por suas veias, retorcida e sombria e furiosa. Queria abafá-la. Parecia ódio. O pulsar de algo horrível.

Lágrimas brotaram em seus olhos, e ela balançou a cabeça, usando as costas da mão para enxugar uma lágrima.

– Isso – disse Melisina. – Talvez seja hora de você sentir essa emoção, seja qual for.

Era isso que Vaasa vinha fazendo? Escondendo-se das emoções e chamando tal ato de sobrevivência?

Mas Melisina estava certa: um dia teria que enfrentar aquilo, e Vaasa prefereria fazer isso cercada por pergaminhos, e não por pessoas. Então buscou a magia. Tentou escutar.

Seus dedos roçaram os cadernos, e ela sentiu a textura de cada um. Áspera. Macia. Alguns como camurça, outros como cascalho. Correndo os olhos sobre a variedade de cores, ela quase parou em um laranja, mas sua mão seguiu em frente.

Por fim, encostou em uma capa de couro macia que pareceu fazer a magia faiscar. Embaixo da sua mão havia um caderno preto com entalhes roxos em espirais nas bordas, e linhas curvas gravadas na lombada. Ela o tinha tirado da estante mais afastada, umas três fileiras adiante. Não era nada de mais, só que era. Quando o segurava, Vaasa podia sentir que... era certo. No começo, não conseguia ouvir, mas quanto mais tempo ficava sentada ali com aquele emaranhado deslizante em suas entranhas, mais ouvia o silvo suave da serpente. Como se ela sussurrasse em aprovação.

– Este – declarou Vaasa.

Melisina sorriu.

– Abra.

Abrindo a capa, ela encontrou duas palavras escritas ao pé da primeira página em uma caligrafia desconhecida.

Era o nome dela.

Vaasa apertou o caderno entre os dedos. Melisina devia ter colocado aquele caderno nas estantes e, das centenas naquela sala, Vaasa de alguma forma conseguira encontrá-lo.

– Armas mal compreendidas não podem ser usadas – disse Melisina. – Então vamos começar por aí. Não é fácil ouvir nossa intuição sem permitir que a mente confunda o coração.

– Você sabia que eu escolheria este?

– Não – admitiu Melisina. Ela se ergueu com uma graça natural e estendeu a mão para Vaasa. – Mas, agora que o tem, é hora de usá-lo.

Ela não sabia se Melisina via aquilo como uma justificativa ou só uma explicação. Era a primeira vez em duas semanas que Vaasa não sentia vontade de destruir cada pessoa numa sala. A primeira vez que seu peito relaxava e sua garganta se desobstruía, permitindo que respirasse fundo.

Naquela sala, ela podia ser sincera, e deleitou-se com isso.

Naquele dia, ficou ali até bem depois do anoitecer.

DOMINAR A MAGIA VERAGI MUITAS VEZES significava ficar desconfortável, sentada com todo o coven ou só com Melisina. Muitas vezes, era Amalie que ficava com ela, calada e ocupada com o próprio estudo, mas sempre por perto. Vaasa se acostumara à presença da mulher. Tinha até começado a apreciá-la. Atrás desse conforto, porém, preocupações a assombravam. Às vezes, imaginava Dominik destruindo a sodalidade, tendo visões tão terríveis que não conseguia respirar. Não gostava muito dos exercícios de introspecção – especialmente quando a obrigavam a refletir sobre as escolhas que tinha feito a respeito de Reid, na outra noite. As ameaças veladas que fizera e como deixara as piores partes de si causarem danos talvez irremediáveis entre eles. O jeito como atacava quando se sentia magoada.

Era a primeira vez que reconhecia como estava envergonhada por suas ações.

Aquela sensação pesou ainda mais enquanto corria seus três quilômetros pelas margens do Settara e Kosana novamente se recusava a falar com ela. A guerreira loira não permitia que trocassem mais de uma frase por dia.

Não que Vaasa se importasse ou achasse sua frieza injustificada.

Quando acabasse a corrida, ela fugiria para a varanda e passaria o pouco tempo que tinha a sós lendo um livro escrito em zataariano. Se não usasse o idioma, o esqueceria.

Naquele dia, ao fazer a curva do litoral, elas pararam no mesmo círculo de guerreiros que sempre treinavam juntos àquela hora. Movimentos fluidos e saltos graciosos atraíram o olhar de Vaasa, que os imaginou como gatos-da-montanha. Quando criança, a alertaram para evitar a criatura furtiva que se esgueirava pelas montanhas até os jardins ao cair da noite em Mekës. A única vez que Vaasa se aproximara o suficiente de um para sentir seu pelo macio e espesso da cor da neve foi quando um gato-da--montanha invadira o galinheiro do palácio e estraçalhara várias galinhas. Um dos guardas lançara uma flecha que atravessara a cabeça do animal, e o pai mandara fazer uma capa com a pele. Ele obrigara Vaasa e Dominik a assistir enquanto esfolava a criatura extraordinariamente magra.

– *Esse é o fluxo natural das coisas* – dissera. – *Os fortes sobrevivem aos fracos.*

Os guerreiros à frente dela não usavam flechas, mas suas facas eram afiadas o bastante para cortar. Muitos atiravam suas lâminas com mais precisão do que um arco.

Kosana avançou para lutar com o círculo e gritou por cima do ombro:

– Corra mais três quilômetros.

– Me ensine algo que faça diferença – disparou Vaasa, a imagem do gato-da-montanha morto a assombrando e afastando seu bom senso. – Acho que já dominei a arte da *corrida*.

Os membros do grupo se enrijeceram, alguns desviando os olhos. Uma entre eles, uma guerreira de cabelo preto que acabara de obrigar alguém a se render, abafou uma risada, se levantando do chão e limpando a sujeira da roupa.

Kosana estreitou os olhos.

– Nós duas agora – anunciou ela ao grupo.

Seus olhos azuis percorreram Vaasa da cabeça aos pés, e a curva homicida dos seus lábios fez alarmes soarem na cabeça dela.

O círculo se afastou um pouco para abrir espaço, e Kosana entrou no meio como se a coisa toda fosse um espetáculo. Vaasa imaginou que fosse mesmo – um espetáculo em que ela perderia e pareceria tão fraca quanto Kosana pensava que fosse.

Ainda assim, a única coisa pior que ser humilhada na luta seria recusar o desafio.

Então Vaasa avançou, hesitante e cansada, e respirou fundo.

A mulher de cabelo preto deu um aviso baixo a Kosana, mas a comandante a afastou com um aceno. A mesma guerreira entregou uma lâmina a Vaasa, depois prendeu outra no seu antebraço nu. Vaasa franziu o cenho; nunca usara uma bainha assim. Kosana silenciosamente prendeu uma faca no antebraço do mesmo jeito e apertou a faixa de couro. A menor das lâminas cintilou sob o sol da manhã quando a guerreira relaxou os ombros e pegou sua segunda faca.

– A primeira a forçar a outra a se render ganha. Bata duas vezes no chão para se render – disse a mulher de cabelo preto.

Quando Vaasa encontrou seus olhos castanhos sob as pálpebras baixas, eles pareciam cautelosos, como se ela estivesse preocupada com o que estava prestes a acontecer, mas não tivesse intenção de dizer nada.

Vaasa deu um passo à frente, o cabo pouco familiar da faca curta apertado na palma, a faixa no antebraço coçando um pouco.

Kosana se agachou em uma postura de luta e, sem o menor aviso, saltou.

Vaasa girou para se esquivar do ataque, evitando a comandante por um triz. Kosana era mais rápida que as duas guerreiras que Vaasa tinha observado, movendo-se com mais agilidade e intenção do que qualquer pessoa que ela já vira, e esse pensamento fez seu corpo entrar em ação.

Com o coração martelando, Vaasa se desviou da maior parte dos ataques de Kosana, mas nenhuma vez conseguiu obter uma vantagem. A poeira se ergueu ao redor delas e fez seus olhos arderem, e seus músculos protestaram quando ela deu uma cambalhota e se ergueu de novo, se agachando e se esquivando mais uma vez.

– Eu sabia que ele subestimava você – cuspiu Kosana enquanto elas se rodeavam.

– Mas ele aprendeu essa lição primeiro – disse Vaasa, com muito mais audácia do que possuía de fato.

O brilho assassino nos olhos de Kosana retornou. Será que a comandante a machucaria mesmo?

Seria um jeito de se livrar dela, sem dúvida.

Vaasa sabia que precisava se retratar com aquela mulher. Sabia que, quando Kosana encontrara Reid, o destino delas fora selado. Raiva e ressentimento inundavam os olhos da guerreira e, quando Kosana atacou de novo, Vaasa não escapou tão rápido. Kosana deu uma joelhada em seu estômago, e ela grunhiu. Não tinha a habilidade ou a energia para fazer muita coisa contra aquela mulher poderosa. Embora Vaasa sempre tivesse conseguido ao menos se proteger, Kosana a superava de todas as principais formas.

Ela percebeu o que lhe faltava: resistência.

Kosana aguentaria mais que ela sem problemas.

Esse é o fluxo natural das coisas. Os fortes sobrevivem aos fracos.

Um orgulho cruel ganhou vida dentro dela, e Vaasa se jogou contra a guerreira.

Passou voando por Kosana e deu de cara no chão, mordendo o lábio com força, enquanto a guerreira passava a lâmina depressa ao longo do seu peito. Vaasa nem a vira se mover. Seu estômago se apertou e a magia explodiu em suas entranhas. Vaasa ficou tensa e girou, entrelaçando as pernas com as de Kosana o suficiente para ganhar a vantagem. As duas se engalfinharam, rolando no chão. Kosana apertou a faca contra o interior do braço de Vaasa, e o pânico cresceu quando ela sentiu a pele ser cortada.

– Renda-se – ordenou Kosana.

A resposta de Vaasa foi girá-las e arrastar a própria lâmina pela coxa de Kosana. A guerreira sibilou de raiva e bateu o cabo da faca na face de Vaasa, *com força*. Vaasa gritou, cores explodindo atrás de seus olhos, e ela perdeu qualquer vantagem anterior.

Kosana se sentou em cima dela, erguendo a faca, e Vaasa agarrou o pulso da mulher. Torcendo-o, a obrigou a soltar a lâmina, que caiu no chão ao lado delas.

Sua confiança cresceu e...

Kosana torceu o outro braço dela em um movimento veloz e – era preciso admitir – gracioso. Antes que Vaasa entendesse o que tinha acontecido, a pequena lâmina estava encostada em sua jugular.

Ela bateu duas vezes no chão, derrotada.

Mas Kosana apertou a faca com mais força e cuspiu:

– Isso é pela noite de núpcias dele.

E fez um corte superficial sob o queixo de Vaasa.

Uma pontada de dor desceu pela garganta de Vaasa, que engasgou com o próprio medo, uma resposta involuntária e visceral a ter uma faca tão perto da veia em seu pescoço.

Então a comandante foi puxada pela guerreira de cabelo preto, xingamentos ecoando ao redor delas.

– Ela se rendeu! – berrou a mulher enquanto Kosana se debatia em seus braços.

A ameaça terrível de perder o controle ardia contra os dedos de Vaasa, e ela não pôde mais focar em Kosana. Estava escorregando. A magia estava escorregando. Não conseguia sentir nada além do poder, como ele rugia dentro dela e ameaçava explodir. A escuridão cobriu seus braços e dedos, a serpente de repente crescendo em tamanho e forçando seus pulmões. Ela precisou de toda a sua força para abafá-la, mantê-la contida dentro de si. A magia lhe subiu pela garganta, e Vaasa não sabia o que ia acontecer. Não sabia se conseguiria controlá-la.

– Qualquer ferimento que você causar a ele, *eu vou causar um igual em você!* – gritou Kosana, enquanto dois outros membros de suas tropas tentavam segurá-la.

A respiração de Vaasa vinha em arquejos, escapando pelos lábios entreabertos enquanto lágrimas ardiam em seus olhos.

Resista, resista, resista.

Ela apenas assentiu.

Kosana cuspiu no chão ao lado dela e deixou a faca cair, limpando a poeira da calça e da blusa e lançando ameaças ininteligíveis aos guerreiros que tentavam se aproximar dela.

Vaasa rolou para esconder as mãos. Aquelas pessoas provavelmente pensavam que ela era fraca, uma covarde patética, mas Vaasa se obrigou a respirar como Melisina tinha ensinado. Forçou a magia a descer por seus pulsos e girar em padrões na ponta dos dedos. A ouvi-la, em vez de detonar.

Então obrigou a magia a voltar para dentro de si, e a ameaça foi contida.

Ela soltou um soluço engasgado.

Alguém tentou tocá-la, ajudá-la, e ela xingou em asteryano. Talvez tivesse sido a primeira vez que se deram conta de que ela não falava sua língua materna desde que chegara ali. Que conhecia a deles bem o suficiente para entender cada palavra que diziam e editar as próprias palavras. Todos. Os. Dias.

O sangue do pescoço, do peito e do braço escorria em fluxos lentos. Não era suficiente para fazer nenhum grande mal; nem o osso do rosto tinha quebrado, e Vaasa imaginava que a comandante tivesse dado um golpe calculado. Se quisesse, Kosana poderia ter causado ferimentos muito piores. E, se Vaasa ficasse encolhida no chão por mais tempo, os cortes poderiam infeccionar.

Ela se ergueu com dificuldade, os braços e pernas tremendo, e observou a guerreira de cabelo preto levar Kosana embora à força. Arrancou a bainha de couro do pulso e a jogou no chão.

Com todo o seu orgulho e raiva, Vaasa empinou o queixo ensanguentado e encontrou os olhos de cada pessoa no círculo.

Em silêncio, se virou e mancou de volta para a villa. Reid já tinha saído, e Vaasa agradeceu a cada um dos deuses de Icruria por aquela bênção enquanto deslizava para o chão do chuveiro e ardia.

Deixou a onda de magia sacudir o chão de pedra e deixar a água preta.

MELISINA LE TORNEAU SE ERGUEU num pulo ao ver Vaasa entrar pela porta. Com a túnica preta farfalhando, cruzou depressa o chão de mosaico.

– Minha querida, o que aconteceu com você?

O rosto de Vaasa estava inchado, e o hematoma causado pelo cabo da faca de Kosana já começava a escurecer. Seu lábio estava rachado. Os três cortes tinham parado de sangrar no chuveiro e criariam casca em poucos dias. Ela não tinha ossos quebrados nem deslocados, nem qualquer torção.

Tudo aquilo desapareceria.

– Nada – respondeu Vaasa, a voz baixa ao passar por Melisina e se sentar à mesa mais próxima da estante.

Amalie se ergueu devagar, acompanhada por Suma, Mariana e Romana.

Claro que todas estavam presentes naquela manhã. Ela tinha cogitado não ir, mas cada dia que desperdiçava era mais um dia que teria que passar casada com Reid de Mireh.

Melisina não se moveu. Parada a pelo menos vinte passos de Vaasa, ela se virou devagar.

– Ele sabe que isso aconteceu?

– Seu filho? – perguntou Vaasa, erguendo os olhos de forma deliberada, mas tomando cuidado para não levantar o queixo e piorar o corte.

– Sim, meu *filho* – disparou Melisina, se aproximando e começando a inspecionar o rosto machucado de Vaasa.

Um instante depois, as cinco mulheres estavam curvadas sobre ela como pombos sobre migalhas. Vaasa as afastou, abanando as mãos para que lhe dessem espaço.

Perto demais, elas estavam perto demais. Arregalando os olhos ao ver o corte sob seu queixo, Amalie baixou a voz.

– Quem fez isso com você?

– Eu quase os matei – disse Vaasa, em vez de responder à pergunta. Olhou para as próprias mãos, que não mostravam mais qualquer traço de névoa. – Quase perdi controle da magia e dizimei um círculo inteiro de pessoas.

Melisina apertou os lábios, e ninguém falou nada.

– Vai ser sempre assim? – perguntou Vaasa, seca.

Pelo visto, Melisina já vira o suficiente de seus ferimentos, porque endireitou as costas.

– Não.

– Ela só *cresce*. Todo dia, cresce.

– Eu sei.

Vaasa bateu a mão na mesa.

– *Como eu me livro disso?*

Dava para ver a compaixão no rosto delas, tão nua e crua e familiar que embrulhou o estômago de Vaasa.

– Não há como – disse Melisina.

– Eu quero que você arranque isso de mim!

Vaasa ficou ali, cheia de raiva e urgência, a mão contra o estômago, onde imaginava a serpente enrodilhada, em cima do vazio manipulador, maligno e irritante que estrangulava suas entranhas e qualquer um que se aproximasse demais. Cravando as unhas na barriga, desejou enfiar a mão lá dentro e asfixiar aquela força. Estrangulá-la. Eviscerá-la com uma lâmina.

Nenhuma parte de si parecia sua. Seu corpo tinha sido roubado por uma coisa que ela nunca tinha pedido.

Assim como seu futuro. Sua segurança. Tudo por conta de coisas que ela *nunca pedira.*

Lágrimas arderam em seus olhos, e sua voz falhou.

– Eu não quero isso.

Ela não sabia se estava falando apenas da magia. Podia ser sobre o controle que o irmão exercia sobre ela, ou sobre uma vida sujeita aos caprichos de um trono que ela não queria nem amava. Um casamento para o qual ninguém pedira seu consentimento.

Romana deu um passo à frente, mas Vaasa recuou e quase bateu numa estante. Novamente não conseguiu manter o controle, não conseguiu acalmar e conter aquela força deslizante. Quando pensou no que a magia podia fazer, um medo gélido pulsou em seu peito.

– Não se aproxime.

Ela tentou superar a raiva e o medo, mas a serpente não relaxava. Sibilava e a consumia, rastejando garganta acima e mordendo sua língua.

Vaasa não a deixaria sair de novo. Preferiria deixar que a matasse antes de tocar em qualquer uma daquelas mulheres.

Talvez fosse melhor estar morta, no fim das contas.

Como se a tivesse ouvido e desejasse lhe conceder seu desejo, a magia estrangulou as vias aéreas de Vaasa, e ela arquejou, levando as mãos à garganta e arregalando os olhos. Não conseguia respirar, não conseguia respirar, não conseguia respirar...

– É água – disse Melisina, dando um passo à frente, com névoa se erguendo de suas mãos e se enrodilhando pelos braços. – Qualquer forma que a magia assuma agora, imagine que é água. Um riacho fluindo de volta para casa.

– Não... consigo – disse Vaasa, engasgada, lágrimas quentes brotando em seus olhos.

– Consegue, sim – insistiu Mariana, também dando um passo à frente.

O resto do coven a rodeou.

Como se confiassem nela.

Como se acreditassem nela.

– Tente – exigiu Melisina. – Por favor, tente.

Como se quisessem que ela vivesse.

Água. Vaasa pensou em rios e mares, resistindo à serpente que queria causar estragos. Que queria morder e se enrolar e sufocar. Que queria tanto violência que estava disposta a matá-la se não houvesse outras opções.

Água.

Vaasa pensou no Settara, em suas cintilantes profundezas turquesa, na sua cor sob o luar. Como as ondas batiam na areia e se revolviam sob o sol.

Água.

A serpente em sua garganta esfriou e derreteu, como líquido num dia quente, e ela sentiu sua passagem gélida pelo peito, como beber um copo cheio de estômago vazio. Assim como o Settara fazia, à noite, a magia oscilou com suas emoções. Ondulando dentro dela.

Vaasa puxou o ar, ofegante, e lágrimas irromperam dos seus olhos.

Caindo de joelhos, ela gemeu quando o corte no braço se abriu.

Todas podiam vê-la no chão, desmoronando. Abrir todas aquelas camadas na frente de outra pessoa era insuportável. Como uma criança, ela rastejou para debaixo da mesa para se esconder, os joelhos apertados contra o peito enquanto o mundo se fechava ao seu redor. Soluços explodiram do fundo da sua garganta. A humilhação a rasgava por dentro.

Então Melisina apareceu à sua frente, entrando sob a mesa, arrastando a túnica no chão.

Vaasa tentou recuar, mas, em uma voz suave, Melisina implorou que não se afastasse.

– Só chore. Bote para fora.

De repente, as cinco bruxas estavam de joelhos, engatinhando sob a mesa também. Ver a bondade e a compreensão em seus rostos fez com que um soluço infeliz escapasse do fundo da garganta de Vaasa. Ela escondeu a cabeça nos joelhos.

Mas fez o que Melisina pediu: chorou. Chorou até seus olhos arderem e ela não conseguir mais respirar pelo nariz. Chorou pelo que sua vida deveria ter sido. Pelo que seu casamento deveria ter sido. Chorou pelos filhos que nunca seria seguro ter, pelo lar onde nunca poderia envelhecer, pela família à qual nunca poderia retornar.

Em algum momento daquele redemoinho, Romana começou a falar.

– Quando minha mãe morreu, eu só via chamas, e elas me queimavam de dentro para fora. Eu odiava essa parte de mim, que ateava fogo a tudo, até às coisas que eu amava. Até às coisas que eu queria. Especialmente a elas. Mas veja.

Ela estendeu a mão e, no chão de mosaico, sua névoa começou a assumir uma forma. Dobrando-se em si mesma, cresceu até criar um pequeno urso, as bordas estremecendo enquanto ele dava alguns passos e desaparecia.

Vaasa perdeu o fôlego.

Suma se aproximou um pouquinho, mas não tentou tocá-la.

– Para mim, veio na forma de câimbras longas e agudas. Agora é um gavião.

– A minha começou como um gato que nunca retraía as garras – sussurrou Amalie. – Mas agora é uma raposa.

– A minha era um touro, grande e bravo e com chifres – disse Mariana. – Agora é um tigre caçador.

– O que você vê? – perguntou Melisina.

Como ela podia falar aquilo em voz alta? Abrir o peito e exibir sua vergonha era a única coisa que não conseguia fazer.

As figuras de que elas falavam eram lindas e fortes. A dela era calculista e cruel.

Mas então Amalie sussurrou:

– Só porque você só conheceu uma forma até agora, não significa que não vai haver outras.

Tremendo, Vaasa ergueu os olhos. Encontrou a familiaridade do olhar de Melisina, a severidade calma de suas feições afiadas. Depois Romana, a sabedoria entalhada nas íris castanhas; Mariana, cujo poder não passava por cima dos outros; Suma, com suas poucas palavras que muitas vezes significavam mais que as de todas; e, por fim, Amalie, que usava sua força discretamente, cheia de graça e compaixão.

Todas tinham dominado o que viram em si mesmas no começo. E, ao olhar para elas, tudo que Vaasa viu era como puderam escolher quem queriam ser.

Ela desejava isso. Escolher.

– É uma serpente – confessou por entre as lágrimas. – Eu vejo uma serpente.

Vaasa não era um camaleão. Ela acabara igual ao pai, e não surpreendia que o que via em si mesma fosse exatamente o que os outros tinham visto nele.

– É assim que meu povo chamava meu pai – sussurrou ela. – A Serpente de Asterya. E não acredito que meu irmão seja o único que herdou sua crueldade.

Suma balançou a cabeça.

– Você pode herdar os olhos ou o cabelo ou o nariz de alguém, mas não seus defeitos. Eles são aprendidos. O que significa que podem ser desaprendidos também.

Melisina apoiou a mão no ombro de Vaasa, que se concentrou naquele calor, inclinando-se para o toque.

– Você chama de raiva, de medo, mas não é nenhuma dessas coisas. O que existe dentro de você é dor. Do tipo que queima mundos inteiros.

Dor.

Vaasa sentiu sua pontada e arfou de novo, a raiva vermelho-sangue se dissolvendo para mostrar o sentimento mais triste por baixo. Um frio inescapável a tomou, como se ela tivesse sido enterrada no gelo.

A magia em seu estômago sibilou, uma serpente de novo. Mas, dessa vez, o som foi baixo, como se ela quisesse ser ouvida, como se implorasse que Vaasa a ouvisse.

E, quando prestou atenção, escutou o que estava tentando dizer a si mesma.

Desde o dia em que Dominik nasceu, Vaasa ouviu que vinha em segundo lugar. Que sua vida valia menos que a dele. Que o único jeito de sobreviver era se comportando, sendo útil.

No fim, ninguém a tinha protegido dele.

A raiva e o medo desapareceram.

E Melisina estava certa – tudo que sobrou em Vaasa foi dor.

Mas não sabia como se livrar dela. Como superar o vazio e a raiva.

A exaustão pesou em seus ombros, curvando-os sob sua força.

– Ela não passa – repetiu Vaasa.

Melisina se pôs de joelhos, mas não ofereceu mais verdades ou explicações. Silêncio preencheu o ar da Sodalidade de Setar e, nele, lágrimas silenciosas escorreram pelas faces de Vaasa.

Embaixo daquela mesa era o lugar onde se sentira mais segura em meses.

– Me ensinem – sussurrou ela, enxugando as lágrimas que lhe caíam dos olhos, forçando-se a respirar fundo. – Por favor, vocês podem me ensinar?

E, pela primeira vez, não era porque aquele era o único jeito de escapar.

Era porque era o único jeito de ter uma escolha.

Amalie sorriu como o sol, Mariana riu como se fosse uma pergunta tola.

– Você não está sozinha e nunca mais estará – disse Amalie, sua voz soando como um sino de vento.

Então Mariana tentou se levantar, e um baque fraco reverberou sob a mesa.

– Ai – disse ela, esfregando a cabeça.

Romana soltou uma gargalhada, e Mariana a seguiu.

Amalie deu uma risadinha e Vaasa não conseguiu conter o sorriso que curvou seus lábios.

Com cuidado para evitar a mesa, Melisina se levantou, espanando a túnica e estendendo a mão para Vaasa.

Era demais, aquele afeto. Ela não fizera nada para merecê-lo.

Mas aceitou a mão de Melisina mesmo assim.

– Hoje, você vai aprender a se ancorar. A encontrar no mundo um lugar onde poderá plantar os pés com firmeza e voltar a si mesma, não importa quão descontrolada sinta que está.

CAPÍTULO 9

Quando voltou à villa sozinha, Vaasa foi direto para a cama e imediatamente adormeceu, apesar do sol que entrava pelas janelas. Não lembrava a última vez que tinha dormido no meio do dia.

Encolhida de lado, só acordou quando a porta se abriu com um rangido. Os passos pesados de Reid cruzaram o quarto. Suas palavras ríspidas e manhãs silenciosas pulsavam entre os olhos dela, fazendo sua cabeça doer. Vaasa rolou e viu Reid ir até a cômoda, sua voz ecoando:

– Ah, agora você quer a cama.

Ela se virou e deixou o cabelo cair sobre o rosto antes que ele pudesse vê-la, torcendo para que apenas a deixasse dormir e fosse embora.

Ele não fez isso.

Vaasa ouviu seus passos deliberadamente mais silenciosos no chão de madeira enquanto ele se aproximava da cama e ajeitava os cobertores para mantê-la aquecida.

Ela manteve os olhos fechados.

Então Reid hesitou, cuidadosamente afastando seu cabelo do rosto. Vaasa podia sentir seus olhos examinando-a.

– Vaasa. – Ele tocou seu ombro para acordá-la, a voz urgente. – Acorde.

Ela sabia que ele vira os machucados.

– Acorde – disse Reid de novo, sacudindo seu ombro.

Isso a fez se retrair.

Silêncio.

Então, com a voz baixa e ameaçadora, Reid perguntou:

– O que aconteceu?

Vaasa puxou o cobertor mais para cima e escondeu o rosto machucado, encolhendo-se ao sentir o corte sob a mandíbula. As feridas no braço e no peito não doíam tanto.

– Acidente de treinamento. Vai sumir em alguns dias.

– Isso não foi um acidente.

– Foi.

De repente, a mão dele estava em seu ombro, e Reid puxou o cobertor. Vaasa protestou quando sua pele se esticou e Reid cambaleou para trás, os olhos se arregalando ao ver as ataduras em seu peito e em seu braço, que Romana tinha enfaixado com cuidado.

– Que *porra* aconteceu?

– Me deixe em paz, Reid – disparou ela, puxando o cobertor de volta.

Por sorte, as ataduras cobriam a maior parte do estrago, deixando só o corte na mandíbula à mostra, porque uma atadura ali impediria seus movimentos. Mas, se Reid visse esse machucado, idêntico ao que ela lhe dera, saberia perfeitamente bem quem a tinha cortado.

– De jeito nenhum. – De repente, ele estava assomando sobre ela, os joelhos na cama, fazendo o colchão afundar enquanto invadia seu espaço. – Senta.

– Para.

– *Senta.*

Suspirando de frustração, Vaasa inspirou fundo antes de soltar o ar e se sentar. Seu primeiro instinto foi baixar o queixo, esconder aquele ferimento o máximo possível. Dos outros, ela fora cúmplice.

E merecia todos.

Os olhos dele se arregalaram, pousando no lábio cortado e no hematoma azul e preto em sua bochecha.

Reid se aproximou mais, seu corpo enorme bloqueando o sol do fim de tarde. Âmbar e sal alcançaram o nariz de Vaasa, que abaixou o queixo um pouco mais, deixando o cabelo cair sobre o rosto.

– Eu sei me cuidar.

– Estou bem ciente disso – disse Reid, continuando sua inspeção.

Seu olhar percorreu a atadura ao redor do braço dela, depois subiu ao ombro e ao espaço sob sua clavícula. Ele estendeu a mão, hesitante, e Vaasa se encolheu quando Reid afastou a gaze em seu peito e expôs o corte vermelho fino.

A mão dele ficou imóvel.

– Me diga quem fez isso com você.

Ele sabia que aquilo não era um acidente – tinha sido tolice pensar que poderia convencê-lo do contrário. Os cortes eram tão intencionais quanto o machucado em sua bochecha.

Mas isso não significava que ela não fizera por merecê-los.

– Acidentes acontecem durante o treino – disse Vaasa, afastando as mãos dele e recuando contra a cabeceira. – Esqueça esse assunto. Vai sarar.

– Olhe para mim.

Ela não olhou.

– *Olhe* para mim.

Vaasa ergueu os olhos, e Reid examinou seu rosto. Ele estava perto demais para ser aceitável, mas a intensidade do seu olhar a fez manter esse pensamento para si. E então o olhar dele desceu um pouco mais. Reid estendeu a mão e afastou o cabelo do seu pescoço, seus dedos leves na mandíbula dela enquanto tentava examinar melhor o hematoma na bochecha, mas então seus olhos desceram para...

Ele cerrou os dentes.

Tinha visto o corte ali.

– Reid... – começou ela.

Erguendo-se da cama, ele irrompeu furioso pela porta.

– Reid! – gritou Vaasa, fazendo uma careta ao se levantar. – Aonde você vai?

– Kosana! – berrou Reid, marchando pela passagem externa.

O estômago de Vaasa afundou. Pelo bem de Kosana, Vaasa esperava que a comandante tivesse escolhido passar aquela tarde em outro lugar.

Vaasa calçou as botas e o seguiu pela passagem até a parte principal da casa, xingando baixo com o esforço. Não tinha feito o suficiente naquele dia? Cada músculo doía, os cortes latejando junto com a bochecha inchada.

Reid seguiu furioso até os jardins dos fundos, e Vaasa o chamou com a voz engasgada enquanto corria pelo caminho de pedras que levava ao Settara. Ele se virou, raiva e pânico se misturando em seu rosto, e esperou até que ela o alcançasse com dificuldade.

– Pare! – exclamou Vaasa. – Você só vai piorar as coisas.

– Como pode ficar pior do que isso?

– Eu podia ter matado todos eles. Estávamos em um dos círculos de treinamento, e eu quase perdi o controle da ma...

– Isso aconteceu em uma luta de treinamento?

Vaasa hesitou.

– Sim.

– Você se rendeu?

O ar ficou preso em sua garganta.

– Não. Eu a provoquei. Eu...

– Você está mentindo.

– Não estou.

Dando um passo lento à frente e encontrando seu olhar, Reid afirmou:

– Se você tivesse matado qualquer pessoa, o sangue estaria nas mãos dela.

– Reid...

Ele viu Kosana no mesmo instante que Vaasa, junto ao lago, com um grupo dos seus soldados. Reid nem se deu ao trabalho de usar um dos caminhos. Parecendo menos um gato-da-montanha e mais um urso raivoso, saltou sobre a mureta e atravessou a grama amarela, esmagando flores silvestres no caminho.

Vaasa xingou e seguiu às pressas pelo caminho que ele abria. A grama seca roçava suas calças e ramos de capim se prendiam ao tecido, mas o ímpeto da descida a impelia, de modo que os músculos da coxa não tivessem que trabalhar. Suas panturrilhas, no entanto, gritavam em protesto.

Quase tão alto quanto as vozes indiscerníveis que ecoavam lá embaixo.

Ao pé da colina, Vaasa tropeçou na areia e sentiu uma descarga de adrenalina quando viu Reid saltar à frente e derrubar Kosana no chão. Os dois rolaram e, quando Vaasa finalmente chegou, Kosana estava gritando, presa sob Reid e, para todos os efeitos, encurralada. Reid tinha levado meros *instantes* para derrotá-la. Vaasa nunca tinha ouvido um som daqueles sair da boca de Kosana.

– Você recebeu ordens *explícitas* de não colocá-la na porra de um círculo de combate – rosnou Reid, empurrando Kosana contra a areia.

O quê? Quando Vaasa olhou ao redor, os seis ou sete membros da tropa de Reid evitaram seu olhar. Ela já estivera sob o aperto de Kosana, então conhecia a força da mulher. Se Reid a segurava com tanta facilidade, o mundo tinha mesmo bons motivos para ter medo dele.

– Eu sei – admitiu Kosana, atraindo de volta a atenção de Vaasa.

– Ela se rendeu?

Kosana inspirou fundo e olhou de relance para Vaasa, que mal conseguia recuperar o fôlego.

– Sim. – Kosana olhou diretamente para Reid. – Eu a cortei uma vez depois.

– Onde?

– No pescoço.

Reid a empurrou com mais força contra a areia.

– Me diga por que eu não deveria fazer com você *exatamente* o que você fez com ela.

– Reid, pare... – tentou Vaasa.

– Você deveria – respondeu Kosana.

Vaasa fechou a boca e prendeu a respiração. Ele não faria isso, certo? Ela não era nada em comparação com Kosana, um mero arranhão na vida dele comparada à presença da comandante.

Reid olhou por cima do ombro para fitá-la, e Vaasa implorou em silêncio. Ele olhou para o hematoma azul e preto em seu rosto, os cortes no lábio e na mandíbula.

– Não faça isso – suplicou Vaasa.

Mas era tarde demais. Pegando uma das três lâminas em seu quadril, ele fez um corte superficial de uns cinco centímetros na mandíbula de Kosana.

A comandante não emitiu um som sequer.

– Levante-se – ordenou Reid, soltando Kosana e endireitando as costas.

Ninguém ao redor disse nada. Ninguém tentou intervir. No canto do grupo estava a guerreira de cabelo preto, que assistia à cena como se aquilo fosse exatamente o que esperava. A maioria dos outros tinha a mesma expressão.

Vaasa não sabia o que sentir – se ficava brava com um dos dois ou se sequer tinha direito de sentir qualquer coisa.

Kosana obedeceu, endireitando a coluna e erguendo os olhos para Reid. Um fio de sangue escorria pelo seu pescoço. Os dois se encararam por um momento, até que Reid disse:

– Qual é a punição para um membro das suas tropas que desrespeita as regras de combate no treinamento?

Kosana estremeceu, mas se recusou a desviar o olhar ou fugir da ira dele. Vaasa levou um momento para perceber que não era orgulho que via em seu rosto. Kosana estava assumindo a responsabilidade por seus atos.

– Rebaixamento – disse ela.

O estômago de Vaasa despencou. As coisas entre elas estavam prestes a piorar consideravelmente.

– E qual é a punição para um membro das suas tropas que feriu seu guardião ou a consorte dele?

Todos ficarem imóveis, exceto Kosana. Como se já tivesse considerado a pergunta, ela disse:

– Afastamento.

Reid cerrou a mandíbula de novo, mas assentiu, embora estivesse claramente consternado.

– Então que seja.

Vaasa deu um passo à frente.

– Reid...

– Não interfira – avisou Kosana.

Vaasa fechou as mãos em punhos, encarando a comandante. A magia se ergueu de repente, sensível à sua exaustão, crescendo em suas mãos e subindo aos cotovelos. Quando a névoa preta rodeou Vaasa, todos deram um passo para trás.

– *Você* não deveria interferir – insistiu Vaasa.

Irritada. A serpente estava irritada e se enfurecia facilmente, como se a menor provocação pudesse ser a última gota.

Ela percebeu que estava cometendo o mesmo erro de antes. Seria muito fácil responder com raiva, deixar a magia arrasar com todos eles.

Mas não era isso que queria daquela situação.

Vaasa conteve a serpente em sua barriga e pensou em água de novo. Água revolta e fresca, seguindo o ritmo das marés. *Ancoragem*, lembrou. *Concentre-se no que sente ao redor... no vento soprando em sua pele. Na secura do ar no fundo da garganta. Nos seus dedos dentro das botas.*

A água fria substituiu o redemoinho raivoso de antes.

A magia se extinguiu.

Os olhos de Kosana se arregalaram, e a mulher deu mais um passo para trás, assim como os outros do grupo.

– Entende o que você poderia ter causado? – disse Reid a Kosana, se aproximando de Vaasa, algo desconhecido em sua postura ao parar ao lado dela. – Você colocou a si mesma e a todos aqui em perigo.

Fora por isso que ele dissera a Kosana para não colocá-la no círculo de treinamento. Ele sabia que ela não conseguia controlar a magia.

Que ela era um risco.

A humilhação inundou Vaasa. Não era responsabilidade de Kosana lidar com a magia dela ou com sua incapacidade de manejá-la. Vaasa tinha *pedido* para lutar. Então ela aprumou os ombros, apesar dos músculos doloridos.

– Eu que comecei, Reid. Não a castigue por isso. Só designe outra pessoa para me ensinar.

Reid se virou para ela, erguendo uma sobrancelha grossa.

Ao longo de toda a situação, Vaasa reconheceu a lealdade que pulsava nas veias de Kosana. Mais cedo, o coven tinha olhado para ela do mesmo jeito. Vaasa não tinha intenção de abafar aquilo. Afinal, não era sábio afastar sua comandante no meio de uma eleição.

Ela se virou diretamente para a guerreira. As duas se encararam, e Vaasa viu Kosana apertando os lábios com força.

– Sei que não estamos quites, mas podemos deixar essa questão para trás?

Kosana soltou o ar.

Reid esfregou o queixo.

– Vaasalisa...

– Eu fiz uma pergunta, Kosana.

A comandante passou a língua pelos dentes, mas Vaasa jurava ter visto uma pequena centelha de respeito cruzar seu rosto.

– Está encerrado.

Por um momento, ela se perguntou se Reid atropelaria sua autoridade. Se seria o momento em que ele desistiria da imagem que queria que apresentassem. Vaasa o encarou como se o desafiasse a fazer isso.

Reid virou-se para a plateia, observando seus olhares duros – os seis outros guerreiros atrás de Kosana assistiam com uma mistura de assombro e medo nos olhos atentos.

– Ela é minha esposa – disse Reid de repente.

Todos pareceram se virar para ele, mas Reid estava totalmente focado em Kosana, os elos de raiva e amizade vibrando entre os dois. Como se ele não falasse mais como guardião, apenas como um amigo.

– Essa inevitabilidade não está sujeita a seu julgamento ou aprovação. É simplesmente o que ela é.

Algo se partiu no rosto de Kosana. E, pela segunda vez, Vaasa questionou tudo que sabia sobre aquela mulher. Não foi anseio ou dor que viu ali. Vaasa só podia descrever os olhos baixos de Kosana como uma expressão de culpa.

Ela nunca tivera uma amiga assim.

– Você saiu viva – disse Reid, retomando a postura ereta e usando o tom de guardião. – Deveria ficar grata por ela ter aprendido autocontrole suficiente para conter a magia. Se um dia esquecer quem somos e o que essa tropa defende, não vou hesitar em removê-la do seu posto.

Kosana ergueu olhos envergonhados para os dele, engoliu em seco, mas assentiu.

– Já que você assumiu o controle da situação, Vaasalisa, escolha o substituto dela.

Vaasa congelou de novo. Como poderia saber quem seria a melhor opção? Todos os olhos caíram sobre ela quando se virou para o pequeno grupo, e Vaasa encontrou o olhar da guerreira de cabelo preto.

– Você – disse ela, lembrando que a mulher tinha puxado Kosana de cima dela e se movia com mais agilidade do que praticamente qualquer um que Vaasa já vira lutar.

Seria bom aprender a lutar assim.

O rosto de Kosana se contorceu, e ela olhou para Reid.

– Esoti – disse ele, e a guerreira deu um passo à frente. A raiva ainda queimava nos olhos dele, especialmente quando disse a Kosana: – Você interferiu no meu casamento, por que não deveríamos interferir no seu?

Quê? Ah, *não*.

Esoti – aparentemente, a esposa de Kosana – assentiu para Reid com severidade antes de se voltar para Vaasa. Encontrando o olhar dela com a força de montanhas, a guerreira deu outro aceno.

Foi apenas um mínimo sinal de respeito mútuo e talvez não significasse nada, mas Vaasa decidiu encarar o gesto dessa forma. Assentiu em resposta.

– Eu a verei em uma semana, consorte. Até lá, é melhor descansar – disse a mulher antes de se virar para Reid e Kosana. – Guardião. *Comandante*.

Vaasa quis se esconder quando alguns membros do grupo abafaram risadinhas antes de seguirem a nova professora de Vaasa pela praia.

Reid e Kosana trocaram algumas palavras baixas, até que ele a calou e pôs fim à discussão. Em silêncio, a comandante tentou manter a cabeça erguida enquanto descia pela margem do Settara.

Vaasa murchou um pouco, então olhou ao redor para a paisagem subitamente vazia.

Aquilo não era uma vitória. Talvez tivesse acabado com qualquer avanço que fizera ao escolher a esposa de Kosana para tomar o lugar da comandante. Como ia lidar com aquela situação?

Ela se virou para a encosta íngreme da colina traiçoeira. De todos os pensamentos e frustrações em sua cabeça, o principal era a caminhada de volta. Teria que subir ou contornar a colina.

Cada centímetro do seu corpo doía.

Soltando um suspiro frustrado, começou a subir pela grama seca.

– Vamos discutir esse seu controle recém-adquirido? – perguntou Reid atrás dela.

– Sua mãe é uma professora melhor que Kosana – disse Vaasa por cima do ombro, pisoteando as flores silvestres.

– Vaasalisa...

– Eu não sou como meu irmão – disse ela de repente, virando-se para encará-lo.

Reid parou logo antes das flores, a brisa soprando seu cabelo e a raiva sumindo do seu rosto.

– Eu sei – respondeu ele, no tom mais suave que ela já o ouvira usar. – Eu não devia ter dito que...

– Devia. Você não me conhece, não de verdade. E não espero que confie em mim. Sou a filha mais velha do homem mais implacável do continente. Um homem que está morto, junto com a minha mãe. Eu também não confiaria em mim.

Reid a observou com cuidado enquanto ela mantinha o olhar no dele por mais um momento, e foi como se considerasse pela primeira vez que poderia haver algo além de raiva dentro de Vaasa.

– Mas eu não sou como meu irmão – repetiu ela.

Dominik tinha olhado para o mundo e decidido que pertencia a ele, enquanto Vaasa sabia que absolutamente nada pertencia a ela.

Ela se virou de novo e continuou a escalada sofrida. Os músculos doloridos a impeliam adiante, mesmo que só para terminar logo a tarefa e finalmente poder dormir. Sua respiração saía em arquejos quentes quando chegou à metade do caminho, mas ela tropeçou e soltou um gritinho de dor ao usar as mãos para amortecer a queda sobre as flores. Alguma coisa ardeu no interior do braço, e ela soube que tinha reaberto o corte.

Depois de tudo que acontecera naquele dia, uma tristeza patética irrompeu na forma de lágrimas quentes. Elas arderam em seus olhos, que ela fechou e enxugou depressa. Será que Reid a veria assim? Não podia. Uma dor estranha e hipócrita a tomou, algo que ela jamais colocaria em palavras, e não queria que ele começasse a fazer perguntas. Obrigou-se a se levantar e seguir em frente. A cada passo, sentia sua energia diminuir ainda mais.

Ela *não* era como Dominik.

De repente, seus pés foram erguidos do chão e ela se viu apoiada contra um peito firme – o peito de *Reid* – enquanto ele a segurava por baixo das pernas e nas costas. Sem uma palavra, ele seguiu colina acima. Vaasa começou a se debater, mas ele sussurrou:

– Quer parar com isso?

Ela relaxou. Não sabia por que aquelas palavras tinham feito qualquer diferença, mas fizeram. Segurou-se a ele enquanto Reid a carregava até a villa. Ele não a soltou, dando um jeito de abrir a porta e percorrendo a passagem externa como se ela não pesasse nada.

Dentro dos seus aposentos, ele a deixou na cama e foi ao banheiro. Vaasa se encostou na cabeceira e encolheu as pernas contra o peito.

Então ele voltou com mais suprimentos – ataduras, gaze, uma solução para limpar feridas e um unguento. A cama afundou com seu peso, e ele estendeu as mãos para as ataduras encharcadas sob o ombro dela.

Quando Vaasa se encolheu, ele parou, como se pedisse permissão.

Ela se inclinou para a frente. O toque de Reid estava quente do sol ao puxar a atadura no interior do braço dela com cuidado. Vaasa se retraiu, a respiração entrecortada enquanto ele limpava a ferida meticulosamente. A pele ardia a cada passada da gaze ensanguentada, mas logo ele subiu para o corte sob a clavícula. Vê-lo trabalhar era estranho e fascinante. Fez Vaasa se sentir profundamente vulnerável, mas ela estava cansada demais para fingir qualquer outra coisa.

Quando aquele ferimento estava limpo, ele disse:

– Erga o queixo.

Vaasa expôs o pescoço, e ele se inclinou e aplicou a solução no corte, fazendo Vaasa cerrar os dentes. Reid fez outra pausa. Deliberando, talvez.

Antes que ele pudesse falar, ela sussurrou:

– Uma vez ouvi alguém dizer que você come corações humanos.

Ele deu uma risada irônica e, quando ela abriu os olhos, viu que aquele sorriso arrogante e bem-humorado tinha voltado.

– Que nojo – disse Reid.

– Apesar do que os asteryanos gostam de dizer, acho que você os assusta.

Ele apertou a gaze com a solução em seu pescoço de novo, e Vaasa fechou os olhos e tentou não fazer uma careta de dor.

– Eu assusto *você*? – perguntou ele.

Que pergunta.

– Contam muitas histórias sobre Icruria, sobre o Lobo de Mireh, mas não sei quais são baseadas na verdade e quais são baseadas no medo.

Ele fez outra pausa, apertando a gaze de novo.

– Talvez você devesse descobrir por si mesma.

– Talvez seja o que estou fazendo.

O toque desapareceu, e ela não abriu os olhos, mas podia ouvi-lo mexendo em uma atadura. De repente, ele perguntou:

– Você é leal ao seu irmão, Vaasalisa?

Não. Nunca poderia ser. Quando pensava em Dominik, pensava em tudo que tinha perdido. Tudo que jamais teria. Um rosto surgiu atrás de suas pálpebras fechadas, olhos suaves e gentis, o rosto de um soldado que ela conseguira manter em segredo do pai. Roman Katayev, com seus olhos castanhos e sorriso fácil. Quando ele estava por perto, a crueldade do mundo desaparecia. Era só um soldado, mas que a ensinara a segurar uma faca e como tocar outra pessoa no escuro.

Até Dominik pegá-los juntos.

Não adiantou ela prometer que nunca se casaria. Não adiantou jurar que nunca mais voltaria a vê-lo.

Roman foi enviado para morrer ao norte, na fronteira que Asterya partilhava com Icruria.

O amor é uma coisa inútil, dissera o pai.

Dominik tinha assistido. Tinha se deliciado com o sofrimento dela, porque sabia que Vaasa amar alguém sempre seria uma ameaça para ele, que se deleitava com a infelicidade da irmã. As lembranças de Roman eram uma faca em suas entranhas, mas ela tinha aprendido a viver com aquele luto fazia muitos anos, enterrando-o tão fundo quanto enterrava quase tudo.

– Não, eu não sou leal a ele – sussurrou, uma verdade que já fora impronunciável. – E, se ele me ouvisse dizer isso, colocaria minha cabeça numa estaca.

Seu pescoço estava exposto, suas faces, manchadas de lágrimas. Revelar mais um pedaço da sua alma não era nada.

– Olhe para mim – disse ele de novo, como fizera mais cedo.

Vaasa abriu os olhos e encontrou a severidade dos dele.

Reid soltou um longo suspiro.

– Não sou idiota a ponto de me acreditar a salvo das ambições do seu irmão. Ele quer conquistar o continente e, se ainda não conseguiu, tudo que faz tem a intenção de ajudá-lo a atingir esse objetivo.

Vaasa concordou com um aceno.

– Mas você foi mandada aqui por isso também? – perguntou ele.

Uma pergunta tão simples. Tão direta. O olhar de Reid a fez refém e, pela primeira vez, parecia mais astuto do que ela já lhe dera crédito, como se pudesse extrair verdades das pessoas com a mesma ferocidade com que Vaasa tecia mentiras.

Estamos à altura um do outro. Até aquele momento, ela não tinha acreditado nisso.

Ela se perguntou como Melisina lhe ensinara a ter bondade. Como tinha lhe mostrado como equilibrar sua confiança com a lealdade a si mesmo e a seu país. Entendia perfeitamente por que aquelas pessoas o tinham elegido, e não era por sua brutalidade ou astúcia.

Havia coisas, porém, que jamais poderia mostrar a ele. Verdades que não podia contar sobre os perigos que Dominik apresentava ou as oportunidades que Reid ganhara porque Dominik tinha sido tolo de oferecer Vaasa em casamento.

Reid queria ser grande mestre, mas e se visse a oportunidade de construir um império? Quem se tornaria, nesse caso?

Ela nunca daria a outra pessoa a oportunidade de roubar sua chance de liberdade.

Então contou as verdades que importavam.

– Meu irmão acredita que essa magia é uma maldição. Ele presumiu que eu morreria em questão de meses, então imagino que esperava declarar guerra. Se eu morrer aqui, ele terá a desculpa de que precisa para elevar as tensões com Wrultho. Para confrontar você diretamente. Não acredito que as intenções de Dominik sejam boas e recomendo que você não negocie mais com ele.

Reid franziu o cenho, a confusão novamente dominando suas feições duras.

– Foi sua mãe quem arranjou nosso casamento, Vaasalisa, não seu irmão. Ela falou diretamente com a minha mãe. Embora eu tenha feito um pedido formal a seus conselheiros, não foi ideia do seu irmão, nem minha.

O estômago de Vaasa se embrulhou e um nó cresceu em sua garganta. A *mãe* tinha escolhido aquilo? Tinha negociado com Melisina?

Tudo que ela pensava saber sobre a mãe virou de ponta-cabeça. A mulher fria e indiferente que adorava Dominik e rejeitava Vaasa de repente pareceu diferente a seus olhos. Não era fria, e sim calculista.

Será que a mãe a tinha mandado para aquele casamento para mantê-la a salvo ou para colocá-la em perigo?

– Não entendo – sussurrou Vaasa.

– Quando sua mãe morreu, Dominik tentou romper nosso acordo. Eu recusei, como minha mãe instruiu.

Ela não fazia ideia do que aquilo significava de fato, se é que significava alguma coisa. Talvez a mãe só estivesse cansada dela ou achasse que seria divertido ver os filhos caçando um ao outro. Mas Dominik tinha imaginado que Vaasa morreria, e provavelmente foi por isso que não discutira muito. Ele tinha visto uma oportunidade e a aproveitara.

Reid recuou, apoiando as mãos no colo.

– Você quer o trono dele, Vaasalisa? É esse seu objetivo?

– Não – respondeu ela, sem hesitar.

– Então o que quer?

Ela falava seis idiomas, memorizara e estudara culturas para se comunicar com embaixadores e visitantes de nações vizinhas. Para poder distorcer as palavras em seus idiomas, quando acreditavam em sua fachada de familiaridade. Seu pai era um mestre da conquista, um especialista em fazer outras nações dependerem dele de alguma forma, depois queimá-las até não sobrar nada.

Mas ela nunca tinha visto aquelas nações, não como vira Icruria. Mireh. Sempre ansiara por isso, e pensara que, caso se comportasse, teria a chance.

Agora, achava que tudo que as bruxas diziam era verdade: era possível escolher um resultado diferente. Pavimentar a estrada para uma vida que ela construiria para si mesma.

– Eu quero viver, Reid. Quero viver tempo suficiente para ver mais do mundo antes de Dominik apagar toda a cor dele.

Seu corpo relaxou um pouco. Ela devia a Reid mais do que essa resposta. Mais do que apenas admitir o que *ela* queria.

– Eu não devia ter falado com você daquele jeito. Você fez mais do que o suficiente. E eu jamais vou ameaçar Icruria. Nunca faria nada para prejudicar você ou Mireh. Farei tudo que puder para eleger você e, em três anos, irei embora.

Ela estava sendo sincera. Se estivesse ao seu alcance, dedicaria a ele os três anos que tinha prometido.

Apertando os lábios, ele respondeu com um aceno firme. Um aceno que parecia significar algo mais... algo como confiança. Reid de Mireh a confundia, mas talvez fosse a pessoa mais transparente que ela já tinha conhecido.

– Sei que você também está cansado, mas posso dormir na cama hoje, por favor?

Era incômodo sentir que estava implorando, mas ela precisava dormir. Precisava saber que não ia rolar do sofá no meio da noite e reabrir todos aqueles ferimentos. E ele tinha oferecido sua casa a ela, com ou sem acordo.

Ela não vinha tratando-o nem um pouco bem.

– É claro, Vaasalisa. Claro. – Reid se ergueu da cama e foi até a porta, a mão parando na maçaneta. – Sei que isso é minha culpa. Sinto muito por forçá-la a fazer algo que não queria. Sei que eu disse que não ia fazer isso.

O peito dela se apertou com aquelas palavras afáveis, com a disposição dele de carregar o fardo de algo que mal cabia a ele.

– Acredite, eu provoquei Kosana.

– Ah, eu acredito.

Ela abriu um sorrisinho.

Ele encarou a curva dos seus lábios por um segundo além do aceitável, mas Vaasa não disse nada. Ele virou a maçaneta e desapareceu no corredor.

Voltou menos de um minuto depois com outro cobertor nas mãos.

O queixo de Vaasa caiu.

– Você tinha isso o tempo todo?

Ele deu de ombros, ajeitando o cobertor no sofá, e voltou à porta.

– Consegue comer? Está se sentindo bem o bastante para isso?

– Sim. – Ela se recostou na cabeceira, puxando as pernas contra o peito de novo. – Eu comeria.

Hesitando, Reid baixou a mão da porta e se recostou contra ela. Vaasa encontrou seus olhos, onde o divertimento fora substituído por uma calma que fazia sua pele formigar.

– Seu pai subestimou a arma que construiu. E, através da crueldade dele, forçou você a contar só consigo mesma. Mas você pode contar comigo se eu puder contar com você também.

Ela o encarou em silêncio. Quem era o homem à sua frente naquele momento? O homem que limpava suas feridas e quase dispensara sua amiga mais antiga por respeito a uma honra que ela nunca vira nas ações de outra pessoa?

Ele se provara arrogante, mas resoluto. Severo, mas gentil.

– Tem muito que eu não sei sobre você, não é? – perguntou ela.

Ele fez que não com a cabeça, abrindo a porta.

– Eu conto tudo que quiser saber. Você só precisa perguntar.

E então desapareceu no corredor para buscar comida, deixando-a a sós para lidar com aquela sinceridade desconfortável.

CAPÍTULO
10

Levou uma semana para Esoti permitir que Vaasa começasse a correr com ela. Não falaram sobre Kosana e não lutaram com os outros, mas Esoti era gentil e franca. Contou a ela sobre sua infância em Mireh e como nunca houve um momento na vida em que não tivesse desejado se juntar às tropas do guardião.

Seu pai era um soldado aposentado havia muito tempo, aparentemente um guerreiro extraordinário.

No primeiro dia, Vaasa pedira a Esoti que lhe mostrasse como lutar com aquela bainha que todos usavam no braço.

– É uma arma secreta – disse Esoti, seu sorriso brilhante enquanto prendia uma bainha de treino contendo uma lâmina sem corte. – Mas, acima de tudo, é simples. Se conseguir pegar a lâmina, mire na garganta do oponente.

Vaasa ainda não tinha conseguido fazer isso. Só cortou os dedos algumas vezes, para a decepção da guerreira.

Nas três semanas seguintes, ela falou pouco com Kosana e passou a maior parte do tempo com o coven. Elas se concentravam principalmente em equilíbrio e ancoragem, embora Vaasa tivesse começado a aprender sobre a mitologia de Veragi e a discernir verdade de boatos. Aprendeu mais sobre a herança da magia. Se aquelas fontes fossem confiáveis, então cada coven era um pouco diferente. As bruxas veragi só transmitiam sua magia pela linha materna, mas outros a transmitiam pelas linhagens maternas e paternas. Vaasa se interessou em especial pelas sodalidades em Hazut e em

Wrultho. A de Hazut era em homenagem a Umir, o deus da paz, enquanto a de Wrultho recebera o nome de Unir, a deusa da guerra. Segundo as lendas, seus respectivos consortes, Zuheia, a deusa da vida e da cura, e Zetyr, o deus dos acordos e das almas, eram amantes.

Os bruxos zuheia realizavam curas milagrosas, enquanto os bruxos zetyr manipulavam uma magia sombria e mortal. Ela tinha lido sobre eles em Dihrah. Os zetyres invocavam criaturas parecidas com demônios e faziam coisas incríveis, até serem completamente extintos de Icruria. Sua magia dependia de acordos com mortais, o que os tornava astuciosos e maníacos, uma vez que era só por meio desses pactos perversos que os zetyres conseguiam acessar seu poder. No fim, foram caçados e massacrados por suas transgressões. Ela sentia calafrios toda vez que discutiam os erros dos zetyres. Vaasa sentia uma proximidade com eles, como se estivesse rodeando o mesmo destino. Ela também sentia que tinha feito um pacto com Reid e certamente acabaria morta por isso.

E esse era o motivo de fazer a mesma pergunta, vez após vez:

– *Você pode me contar mais sobre minha mãe?*

E toda vez Melisina dava a mesma resposta:

– *Foque no que você sabe.*

Mordendo a língua, Vaasa aguardava pacientemente.

Até que um dia Melisina se ergueu da mesa e disse, em um tom cauteloso:

– Venha comigo.

As duas subiram as escadas até o terceiro andar. O corredor tinha paredes pretas, a luz das janelas banhando os pisos de mosaico e refletindo na hera que pendia do teto. Ganchos de ferro seguravam muitos lampiões, mas nenhum estava aceso, com o sol tão forte. Ela tinha aprendido que os lampiões eram alimentados pelos bruxos de Una, faíscas de luz que só cresciam na escuridão. Aquele era o único coven do qual as bruxas veragi eram próximas, e eles compartilhavam muitos de seus segredos.

Quando chegaram ao final do terceiro andar, Vaasa encontrou uma galeria de pinturas que iam do chão ao teto, todas penduradas na parede enorme. Já tinha olhado de relance para aquele lugar, mas ainda não tinha entrado de fato na sala abobadada.

Mulheres, flores, paisagens, crianças e animais adornavam as telas de diferentes tamanhos e formas. Algumas atraíram a atenção de Vaasa de imediato pelo seu uso de cor – todo matiz do arco-íris tomando forma para criar algo mais realista do que Vaasa jamais tinha conseguido reproduzir. Uma delas só tinha pinceladas cinza e pretas, representando um animal que Vaasa pensava existir apenas em Zataar: um elefante.

– É hora de você aprender sobre sua bisavó – disse Melisina. – Minha mentora e uma das fundadoras deste coven.

Vaasa baixou as mãos junto ao corpo, desajeitada, e não falou por pelo menos três respirações.

Não piscou.

– Quê? – perguntou, finalmente.

– O nome dela era Freya.

Foi aí que notou as assinaturas na parte inferior de cada pintura. Traziam aquele nome. Sua bisavó? A mãe não falava dos parentes mais antigos. Nunca.

Erguendo os olhos, ela sentiu um nó na garganta.

– Ela... pintou tudo isso?

Por um momento, Vaasa se perguntou se tinha sido Freya a escrever seu nome no caderno que a bisneta tinha escolhido. Estudou a pequena assinatura com uma ansiedade angustiante crescendo dentro de si.

Que outras surpresas a aguardavam?

Melisina assentiu, olhando para cada obra com um sorriso. A nostalgia se assentou nas rugas do seu rosto, mas o sentimento não parecia angustiante. Em vez disso, irradiava uma sensação de calma. Paz. Como se ela tivesse perdido algo tão significativo que não havia como nomear, mas o luto não sufocasse mais o amor.

Algo, porém, estremeceu os ossos de Vaasa. Algo vindo à tona. Novamente, ela olhou para a parede da galeria; seus olhos não conseguiam pousar em nenhuma pintura específica.

Até ver algo que roubou todo o ar da sala.

Água cintilando em tons de vermelho e laranja, o sol se pondo sobre o pico de uma colina distante, grama seca e flores amarelas pontilhando uma encosta cheia de pedras. Ali, do lado direito, havia um salgueiro-chorão com flores brancas que flutuavam até o chão.

Era a vista da varanda de Reid.

Havia ao menos sete pinturas com a mesma árvore, em diferentes estações e horas do dia. Uma a retratava de noite, brilhando como o luar no reflexo da água.

Vaasa deu um passo à frente e olhou para Melisina, boquiaberta.

– A villa pertencia a Freya, que a deixou para mim – disse Melisina. – Agora pertence ao meu filho.

– Ela morou aqui?

– Freya fugiu de Asterya aos quinze anos, depois que a mãe morreu, e procurou por toda parte uma explicação para a magia que herdou. Ela encontrou essa explicação com a minha avó. Elas fundaram este coven, e as duas tiveram as filhas aqui.

No começo, Vaasa negou a ideia por completo, resistindo com a tenacidade de uma guerreira. Sua bisavó era uma das bruxas fundadoras do coven de Veragi? *Não*, pensou ela, dando um passo atrás. *Não, não pode ser.*

Melisina continuou:

– Minha mãe morreu ao me dar à luz, e a magia passou para mim. Eu não devia ter sobrevivido, mas acho que Veragi não estava disposta a perder minha linhagem. Então Freya me adotou e criou como se fosse sua filha. A filha dela, sua avó Esme, deixou Icruria e voltou para seu lar ancestral em Asterya. Ela deu à luz sua mãe lá e nunca a trouxe a Mireh.

Um cabelo prateado e um rosto infeliz e amargo cruzaram a memória de Vaasa. Ela conhecera a avó, uma mulher que se casara com um dos nobres de Asterya, mas raramente a vira. Ela morreu quando Vaasa mal tinha dez anos, e nunca visitava o castelo. Não depois que o pai de Vaasa começara suas conquistas. Se o que Melisina dizia era verdade...

– Minha avó deixou Mireh? Por quê?

Um olhar melancólico cruzou as feições de Melisina.

– Esme não via a magia como uma benção. Não como eu. Não como espero que você veja um dia. Nas palavras dela, queria levar uma vida o mais normal possível, e não via essa possibilidade em Icruria. Ela queria o que acreditava que Freya tinha abandonado.

Vaasa sentiu a necessidade súbita de se sentar ou pelo menos se apoiar em algo, mas, depois de olhar para as pinturas de novo, achou que não conseguiria se mexer. Tentou lembrar o que pôde da infância, mas era só um borrão. Lembrava-se da mãe desaparecendo, de luto, depois da morte de

Esme, lembrava-se de Ozik dando desculpas para explicar por que a imperatriz não podia comparecer a diversos jantares, pois o conselheiro sempre sabia onde todo mundo na família estava.

– Minha mãe não devia saber que herdaria a magia – sussurrou ela.

Por que nunca tinha pensado nisso? Que a própria mãe talvez tivesse ficado tão chocada quanto ela com a chegada da magia? Se Esme tinha rejeitado as veragi...

A avó tinha roubado toda uma existência de Vaasa e de sua mãe. Tinha tirado o coven de seu alcance.

No entanto, Esme provavelmente sentira o mesmo em relação ao próprio destino. À própria mãe. Talvez, aos olhos de Esme, Freya tivesse escolhido Icruria, a magia e o coven em vez dela. Era como se as mulheres na sua família herdassem mais que magia – sua linhagem estava repleta de ressentimento. Freya a Esme, Esme à mãe de Vaasa, e a mãe de Vaasa a ela.

– Ouvi falar de sua mãe pela primeira vez dois anos atrás – admitiu Melisina.

Vaasa lembrou o que Reid tinha lhe contado: que fora a mãe de Vaasa quem a mandara para lá. Que Melisina o instruíra a não dissolver o casamento arranjado.

– Foi por isso que você insistiu que Reid se casasse comigo? – perguntou Vaasa, por fim. – Porque minha mãe pediu?

Melisina apertou os lábios. Assentiu.

– Esme nunca contou à sua mãe o que aconteceria com ela. Apenas permitiu que ela se tornasse a imperatriz de uma nação, o tempo todo sabendo que em algum momento a magia apareceria. Ela deixou a filha ter uma filha também, sem nunca lhe contar qualquer parte da verdade.

Era cruel. Era *egoísta*.

– Minha mãe fez a mesma coisa – declarou Vaasa, um tanto amargurada.

– Vena passou um verão aqui – corrigiu Melisina, e o nome da mãe fez o peito de Vaasa doer de um jeito inesperado. – Logo depois que entramos em contato. Você se lembra disso?

Vaasa recuou alguns anos na memória e... sim. Ela assentiu, se lembrando claramente daqueles meses em que a mãe tinha passado visitando familiares distantes ao norte. *Para fugir um pouco do frio*, ela tinha dito. Ozik e o pai dela praticamente a arrastaram de volta à força, alegando que a fronteira entre Icruria e Asterya era violenta demais para permitir que ela ficasse no norte. Vena agiu de modo distraído e distante por meses depois disso. Vaasa não se importara muito – estava ocupada com os estudos e com um guarda cinco anos mais jovem que ela só deixou que partilhasse de sua cama por alguns meses e que nunca se permitiu amar. Não depois do que acontecera com o primeiro soldado que amara. Em vez disso, se dedicara à sua compreensão do idioma de Zataar, para onde queria ir assim que pudesse.

– Vena não era má pessoa – explicou Melisina. – Ela estava... perdida. E confusa. A maioria das bruxas veragi só herda a propensão para a magia com uma idade avançada. A essa altura, estamos bem mais preparadas para lidar com ela, quando a raiva e a impulsividade da juventude se abrandaram. Aquelas que herdam o dom na juventude muitas vezes são mortas pela força em si ou acabam desviadas do caminho por alguma influência terrível querendo se aproveitar do que uma bruxa jovem e poderosa é capaz de fazer.

– Somos mais poderosas na juventude? – perguntou ela.

Melisina balançou a cabeça.

– Não é a idade que importa, e sim o tempo que você tem com a magia, para dominá-la e ajudá-la a tomar forma. Como você ainda tem apenas vinte e poucos anos, será extraordinária quando for mais velha.

– Mas você... tem sua magia desde que nasceu, não é? – perguntou Vaasa.

– Ela é a bruxa veragi mais poderosa que já existiu – disse uma voz ao seu lado.

Amalie saiu de trás de uma estante, cruzando os braços ao se recostar ali, segurando seus livros como se tivesse acabado de voltar de uma de suas muitas aulas.

– Você e eu também seremos lendárias.

– Eu sou assustadora – confirmou Melisina, lendo a expressão de Vaasa ou talvez de fato lendo sua mente. Apertando o ombro de Amalie com carinho, Melisina olhou para a linda garota e suspirou. – Mas existem pessoas gananciosas neste mundo, e a magia já é um recurso raro, que no passado correu o risco de ser comprado e vendido entre territórios. Não imagino o quanto seu pai sabia, se é que sabia de alguma coisa, mas posso afirmar que sua mãe passou anos tentando retraçar suas origens até aqui. Naquele verão, começamos a planejar seu noivado com o meu filho. Sua mãe pensou que, se você estivesse perto de nós quando ela falecesse, você estaria mais preparada do que ela estivera no passado para lidar com a magia.

Por que, depois de tudo que ensinara e prometera a ela, a mãe quisera casá-la, em vez de torná-la uma embaixadora? Vaasa pensou na frieza da mulher. Em sua ausência. Em sua natureza explosiva e em como às vezes ela ficava tão sobrecarregada pelas próprias emoções que desmoronava...

Será que sempre fora culpa da magia? Será que ela estava lutando em silêncio? Será que sabia o que era aquilo, quando apareceu pela primeira vez?

Vaasa sempre achou que a mãe odiasse a vida, o marido e sua tola fortaleza. Mas e se a mãe fosse só mais uma vítima desesperada de Asterya? Uma bruxa perdida, tão consumida quanto Vaasa estava, poucos meses antes?

Mandar Vaasa para lá devia ter custado *algo* para a mãe.

O peso em seu peito cresceu ao se lembrar da cena horrível que encontrara naquela noite.

– Ela perdeu o controle – disse ela, os olhos indo da suavidade de Amalie para a neutralidade calma de Melisina. – O vazio a consumiu, não foi?

Melisina hesitou, então suspirou.

– É possível.

Peças demais se embaralharam em sua mente.

Se o pai tivesse sabido... será que teria protegido a mãe? Ou se aproveitado dela? Será que *se aproveitara* dela?

Teria se aproveitado de Vaasa também?

Claro que sim. Ele a usara todo dia de sua vida, com ou sem magia.

O que levava à pergunta: o que tinha acontecido de fato com os dois? Será que fora mesmo uma gripe que matara seu pai ou uma mulher vingativa com o poder de uma deusa nas veias? A doença dele parecera real. Ele morrera depressa e ninguém questionara a causa. Veneno? Talvez ele realmente só estivesse doente. Ela não achava que a magia veragi era capaz daquilo.

No entanto, pelo que a mãe tinha passado, a ponto de negociar um casamento para Vaasa sabendo que isso lhe daria direito ao trono do Império Asteryano?

Será que esse tinha sido o objetivo dela?

A raiva percorreu Vaasa, roubando sua paz e a substituindo por algo perverso. Vaasa via uma opção clara, uma opção que jurou a si mesma que teria escolhido: a mãe deveria ter lhe contado a verdade. Deveria ter preparado Vaasa para a vida que ela teria. Pelo menos então tudo aquilo teria parecido uma escolha.

Talvez ela não tivesse fugido de Reid naquela noite. Talvez tivesse partido anos antes, se casado com ele por vontade própria, aprendido sobre a gentileza que ele escondia sob a superfície e até chegado a amá-lo. Ela poderia ter vivido feliz e segura ali em Mireh.

A água dentro de si se transformou em um peixe com dentes longos e afiados, e ela podia jurar que a magia ia se refestelar com suas entranhas.

– Basta por hoje – disse Vaasa friamente, erguendo o queixo e se virando.

– Não vá, por favor – pediu Amalie, atrás dela. – Podemos fazer alguma coisa, ler um livro juntas, talvez?

Um anseio profundo brotou em Vaasa, espelhando o que jurava ver nos olhos de Amalie. Ela odiava aquela parte de si que queria exatamente o que Amalie oferecia. A verdade era que Vaasa não queria ficar sozinha, mas aprendera que era o melhor jeito de manter todos a salvo.

– Vou embora – foi tudo que conseguiu dizer.

Um momento de silêncio se estendeu após a decisão. Então Melisina a seguiu, sem acrescentar mais nada. Amalie saiu do caminho, mas seus olhos gentis pareciam decepcionados.

Vaasa não se despediu de ninguém na sala antes de sair para o calor icruriano e montar no cavalo. Sem se deter nem para desfrutar a beleza do Jardim Inferior ao meio-dia, voltou à villa.

O lar de sua ancestral materna.

A casa que não pertencia a Vaasa.

Ela sabia o que Melisina diria, sabia que ela tinha a resposta nas mãos: reconhecer a dor e tomar controle do ciclo.

Era demais. Tudo aquilo era demais.

A raiva levava tudo embora, e nada mais cabia confortavelmente em suas mãos.

VAASA CONTINUOU IRRITADA, sentada na varanda olhando para a paisagem que tinha visto na pintura. Águas turquesa cintilantes, grama amarela balançando ao vento, e aquela árvore grande no topo da colina.

Tudo parecia zombar dela.

Então fez o que Melisina ensinou: ficou em silêncio e apagou seus pensamentos, focando apenas na sensação da magia em seu estômago. Como ela pulsava em suas veias e por toda a pele. Pensou na magia como água, pensou na magia como ar, pensou na magia como um maldito gavião com asas grandes e a barriga branca.

Por mais que tentasse, não conseguia se acalmar.

Às vezes, sentia violência – a magia se tornava um gato selvagem, arranhando-a por dentro. Outras vezes, sentia pânico – era quando a serpente retornava.

O pior era quando não sentia nada.

Mas ela não explodiu. A névoa não dançou em seus dedos, nem rastejou sobre a varanda de pedra. Permaneceu dentro dela, as presas cravadas suavemente, como um lembrete constante.

Não havia cobertor ou calor icruriano que controlasse o tremor de seus pulsos e de suas mãos. Mesmo no início da noite, já estavam doloridos devido à magia e de tanto ela apertar os punhos, e sua mandíbula também estava tensa. Ela tentou relaxar o pescoço e os ombros...

Alguém irrompeu pela porta da varanda e, por instinto, Vaasa escondeu o caderno sob a perna direita.

– Vaasalisa – disse Reid, marchando até a varanda e parecendo abalado quando a encontrou. – Temos companhia.

O estômago dela despencou com a ideia de ter qualquer interação social enquanto sua magia estava tão reativa. No entanto, pela linha severa da boca de Reid, talvez ele estivesse tão ansioso quanto ela. Será que já o vira tão... aflito?

– Quem está aqui?

– Quem não está? – Ele correu a mão pelo cabelo e começou a andar de um lado para outro. – Os conselheiros.

– Todos?

– Os que importam. Galen. Kenen. – Ele fechou os olhos por um segundo. – Marc.

Galen de Irhu. Kenen de Sigguth. Os dois conselheiros reinavam nos territórios da costa oeste; Sigguth construía os navios rápidos como o vento que navegavam pelo Settara, e Irhu continua uma das forças navais mais notórias do continente. Inextricavelmente conectados, os dois territórios dependiam principalmente um do outro. Os dois homens eram muito importantes – seus votos podiam determinar o resultado da eleição –, mas foi o último nome que pareceu fincar garras na pele de Reid.

Marc, o conselheiro de Mireh.

Cada território tinha os próprios ciclos eleitorais e mandatos de governo. Em Mireh, um guardião servia por cinco anos, com um limite de dois mandatos, e só aqueles eleitos no mandato de um grande mestre eram elegíveis para a posição mais alta do território. Reid tinha vencido o conselheiro e roubado a oportunidade do homem de ser grande mestre. Marc, porém, tinha servido dois mandatos inteiros antes de se tornar conselheiro e passara a última década em Dihrah.

Algo no andar frenético de Reid disse a Vaasa que não era só o voto de Marc que importava.

Talvez fosse sua aprovação.

Vaasa se ergueu imediatamente. Estava nervosa com a agitação em sua barriga, mas conteve a magia e aprumou os ombros. O acordo deles existia por isso, e ela não deixaria o que acontecera mais cedo interferir. Mil perguntas cruzaram sua mente, mas ela começou com:

– Qual é o objetivo da visita? De quanto tempo vamos precisar?

Se não podia controlar o desespero e a raiva, pelo menos podia controlar isso.

Reid continuou andando na frente da porta.

– Para uma recepção formal, deveríamos oferecer um jantar em homenagem a Marc no Grande Templo, mas ele não me deu *aviso nenhum*, e eu nunca vou conseguir executar algo assim em uma hora.

Vaasa respirou fundo. Pensou.

– Por que no Grande Templo?

– Historicamente, é onde o guardião mora. Eu recusei os aposentos de lá.

Aparentemente, aquela villa era especial para todo mundo.

– Então é por isso que temos tão poucos empregados aqui na villa além dos membros das tropas?

– Exato. Os empregados do guardião ainda moram e trabalham no Grande Templo, que é reservado para ocasiões especiais ou para eventos sancionados pela cidade. É onde eventos como este *deveriam* ser se ele tivesse me avisado a tempo. Três conselheiros, Vaasa. *Três.*

Vaasa controlou um sorrisinho que ameaçava crescer. Não, ela nunca o tinha visto tão aflito, e até que estava gostando.

– Você já é o guardião mais jovem eleito em Mireh. Deve estar acostumado a joguinhos políticos.

– Marc não se importa com essas coisas – disse ele, ainda para lá e para cá, passando a mão pelo cabelo. – Ele foi eleito com uma plataforma de autenticidade. Vai farejar qualquer mentira, qualquer conversa-fiada...

– Reid.

Ele parou de andar e olhou para ela. Fios de seu cabelo preto balançaram com a brisa e, naquele momento, ela viu a verdade por trás da fachada bem-humorada que ele costumava apresentar.

Reid respeitava aquele homem, o que só piorava a situação.

– O que você gostaria que eu usasse?

Ele entreabriu a boca e correu a língua pelos dentes.

– Eu... Você não vai discutir comigo?

Infelizmente, ela não podia culpá-lo por aquela suposição.

– Claro que não, nosso acordo foi esse.

Ainda que notasse a ironia do comentário dele sobre autenticidade, dada a natureza do relacionamento dos dois. Vaasa foi para o quarto e seguiu para o banheiro. Lá, passou os dedos pelo cabelo preto curto e aplicou alguns cosméticos, tentando iluminar seus olhos cansados e dar cor às faces e lábios. Enquanto fazia isso, organizou os pensamentos. Ela podia achar um equilíbrio. Podia abafar a magia.

Reid se recostou no batente da porta, assistindo atentamente.

Pela ruga cautelosa em sua testa, ele sabia um pouco do que ela aprendera naquela tarde.

– Normalmente, o Grande Templo faria uma celebração parecida com a do nosso casamento? – perguntou ela. – Um banquete com mercadores importantes e membros de suas tropas como convidados?

Ele assentiu, abrindo um sorriso incrédulo.

– Sim, mas com menos facas sob travesseiros e esposas pulando do telhado.

Vaasa bufou com o humor insolente dele, lançando-lhe um olhar de soslaio enquanto terminava de pintar os lábios. As engrenagens em sua mente continuavam a girar.

– Os criados precisariam de muito mais tempo para organizar algo assim. Se fizermos isso, vai parecer desorganizado. Meia-boca.

– Suspeito que esse é o propósito dele, sim.

– Então ele é um homem difícil?

– Você nem imagina. A única coisa simpática nele é sua esposa, embora ela seja simpática o bastante para os dois. Mas ele é um maldito gênio da economia.

Vaasa assentiu, encostando-se na pia.

– Marc já foi o guardião de Mireh. Ele cresceu aqui, certo?

– Sim.

– Então sabe o que seria esperado de um guardião quando seu conselheiro aparece? Que ele deveria ter lhe avisado mais cedo?

Apertando os punhos, Reid murmurou:

– Como eu disse, ele é um homem difícil.

Não parecia uma sabotagem intencional. Uma surpresa, certamente, mas não com a intenção de prejudicar Reid. Se Marc tinha nascido e crescido em Mireh, ascendido ao poder ali e passado os últimos dez anos em Dihrah, talvez tivesse um motivo para aparecer sem aviso.

– Já lhe ocorreu que talvez ele não esteja interessado em uma festa formal?

Reid franziu a testa.

– Não, não pensei nisso. Parece um teste.

– Homens arrogantes sempre avisam sobre sua chegada com tempo de sobra. Querem uma festa para homenageá-los, e querem que seja grande. O tipo de coisa que causaria tensão por dias, porque, caso não gostem de você, vão usar essa oportunidade para demonstrar desaprovação. Escolhem situações em que você trabalhou duro para desdenhar dos seus esforços. Não é isso que está acontecendo aqui.

– Aonde você quer chegar?

– *Autenticidade*. E se você não fizer nada formal no Grande Templo?

Esfregando o queixo, ele disse:

– Sou todo ouvidos.

– E se levássemos todos eles para ver Mireh, para ver a cidade em que Marc cresceu e como ela prosperou? Jantar no restaurante de Neil, junto ao

Settara, onde podemos passar um bom tempo conversando. Depois podemos ir dançar no Jardim Inferior, onde é barulhento demais para qualquer um de nós falar alguma besteira. Com menos pompa, você vai parecer mais seguro de si, e talvez eles gostem de um retorno à juventude.

Reid ficou boquiaberto, encarando a esposa.

– Pode funcionar.

– Eu sei.

Vaasa se afastou da pia e passou tranquilamente pela cortina de volta ao cômodo principal, desenvolvendo a ideia na cabeça. Então parou ao notar a roupa já disposta na cama. Não a tinha visto antes.

O traje formal de Reid, com as camadas de tecido roxo e preto, que ela vira em Dihrah, não era surpresa. Mas o traje ao lado, nas mesmas cores, era para Vaasa, e ela inclinou a cabeça.

– Que foi? – perguntou Reid.

– Não sei como vestir isso.

Controlando um sorriso, ele apontou para o biombo e disse:

– Eu te ajudo.

Ela quase protestou, mas Reid já não parecia tão agitado e estava voltando a agir como ele mesmo. Precisaria de seu humor habitual para sobreviver àquela noite, e ela precisava alimentá-lo para sobreviver também. Suspirando, foi para trás do biombo e estendeu a mão.

– O que vai primeiro?

Ele começou jogando uma calça preta justa, como a que suas tropas usavam durante os treinamentos. Então mandou um bustiê preto que ia até o pescoço, parecido com a camisa que ela tinha usado na primeira noite ali. A bainha caía logo abaixo dos seios, e ela não conseguiu amarrar a peça nas costas sozinha. Saindo de trás do biombo, usou uma mão para erguer o cabelo e a outra para levantar o tecido, encontrando os olhos dele.

Pelo visto, Reid já fizera aquilo antes, porque amarrou a coisa em menos de um minuto.

Em seguida veio um tecido roxo translúcido e cintilante que ela não fazia ideia de como deveria usar.

– Venha aqui – chamou ele quando Vaasa saiu de trás do biombo com uma expressão perplexa.

Reid pegou o tecido das mãos dela e se aproximou até demais, enrolando-o na cintura dela de modo que lhe caísse sobre um quadril. Sal e âmbar preencheram o ar, e ela desviou o rosto para que ele não a atordoasse. Para poder pensar. Com dedos ágeis, ele terminou de prender o traje, rindo baixo quando ela examinou o pequeno nó que amarrara.

– Use essas botas – disse ele, estendendo sapatos de couro firme que lhe subiam até os joelhos.

Examinando o material grosso, ela já sentiu o suor brotar nas pernas.

– É quase verão. Em Mireh.

– Achei que você não fosse discutir.

Contrariada, ela pegou as botas e se sentou na cama para amarrá-las. Enquanto isso, ele voltou ao banheiro para vestir a própria roupa. Quando saiu, ela se ergueu, o encarou e ergueu os braços.

– Está bom?

Ele atravessou o quarto e pegou um conjunto de correntes douradas de uma gaveta, passou-as pela cabeça dela e as prendeu com agilidade abaixo dos seios e dando a volta nas costas. Ainda perto demais, seus braços a cercaram completamente, até que por fim ele se afastou.

O divertimento em seu rosto – aquele olhar que ela odiava, de quem estava no controle – a fez querer tirar o traje inteiro e empurrar Reid e os conselheiros dentro do Settara.

– Dê uma voltinha – instruiu ele, inspecionando Vaasa da cabeça aos pés.

Ela ergueu a sobrancelha.

Reid fez um movimento circular com o dedo. Nem o estresse era capaz de abalar essa parte da personalidade dele.

Xingando baixinho, ela deu uma única volta antes de apoiar a mão no quadril e olhá-lo nos olhos.

Ele sorriu.

– Ouvi de uma fonte confiável que por acaso encontrei a consorte mais linda em toda Icruria.

– Quem é a fonte confiável? – perguntou ela.

– Eu.

– Não é suficiente – disse ela, embora estivesse contendo uma risada, a boca se curvando num sorriso. Ela aproveitou o elogio para criar um clima agradável entre eles. – Mas não creio que foi por acaso. Pelo que lembro, foi bem intencional.

Ela se dirigiu à porta.

– Vaasalisa – chamou Reid. Quando ela o encarou, ele respirou fundo e pareceu suplicante. – Isso é importante. Não sei por quê, mas sinto que há um propósito por trás dessa visita. Aparecer sem aviso é intencional por si só. Se não conseguir o voto dele, não sei como conseguiria o dos outros.

A insinuação naquelas palavras se assentou entre eles, e uma pequena parte dela se retraiu.

– Acha que eu faria algo para prejudicar suas chances?

– Não – afirmou ele sem hesitar, aproximando-se com evidente preocupação, as dobras do traje um pouco tortas. – Minha mãe me contou sobre... hoje. E... espere, por favor, não fique chateada.

Rapidamente, ela suavizou o cenho franzido que não percebera que estava fazendo.

– A questão é que eu não sabia da conexão que você tinha com essa cidade ou essa casa. – Ele se remexeu, constrangido. – Ela está preocupada com você. Você está bem?

A magia se agitou, mas Vaasa apenas engoliu em seco e afastou os pensamentos intrusivos de novo.

– Não use meu nome completo – disse ela, estendendo a mão e ajustando o traje dele, focando nas coisas que sabia com certeza, como Melisina lhe recomendara quando se conheceram. – Assim vamos parecer mais íntimos. No jantar, não ceda o lugar na cabeceira da mesa, mas espere Marc para começar a comer. Faça questão de que eu me sente à sua esquerda. Depois do Jardim Inferior, acomode o conselheiro e a esposa no quarto geralmente reservado ao guardião, cerca de uma hora antes do que seria geralmente esperado, e ordene que ninguém os perturbe. Os outros conselheiros devem ser homenageados, mas não são sua prioridade.

Ele hesitou, os olhos analisando os ajustes no traje, e então perguntou:

– Por quê?

Vaasa se endireitou, abaixando as mãos.

– Porque você vai fazer Marc se sentir homenageado sem fazê-lo sentir poderoso. Porque você come com a mão direita e não posso bater no seu pulso embaixo da mesa para mandá-lo se calar se você estiver segurando um garfo. E você vai terminar a noite mais cedo porque dará a todos eles uma hora a mais que não vão estar esperando, e um homem poderoso que bebeu vinho a noite toda e viu estranhos dançarem com sua esposa vai querê-la na sua cama. E homens ficam muito mais receptivos depois de um bom sexo.

Reid a encarou, boquiaberto de novo, e Vaasa sentiu uma pontada de orgulho por finalmente deixá-lo sem palavras.

– Não fale comigo sobre o que aconteceu hoje e ficaremos bem – afirmou ela, erguendo o queixo e se afastando, sem esperar que ele reagisse.

Aquele não era um ponto negociável.

– Vaasa – chamou Reid, usando o apelido como se tivesse sempre pertencido a ele. – Obrigado.

Trabalhar com ele funcionaria sempre assim?

– De nada.

Maravilhada, ela observou Reid respirar fundo, se concentrando da mesma maneira que Vaasa viu Melisina fazer tantas vezes. Então ele retomou seu sorrisinho calmo e natural. Sem dizer mais nada, foi em direção à porta, como um guardião em seu território, e Vaasa seguiu ao lado dele pela passagem externa.

CAPÍTULO 11

No Jardim Inferior, Reid voltou a emanar um senso de conforto e normalidade, ao lado de Vaasa.

Ela conduziu a conversa de um jeito que Reid não parecia capaz de fazer, e ele preenchia as lacunas quando ela apertava seu pulso sob a mesa. Para as pessoas sentadas diante deles, provavelmente pareciam amantes que não conseguiam se largar.

Marc de Mireh não parecia ter mais do que cinquenta anos, com uma barba grisalha sobre a pele marrom-escura. Talvez suas expressões retesadas tivessem mantido seu rosto tão jovem porque ele nunca dava qualquer sinal de emoção. Estoico como uma estátua, suas feições só se suavizavam quando olhava para a mulher à sua direita.

Isabel, sua consorte, tinha crescido na casa vizinha à dele. Uma cara-metade perfeita, era alegre e exuberante, o cabelo preto volumoso emoldurando um corpo pequeno que parecia estar sempre em movimento. Os outros dois à mesa eram menos acolhedores – ambos conselheiros, ambos um pouco estranhos.

Kenen de Sigguth lembrava Vaasa de uma árvore, com braços compridos acabando em dedos longos que se curvaram quando Vaasa reparou neles. Se fosse conjecturar, diria que ele parecia do tipo que gostava de apostar, com um brilho travesso que nunca abandonava seus olhos estreitos. Vaasa o imaginou trocando cartas e girando moedas entre os dedos. Ainda assim, algo no seu sorriso era reconfortante.

Ou talvez pessoas difíceis de ler não a confundissem tanto quanto aqueles icrurianos transparentes.

Galen de Irhu, porém, era a antítese de seu colega. Robusto como Reid e parecendo mais um pedregulho do que uma árvore ao vento, como Kenen, Galen tinha se posicionado claramente mais perto deles do que o outro conselheiro. Também dava a impressão de ser mais arrogante que os outros. Talvez tivesse apreciado uma festa maior. Era, como os outros icrurianos, transparente; Vaasa podia imaginar emoções intensas nas rugas ao redor de seus olhos. O mais interessante, porém, foi que ela viu uma leve desconfiança neles. Claro, só porque não identificara isso na expressão de Kenen, não significava que o sentimento não existisse.

A mão de Reid estava apoiada em sua coxa, os dedos de Vaasa fechados ao redor do seu pulso, e ela dava uma batidinha com o indicador sempre que precisava. Ele a ouvia como se pudesse ler seus pensamentos.

Eram mesmo tão afinados para uma parceria?

Pela primeira vez desde que chegara ali, ela se perguntou se ficar três anos em Mireh seria tão ruim. Claro, ela poderia sobreviver àquele tempo – poderia sobreviver a qualquer coisa –, mas talvez fosse mais do que apenas sobrevivência. Talvez ela e Reid de Mireh criassem uma amizade confortável e que ajudaria a ambos, como ele tinha sugerido.

Era cedo demais para afirmar, mas não para ter esperanças.

Neil, um homem que ela conhecera algumas semanas antes, em uma das muitas noites em que Reid a obrigara a jantar ali com alguém que ele considerava importante, saiu da cozinha e foi até a varanda de pedra com um sorriso largo, a barriga saliente quase o impedindo de passar entre duas mesas. Espremendo-se, passou com uma bandeja de madeira firme nas mãos. Sabedoria e experiência ficaram óbvias à medida que ele servia cada pedido perfeitamente, dando uma piscadela para Reid ao deslizar para o lado dele.

– Senti falta da sua comida – elogiou Isabel, cortando uma grande coxa de frango ao molho.

De alguma forma, as mordidas não mancharam o ruge vermelho-escuro nos lábios.

Vaasa imitou a postura confortável da outra mulher.

– Vocês dois costumavam vir aqui?

– Foi onde Marc e eu tivemos nosso primeiro encontro – confirmou Isabel.

Os lábios de Marc estremeceram pela segunda vez naquela noite, e Vaasa olhou para Reid pelo canto do olho. Ele já estava olhando para ela, com um sorriso lupino.

– Um dos nossos também.

Mentira.

– O pai de Neil era dono desse lugar, e o pai dele antes disso – disse Marc, desviando a atenção de Vaasa do marido.

– É mesmo?

– Quase perdemos o restaurante ano passado, durante a escassez de alimentos – comentou Neil, seu objetivo bastante óbvio. – E teríamos perdido se Reid não tivesse subsidiado este negócio e muitos outros ao longo do Settara. Acredito que ele aprendeu essa estratégia com você, Marc.

Vaasa bateu no pulso de Reid – três vezes, para discordar.

– Neil – censurou Reid, bem-humorado. – Você não precisa me elogiar.

– Já sabemos por que ele foi eleito – disse Isabel, acenando com o garfo. Ela apontou para Galen e Kenen do outro lado da mesa. – Eles também.

Ao fazer essa declaração, ela colocou a responsabilidade nos dois conselheiros de discordar abertamente e fomentar um conflito, se quisessem corrigi-la, e fizera isso com tanta naturalidade que alguém criado com mais integridade e senso de justiça poderia até achar que fora só um comentário inocente.

Vaasa não crescera com nenhuma das duas coisas, então julgou as palavras da mulher bastante certeiras.

De repente, enxergou Isabel sob outra luz, como se a estivesse vendo pela primeira vez.

A mulher queria alguma coisa. Para sorte deles, parecia que Reid conseguir os votos de Galen e Kenen era parte do esquema.

– *Eu* não sei – interveio Vaasa de repente, aproveitando a oportunidade para se inclinar e tirar vantagem da conversa. Reid não parecia presunçoso, então ela podia se aproveitar ao máximo do momento. – O que aconteceu?

– Tivemos um verão particularmente seco no leste – disse Neil, enquanto Vaasa comia bocados de frango. – Não tínhamos como comprar carnes e verduras, não o suficiente para manter as portas abertas. Reid tentou estabelecer comércio com Zataar, mas eles cobravam um imposto tão alto que nossos negócios não conseguiam pagar. Teríamos falido se não fosse por Reid. Ele liquidou dívidas dos senhores do sal para cada carregamento mandado a Zataar. De repente, nossos impostos baixaram e conseguimos superar a escassez. Todos os territórios foram beneficiados, não só o nosso.

As lisonjas de Neil fizeram Isabel dar risada, e até Marc se dignou a dar um aceno orgulhoso.

– Foi bem pensado – comentou Kenen.

Aqueles olhos travessos dançaram na direção de Vaasa, inspecionando-a como se ela falasse uma língua que só ele entendia. *Não devo subestimá-lo*, pensou Vaasa. Aparentemente, ele estava à altura do seu apelido: a Adaga de Sigguth.

– Se tivessem falido, teria sido uma pena – disse Vaasa com sinceridade, observando o lindo pátio iluminado com lampiões e a vista espetacular do Settara.

Percebeu que suas palavras eram sinceras, e de repente entendeu por que Reid tivera sucesso em seu cargo e por que eles eram opostos como a noite e o dia: Reid não via oportunidades; ele via apenas pessoas.

Vaasa sentiu uma pontada de vergonha. Por um momento, pensou que ela e Kenen partilhavam, sim, uma língua – um idioma que ela nunca tinha pedido para aprender.

– E é por isso que uma parceria com Asterya é essencial para manter comida nas mesas – interveio Marc, por fim, examinando Vaasa enquanto Neil apertava o ombro de Reid e voltava à cozinha.

Dando um gole na água, Vaasa se recostou um pouco e forçou-se a explorar o ângulo político que já tinha considerado para aquela conversa, embora fosse uma mentira deslavada.

– Eu não poderia concordar mais. Só passei alguns meses aqui, mas nesse tempo vi muita coisa que poderia enriquecer a vida dos asteryanos. Se meu irmão construísse navios como os que são usados aqui para o comércio entre os territórios, talvez conseguisse navegar pelo Desfiladeiro de Loursevain.

Isso forneceria um contrato importante para Sigguth e Irhu, criando maiores possibilidades econômicas. Se eles fossem recrutados para construir os navios e treinar os homens que navegariam pelo aterrorizante rio que passava através dos Picos de Ferro, onde Mekës fora construída, consolidariam a própria importância no continente.

— Dizem que o Desfiladeiro de Loursevain é cheio de criaturas — comentou Galen.

— Se fosse, o Settara também não seria? O Sanguíneo os conecta — apontou Marc, e de repente Vaasa e Isabel se viram de fora de uma conversa política entre os conselheiros, que provavelmente seria travada atrás de portas fechadas na capital. Ela moveu a perna sob a mesa, e os dedos de Reid se apertaram em sua pele.

De repente, ela ficou mais alerta.

— Talvez essas criaturas sejam grandes demais para atravessar a passagem do Sanguíneo — disse Kenen.

O rio Sanguíneo serpenteava pela Icruria oriental até atravessar a fronteira de Asterya, depois descia pelo continente até Mekës. O Sanguíneo, porém, não era navegável para os asteryanos, com suas curvas labirínticas e centenas de ramificações. Era parte do que tornava a Icruria ocidental tão impenetrável, e um dos únicos motivos para o pai de Vaasa nunca ter conseguido travar uma guerra de verdade ali. As legiões e os espiões dele não conseguiam ir além de Wrultho e Hazut devido às vias aquáticas traiçoeiras.

— Nunca naveguei pelo Desfiladeiro de Loursevain, nem gostaria de navegar — disse Reid com confiança, assegurando seu lugar na discussão. Seu tom seria apropriado a um conselheiro ou grande mestre. — Mas é impossível manter o comércio asteryano com Zataar sem embarcações icrurianas, especialmente com os piratas que ficam pilhando os navios mercantes deles. Acredito que oferecer uma solução para isso será fundamental para consolidar nossos acordos comerciais.

Se tinham mesmo discutido aquilo com Dominik ou não era uma questão totalmente diferente. Mesmo assim, ela bateu na mão dele uma vez para indicar *sim*, um pequeno elogio que fez os lábios de Reid quase se curvarem de leve.

— E é isso que você pretende fazer, certo? Os conselheiros ainda não foram informados se Dominik pretende visitar Mireh de novo — disse Galen.

Embora sua mão tivesse segurado instintivamente a de Reid, Vaasa manteve o rosto tão neutro quanto o de Marc.

– Sim – disse Reid.

A magia de Vaasa se sobressaltou com a confirmação de uma visita do irmão, mas Reid deslizou a mão para o interior de sua coxa e apertou sua perna.

– Pensei que poderíamos discutir isso amanhã de manhã com meu conselheiro – acrescentou Reid –, já que ele vem mantendo contato frequente com o conselheiro de Dominik.

Seria mentira? Mathjin vinha falando com Ozik? Vaasa não sabia dizer, mas o aperto de Reid a fez pensar que ele entendia o que tal sugestão poderia despertar nela.

– Talvez, se a meta é salvar vidas, pudéssemos pôr fim às guerras constantes com o leste – sugeriu Marc.

Aquela era a opinião velada de Vaasa: que os votos de Galen e Kenen seriam a diferença entre a vida e a morte. O território de Wrultho era a maior ameaça de Reid no momento. E, considerando o quanto estavam perto de um conflito violento com Asterya, a eleição toda seria decidida por essa questão. Uma guerra provavelmente seria lucrativa para os fabricantes de navios do oeste; seus votos ainda estavam em aberto.

Galen pareceu irritado, mas foi Kenen quem disse, sem pestanejar:

– Estamos sendo rudes com suas consortes. Terminaremos essa discussão em um momento e um local apropriados.

Marc cerrou os dentes, mas Reid concordou com calma.

Isabel e Vaasa se entreolharam sobre a mesa e, para a confusão de Vaasa, a mulher lhe deu uma piscadela.

No chão de pedra lisa do Jardim Inferior, Vaasa assistiu, encantada, enquanto Marc e Isabel iluminavam a praça movimentada.

Todos pareciam observá-los. Muitas pessoas davam vivas e lhes davam as boas-vindas, brigando pela chance de se balançar com os lindos quadris de Isabel ou cair nos braços de Marc. Ele estava calmo e controlado em meio à multidão, cumprimentando a todos com a mesma natureza estoica de que as pessoas pareciam se lembrar com carinho. Os mais jovens franziam a testa ao observarem Reid e Vaasa, que se mantiveram à parte sob um dos muitos vasos de flores silvestres pendurados por ali. Talvez não tivessem idade para se lembrar do mandato de Marc. O único guardião que conheciam era Reid.

Kenen se aproximou e curvou a cabeça para Vaasa, oferecendo-lhe a mão. Seu cabelo loiro comprido estava amarrado, como o de Reid, e ali, à luz baça, ele parecia mais jovem do que no restaurante. Lançando um olhar para Reid, ela adentrou a multidão com o conselheiro. Uma coisa que passara a amar em Mireh era como ninguém perguntava a Reid se podia tirá-la para dançar. Em Asterya, teriam precisado da permissão do pai ou do irmão dela.

Isabel veio correndo até eles antes que pudessem trocar mais do que algumas palavras casuais, algo que pareceu intencional. A mulher mostrou a Vaasa alguns passos que ela ainda não tinha conseguido aprender, as duas atraindo uma plateia conforme a música mudava, até que Kenen se afastou com uma desconhecida.

– Não conheço essa dança – admitiu Vaasa, tentando se retirar.

Isabel agarrou seu pulso e a puxou de volta, os olhos castanhos mais cheios de vida do que antes.

– Vem, nós te ensinamos!

– Nós? – perguntou Vaasa.

Três ou quatro mulheres as cercaram e, para a surpresa de Vaasa, uma delas era Amalie. Medo e constrangimento a dominaram quando se lembrou de como tinha ido embora naquela tarde, mas, quando Amalie abriu um sorriso brilhante feito mil lampiões, o coração de Vaasa deu uma cambalhota. Até aquele momento, ela não tinha percebido como estava se sentindo desconfortável naquela noite. Amalie era a coisa mais familiar que ela conhecia.

Sem dizer nada sobre sua saída brusca daquela tarde, a bruxa agarrou a outra mão de Vaasa e disse:

– Venha, essa é minha música favorita.

E o grupo começou a dançar.

Vaasa precisou de três tentativas antes de conseguir erguer e trocar o pé como as outras, mas quando conseguiu todas aplaudiram e a cercaram, puxando-a para o grupo maior. Vendo Kenen e Galen nos limites da praça, ela se perguntou se eles estavam assistindo, e se isso era importante.

Todos na pista pareciam se mover em sincronia. Isabel segurava uma de suas mãos enquanto Amalie segurava a outra, como se as mulheres conhecessem Vaasa havia mais do que apenas algumas horas ou meses – como se a conhecessem a vida toda. As fileiras de pessoas giravam em círculos entrelaçados, amigos abrindo espaço para quem quisesse entrar. Toda vez que Vaasa perdia o ritmo, Amalie lhe mostrava pacientemente como dançar, sorrindo com cada nota.

Vaasa nunca tinha dançado daquele jeito, sem um parceiro e só pela alegria do movimento, em uma *comunidade*. A sensação cravou garras no seu peito e apertou. Olhando ao redor ao acertar de novo os passos, ela jogou a cabeça para trás e riu quando Isabel comemorou.

Era isso que pessoas felizes faziam?

Ela era uma dessas pessoas? Será que sua bisavó tinha sido?

Suas entranhas se agitaram com a mesma ameaça de antes, e Vaasa silenciou a criatura em seu interior, recusando-se a permitir-lhe qualquer espaço. Não naquele momento.

Girando, ela observou todo o Jardim Inferior. A canção começou a mudar enquanto as pessoas se separavam em pares, Isabel correndo até o marido e se jogando nos braços dele. Tambores de aço ecoaram ao redor, e Amalie apertou o pulso dela, girando-a para a esquerda. Vaasa bateu no peito de alguém.

Reid.

Ele assentiu para Amalie em um agradecimento silencioso antes de ela se perder na multidão de novo. Segurou os braços de Vaasa e a olhou, com um sorriso mais largo do que o dela. Seu cabelo escuro escapava da tira de couro, a luz do fogo destacando o brilho dourado da sua pele marrom que despontava sob o traje desalinhado.

Ela perdeu o fôlego.

Baixando a boca até o ouvido dela, ele sussurrou:

– Vamos conquistar os conselheiros. Concentre-se em mim.

Vaasa hesitou.

– Não sei como.

Sentiu o calor dos lábios dele roçando sua bochecha ao sussurrarem:

– Como amantes, lembra?

Dessa vez, o impulso de estapeá-lo foi fraco. Em vez disso, ela sentiu a pele se arrepiar e ergueu as mãos, deixando os dedos se enfiarem e se fecharem no cabelo dele.

E então puxou.

Jogando a cabeça para trás, ele gargalhou alto e a girou para a apreciação da plateia, deslizando a mão por sua cintura como tinha feito da primeira vez que dançaram. Tomando-a de novo nos braços, Reid fez alguns passos que ela conhecia, e Vaasa ergueu os olhos aos dele.

Uma felicidade genuína tomava o rosto de Reid, e Vaasa percebeu que conseguia ver a diferença. Não era aquele divertimento sutil de costume, mas sim um contentamento verdadeiro que erguia ambos os cantos de sua boca, não apenas um.

E ele tinha razão: ela esqueceu os conselheiros.

Dessa vez, virou-se e se apertou contra o peito dele, as mãos de Reid deslizando para sua barriga. Seu coração acelerou quando ele segurou as delicadas correntes que amarrara ao redor dela. Vaasa sentiu seus quadris balançando juntos, a música parecendo os incentivos de uma multidão, e uma coragem desconhecida a tomou. Sem pudores, guiou as mãos de Reid para baixo, roçando o topo de suas coxas enquanto se apertava contra ele.

– Cuidado, Indomável – avisou Reid, em um tom baixo e malicioso, puxando as correntes de leve antes de roçar a ponta dos dedos logo abaixo da cintura dela. – Não esqueça o que você disse sobre homens poderosos.

O estômago de Vaasa se contraiu e ela disse a si mesma que era porque todos estavam assistindo. Porque ela e Reid apresentavam um teatrinho, e ela estava apenas fazendo um trabalho fantástico.

– O que foi mesmo que eu disse?

Reid recuou só o suficiente para girá-la, enfiando a perna entre as dela enquanto se encaravam. Ele a puxou contra si, sem permitir qualquer espaço entre seus quadris, e então, acompanhando a música, a puxou contra o peito de modo que ela não teve escolha exceto respirar contra ele. Não teve escolha exceto sentir a pressão de seu corpo toda vez que puxava o ar. Os lábios dele roçaram seu pescoço, um contato levíssimo, até chegarem à curva da sua orelha.

– Acredito que você disse que um homem poderoso que bebeu vinho a noite toda e viu estranhos dançarem com sua esposa vai querê-la na sua cama.

Os olhos deles se encontraram, e Reid a manteve nessa posição por um momento, com uma mão no seu cabelo, o coração de Vaasa subindo à garganta.

E então Reid a jogou nos braços de um daqueles desconhecidos, piscando um olho. O homem, mais próximo da idade de Marc, rapidamente a jogou para outro. Vaasa girou e sorriu, os olhos pousando em Reid, que vigiava todo ponto onde alguém punha as mãos nela, desafiando-a a voltar, sua insinuação pairando no ar do Jardim Inferior.

Com certeza estava só atuando, para que eles se parecessem com Isabel e Marc, que estavam tão desesperadamente apaixonados que seu amor transbordava na pulsação da noite.

Isabel agarrou a mão dela, puxando Vaasa para a beirada da pista de dança, onde finalmente recuperou o fôlego. A multidão abriu caminho para as duas, que pararam num canto sombreado do bar ao ar livre. Sozinhas. Erguendo as sobrancelhas, Isabel disse:

– Seu marido não consegue manter as mãos nem os olhos longe de você.

O pescoço de Vaasa ficou quente. Pelo visto, Reid era tão bom em atuar quanto em administrar sua política de impostos.

– Vejo que fez amizade com a herdeira de Veragi – continuou Isabel, e Vaasa percebeu que ela estava falando de Amalie.

Hesitou. Quanto Isabel sabia? A existência de magia veragi não era segredo em Mireh, mas Melisina tinha alertado Vaasa a não falar muito abertamente sobre suas habilidades. O mistério ajudava a protegê-las. Isabel, no entanto, era casada com um antigo guardião e, pelo visto, sabia mais sobre Icruria do que a maior parte dos conselheiros. Ela tinha um ar de intimidade sagaz e um talento para fazer as pessoas se abrirem.

– Sim – disse Vaasa, por instinto, sem saber como explicar todo o papel de Amalie em sua vida, embora ela fosse certamente mais do que apenas a futura grande bruxa. – Mas eu não sabia que você estava ciente da minha magia.

Isabel abriu um sorriso astucioso.

– Foi um dos argumentos que Reid usou para defender o casamento. Ele alegou que traria mais uma linhagem veragi de volta a Mireh, e como os conselheiros poderiam lhe negar tal coisa?

Por algum motivo, a informação chocou Vaasa. Ela já sabia, claro, que Reid reconhecera sua magia. Mas ele soubera de tudo desde o começo? Usara o fato para justificar o casamento?

Será que ele já sabia de sua magia quando Vaasa pulou daquela janela? Claro que sim.

A mãe dela estivera ali. Tinha treinado com Melisina por um verão inteiro.

Isabel a distraiu dos seus pensamentos.

– Suas filhas serão prodígios, não é?

– Eu... – Vaasa se calou, engolindo em seco. – Nunca pensei nisso.

De repente, ela se lembrou de tudo que tinha aprendido. Reid poderia gerar uma bruxa veragi mesmo sem Vaasa, se a magia se manifestasse pelo lado de sua mãe e se a deusa permitisse. Mas combinando as linhagens dos dois?

Prodígio era uma maneira de chamar.

Será que essa filha herdaria a magia antes que Vaasa falecesse, a recebendo de Melisina? O que aconteceria se ela tivesse duas filhas? *Gêmeas?*

Naquele momento, ela percebeu que não importava.

Nunca daria filhos a Reid.

Isabel se recostou no bar.

– Posso falar sinceramente?

Não era o que estavam fazendo? Vaasa assentiu.

– Acredito que ele será um bom grande mestre. Marc também acha. Todos acham. O desafio é obter o voto de Sigguth, como sempre. Todos os nossos navios são construídos lá, o que os torna bem presunçosos no palco icruriano. Sua arrogância chega a ser cômica.

– Como Wrultho sequer está na disputa? – perguntou Vaasa, com cuidado.

Ela não entendia. Os territórios orientais estavam arrasados pela violência. Por que alguém escolheria um lugar assim para ser a capital dos dez anos seguintes?

– As cidades-Estados orientais tendem a discordar de nós, que temos... interesses mais globais. Mas eles querem guerra, e sua campanha toda é baseada nos benefícios da proximidade.

– Não existe benefício na proximidade.

– Seu trabalho será provar isso a Sigguth e Irhu. Eles morrem de medo de Asterya, ouviram as histórias do que o seu pai... – Ela se interrompeu, apertando os lábios, como se estivesse constrangida. – Perdão. Eu não deveria falar assim do seu lar.

– Por favor, não se desculpe. – Vaasa olhou para a praça de novo, repassando os eventos do dia na cabeça. – A verdade é que... Asterya não parecia muito meu lar.

E ela não era a única de sua linhagem que pensara assim. Existia alguma outra coisa dentro dela, algo que Vaasa nem sabia que estava lá, e, agora que tinha emergido, ela não sabia mais quem era.

Isabel abriu um sorriso compreensivo.

– Eu aprendi que nosso lar raramente é um local. São as pessoas, as mais inesperadas, que nos fazem criar raízes.

Vaasa percebeu o que Isabel pensava: que, ao observar os grupos de dançarinos, Vaasa detivera a atenção em Reid de Mireh, e não no horizonte complexo que de repente parecia tão diferente quando considerava que aquele era o seu lugar.

Era melhor deixar Isabel acreditar nisso.

– Eu gostaria que fizéssemos mais do que vencer essa eleição – disse Isabel, de repente.

Os olhos dela se encontraram de novo, e Vaasa franziu a testa.

– Espero que possamos ser amigas – continuou Isabel. – Não tive muitas amigas na última década e, para ser franca, estou cansada de Dihrah. E, quando você ascender a grande consorte, vai querer uma conselheira e aliada.

O peito de Vaasa se apertou, e uma parte irracional de si quis pular de sua garganta e dizer que adoraria isso, que *precisaria* disso, enquanto o futuro se descortinava no fundo da mente. Uma vida ali, com noites no Jardim Inferior e dias na sodalidade.

Um coven.

Um lar.

Um lugar onde fosse digna do amor de alguém como Reid, onde pudesse dar a ele aquelas duas filhinhas com o cabelo preto dela e os olhos dourados dele.

A outra parte dela – a que sabia a verdade – a mandou se calar. Ser realista. Considerar que fugir era sua única opção, e que jamais poderia trazer mais herdeiros Kozár ao mundo, por uma questão de princípios.

– Eu adoraria – respondeu Vaasa.

Não era uma mentira completa.

– Ótimo – disse Isabel.

Ao se virar, Vaasa avistou Marc e Reid vindo na direção delas, abrindo a multidão como a um mar e emergindo mais proeminentes do que o resto do mundo, ainda que só aos olhos dela. Entretanto, quando as pessoas atrás deles se fecharam como um zíper, Galen e Kenen sumiram completamente de vista.

E do alcance da audição.

De repente, os esquemas de Isabel serviam a dois papéis: não era só Vaasa que ela queria puxar à parte, mas todos eles.

Isabel talvez fosse a mulher mais estratégica que Vaasa já conhecera, mas seus princípios e ações pareciam ser bem-intencionados, o que levava à pergunta: era possível conjugar as duas coisas?

– Os outros dois parecem contentes – disse Isabel aos homens quando eles se aproximaram. – Você precisa que eles fiquem contentes, Reid, se pretende conquistar seus votos.

– Então você acredita que os votos deles podem ser conquistados? – perguntou Reid, sem rodeios, virando-se para Marc.

O conselheiro não parecia tão à vontade quanto Isabel, como se a conversa toda o deixasse incomodado. Claramente não era o estrategista do relacionamento, e Isabel ergueu as sobrancelhas para o marido.

– Nada é certo até os votos serem dados – disse Marc.

Um clima constrangedor recaiu sobre o grupo.

Reid assentiu.

– Peço desculpas pela pergunta direta. Imaginei que você tivesse vindo para me orientar sobre esse assunto.

Tão estoico quanto antes, Marc apenas o encarou e disse:

– Você sente que precisa de orientação?

Olhando entre os quatro, Reid se recostou no bar e tomou a mão de Vaasa, entrelaçando seus dedos enquanto o resto do seu corpo relaxava. Fingindo estar tão calmo e seguro quanto sempre, ele respondeu:

– Acho que qualquer pessoa nessa posição precisaria de orientação... – Ele parou e lançou um olhar breve a Vaasa, erguendo o canto da boca. – Nenhum homem sai desse cargo o mesmo. Ser o governante de qualquer coisa pode ser um trabalho que corrompe.

As palavras que ela lhe dissera nas profundezas da Biblioteca de Una pareceram vibrar nos arredores enquanto os olhos confiantes de Reid encaravam os de Marc.

Reid vinha ouvindo, mesmo com a pose arrogante.

Marc se manteve inabalável por um momento. Como se Reid tivesse libertado algo nele, o conselheiro relaxou um pouco.

– Vejo que você ainda é muito sábio para a sua idade.

– Faz o quê, dois anos desde sua última visita? – perguntou Reid.

– Eu...

Marc olhou para Isabel e sorriu, os olhos castanhos travessos da mulher o encarando como se ela achasse aquela pequena quebra de compostura a coisa mais encantadora do mundo.

– Estou pronto para voltar para casa – completou ele.

Assentindo com firmeza, Reid concordou.

– Estamos prontos para tê-lo em casa.

A não ser que Vaasa estivesse muito enganada, *aquele* era um voto garantido.

– Chega, chega. – Isabel rompeu a tensão com sua graça natural. – Me leve de volta ao templo, Marc.

A luxúria tinha sido a única emoção inegável no rosto de Marc a noite toda e naquele momento fez seus lábios se abrirem num sorriso travesso.

– Posso confiar que você levará os outros dois de volta? – perguntou ele a Reid.

Reid assentiu, segurando desesperadamente o riso.

Sem dizer mais nada, Marc puxou Isabel para a multidão, e os dois sumiram de vista. Reid ficou boquiaberto, mas Vaasa apenas soltou o ar que estava segurando.

– Ele, como a maioria dos homens, é mais simples do que parece – comentou ela.

Os olhos dourados de Reid se voltaram para ela, o brilho das chamas ao redor dançando em suas profundezas como se eles fossem catacumbas.

– Não posso dizer que discordo das motivações dele.

Vaasa sentiu um aperto no peito, o dia e a noite pesando mais do que gostaria de revelar. Podia ver em Reid o desejo de ser como eles. De amar como eles. Ele parecia carregar o anseio por uma alma gêmea e, por algum motivo, isso era um peso maior do que todos os outros nos ombros dela.

– Vá vencer sua eleição – sussurrou ela.

O olhar de Reid permaneceu em Vaasa por mais um momento, mas então ele assentiu severamente, a determinação ainda clara em todos os seus maneirismos. Em silêncio, ela tomou seu braço e o deixou guiá-la pela multidão.

Galen e Kenen estavam esperando e, com um pouco de esforço, ela conseguiu estampar um sorriso no rosto também.

Conseguiu afastar todo o resto.

Uma serpente na pele de um camaleão.

V AASA MANTEVE SILÊNCIO durante o trajeto de volta à villa, percorrendo as ruas sinuosas no lombo de Duch sem dizer nada.

Mas tudo girava como um carrossel em sua mente.

De volta à casa, a adrenalina da noite pareceu asfixiá-la, e ela percorreu depressa a passagem externa até o quarto de Reid, procurando um jeito de se acalmar.

– Vaasa, precisamos discutir uma coisa – falou Reid com firmeza, mas havia um estranho nervosismo sob as palavras. O coração dela deu um pulo. – Conversei com Marc, e ele insistiu para convidarmos Dominik a Mireh outra vez. Para trocarmos mais do que sal, a fim de provar que o relacionamento entre as duas nações é firme.

Vaasa ficou imóvel.

– Não.

– Vaasa...

– Reid, não. Você não pode fazer isso.

– Não tenho escolha.

Tudo que ela e Isabel tinham discutido vibrava em seus ossos, e ela se sentiu enjoada.

Dominik ali. O que faria quando descobrisse que ela ainda estava viva? Quando a visse fingir estar apaixonada por aquele homem? Dominik sistematicamente eliminava todas as ameaças ao seu reinado. Ela não seria exceção.

Seu estômago despencou.

Ou ele simplesmente mataria Reid?

Reid não entendia o perigo que correriam.

– Por que você tem tanto medo dele? – perguntou ele, por fim.

Vaasa o encarou, e as palavras formigaram em sua língua. Ela *queria* contar a ele. Quando o deixara se aproximar tanto?

Ele estava disposto a ter um casamento de fachada por aquela eleição. O que mais estaria disposto a fazer?

Enquanto adentrava mais o quarto, a magia se revirava dentro de Vaasa, como se pudesse dar cambalhotas. Ela fechou os punhos, recordando cada momento, escolhendo não responder à pergunta dele.

– Quando ele vai chegar?

– Imagino que em algumas semanas.

As mãos dela começaram a tremer. Assim que Dominik descobrisse que ela controlara sua magia, que tinha encontrado certa felicidade e aptidão...

Dançando. Rindo. Bebendo.

Felicidade.

Foi *isso* que ela sentira. Era *esse* o nível de proximidade que Reid tinha alcançado.

Como ela ousava? Era tão idiota gostar de qualquer coisa naquela cidade. Afeiçoar-se a qualquer pessoa.

O amor é uma coisa inútil.

O olhar sinistro de Dominik cintilou em sua mente, e a respiração dela ficou rasa. Ozik estava parado ao lado dele, rindo como se não tivesse esperado nada diferente. O pai estalou a língua, os lábios curvados para baixo em eterna decepção. Mas o rosto da mãe estava mais nítido que o dos outros, figuras ilegíveis, totalmente desconhecidas. Ela fizera um sacrifício para que Vaasa acabasse ali.

Um sacrifício que estava prestes a ser desperdiçado.

– Vaasa – chamou Reid, franzindo as sobrancelhas.

Ela encontrou os olhos dele.

Que baixaram para as mãos dela.

A névoa preta rodopiava entre seus dedos, e Vaasa sibilou, dando um passo para trás enquanto lágrimas brotavam em seus olhos. Sacudiu as mãos e soltou um palavrão. Semanas. Fazia semanas que não perdia o controle, e tinha conseguido se segurar a noite toda e...

Ela se virou.

Observou o Settara coberto pelo luar. Como a luz brincava sobre as pequenas ondas e fluía pela correnteza. Como parecia nascer daquela árvore branca no topo da colina.

A bisavó dela tinha morado ali.

Tinha pintado aquela mesma árvore.

Mas Vaasa não tinha direito ao lugar. Não tinha direito a Asterya também. Nascera como um peão e não importava a qual homem contasse a verdade... ambos a usariam para obter o que desejavam.

A magia cresceu.

– Vaasa.

Reid deu um passo à frente.

– Não – avisou ela, a frustração descendo por sua coluna quando se afastou às pressas, vendo a magia subir pelos braços. – Não me siga – disse, ofegante.

– Espere...

Vaasa irrompeu pelas portas duplas e saiu pelo lado esquerdo da varanda, pisando na grama seca e deixando a colina íngreme a guiá-la para baixo. Conscientemente, sabia que era perigoso andar ali de noite, sabia que qualquer tipo de predador poderia estar lá fora, mas precisava se afastar. Precisava estar o mais longe possível daquela villa antes de perder o controle e arrasar aquele lugar.

À distância, ela o ouviu em seu encalço. Chamando por ela. Virou-se e berrou:

– Eu disse para não me seguir!

Desesperada, ela escorregou até a margem plana e correu, a respiração saindo em arquejos quentes.

A serpente em suas entranhas não era mais uma serpente. Não era um peixe ou qualquer criatura vulnerável que só possuía presas e veneno.

Era um vulcão, sua fumaça espiralando para o céu e suas lavas prontas para queimar.

– Vaasa... – começou Reid.

Ela girou, olhando-o nos olhos.

– Não. Não se aproxime. Eu não quero te machucar, Reid, eu não quero...

– Você não vai me machucar.

– Vou! – gritou ela, jogando os braços para o alto.

Gavinhas de névoa cintilante explodiram sob a lua cheia. A raiva e o medo dentro dela borbulhavam enquanto as danças e as músicas e os sorrisos cruzavam sua mente sem parar.

Ela não desejara aquelas coisas.

Dominik ia asfixiar a cidade, cravar uma faca no coração do Jardim Inferior.

Ele tomaria aquilo ali dela também, assim como tudo mais.

A magia se ergueu dentro dela até que Vaasa não conseguia mais engoli-la. Não conseguia combatê-la e vencer.

Dessa vez, ela detonou.

A escuridão explodiu. A magia rasgou o ar e acertou as árvores nodosas, fazendo folhas voarem em todas as direções. Um estrondo irrompeu no pequeno espaço, e Vaasa foi capaz de sentir as bordas da árvore, como se estivesse tocando tudo. A aspereza do tronco, a grama sedosa e delicada.

Reid.

Ela sentiu a magia tocá-lo.

Sentiu a ondulação do cabelo e da pele dele.

Um pânico desesperado tomou suas veias.

Ela puxou a magia de volta com a maior força que conseguiu.

A força colidiu com seu peito, e Vaasa *gritou*.

O chão tremeu, e a névoa preta fez algo inédito: voou em todas as direções, criando uma algazarra mais alta que os gritos que saíam de sua garganta. A magia perfurou o ar e então mergulhou em sua garganta e em cada pedacinho do seu corpo.

A força cresceu em um arco e a cobriu com um domo, as curvas suaves expulsando o luar e apagando tudo. Magia pura emanava dela, subindo pelas paredes da redoma e se mesclando a elas, aumentando o vazio até que não houvesse lacunas de aroma ou luz ou som.

Escuridão.

O vazio a consumia.

Vaasa caiu de joelhos, ofegando, mas não encontrava nada exceto ar vazio. Ela queimava. Queimava e queimava e queimava e...

E então parou.

Na violência, havia paz.

O vazio rodopiava em volta dela e, mesmo que não conseguisse respirar ou cheirar ou enxergar, pela primeira vez desde que chegara ali, tudo ficou quieto.

Sentiu vagamente lágrimas quentes escorrendo pela face.

Tudo ao redor era preto, cintilando com pontinhos azuis e roxos e brancos. Era lindo.

E mantinha todo o resto isolado.

Ninguém podia tocá-la. Ninguém podia vê-la. Vaasa estava em uma jaula que ela mesma criara e que a mantinha a salvo. A magia não queria feri-la... queria protegê-la. Sabia que aquele resultado era muito melhor do que a morte certa que chegaria às docas de Mireh.

Ela não se importava em morrer ali. Receberia a morte de braços abertos. Ao menos não seria pela mão de Dominik.

Ela fincou os dedos na grama fria e fechou os olhos

Lágrimas molharam a grama por minutos. Horas. Uma vida inteira.

Sem ar. Sem vida.

Escorregando.

Mas então ouviu uma voz, talvez a sua ou de outra pessoa... de Freya, ou de Esme, ou da própria mãe.

Levante-se.

Levante-se!

Sua vida ainda é sua.

Algo dentro dela deu um solavanco e avançou. A carícia íntima daquela voz foi crescendo dentro de Vaasa, até começar a *queimar*. Queimar e queimar e queimar...

A escuridão que ela tinha deixado sair, que tinha construído um lar ao redor dela, vazou por trás dos seus olhos.

Ela jurava ter ouvido alguém berrando seu nome. Jurava que aquela voz familiar soou desesperada.

A última coisa que viu foi o luar fraco irrompendo pela escuridão e braços se fechando ao seu redor, até que seus dedos soltaram a grama.

CAPÍTULO 12

Vaasa tremia.
Tremia e tremia e tremia.

O frio chacoalhava seus ossos e, vagamente, ela se ouviu vomitar. Sentiu os joelhos baterem num chão de pedra. Sentiu o cheiro terrível do próprio vômito, das próprias lembranças: carne em decomposição. Cabelo queimado. Primeiro imaginou a mãe sem vida, depois o esgar de Ozik, depois o irmão. Aquele cheiro a perseguia.

A consciência vinha e voltava como água fluindo.

Ainda assim, ela sentiu braços ao seu redor de novo. Calor. A escuridão sufocando-a enquanto algo macio consumia seu corpo.

Vaasa tremeu.

Tremeu tanto que teve medo de que seus dentes rachassem.

E então, finalmente, parou de tremer.

Afundou naquele calor, enterrou o nariz ali e dormiu.

RAIOS DE SOL ATRAVESSARAM AS PÁLPEBRAS de Vaasa, e ela se remexeu, o corpo leve e quente. Com cobertores até o pescoço, se aconchegou ainda mais e encolheu as pernas. Ficou assim, com um calor tomando seus ossos.

Até mudar de posição e sentir um corpo rígido ao seu lado.

Ela se sentou bruscamente, e uma dor aguda desceu pelos lados do seu corpo, fazendo-a soltar um grito baixo, as mãos voando até suas costelas. No mesmo instante, Reid se sentou, o rosto tomado de preocupação e privação de sono, piscando os olhos injetados como se não acreditasse que tinha adormecido. Ele estava deitado em cima dos cobertores, usando uma calça macia e sem camisa, o peito tatuado bem na frente dela.

Vaasa olhou para si mesma, vendo a camisa enorme que lhe caía até o meio das coxas. Suas pernas nuas roçavam nos lençóis sob os quais dormira.

A fúria cresceu em seu peito, e ela abriu a boca, mas Reid ergueu a mão.

– Amalie despiu você, não eu – disse ele. – Você está bem?

Ela abriu a boca e soltou o ar com força, os acontecimentos da noite retornando com tudo. Sua explosão. A náusea. O cansaço debilitante que devia ter se abatido sobre ele.

– Você... você tem uma reunião com Marc e Mathjin...

– Foda-se a reunião. Responda à minha pergunta.

– Mas você tem que discutir os navios e...

– *Vaasa.*

– Eu não sei se estou bem!

Ele finalmente fechou a boca. Não havia nenhum traço de divertimento em suas feições, só lábios torcidos e ombros e mandíbula tensos.

– Do que você precisa para ficar bem?

Que tipo de pergunta era aquela? Como alguém podia saber a resposta? Tentando se levantar, Vaasa tropeçou, quase perdendo o equilíbrio, e ele deu um pulo para segurá-la pela cintura. Ela se afastou do seu toque e recuou.

– Eu... – Ela olhou para os lençóis. – Eu dormi nesta cama, com você?

Ele ergueu as sobrancelhas e se recostou.

– Bem, eu não diria que você dormiu muito, mas, sim, esse é um resumo de cerca de um décimo da sua noite.

– E as outras nove partes?

– As outras nove partes você passou vomitando e tremendo tanto que quase rachou a cabeça no mármore do banheiro. Minha mãe levou horas para determinar que você não ia morrer.

Ela foi tomada pela humilhação. Tinha passado tão mal assim? A magia lhe causara alguns momentos difíceis. Horas, até. Mas a noite toda?

E ele tinha visto tudo?

– Você podia ter dormido no sofá – disparou ela.

Reid ficou boquiaberto.

Vaasa lhe deu as costas.

– Vá para sua reunião.

– Ah, não – rosnou ele.

Quando Vaasa entrou atrás do biombo, ouviu o baque duro dos pés dele tocando o chão.

– Você não vai voltar a agir assim.

Voltar a agir como? O que eles sequer tinham para...

Reid apareceu atrás do biombo tão rápido que Vaasa mal teve tempo de piscar antes que ele estivesse invadindo seu espaço. Assomando sobre ela, praticamente a encurralando contra a parede. Sua voz saiu baixa e raivosa.

– Se eu não tivesse ficado naquela cama ao seu lado, você poderia ter se engasgado com o próprio vômito. Estava tremendo tanto que mal conseguia ficar de pé. Você tem sorte de eu ter desrespeitado sua regrinha sobre aquela cama *idiota*. Então não vai voltar a agir como se eu fosse seu inimigo.

– Você vai se atrasar – disse ela.

Reid balançou a cabeça.

– Recebi notícias do Grande Templo de que Isabel e Marc ficaram fornicando tão alto que deu para ouvi-los até as primeiras horas da manhã. Eu tenho tempo de sobra para esta conversa.

Vaasa queria ficar brava com ele, mas a realidade a impedia. Reid tinha passado a noite toda acordado com ela, devia estar exausto também. Seus olhos estavam injetados e sonolentos, a respiração irregular. Vaasa se lembrava de momentos de consciência e, para seu horror, Reid era a presença dominante na maioria deles. Segurando seu cabelo. Esfregando suas costas. O único calor que tinha sentido a noite toda viera do corpo dele.

Talvez não estivesse brava por terem dormido na mesma cama, afinal. Lágrimas brotaram em seus olhos, lágrimas que ela deveria ter enxugado. Mas não tinha forças. Estava exausta de se obrigar a ser impassível.

Não foi isso o que Melisina dissera? Que essas emoções terríveis eram só dor, e que fazia tempo demais que Vaasa as escondia?

Ela desviou o rosto, finalmente enxugando as lágrimas que escaparam.

Reid se endireitou.

– Por que está chorando?

Com a voz quase inaudível, ela sussurrou:

– Eu perdi o controle.

A expressão de raiva sumiu do rosto dele. Balançando a cabeça, Reid estendeu a mão, hesitante, afagando a bochecha dela.

– Não perdeu, não. Você voltou a si mesma. Não deixou a magia ferir ninguém além de você.

Essa revelação assentou em seu peito quando ela ergueu os olhos para Reid. Ele não tinha um arranhão sequer, em qualquer lugar. Ela verificou todo canto de pele exposta. Aquele casulo de magia pura que tinha construído a tinha cercado e, de alguma forma, o deixado em paz?

– Que bom – disse ela, mas precisava se afastar. Distanciar-se dele.

– Vaasa. – Reid mordeu o lábio, depois soltou o ar, resignado. – O que ele fez com você? Por que tem tanto medo dele?

Seu corpo ficou tenso, e um nó se formou na garganta, se expandindo e quase impedindo o ar de passar.

Ela virou o rosto, balançando a cabeça só uma vez.

Silêncio.

– Um dia desses, eu gostaria de ouvir o que causou esse tipo de desespero – disse ele, então. – Nos seus próprios termos. Quando estiver pronta.

Ela nunca falaria daquilo em voz alta, nunca lhe daria as chaves que abriam a porta ou para um império ou para sua liberdade. Essas chaves ficariam nas mãos de Vaasa, que escolheria quando e como usá-las.

Quando ela não disse nada, Reid suspirou.

– Você é o único motivo de eu ter chegado a algum lugar com Marc. Passei metade da vida tentando me comunicar com aquele homem, e você conseguiu em uma noite.

– Eu não fiz nada – disse ela, aceitando a mudança de assunto.

– Fez, sim. Sua ideia funcionou perfeitamente. Isabel me disse, quando saímos, que não via a hora de voltar para casa para poder passar mais tempo com *você*. O que significa que o voto de Marc é nosso, senão você e eu não estaríamos aqui quando eles voltassem. Foi você que os conquistou, não eu.

– Ela também disse isso para mim.

– E isso a incomoda?

– Como ela vai reagir em três anos, Reid?

Ele hesitou. Então, numa voz mais baixa, perguntou:

– É esse o problema?

Vaasa não disse mais nada. Já tinha falado demais. Não importava o que aquelas pessoas pensavam dela, o que *ele* pensava dela, se iria embora no final. Querer estar ali já era uma vulnerabilidade que Vaasa manteria em segredo até o dia de sua morte. As coisas que ela queria tinham o hábito de escapar por entre seus dedos.

Reid segurou o queixo dela, aproximando seu rosto do dele, forçando-a a encontrar seu olhar. Imediatamente, o coração dela disparou.

– Eu gosto de ter você do meu lado. – Ele fez uma pausa. Deu um sorrisinho. – Gostaria de fazer o possível para mantê-la aqui.

Mantê-la... onde? Ali ao lado dele? Ali em Mireh?

Reid devia ter visto a confusão no rosto dela, porque endireitou a coluna e abaixou a mão.

– Você tem razão, vou me atrasar – disse ele, saindo de trás do biombo e a deixando ali, apenas com sentimentos confusos e a camisa dele.

Atravessando o chão de pedra, ele pegou as roupas e foi para o banheiro. Vaasa respirou fundo no minuto e meio que passou sozinha.

Como deveria interpretar aquelas palavras?

Ela só sabia que estava mais frio agora. Que seus ossos não tinham se aquecido o suficiente, nem de longe.

Reid emergiu do banheiro, e ela ouviu seus passos seguindo na direção da porta.

– Minha mãe pediu que você fosse vê-la quando acordasse.

– Reid...

Vaasa saiu depressa de trás da tela, parando logo depois e recuperando a compostura. Ele ergueu as sobrancelhas, aguardando.

– Obrigada – disse ela, com esforço. – Por... por me ajudar, ontem à noite.

Ela lhe devia ao menos isso. Ela lhe devia mais.

O rosto dele se suavizou um pouco, o suficiente para Vaasa ficar inquieta, mas então Reid deu de ombros com um ar tão casual que ela se perguntou se o agradecimento tivera qualquer significado para ele.

Até que ele disse:

– Ignorar suas emoções não vai fazê-las desaparecerem, só dará um motivo para se rebelarem mais tarde, sem seu consentimento.

Vaasa hesitou, cruzando os braços.

– Você é mesmo filho de Melisina.

– Dos pés à cabeça – concordou ele, prendendo o cabelo com uma de suas tiras de couro. Com a mão na maçaneta, ele parou mais uma vez. – O que eu quero dizer é o seguinte: aqui, comigo, você não precisa esconder nada. Eu prometi que estaria segura e pretendo cumprir minha parte do nosso acordo.

Ele abriu a porta e então a fechou atrás de si.

Vaasa abaixou as mãos e se obrigou a relaxar os ombros, tentando se livrar da sensação estranha que descia por sua coluna. Tentando afastar da mente o som da voz dele falando em icruriano.

Você não precisa esconder nada.

Gostaria de fazer o possível para mantê-la aqui.

Palavras desse tipo ainda acabariam com ela, decidiu, e resolveu sair para ver Melisina.

Resolveu fazer qualquer coisa exceto ficar parada ali, seminua, usando a camisa dele e pensando no que ele tinha dito.

Melisina não a deixou usar magia. Vaasa tentou recrutar o apoio de Romana e Mariana – sua última esperança e carta na manga –, mas até isso fracassou.

Não a deixariam usar nem um pingo de poder naquele dia, aparentemente, e no íntimo ela agradeceu a trégua. Para sua surpresa, o grupo não focou em sua explosão por mais que dois minutos. Amalie com frequência desaparecia depois do almoço, mas dessa vez perguntou se Vaasa queria acompanhá-la.

– Aonde você vai?

Amalie sorriu, meio travessa, e gesticulou para ela pegar seu caderno e lápis.

– Confie em mim.

As duas entraram nos salões principais da Sodalidade de Setar, e Vaasa se sentiu deslocada em sua calça marrom macia e blusa branca translúcida enquanto todos ao redor corriam em túnicas ametista esvoaçantes. Apesar disso, conforme subiam a escada do salão principal e passavam pela ala dos artistas, um lugar que ela se perguntou se a bisavó tinha frequentado, foi ficando confortável ao lado de Amalie. Ao longo dos jardins, o aroma familiar de sal flutuava ao redor delas. Lírios cor de chocolate e malva-preta pontilhavam as vinhas cor de oliva e verde-floresta. Passando por portas de carvalho enormes, elas entraram em uma das catedrais que Vaasa ainda não tinha explorado. Carvalho e índigo decoravam todas as paredes, com ferro trabalhado em filigranas sobre os corrimões e escadas de madeira.

– Sábia Vaughan – cumprimentou Amalie, se dirigindo a uma mulher mais velha, de aparência gentil e usando uma túnica preta, quando chegaram a uma sala de aula. – Eu queria saber se nossa consorte pode assistir a sua aula hoje.

Vaasa endireitou a coluna quando os olhos da sábia se voltaram para ela. Com um sorriso mais genuíno do que esperava, a professora de cabelo loiro-platinado indicou a sala com um gesto amplo.

– É claro, seria uma honra.

– A honra é minha – respondeu Vaasa. – Peço desculpas por meus trajes.

Na Sodalidade de Una, não a teriam deixado entrar na sala. Mas a sábia Vaughan só deu uma piscadinha.

– Você tem um caderno e um lápis, é um bom começo.

Amalie riu baixinho e tomou o braço de Vaasa, puxando-a para o enorme auditório. Três fileiras de assentos, cada uma com pelo menos vinte carteiras, ocupavam todo o piso de mármore, enquanto vitrais cobriam a parede mais distante. No centro da sala, havia um púlpito com alguns documentos. Lustres pendiam do teto, emitindo uma luz suave sobre cada uma das mesas lustrosas de madeira marrom-clara. As pessoas olharam por cima do ombro para vê-las entrar, e Vaasa imediatamente pensou na sodalidade de Dihrah. Tinha passado seu tempo lá escondida, esperando evitar olhares como aqueles, e os alunos pareciam contentes em ignorá-la. Mas Amalie caminhava como se sentisse orgulho de estar ao lado de Vaasa, e seu peito se aqueceu.

Ninguém nunca a amara à luz clara.

– O que vamos aprender hoje? – sussurrou Vaasa, quando se sentaram em uma mesa dupla.

– Linguística. Estou estudando a etimologia das primeiras línguas icrurianas, antes do surgimento do idioma comercial.

Soltando uma risada baixa, Vaasa abriu o caderno.

– Quer aprender outra língua?

– Já falo três, por que não mais uma?

– Fala?

– Icruriano foi a minha primeira, mas também falo o idioma antigo de Wrultho e asteryano.

O lápis talvez tivesse escapado da mão de Vaasa se ela não o tivesse apertado com força.

– Você fala asteryano?

Com fluência e uma pronúncia tão perfeita que quase superava a de Vaasa, Amalie respondeu na língua materna dela:

– Desde os dez anos. Mas a aula de hoje é sobre Hazut. Talvez você aprenda algo que possamos usar contra o guardião deles.

– Amalie, eu... – Ela hesitou, falando asteryano pela primeira vez em meses. Tinha que admitir que era bom exercitar o idioma, senti-lo na língua. – Eu não sabia.

A garota deu de ombros.

– Ouvi dizer que você fala quatro.

– Seis – corrigiu Vaasa, sendo sincera pela primeira vez, e Amalie ergueu as sobrancelhas. – Mas isso fica entre nós – murmurou ela.

Com uma risada baixa, Amalie se virou para a frente quando a sábia Vaughan se dirigiu ao púlpito. A aula começou em icruriano, e Vaasa se recostou e escutou.

Em Icruria, ela tinha perdido aquela sensação do aprendizado, aquele momento maravilhoso em que o mundo sumia e tudo que ela sentia era a emoção de novas informações. O sentimento a evadira por meses, mesmo em Dihrah, onde ela deveria ter aproveitado a oportunidade.

Mas, ali, ela o agarrou tão forte quanto segurava o lápis entre os dedos.

As línguas eram um dos registros mais reveladores da história – as palavras indicavam as pessoas. Não era diferente em Hazut, que estava inextricavelmente conectado a Wrultho: os dois territórios orientais mantinham relações comerciais muito antes de Icruria ser unida sob um único grande mestre. Naqueles anos, um idioma comercial surgiu por pura necessidade, e o resto de Icruria tinha que agradecer àqueles dois territórios por terem pavimentado o caminho para as palavras faladas naquela própria sodalidade. Entretanto, conforme estudava as raízes familiares das palavras, Vaasa percebeu que o idioma não estava tão distante das nações menores que existiam antes que Asterya dominasse o continente. Antes que o pai dela roubasse aquela história diante dos olhos de todos. Enquanto Icruria tinha se unificado gerações antes, Asterya não era nada além de uma nação cercada de neve por todos os lados, imersa em tradições e gelo, antes de seu pai assumir o comando. Foi sob o seu governo que o império tomou forma: ele conquistara as nações menores ao redor com facilidade, sempre pensando no futuro e nunca satisfeito de verdade.

Vaasa pensou nos idiomas que ele insistia que ela aprendesse. Cada um era usado com um propósito, para as negociações que faziam aquelas nações se curvarem a ele. Mas seu pai tinha focado nas palavras, nunca se aprofundando demais na história. Vaasa percebeu naquele momento que as histórias dos outros eram uma ameaça para ele, mais perigosas do que qualquer arma ou fortaleza.

Pela primeira vez, porém, Vaasa se perguntou: por que ela? Por que *não* Dominik? Não teria sido mais estratégico da parte do pai armar seu herdeiro com aquele conhecimento? Por que ele tinha passado tanto tempo ensinando a ela um dos elementos mais fundamentais à sobrevivência: a habilidade de se comunicar?

Vaasa não esperara acabar com sete páginas de anotações ou prestar tanta atenção a cada palavra que a sábia dizia. Nunca tinha anotado tais perguntas nas margens de um caderno, dando vida a elas simplesmente ao colocá-las em papel. Antes, teria sido perigoso demais escrever tais pensamentos. Em poucos minutos, porém, a questão saiu do seu controle, e horas se passaram sem que ela se importasse com o repique dos relógios.

QUANDO A SÁBIA CONCLUIU A AULA, Amalie levou Vaasa para um dos pátios perto do segundo domo. Mireh vibrava com vida ao redor delas, enquanto almoçavam. O prato de Vaasa trazia alface verde e pinhões, a salada cheia de vegetais frescos e feijões vermelho-escuros. O gosto de limão explodiu em sua língua, e ela suspirou, recostando-se na cadeira.

– Eu... Eu sinto muito por você ter precisado ir à villa ontem. Pelo que teve que fazer – disse Vaasa.

Respondendo com um sorriso, talvez sabendo que falar em asteryano era um prazer que Vaasa não sentia há meses, Amalie baixou o garfo.

– Bom, uma vez eu perdi o controle e derrubei um prédio inteiro, então não posso julgar.

Vaasa relaxou um pouco.

– Um prédio?

– Três andares, uma torre inteira da Sodalidade de Unir. Foi quando Melisina e Romana foram me buscar.

– Você estudou lá? – perguntou Vaasa, considerando as novas informações que aprendera sobre os idiomas da região.

Se Amalie tinha estudado em Wrultho, certamente estivera muito perto da violência junto à fronteira.

– Hã, não. Eu nasci em Wrultho, mas minha família não tinha condições de me mandar para uma sodalidade.

– Pensei que fossem gratuitas – disse Vaasa.

– Bem, são se sua família pode se dar ao luxo de você *não* trabalhar por quatro anos ou mais. Essa é a pegadinha. A maioria das famílias em Wrultho não pode.

Era tolo nunca ter considerado essa barreira. Claro que seria um fator.

– Foi por isso que você deixou Wrultho, então? A torre?

Amalie hesitou, o rosto ficando tenso.

Vaasa sentiu uma pontada de insegurança, sabendo que não deveria pedir respostas que não fossem voluntariamente oferecidas. Por instinto, segurou a mão de Amalie.

– Você não tem que me contar nada que não quiser.

Aprumando os ombros, Amalie se recompôs. Uma confiança ensaiada e intencional brilhou em seus olhos.

– Não carrego mais o fardo das escolhas dos outros, nem a vergonha deles.

Essas palavras se assentaram no estômago de Vaasa, se misturando com a magia à espreita.

Se Amalie tinha nascido em Wrultho, em uma família pobre, havia sobrevivido à violência. Provavelmente a vira em primeira mão. A jovem bruxa se ajustou na cadeira, abaixando o garfo.

– É uma longa história, mas no leste a magia é um recurso valioso. E embora seja ilegal forçar bruxas a lutarem nas Forças Armadas ou mesmo nas tropas pessoais de qualquer território, isso não impede as pessoas de acharem outros jeitos de negociar e vender as mais pobres de nós, que por acaso sobrevivem à aquisição da magia. Embora as linhagens mágicas já tenham governado o território, as guerras anteriores à unificação espalharam nossas ancestrais por aí, e muitas se esconderam. A riqueza costumava ser transmitida junto com a magia, mas agora as linhagens mágicas não são as famílias mais ricas de Icruria. – Amalie correu a língua pelos dentes e descruzou as pernas para se acomodar com mais firmeza. – Foi disso que Melisina e Romana me salvaram. Eu... eu ia ser obrigada a me casar com Ton de Wrultho. Para levar minha magia para a linhagem dele.

Vaasa ficou boquiaberta, o coração afundando. Ton era o guardião de Wrultho.

– O que aconteceu?

– Eu estava apaixonada por outra pessoa, um amigo de infância, que era um dos guardas dele. Por fim, Ton percebeu que eu ainda me encontrava com ele, embora nunca tenha descoberto quem era. Ele ameaçou matar qualquer homem que se aproximasse de mim, e eu não consegui controlar a magia. Na confusão do momento, destruí parte da sodalidade deles. Ton me queria longe de lá e Melisina lhe deu uma saída.

Ela não conseguia imaginar a cena... Amalie explodindo a ponto de derrubar um prédio. A garota nunca tinha sequer erguido a voz. No entanto, Vaasa sentiu uma profunda e súbita afinidade com ela ao saber que as duas enfrentavam os mesmos problemas.

Mas Reid oferecera uma saída a Vaasa, enquanto Ton buscara controlar Amalie.

Ela se sentia cada vez menos culpada sobre a violência na fronteira daquele território.

– Nossa magia é mesmo tão rara?

– Pense bem: em toda a Icruria, só conhecemos seis bruxas veragi. Só duas de nós com menos de trinta anos.

Vaasa se remexeu, desconfortável.

– Melisina disse que bruxas jovens morrem com frequência, mas são mais poderosas no longo prazo.

O passado anuviou de tristeza os olhos de Amalie.

– É verdade, e foi por isso que ficamos tão gratas por encontrar você. Foi por isso que eu, especialmente, fiquei tão grata por encontrar você. Existem... – Ela respirou fundo e ergueu o queixo. – Eu já lhe contei que existem pessoas egoístas, mas existem pessoas desesperadas também. Minha mãe era uma delas. Ela herdou a magia sem nunca ter conhecido a própria mãe nem sabido da nossa linhagem veragi. Mas ela era pobre e perdeu meu pai em uma das muitas batalhas com Asterya.

Vaasa ficou em silêncio.

– Ela adoeceu, atormentada por uma tristeza que nunca passava, e que roubou a luz de todo canto do seu mundo. Ela não conseguia resistir à magia, mas achava que essa força me daria uma oportunidade melhor do que ela jamais teve, então se sacrificou para transmitir a magia para mim.

Algo em Vaasa se partiu com aquelas palavras enquanto as lembranças horríveis cruzavam o rosto de Amalie. Pensou em tudo que aquela bruxa tão jovem já tinha sofrido pelo fardo de uma magia que Vaasa havia pouco tempo quisera extinguir.

– Eu... – Vaasa mal conseguia falar. – Eu sinto muito.

– Obrigada. – Amalie respirou fundo e ergueu os olhos de novo, enxugando as lágrimas. – Ainda estou me esforçando para aceitar o peso do luto. Mas... você também está. À sua própria maneira, com sua própria história. E como ontem fiquei sabendo de coisas que você talvez não quisesse compartilhar comigo, bem, me pareceu justo compartilhar algo com você também.

Vaasa não se sentia capaz de contar sua história, de dizer uma palavra sequer, para ninguém. No entanto, quando Amalie olhou para ela com olhos castanhos tão francos e o tipo de gentileza que nunca encontrara em ninguém, ela achou que, se um dia conseguisse, seria para aquela mulher. E percebeu que queria a amizade de Amalie, por mais que tentasse negar.

– Fico feliz que você tenha me convidado a acompanhá-la hoje – confessou Vaasa.

Um lindo sorriso se abriu nos lábios de Amalie, seu corpo relaxando na cadeira. Ela pegou os talheres e deu outra garfada, mastigou e engoliu.

– Sei que acabamos de nos conhecer e que a sua vida é... complicada. Mas a verdade é que você é a amiga mais sincera que eu tenho. Podemos ser amigas?

Esperança e anseio brotaram em Vaasa, mas ela não sabia como dizer que a ideia a aterrorizava. Que ela não achava que merecia a amizade de Amalie, mas que a queria mais do que já quisera praticamente qualquer coisa. Ela baixou os olhos, um pouco envergonhada. Podia ouvir a voz do pai – a cadência de orgulho e legado entrelaçada às calorosas palavras em asteryano. Mas também se lembrava do *outro* tom, o que transformava o asteryano em consoantes afiadas e montanhas no fundo da garganta dela.

Quer saber o segredo, Vaasalisa? Sempre dependa apenas de si. O mundo não recebe a gentileza com um espelho; ele a recebe com uma lâmina.

Vaasa, porém, vinha respondendo com uma lâmina havia meses e, por mais que tentasse cortar as partes de si que tinham vontades e desejos e esperanças, essas partes ainda viviam. Talvez devesse alimentá-las, em vez de abafá-las. Talvez devesse receber a gentileza de Amalie com um espelho.

– Eu tenho medo – sussurrou.

Amalie inclinou a cabeça, uma pergunta nos olhos, esperando pacientemente até Vaasa continuar.

– Eu... – Vaasa respirou fundo. – Há uma lei antiga em Asterya, que não é invocada há gerações. Uma lei que me permite, contanto que eu seja casada, ascender ao trono asteryano. Ela tornaria meu marido o imperador.

Amalie endireitou a postura.

– Não entendo.

– Se meu irmão morresse, Reid e eu seríamos os únicos com o direito de reivindicar o trono. E Reid não sabe disso.

O choque contorceu as feições de Amalie, mas a jovem rapidamente as controlou.

– Você não contou a ele?

– Não sei como. Mas meu irmão vem para uma visita, em algumas semanas. Tenho medo do que ele pode fazer.

– Acha que ele vai ferir você?

– Ele me mandou para cá porque pensou que eu estava morrendo. Tenho medo do que vai fazer quando descobrir que não morri. Não só comigo, mas com Reid.

Amalie assentiu devagar, recostando-se na cadeira.

– Você não pode contar a ninguém – acrescentou Vaasa depressa, irritada consigo mesma por ter falado.

Como podia ser tão idiota? Tinha conseguido passar meses sem arriscar a própria segurança, e de repente falava a verdade... e por quê? Por amizade?

Mas então Amalie disse:

– Vaasa, prometo não contar a ninguém. Nem a Reid, nem a Melisina, ninguém.

E, por algum motivo, Vaasa acreditou nela. Nunca tinha acreditado totalmente em alguém antes.

– Precisamos nos preparar – afirmou Amalie.

– Preparar?

– Tem que haver um jeito de tirar seu irmão da sua cola. E se o convencêssemos de que você *está* morrendo? Acha que podemos enganá-lo?

– Você... vai me ajudar? Mesmo que seja perigoso?

– Você é do nosso coven agora. – Ela deu de ombros. – Sua força é minha força.

Vaasa sentiu-se aquecida por dentro. Tinha subestimado a força gentil de Amalie, mas o modo como ela aceitou algo que era muitas vezes brutal – a verdade – foi incrível. Amalie emanava resiliência, e Vaasa se viu querendo ser mais como ela.

– Acho que podemos enganá-lo – respondeu Vaasa, um plano começando a se formar em sua mente.

Amalie sorriu.

– Então vamos fazer isso. Você não vai a lugar nenhum, Vaasa. Uma bruxa é um problema, mas um coven é um pesadelo.

Um sorriso se abriu nos lábios de Vaasa. Naquela pequena varanda, ouvindo aquelas palavras, pensou de repente que seu pai talvez estivesse errado sobre tudo que já dissera a ela.

CAPÍTULO 13

Vaasa esperava nos limites da cidade, usando o mesmo traje formal que Reid a ajudara a vestir no dia em que foram encontrar Isabel e Marc. Ao seu lado, Kosana mantinha os olhos fixos no horizonte enquanto esperavam a caravana de Dominik. Vaasa tinha passado duas semanas tensas depois que o irmão aceitara o convite de Reid. Amalie tentara se juntar a eles, porém, quanto mais tempo passava com a mulher, menos Vaasa queria que Dominik pusesse os olhos nela.

Sua força é a minha força, dissera Amalie, mas Vaasa tinha firmemente negado sua presença naquelas negociações.

Esoti não tinha amolecido. Não deixara Vaasa desistir de seus exercícios matinais até aprender a pegar aquela pequena lâmina e atacar. A guerreira de cabelo preto estava parada ao lado de Vaasa naquele momento, armada até os dentes. As colinas suaves e a grama amarela estendiam-se até o horizonte, algumas casas aqui e ali, mas principalmente fazendas e ranchos até onde a vista alcançava. Vaasa abafou a magia, que parecia dançar em seus nervos; sua força novamente parecia uma serpente, enrodilhada em posição defensiva.

Ela se perguntou como Dominik estaria lidando com o calor. Ele não podia passar em segurança por Wrultho e Hazut, o que significava que não teve oportunidade de cruzar o Settara, nem possuía uma embarcação capaz de atravessar o Desfiladeiro de Loursevain. Pegara a rota terrestre, mais longa e menos confortável, percorrendo o labirinto de rios que tornavam uma invasão do oeste uma tolice. Essa visita só tinha sido possível com a colaboração do grande mestre atual. As Forças Centrais de Icruria guiavam Dominik pelo território, seguindo as instruções de Reid e criando uma rota confusa que não daria a ele mais informações sobre Icruria do que o rei já tinha. Eles atravessaram um vale escaldante, que seria inviável para um grande exército, embora Reid houvesse prometido a ela que era seguro.

Com sorte, Dominik murcharia sob o calor como uma uva passa.

Kosana se remexeu quando a caravana entrou à vista, seus olhos azuis fixos na estrada adiante. Pelo menos sete carroças seguiam em fileiras, vinte cavalos ladeando a que vinha na frente. Por instinto, Vaasa deu um passo para perto de Reid, que lançou um olhar curioso para ela pelo canto do olho.

O cabelo escuro de Dominik entrou à vista, cortado rente dos lados e penteado para trás no topo, alguns fios soltos exatamente onde ele queria. Ela sabia que, conforme o irmão se aproximasse, veria suas maçãs do rosto proeminentes e o nariz pontudo, que parecia ainda mais severo devido ao sulco pronunciado do seu cenho e sua pele muito branca. Dominik parecia mais duro que ela de todas as formas, embora tivessem uma compleição parecida, especialmente os olhos índigo.

Reid apoiou a mão nas costas dela e ergueu o queixo. Usava o cabelo preso como sempre, a linha rígida de sua mandíbula tensa afiada como pedras de sal. Parecia incrivelmente forte ao lado dela. A lâmina ônix reluzindo no quadril dele só realçava esse efeito.

Seu irmão chamava homens como ele de brutais e, apesar da gentileza que Vaasa agora sabia que Reid possuía, pensou que ele era capaz de atender a essa descrição se precisasse. Algo nisso a reconfortou e, como tinham passado a semana discutindo como abordar aquela visita, Vaasa sentia que sabia um segredo sobre ele que ninguém mais conhecia.

Ele estava nervoso. Era um guerreiro, um lobo, mas não um homem da corte.

Ainda bem que tinha Vaasa.

O cavalo de Dominik parou a cerca de dez metros deles, suas carroças e soldados fazendo o mesmo. À esquerda dele vinha Ozik, o conselheiro mais velho do pai, a capa preta esvoaçando na brisa suave de verão, que também balançava seu cabelo branco. Algo nele sempre causara arrepios em Vaasa. Talvez fosse sua presença constante no castelo, a certeza de que, não importava aonde ela fosse, ele sempre estaria *lá*.

O ar pareceu faiscar.

E então Dominik abriu um sorriso doce.

– Irmã – disse ele em asteryano, se apeando do cavalo branco como se os dois fossem amigos e ele realmente estivesse feliz em vê-la.

Assassino, assassino, assassino, a magia pareceu murmurar, contorcendo-se em seu interior como mil lâminas.

Avançando com suas pernas longas e esguias, Dominik parou bem na frente dela para cumprimentar seu marido do jeito asteryano tradicional.

– Guardião – disse Dominik no mesmo tom suave. Asteryano era o único idioma que falava. – É um prazer estar de volta a Mireh.

Vaasa traduziu para os dois, passando do asteryano ao icruriano com perfeita naturalidade.

– É um prazer recebê-lo, Vossa Majestade – respondeu Reid, apertando um pouco mais a roupa de Vaasa.

Dominik inspecionou o espaço entre eles antes de se aproximar de verdade e puxá-la para um abraço.

– Quanto tempo, Vaasalisa.

Não o suficiente, pensou ela.

– Demais – respondeu em voz alta, abraçando a cintura fina dele com carinho, sutilmente preparada para uma lâmina ou algum outro truque.

Ele era pele e osso em seus braços e, por um segundo, Vaasa cogitou quebrá-lo como a um galho. A lembrança da mãe lhe voltou à mente, aquele fedor pútrido acariciando suas narinas, e ela tentou afastá-la. Tentou dizer a si mesma que não era real.

– Suas carroças terão que seguir em fila única através da cidade, ou podem ficar aqui, claro – disse Kosana. – Os caminhos são estreitos.

– Fila única está ótimo – garantiu Ozik, falando icruriano com a mesma facilidade com que ensinara o idioma a Vaasa.

Dominik enfim a soltou e deu um passo para trás.

Vaasa queria tremer, mas manteve a compostura e abriu um grande sorriso. Quanto mais o conselheiro se aproximava, mais sua magia afundava dentro dela, como se também quisesse fugir. Para ele, Vaasa não passava de uma ferramenta. Ela analisou seu rosto, esperando ver a neutralidade sombria com que ele sempre a fitara, mas, quando Ozik parou ao lado do imperador, seus olhos dourados percorreram o corpo de Vaasa com o mesmo tipo de escrutínio antes de se virarem para Reid, que retomara seu lugar ao lado dela. Inspecionando o marido guerreiro dela, Ozik curvou a cabeça.

– Guardião.
– Conselheiro – disse Reid.
– Vamos, vamos entrar – disse Vaasa, imitando o tom ensaiado de Dominik. – Acredito que podemos deixar de lado os títulos, não?
– Sempre um prazer, minha cara – respondeu Ozik.
– Ele ainda é um rabugento, não é, Dominik? – perguntou ela ao irmão, como se não tivesse pavor de Ozik.
– Ainda é – garantiu ele.

O brilho nos olhos de Dominik era revelador, uma rotina ensaiada entre eles, da qual ambos conheciam a verdade. Não havia conexão familiar entre os dois. Nenhum amor ou consideração.

Dominik era uma serpente escondida na grama.

Mas ele não era o único, um fato que a magia deslizante na barriga de Vaasa confirmava. Ela também era uma serpente que podia fingir amizade.

– Vamos entrar – repetiu Vaasa, se apoiando em Reid enquanto ele a guiava de volta para a cidade de Mireh.

Só precisariam entretê-lo por uma noite, e então Dominik iria visitar os outros *investimentos* que fizera no norte de Asterya, sob a fronteira icruriana. Aquilo ali era só um breve desvio das visitas já planejadas dele.

– Você está indo bem – sussurrou Reid. – Mesmo que eu só tenha entendido metade do que foi dito.

– Nada importante – respondeu ela, os olhos focados nos portões de Mireh. – Pelo menos por enquanto.

Enquanto Dominik era acomodado no Grande Templo de Mireh, Vaasa ficou aguardando na sala do segundo andar, onde esperava que o irmão chegasse a qualquer momento. Nunca tinha expressado isso em voz alta, mas estava grata por Reid não ter escolhido morar no templo. Ali, estariam cercados pelos olhos constantes dos acólitos mirehanos, e a única privacidade que haviam encontrado até então fora dentro daquela sala.

Enquanto Kosana e Reid conversavam num canto, analisando os movimentos dos homens de Dominik nos limites da cidade, Vaasa se esparramou no sofá e ficou observando Esoti, que andava de um lado para outro na frente da porta. Mathjin estava sentado casualmente em outro sofá, no canto mais distante, seguindo os passos dela.

– Pare com isso – implorou Vaasa.

– Não gosto da ideia de todos vocês ficarem aqui com eles – rosnou Esoti.

Os lábios de Mathjin se curvaram.

– Kosana poderia matar Dominik antes que ele piscasse.

– Ele não importa. É só um feijão verde. Eu me preocupo com o conselheiro. Ele tem olhos de águia, enxerga tudo.

Feijão verde era a descrição mais estranha que Vaasa já ouvira do irmão, embora, talvez, uma das mais engraçadas. No entanto, Esoti tinha percebido uma verdade sobre Ozik. Ele não deixava passar muita coisa, mesmo em sua visão periférica.

– No momento, atacar Mireh não é um investimento inteligente – disse Vaasa. – Ozik não sugeriria isso a Dominik.

– Como você sabe? – perguntou Mathjin.

O pai dela confiava em Ozik, mas apenas tanto quanto confiava em qualquer pessoa. Seu proselitismo sobre amor e amizade era sincero, e seu conselheiro não fora exceção. O único membro da família de Vaasa que parecera confiar abertamente em Ozik tinha sido sua mãe. No fim das contas, porém, Ozik era humano. Devia ter as próprias ambições, e um ataque precipitado a uma única cidade não seria uma declaração necessariamente poderosa se não tinha uma ameaça maior por trás. Os nobres asteryanos provavelmente estavam ávidos para pôr à prova seu novo e jovem imperador. Tinham vendido Vaasa por sal, então ela não achava que fossem querer arriscar aquela oportunidade comercial por conta das ambições de Dominik. Ozik não ia querer que Dominik fracassasse, porque isso significaria que ele também tinha fracassado, e certamente havia algum nobre ousado por aí esperando para tomar o lugar do conselheiro.

– Um ataque a Mireh seria caro demais, quando eles não têm um plano de fuga viável. Não, o ataque deles será lento e prolongado, provavelmente com baixas maiores que uma única cidade. Estou prevendo uma proposta comercial. Eles vão fincar as presas devagar.

Todos se viraram para ela, encarando-a em silêncio. Só Reid continuou olhando sua pilha de anotações, sem se surpreender com a franqueza com que Vaasa discutia as ambições cruéis de sua família ou como tais maquinações lhe eram naturais.

– E se Dominik decidir não acatar os alertas do conselheiro? – perguntou Esoti.

– Então Kosana ou Reid vão matar os dois – sugeriu Vaasa.

– Você fala com muita tranquilidade sobre a morte do seu irmão e do conselheiro mais antigo de sua família – comentou Mathjin.

Reid ergueu a cabeça, se virando para eles no mesmo momento em que Esoti parou de andar. Vaasa sentiu uma pontada de insegurança, mas manteve a cabeça erguida.

– Sim, bem, eles me venderam ao guardião de Mireh três semanas depois da morte da minha mãe. Caso não tenha notado, meu irmão e eu não somos muito apegados.

Mathjin endireitou-se no sofá.

– Eu me expressei mal. Peço desculpas.

– Não é necessário.

– É, sim – disse Reid, do outro lado da sala.

– Não é – disse Vaasa, mais alto, sem afastar os olhos de Mathjin.

Ela não o culpava nem um pouco por questioná-la. Respeitava a atitude, na verdade. Mathjin era um conselheiro inteligente, e ela admirava sua tenacidade. Ele passaria o dia fingindo não falar asteryano, uma ínfima vantagem que poderiam ter naquela reunião.

Mesmo assim, Kosana lançou um olhar de esguelha ao conselheiro, e Esoti franziu os lábios.

Era tolo desejar estar ali, mas ela sentia que uma corda fora amarrada a seu coração, a outra ponta atada à parte do mapa com o nome da cidade. Mireh. Como se pertencesse a ela também. O poder dançou na ponta de seus dedos quando pensou em alguém atacando aquele lugar.

E então esse alguém bateu à porta.

Mathjin e Vaasa se levantaram dos sofás e foram até a mesa. Reid gesticulou para Vaasa se posicionar à esquerda dele, como tinham feito na noite em que Marc os visitara. Assumindo o que de repente pareceu ser seu lugar de direito ao lado do marido, ela observou as portas se abrirem.

Os dedos de Reid se entrelaçaram aos dela.

Um homem tolo e possessivo. Ao menos, seria o que qualquer pessoa olhando para os dois pensaria. Eles tinham ficado bons em fingir.

Dominik entrou, de banho recém-tomado e vestindo outra jaqueta verde como a copa das árvores de Mekës. Ajustou as lapelas, sorrindo abertamente para todos. Ozik entrou atrás dele, os olhos dourados examinando a sala, a capa ainda ao redor dos ombros. Ao adentrar o cômodo, ele a jogou sobre o ombro direito e largou sobre uma cadeira.

– Não percebi que seríamos um grupo tão grande esta tarde – disse Dominik em asteryano.

Vaasa traduziu, falando baixo e perto de Reid. Ozik também ouviu, preparado para traduzir cada palavra de sua resposta em icruriano. Era estranho estar sentada na frente de Ozik, considerando que só sabia aqueles idiomas por causa dele. Ela passara a vida do outro lado da mesa, no lado de *Asterya*, e não sabia se isso a tornava um risco ou uma ameaça.

Reid não hesitou, uma resposta calma e amistosa fluindo de seus lábios.

– Não consigo convencer a guarda-costas da minha esposa a ficar longe dela, não importa qual seja a companhia.

Dominik inclinou a cabeça e apertou a cadeira à sua frente com dedos longos e esqueléticos quando Ozik sussurrou a tradução.

– Ah. Bem, nos veremos no jantar esta noite, Vaasa, e sinto muito não saber o nome da sua guarda-costas – disse ele, acomodando-se na cadeira diante de Reid.

Vaasa traduziu, e Reid puxou uma cadeira para ela sem desviar o olhar de Dominik.

– O nome dela é Esoti e, embora não conheça nossas tradições, Vossa Majestade, é costumeiro que uma consorte permaneça com o marido. Minha esposa ficará ao meu lado.

Dito isso, Esoti assumiu seu posto contra a parede, a mão convenientemente apoiada na adaga.

Dominik tensionou o maxilar quando Ozik traduziu, então olhou para Vaasa. Reluzindo em seu dedo estava o característico anel prateado de garra, tão afiado como suas palavras, e ela jurou vê-lo estremecer. A pedra preta no interior engolia a luz que o tocava.

– É bom vê-la tão bem acomodada ao lado dele – disse Dominik. – Parece que se adaptou rápido a esse país.

Ao olhar para Vaasa daquele jeito, ele tentava minar a autoridade de Reid, sem se dar conta de que responder diretamente a ela não era um insulto para Reid de Mireh.

Reid gesticulou para que Vaasa se sentasse. Quando ela se acomodou, ele correu os dedos por seus ombros e braço, segurando sua mão de novo antes de se sentar.

– Ela se adaptou melhor do que eu esperava – disse Reid.

Ozik deu um sorrisinho enquanto traduzia. Dominik manteve seu sorriso nauseante estampado no rosto.

– Estou contente de vê-lo feliz com nossa primeira transação.

Transação. A palavra era deliberada, assim como a batidinha sutil de Vaasa no pulso de Reid enquanto contextualizava as intenções dele, um sinal para não brigar, embora a palma dele tenha estremecido. A dela também.

– Talvez essas negociações sejam rápidas – disse Mathjin em um tom neutro e despreocupado –, dado que todos estão felizes com esse arranjo.

– Talvez – disse Dominik alguns momentos após Ozik traduzir.

Vaasa queria se lançar sobre a mesa e arrancar os cabelos dele, mas piscou para afastar as imagens violentas e manter a magia sob controle. A força estava assentada no seu estômago, enrodilhada, a postos, e ela lambeu os lábios só de imaginar.

– O que precisa de nós? – perguntou Reid, dando a Dominik a oportunidade de começar, como Vaasa dissera para ele fazer, duas noites antes, quando discutiram como abordar aquele exato momento.

– Como sabe, a passagem do Desfiladeiro de Loursevain é de extrema importância para Asterya. O comércio com Zataar é praticamente impossível, dada nossa pequena infestação de pragas – disse Dominik.

Ele se referia aos piratas que governavam a baía onde Mekës fora construída. Eles atacavam a área havia séculos, e o pai dela tinha lidado apenas superficialmente com o problema.

– Então você precisa de navios? – perguntou Reid.

Exatamente o que eles esperavam.

– Navios... – Dominik balançou a mão, torcendo os lábios. – Uma hora, sim. Mas a questão com os piratas não pode ser resolvida por nenhum navio. Não, precisamos conseguir viajar por terra *antes* de navegar pelo mar, o que no momento é impossível dada a hostilidade dos seus territórios orientais.

Vaasa franziu o cenho.

– O que está pedindo, então? – perguntou ela, sem nem traduzir.

Reid não a questionou... algo que Dominik percebeu.

Como ela pretendia.

– Eu gostaria que ordenassem aos guardiões de Wrultho e Hazut que retirem suas tropas das rotas comerciais e nos deem acesso seguro à Presa de Innisjour – disse o irmão, num tom casual.

Dessa vez, ela traduziu. A mão de Reid congelou sob a mesa.

– Por que você precisa da Presa?

– Gostaríamos de estabelecer um posto comercial lá e, em troca da sua cooperação, vamos financiar o custo de construí-lo – disse Dominik. – O reino de Zataar já demonstrou interesse em abrir seus portos para uso de ambas as nossas nações, o que acredito que seria benéfico a todos.

Um posto comercial na borda da Presa? Aquele pedaço de terra se projetava como um dente canino das costas icrurianas, criando o Estreito de Warfell, que dividia Icruria e Zataar. Se algum guardião fosse tentar estabelecer relações comerciais com aquela nação, ali seria o melhor lugar.

Dar a Dominik acesso à Presa significava lhe dar uma base em Icruria.

Reid não podia sequer considerar aquilo.

De toda forma, ele franziu os lábios.

– Não posso ordenar que nenhum dos outros guardiões faça isso.

– De que adianta ser o grande mestre, então? – perguntou Dominik, a língua se tornando mais afiada. – Não é isso que você será? Não foi por isso que concordei em permitir que minha irmã viesse para cá, para começo de conversa?

– Ele será grande mestre – disparou Vaasa em icruriano, exagerando na defesa a Reid, e então traduziu rapidamente a conversa.

Olhando para ela, Reid sorriu.

– Minha esposa está certa.

O conselheiro asteryano devia ter notado a tentativa dela de parecer protetora na língua que seu suposto marido entendia, porque Ozik fez uma expressão contente ao traduzir.

– Ótimo – disse Dominik, recostando-se na cadeira e olhando para os dois. – Então ele poderá exigir o fim da violência na fronteira.

– *Você* não pode exigir o fim da violência na fronteira? – perguntou Mathjin em um icruriano impecável, depois de ter esperado a tradução, sem deixar ninguém saber que conseguia entendê-los.

Ozik se remexeu no assento, olhando diretamente para Mathjin quando disse:

– Você culpa os asteryanos pela violência?

– Vocês construíram a represa no Sanguíneo – apontou Mathjin.

– Foi o *seu* povo que atacou. As terras ao redor daquelas áreas estavam sofrendo inundações – acrescentou Dominik, fazendo Reid cerrar a mandíbula quando ela traduziu suas palavras.

Mentiras. Tudo mentiras descaradas ditas em um tom de suave desespero, para absolver os asteryanos e fazer parecer uma escolha feita por uma questão de sobrevivência... Era um discurso manipulador, no mínimo.

Ozik a observou, esperando. Era um teste, ela sabia. O homem queria ver se Vaasa os corrigiria, porque ela presenciara o início da guerra. Estivera na sala de estratégia.

Vaasa traduziu palavra por palavra sem uma única modificação, e Reid assentiu, como se acreditasse nela. Mathjin também. Ozik abriu um sorriso malicioso, falando em asteryano enquanto a encarava.

– Você parece uma esposa tão devotada que quase esqueci que é a camaleoa que seu pai criou.

O que Ozik estaria tramando?

– A natureza de uma pessoa não muda, mesmo se seu ambiente mudar – respondeu Vaasa em asteryano.

Apertando os lábios, Ozik afastou uma mecha de cabelo branco do ombro.

– Talvez nós dois devêssemos ter uma conversa privada antes dessa visitinha acabar.

Dominik virou-se para ela, abrindo um grande sorriso.

– Sobre a *inundação*? – perguntou Vaasa, ainda em asteryano.

– Sobre a *inundação* – concordou Ozik.

Espelhando o sorriso de Dominik, Vaasa respondeu com tranquilidade:

– Talvez devêssemos.

Mas sua garganta estava apertada.

Não havia inundação. Nunca houvera.

Os dois estavam mentindo de propósito, só para ver o que ela faria.

Reid franziu o cenho, olhando de um para outro, apertando a mão dela. Vaasa traduziu uma discussão totalmente falsa sobre uma inundação tão terrível naquela área que os asteryanos não tiveram escolha. Falou como se eles fossem vítimas com um desejo genuíno pelo fim da violência, como suspeitava que Dominik e Ozik esperavam que ela fizesse.

– Acho que posso negociar com Wrultho – respondeu Reid, de novo em icruriano. – Mas o custo será essa... a represa. Se vocês a derrubarem, talvez eles estejam abertos à oportunidade de um comércio em boa-fé. Talvez possamos chegar a um acordo sobre a infraestrutura de que seu povo precisa.

– Essa negociação prejudicaria suas chances de eleição? Alienaria as pessoas que vão eleger você? – perguntou Dominik abertamente.

Reid apertou os lábios quando Vaasa traduziu, então balançou a cabeça.

– Não, acredito que a maioria dos icrurianos deseje que este casamento seja a fundação para o futuro. É hora de nossas cidades-Estados fazerem comércio.

Ozik traduziu cada palavra fielmente. Dominik se recostou, fazendo um gesto amplo.

– Então vamos usar essas fundações e mostrar o que significa uma aliança com Asterya. Espero que seu povo esteja chamando minha irmã de grande consorte dentro de um ano.

A mão de Reid apertou a de Vaasa com mais força quando ela fez a tradução. Ao mesmo tempo, ela usou a mão livre para afagar o braço de Reid, parecendo bastante territorial aos olhos de todos.

De todos, menos de Ozik e Dominik.

Especialmente quando Reid lhe abriu um grande sorriso e correu a mão livre por sua bochecha, encostando os lábios na sua têmpora e dizendo:

– Ela será.

Se Ozik e Dominik queriam falar com ela em particular, havia alguma coisa que não estavam revelando. Mencionar abertamente o potencial de ascensão *dela*...

Nas atuais circunstâncias, a posição de Vaasa podia com facilidade ser considerada intencional. Se ela não soubesse que os dois esperavam que ela morresse, que *queriam* que ela morresse, sem dúvida diria que era. Colocá-la ao lado do homem que logo seria eleito grande mestre de toda Icruria?

Ela estava na posição ideal para ganhar o afeto e a confiança de Reid. Era o mais perto de uma rainha que aquele território possuía.

A herdeira de Asterya... plantada ali dentro, bem onde eles queriam chegar.

E era *assim* que conquistadores tramavam. O que imediatamente levantava a pergunta: a mãe dela tinha sido uma conquistadora também?

– Como meu marido disse, acredito que podemos negociar em boa-fé – disse Vaasa em asteryano.

Ela sabia como Dominik interpretaria aquilo: que Vaasa não estava se referindo a ela e ao guardião de Mireh, mas a ela e a ele.

– Boa-fé é tudo que eu busco – garantiu Dominik.

O tom doce e o sorriso falso diziam o contrário, e ela duvidava que Reid não tivesse percebido, mas bateu no seu pulso de novo, indicando que deveria concordar.

– Então derrubem a represa.

– Contanto que vocês convençam Wrultho a largar as armas – disse Dominik.

Reid assentiu.

– De acordo.

– Acabamos aqui? – perguntou Vaasa.

Dominik não objetou, erguendo-se da mesa e alongando as pernas.

Ozik deixou a sala atrás do irmão dela, e os dois foram dar uma caminhada pelos jardins do templo, guiados pelas tropas de Kosana, vestidos como acólitos. Assim que a porta se fechou, Reid virou-se para ela, erguendo uma sobrancelha.

– Ele quer falar comigo em particular – sussurrou Vaasa.

– Foi isso que o conselheiro quis dizer? – perguntou Mathjin.

Sem dúvida tinha entendido cada palavra em asteryano. Confiaria menos nela agora?

Vaasa assentiu.

– Não. – Os olhos de Reid se moveram entre ela e a porta. – De jeito nenhum.

– Ele não vai me ferir – disse ela. *Pelo menos, ainda não.* – Ele quer alguma coisa, e será melhor para nós saber o que é.

Reid se remexeu, desconfortável, mas não discutiu.
Foi Mathjin quem disse:
– Você não tem escolha, não é?
Vaasa balançou a cabeça.
– Não, não tenho.

CAPÍTULO 14

Naquela noite, enquanto Reid e Kosana se reuniam com um dos homens de Dominik para discutir acomodações para as carroças e as tropas asteryanas, Vaasa entrou discretamente num cômodo no primeiro andar do Grande Templo de Mireh. Com facas presas na coxa, tentou não ficar com medo.

Ozik estava parado junto da grande janela com cortinas roxas, a capa jogada numa cadeira distante, as lapelas da jaqueta bem passadas. O cotovelo estava apoiado no caixilho de pedra que se projetava da parede. Quando ela entrou, o homem sorriu e cruzou um tornozelo sobre o outro.

À sua direita, numa poltrona de veludo azul, com as pernas compridas cruzadas, estava Dominik.

– Irmã – disse ele calmamente em asteryano, sem sequer se levantar, apenas gesticulando para a poltrona azul idêntica diante dele. No seu dedo do meio estava aquele anel, que apontava por ele. – Sente-se, por favor.

Uma parte genuína dela se alegrou por poder falar em asteryano de novo. Como se sua língua se alongasse e suspirasse, ela disse:

– Irmão, Ozik.

Então se sentou.

– Como está se adaptando a Mireh? – perguntou Dominik, os olhos analisando cuidadosamente sua resposta.

Se quisesse manter todos eles a salvo, era essencial que Dominik acreditasse que ela se sentia ofendida. Um pouco desequilibrada. Descontrolada e relutante em admitir. Então deixou a magia na ponta de seus dedos dançar sobre o braço da poltrona, pinceladas aleatórias de névoa que, para alguém que não passava todos os dias com Amalie, pareceriam um descontrole.

– Está perguntando se gosto de estar casada contra minha vontade com um brutamontes icruriano? – Ela inclinou a cabeça e o inspecionou com a mesma atenção. – Ou se ainda estou à beira da morte?

Por alguns momentos, o silêncio pairou entre eles. Será que Dominik acreditaria no seu chilique? Vaasa tinha decidido que o melhor plano de ataque era deixá-lo crer que ela estava mais próxima da morte do que estava de fato. As melhores mentiras tinham um fundo de verdade e, como Ozik já tinha dito, ela podia ser qualquer coisa que precisasse.

Da janela, o conselheiro se pronunciou, os olhos dourados estreitados enquanto observava a névoa preta. Quanto mais o encarava, mais Vaasa notava sua idade. Só tinham se passado alguns meses, mas ele parecia ter perdido anos de vida por conta de Dominik.

– Então você controlou a magia?

Ela invocou mais poder, mas também cravou as unhas no veludo azul, como se isso lhe causasse dor.

Olhos dourados captaram o movimento.

– Como é a sensação?

– De ter herdado involuntariamente a coisa que matou minha mãe?

– Talvez você venha a controlá-la melhor do que ela – disse Ozik, seu tom um pouco pesaroso.

Vaasa não acreditava que fosse genuíno.

A cada palavra ríspida, a magia escapava um pouco mais do controle de Vaasa sobre a poltrona. Ao menos era o que parecia. Teimosa, ela sustentou o olhar do conselheiro, libertando toda a sua fúria. Por quanto tempo ele soubera da magia de sua mãe? Sua postura despreocupada diante da magia contrastava com o aparente asco de Dominik. Enquanto o irmão torcia o nariz, Ozik a examinava com fascínio.

– Não achei que você ficaria confortável neste calor – comentou Dominik, a repulsa nítida em sua voz enquanto examinava os pontos onde a magia a tocava.

Vaasa virou a cabeça bruscamente.

– Mas me mandou para cá mesmo assim.

A pedra preta do anel reluziu quando Dominik ergueu o cálice aos lábios. Apoiando-o de novo, ele deu de ombros.

– Você botou aquele homem para comer na sua mão mais rápido do que eu esperava.

Falar assim sobre Reid...

– Sou asteryana. Esses homens icrurianos não me assustam.

– Hummm. – Dominik a avaliou por um momento. – Parece que nem aquele pequeno contratempo na sua noite de núpcias o desencorajou. Gostou de Dihrah?

A magia nas entranhas de Vaasa rugiu em aviso, a serpente se enrodilhando e sibilando. Os espiões dele não deveriam ser capazes de chegar tão longe... como ele sabia do tempo que ela tinha passado na sodalidade?

Erguendo a mão, ele fez um gesto casual.

– Não há nada que aconteça nesse continente que eu não saiba. Não se preocupe, funcionou a seu favor. Reid de Mireh está fascinado por você. Parece que esses icrurianos gostam de um desafio.

Cruzando as pernas e se recostando na poltrona, ela respondeu:

– Esse pequeno *contratempo* é o motivo de eu estar viva.

Mentiras.

– Viver ou morrer sempre foi escolha sua. Parece que você quis viver – disse Dominik.

A confiança nos olhos do irmão a fez pensar que ele não acreditava em nada que estava saindo da própria boca.

– O que eu queria era não me casar.

Algo perverso brilhou no olhar dele.

– Você pode culpar nossa mãe por isso.

Ele tinha soado... ressentido?

Tão rápido quanto surgiu, a fúria de Dominik foi contida.

– Você só teria ficado aqui se ele tivesse lhe oferecido algo que valesse a pena. Então, irmã, o que ele lhe prometeu?

Dominik não estava ali para enrolações, então. Vaasa deixou de lado o que acabara de ver nos olhos dele. Poderia negar as suposições que o irmão fazia sobre ela, suposições que eram totalmente verdadeiras. *Era* por isso que Vaasa tinha voltado a Mireh. E aquilo estava funcionando a seu favor, então para que negar?

– Um divórcio legal – confessou Vaasa após um momento. – E tudo de que preciso para recomeçar em outro lugar.

Erguendo as sobrancelhas, Dominik correu a língua pelos dentes.

– Em quanto tempo?

– Três anos, mais ou menos.

– Você vai suportar dividir a cama com ele por três anos?

– Reid é generoso – disse Vaasa.

– E conquistou você com suas tendências *generosas*?

– Acredita que algo assim bastaria para me domesticar? – disparou ela, deixando a magia rodear seu pescoço, como se quisesse estrangulá-la.

Como se tivesse medo daquela força, Vaasa tentou dissipar a névoa, mas não a deixou desaparecer totalmente.

Dominik se reclinou outra vez, os olhos cintilando de divertimento com a explosão. Com sua aparente falta de controle. Deu outro gole no cálice na mesa de madeira ao seu lado.

– Você acredita que ele será eleito? – perguntou Ozik, afastando do rosto uma mecha branca como a neve.

Vaasa se virou para o conselheiro.

– Só se conseguir convencer o povo de que minha presença é uma vantagem, em vez de uma ameaça.

– E você não quer isso? – perguntou Dominik. – Prefere ter uma vida nova a ser grande consorte?

– Grande consorte do quê? Uma nação sem água ou influência?

– Ah, não pode ser tão terrível assim.

– Não foi você que foi exilado aqui.

– Exilado! – Dominik riu. – Eu lhe dei uma nação. Não é culpa minha se você escolheu não tomá-la.

– Com que forças, Dominik? Posso foder Reid de Mireh o quanto quiser, mas ele não vai me dar um exército.

Dominik fez uma pausa, olhando para Ozik.

– Se tem algo a dizer, Ozik, desembuche – rosnou ela.

Ozik deu um risinho junto à janela, erguendo seu cálice em um brinde aos dois, como se achasse a briga entre irmãos divertida. Quando olhou para ela, porém, foi com um toque de pena.

– Sua irmã acredita que foi vendida a Reid de Mireh e enviada para cá para morrer, portanto não é leal a você. Ele está propondo liberdade a ela, Dominik, então, a não ser que consiga superar essa proposta, ela não vai negociar com você.

O cálice congelou nos lábios de Dominik.

– Liberdade?

– Sim, liberdade – confirmou Vaasa.

– E se eu lhe oferecesse uma vida de volta a Asterya? – perguntou ele, com um tom tão casual que causou calafrios nela. – E se eu enviá-la como embaixadora a qualquer das nações que você estudava tão atentamente, com todos os direitos e privilégios que acompanham o posto?

Houve uma época em que aquele fora o sonho dela. Dominik sabia o impacto que aquelas palavras teriam... sabia que ela não deixaria a oportunidade escapar.

– Para você me matar depois? – perguntou ela, direta.

Dominik fez uma pausa antes de beber, baixando a taça ao joelho.

– Eu não tenho que matar você se Reid de Mireh estiver morto.

O ódio infiltrou-se pelo peito dela, mas Vaasa retorceu os lábios como um animal faminto farejando sangue. Como se seu pé estivesse preso em uma armadilha e ela estivesse a momentos de arrancá-lo fora com os próprios dentes.

Dominik pareceu se deliciar com seu desespero.

– Não sou tolo a ponto de subestimar o que você pode me dar, irmã. Nossa mãe pode ter desperdiçado você nesse casamento estúpido, mas não cometerei os erros dos nossos pais.

Lá estava de novo, aquele ressentimento velado que ela nunca o vira expressar.

– Está parecendo que sua proposta me deixaria livre – admitiu ela.

– É melhor do que a proposta dele?

Vaasa ficou quieta por um momento, fazendo um biquinho e fingindo considerar.

– Se eu jurar nunca me casar de novo, você vai me deixar viver?

Ele assentiu.

– Não haveria por que matá-la.

Vaasa deliberadamente se retraiu diante daquelas palavras, como se ainda estivesse assustada. Dominik pareceu gostar disso.

– Icruria vai cair, e essas pessoas vão se curvar a mim. Então, se Reid de Mireh não quiser lhe dar um exército, talvez eu possa fazer isso.

A magia borbulhou em aviso, seus instintos lhe dizendo para não confiar em uma palavra sequer da boca de Dominik, mas ela descruzou as pernas e se inclinou para a frente.

– Sou toda ouvidos.

Como um predador diante de uma presa ferida, os olhos de Dominik reluziram de poder e ambição. Devia ser tudo que ele via... e estava inebriado.

– Faça o seu marido ser eleito. Dê a meus homens meio ano para estabelecer o que vai parecer um comércio pacífico na rota até a Presa, e nossos comandantes vão governar essa *nova* capital segundo os seus conselhos. Em menos de um ano, você terá sua liberdade, e eu terei Icruria.

O plano dele não funcionaria. As forças icrurianas eram leais à sua nação por uma questão de princípio, enquanto as forças asteryanas eram motivadas apenas por dinheiro. Hazut e Wrultho já lhe eram inalcançáveis sem outra estratégia, e os icrurianos lutariam por mais tempo e com mais ferocidade do que o tesouro de Dominik poderia sustentar. Mesmo que, com Reid vencendo a eleição, a capital de Icruria se mudasse para mais perto de Asterya, Dominik ainda teria que enfrentar exércitos maiores do que imaginava.

A estratégia mais inteligente seria respeitar os primeiros acordos – estabelecer o posto comercial e esperar alguns anos, de modo que um ou dois dos territórios se tornassem economicamente dependentes desse comércio. Aí então ao menos parte da população consideraria uma tolice travar uma guerra com Asterya. E Dominik teria toda a influência que poderia desejar, para tomar seu sal, roubar seus navios e usar as reservas de aço dos próprios icrurianos contra eles em um ataque rápido e brutal.

Mas Dominik era ganancioso e precipitado e, julgando pela nota de ressentimento que ela ouvira em sua voz, queria se provar.

– Um ano? – confirmou Vaasa. – E eu fico viva?

– Um ano e você fica viva.

Ela olhou para Ozik, erguendo uma sobrancelha. O conselheiro assentiu. Vaasa achou estranho que ele aprovasse um plano tão audaz, mas reparou nos tecidos caros em seus ombros e se perguntou se Ozik sequer se importava com aquela empreitada.

– Ficarei em contato com você diretamente – disse Dominik. – Se tem tanta influência sobre seu marido quanto parece, garanta que ele não traduza as cartas do seu querido irmão.

Vaasa bufou.

– Só isso?

– Só isso. Por enquanto. – Servindo um cálice de vinho que estava na bandeja entre eles, Dominik o passou para ela e ergueu o próprio. – Um brinde à família.

Sentindo o metal frio entre os dedos, ela levou o cálice aos lábios, cheirando com cuidado.

Era mel e vinho, mas com uma leve nota ácida.

Tão sutil que poderia nem ter sentido.

Seu coração martelava contra as costelas.

Ela hesitou

Baixou a taça.

Inclinando-se para a frente na cadeira, Dominik apertou a própria taça com mais força, a malícia nadando no oceano dos seus olhos.

– Sei que você vai agir como nosso pai a criou para agir, então eu também devo agir como ele me ensinou.

Uma ameaça, nem um pouco velada ou sutil, e um insulto ao mesmo tempo.

– Veneno? – perguntou ela.

– Só conferindo se você continua esperta, irmã.

Um ódio frio e brilhante cresceu dentro dela. Vaasa odiava os dois – e, naquele momento, odiava Asterya também.

– Nunca estive tão esperta.

– Ótimo. – Dominik inclinou a cabeça. – Porque, no momento, não há ninguém em uma posição tão estratégica para derrubar uma nação quanto você. E ninguém com tanto a perder.

Ele tinha conduzido a situação como o pai ensinara os dois a fazer, no verdadeiro estilo asteryano: aproveitando-se das coisas que Vaasa mais queria, exatamente como aprendera.

Era nauseante.

Dominik sorriu.

Correndo a língua pelos dentes, ela assentiu para demonstrar que compreendia.

Saindo sem olhar para trás, Vaasa esperou até estar no final do corredor para sorrir para si mesma.

Dominik tinha se enganado quanto à lealdade dela, acreditando que Vaasa só pensava em si mesma. Talvez, alguns meses antes, ela tivesse aceitado sua oferta. Alguns meses antes, ela não tinha nada exceto seu nome asteryano.

Desde então, abandonara aquele nome e o trocara por um novo.

Ele ainda acreditava que aquela cidade ali era inútil. Indefesa. Fácil de conquistar.

Não sabia dos navios ou dos exércitos ou da magia que possuíam.

Dominik estava certo sobre uma coisa, no entanto: não havia ninguém em uma posição mais estratégica do que ela para derrubar uma nação.

O que, no mínimo, garantia algum tempo a Vaasa.

Assim que entrou no quarto, Vaasa se virou para Reid.

– Eu estava certa. A rota comercial é um jeito de abrir caminho até Mireh.

Reid ficou tenso, então pareceu se forçar a relaxar. Recostando-se na porta, perguntou:

– O que ele ofereceu a você?

– Um ano e um posto de embaixadora em qualquer nação que eu quiser.

Dessa vez ele congelou, qualquer traço de calma sumindo de suas feições.

– Que foi? – perguntou Vaasa.

– É uma oferta melhor.

Ela franziu as sobrancelhas.

– Como é?

– Um ano, e você pode conquistar mais do que eu lhe ofereci em três.

– Reid. – Ela hesitou, respirou fundo e se virou para avançar pelo quarto, seus passos ecoando junto às batidas altas do seu coração. – Você está cometendo o mesmo erro que ele.

Silêncio.

Quando Vaasa se virou, por fim, Reid ainda estava encostado na porta, a observando. A insegurança pairava entre eles, e Vaasa se perguntou por um momento se era medo que via nos olhos do marido.

– E que erro é esse?

A voz dele desceu pelo corpo dela, fazendo vibrar a magia já irritada que espreitava como um gato selvagem de novo. O jeito como ele a olhava era intenso demais.

Ela entrou atrás do biombo, respirando fundo.

Tensionando a mandíbula, olhou para os punhos cerrados e para a névoa leve que se agitava neles.

Ela ouviu seus passos pelo chão e ficou imóvel, mas Reid não cruzou o limiar do biombo. Em vez disso, parou bem na frente do móvel, fora de vista.

– Você está escondida agora. Fale comigo.

No momento em que vira Dominik desmontar do cavalo, Vaasa soube que tinha sido uma tola. O jeito como Reid a tinha protegido só confirmava o que ela deveria ter percebido assim que ele a encontrara naquela biblioteca.

Ele era sua melhor chance de sobrevivência. Sempre fora.

Escondida de qualquer olhar, a verdade pareceu deslizar por sua língua. Ela tinha contado a Amalie, não tinha? Mas saber que Reid conseguia entendê-la tão facilmente – saber que ela precisava dele – incendiava seus nervos. Vaasa aproveitou a chance para desfazer o nó do tecido em sua cintura, ignorando a silhueta dele contra o biombo. Saindo dali e erguendo o cabelo da nuca, ela olhou por cima do ombro e encontrou o olhar dele.

Reid baixou os olhos, se aproximou de suas costas e começou a desatar os laços do espartilho nada prático do traje formal. Ficaram em completo silêncio até ele desfazer o último cordão.

Vaasa voltou para trás do biombo e deixou o tecido cair ao chão. Em seguida, tirou a calça.

A silhueta dele começou a se mover.

Endireitando a coluna, ela prendeu a respiração.

Uma gaveta se abriu. Fechou. Passos ecoaram na pedra dura. Um momento depois, a sombra dele estava de volta, e um tecido cinza macio foi jogado sobre o biombo.

Era outra camisa dele. Reid tinha começado a trocá-las e lavá-las pessoalmente, sem nunca mencionar esse fato. Vaasa já deveria ter arranjado uma roupa para dormir àquela altura, mas não tinha e... maldito.

– Obrigada – disse ela, passando a camisa pela cabeça e se remexendo para tirar a calcinha desconfortável que Reid jamais descobriria que ela não estava usando.

Quando saiu de trás do biombo, pronta para conversar, ele estava cruzando as cortinas para o banheiro. Sem saber o que a impelia, Vaasa foi atrás. Recostando-se no batente, o viu livrar os braços dos tecidos do traje. Seus olhos percorreram o peito dele, descendo até a tatuagem de armadura no ombro. Baixando as mãos aos botões da calça, ele ergueu uma sobrancelha.

– Está querendo um espetáculo, Indomável?

Ela ergueu os olhos bruscamente.

– Não sabia que tínhamos acabado de conversar.

– Não acabamos. Eu só estava deixando você decidir quando está pronta.

– Estou pronta.

Ele desenhou um círculo com o dedo, indicando que ela se virasse, com um sorriso malicioso e debochado.

– Ah, agora você se importa com modéstia? – perguntou ela.

– Eu também sei brincar.

Com um revirar de olhos exagerado, ela se voltou para o quarto, encostando o quadril no batente. Ouviu sons baixos enquanto ele se equilibrava em um pé e tirava a calça.

Então sentiu uma vontade súbita de se virar, sem saber o que era aquele instinto ou de onde vinha. Respirando fundo, ela afastou o pensamento. *Isso* ela podia fazer. Aquele flerte inofensivo era só o jeito como se comunicavam.

– Acho que devíamos falar com Wrultho mesmo assim – disse ele, por fim. – Persuadi-los a pelo menos tentar estabelecer a paz.

Era um plano tolo e idealista.

– Acho que devemos persuadi-los a levar seu exército mais para o leste e se preparar para atacar – rebateu Vaasa.

– Uma ideia muito violenta da sua parte.

– Uma ideia muito pragmática da minha parte.

– É o oposto de paz.

– Eles não devem ficar indefesos – argumentou ela, encarando a parede, frustrada. – Dominik vai achar que seu plano está funcionando e, enquanto isso, vamos aumentar nossas forças bem debaixo do nariz dele.

Ela ouviu três passos, e então Reid estava atrás dela.

– Achei que você fosse uma dama da corte, não uma general de guerra.

– Quem não ia querer uma esposa que fosse as duas coisas?

– Só um idiota.

Ela sorriu, mesmo que ele não pudesse ver.

De repente, o corpo de Reid se aproximou um pouco mais, seu peito nu pairando logo atrás de Vaasa.

– Por que não aceitar o acordo dele e fugir?

Ela ainda tinha dificuldade em achar as palavras certas, confessar algo que tirava qualquer poder e controle de suas mãos.

– Eu não quero o acordo dele.

– Por quê?

– Porque não é real. Quando os soldados dele invadirem, Dominik vai garantir que eu morra no conflito.

– E como você sabe disso?

Sem rodeios, ela confessou:

– Ele tentou me envenenar essa noite.

Cada músculo de Reid devia ter enrijecido. Vaasa o sentiu imóvel atrás de si.

– Ele fez *o quê?*

– Eu senti o cheiro antes de dar um gole no vinho. Foi uma ameaça, um lembrete do que ele pretende fazer se eu não me comportar.

Houve a menor das pausas, só um segundo. O suficiente para ela sentir a raiva de Reid prestes a explodir.

E então o calor do seu peito contra as costas dela desapareceu.

– Não – chamou Vaasa, mas Reid não parou.

Os reflexos que vinha praticando se ativaram, e Vaasa estendeu a perna e a enganchou ao pé dele no meio de um passo. Reid cambaleou só o suficiente para que ela pulasse na sua frente. Ele tentou agarrar sua camisa, e Vaasa moveu o quadril, se desviando dos dedos dele com um giro e jogando as costas contra a porta. Agarrou as maçanetas atrás de si com as duas mãos e, quando recuperou o equilíbrio, Reid estava bem na sua frente.

O ar ficou quente quando ele olhou seu corpo da cabeça aos pés.

– Você sabe que eu consigo erguer você daí, não sabe?

– Mas não vai.

Reid cerrou a mandíbula como se cogitasse provar que ela estava errada.

– Essa história só acaba quando ele morrer. Me dê *um* motivo para eu não fazer isso esta noite.

– Porque somos mais espertos que ele, e isso seria uma declaração de guerra. Perderíamos os dois países.

Reid não relaxou, mas também não tentou se aproximar mais ou passar por ela.

– Como assim, os *dois* países?

A ameaça formigava na língua de Vaasa, uma raiva contorcida roubando as partes dela que queriam paz. As partes dela que achavam que havia um jeito de evitar as ambições de Dominik.

Mas não havia. Enquanto ele estivesse naquele trono, o mundo corria perigo.

Ela corria perigo.

Não sabia como era confiar em alguém, mas, se tivesse que dar um nome ao sentimento que a tomou de repente, diria que foi isso que sentiu quando Reid olhou para ela. Foi o suficiente para lhe dar voz para falar a verdade:

– Por anos, meu pai matou cada membro distante da nossa família. Poucos ainda estão vivos, só primos que mantiveram o nome Kozár pelo medo que inspira nos homens sob seu comando. Ele era obcecado com isso, garantindo que nunca houvesse um desafio legal ao seu trono. Dominik herdou essa obsessão, entre outras coisas.

Observando-a com cuidado, Reid esperou que continuasse. Soltando o ar com força, ela relaxou contra a porta.

– Nunca houve uma monarca de Asterya, só governantes homens, independentemente da linhagem. Gerações atrás, um homem conquistou o trono casando-se com uma filha Kozár, porque ela era a única dos irmãos ainda viva. E embora meu pai tenha mudado todas as fronteiras e transformado o reino num império, essa lei ainda existe em Asterya.

– Não entendo – disse ele.

– Uma filha Kozár não pode reivindicar o trono sozinha. Ela deve ser casada. É a única opção.

Ele trocou o peso dos pés, e seus ombros largos quase roçaram nos dela.

– Você tem direito ao trono asteryano?

– Não, Reid. Você tem.

A confusão se manifestou primeiro na testa franzida dele, então Reid compreendeu e arregalou os olhos.

– Quê?

– Se Dominik morrer, meu marido pode reivindicar o trono.

– Então por que ele arranjou esse casamento? Por que permitiu que você se casasse?

– A questão é que ele não arranjou o casamento, só foi obrigado a mantê-lo. Meu palpite é que os lordes que financiam as disputas na fronteira e as expansões territoriais dele queriam tanto o seu sal que Dominik teria perdido mais ao romper o acordo. Ele estava contando que a magia fosse me matar.

– Mas não matou.

– Então agora ele vai te matar.

Reid agarrou a camisa dela junto ao quadril, chegando muito perto de Vaasa.

– Então me deixe torná-la imperatriz. Esta noite.

Um calor nervoso cobriu a pele de Vaasa. Ela já tinha considerado essa opção, mas isso prejudicaria as ambições de Reid.

– E explicar aos conselheiros que vão votar para grande mestre que você assassinou o imperador asteryano? Achei que quisesse vencer a eleição, não desistir dela.

– Não é possível que você pense que Dominik é o único capaz de fazer uma morte parecer acidental.

– Não, mas, se eu te conheço como acho que conheço, você ia querer olhá-lo nos olhos ao matá-lo.

Reid cerrou os dentes, a mão ainda no quadril dela, mas não podia argumentar... e sabia disso.

– Por que só estou sabendo disso agora?

– Porque, daqui a três anos, nenhum de nós terá direito ao trono.

Ela apertou as maçanetas douradas com mais força, sentindo-as cutucar suas costas. Será que ele acreditaria nela ou acharia que Vaasa só estava fazendo um joguinho?

– Eu falei a verdade: não quero o trono – declarou ela. – Então isso não importava até Dominik chegar aqui e ameaçar Icruria. Ele não tem o direito de tomar esta nação.

– E agora importa?

– Agora importa.

– Você está parecendo muito protetora em relação a Icruria.

– Não deveria ser?

– Ah, deveria. Eu só não tinha percebido o quanto ia gostar de ver você defendendo o que é meu.

Um silêncio carregado faiscou entre eles, e Vaasa desviou os olhos, com dificuldade.

Reid não disse nada por um momento, sem pedir que ela o encarasse e sem parecer bravo como Vaasa pensou que ficaria. Devagar, a mão apoiada no quadril dela a acariciou enquanto ele considerava o que dizer. Enquanto também se acalmava.

– Você achou que eu fosse forçá-la a ficar? Que eu veria o potencial de criar um império e renegaria nosso acordo?

Ela ficou tensa.

– Sim, temi isso, a princípio.

– E agora?

Vaasa fechou os olhos para não ver o rosto dele e sua reação às palavras seguintes.

– Agora penso que você é mais digno do trono asteryano do que qualquer pessoa que já conheci. E, se o quiser, eu o darei a você.

Vaasa parou de ouvir a respiração dele. A mão no seu quadril também paralisou, e algo na ausência de movimento a fez abrir os olhos.

Reid queria que Vaasa o encarasse.

– O que está sugerindo?

– Eu já disse.

– Só insinuou. Diga com clareza, Vaasa.

– Por quê? – perguntou ela. – Por que tem que colocar ênfase nisso?

– Porque aprendi a não fazer suposições quando se trata de você. Me diga exatamente o que quer, para eu poder parar de ficar tentando adivinhar e apenas entregar tudo a você.

Com um suspiro frustrado, ela recostou a cabeça na porta.

– Meu pai concentrava todo o poder no império. Estou sugerindo que você o redistribua, que nomeie guardiões locais que serão honestos e leais a você, que será o grande mestre, e a quem quer que sirva depois de você.

– É isso que deseja?

Engolindo em seco, Vaasa mergulhou de cabeça na traição.

– Sim.

– Isso... – Ele se calou. Lentamente, de forma quase imperceptível, Vaasa o sentiu se mexer, seus pés se movendo. – Aquele território mudaria tudo. Aqueles recursos.

– Você resolveria uma seca e impediria uma guerra de uma só vez.

– E você, como ficaria?

Uma resposta brilhou no fundo da mente dela, distante como um horizonte, mas ainda visível.

– Livre.

O corpo de Reid relaxou diante dela.

– Foi esse o erro de Dominik: ele não sabe que você mudou de ideia a respeito de Mireh. De Icruria. De mim.

– Ele perguntou se eu suportaria dividir a cama com você por três anos.

Reid soltou um grunhido.

– Agora ele só está tentando ofender.

Uma risadinha escapou dela.

Ainda sem se afastar como deveria, como ela deveria ter insistido que fizesse, Reid inclinou a cabeça. Por um momento, Vaasa cogitou se ele faria alguma pergunta idiota que ela não poderia responder.

E então a voz dele ecoou entre os dois, confirmando a suspeita de Vaasa.

– Por que você vai me ajudar a tomar tudo que seu pai construiu?

Reid sempre achava um jeito de chegar à raiz das coisas.

Por algum motivo, Vaasa sentia que lhe devia essa verdade também, algo que ele tinha pedido semanas antes. Ela queria que ele entendesse.

– Anos atrás, conheci um homem. O nome dele era Roman. Eu o amava, e Dominik o matou.

Reid ficou imóvel, os dedos se fechando na camisa dela.

– Vaasa...

– Não. Tudo isso foi há muito tempo. A questão é: eu não tenho nenhuma lealdade a Dominik. Se for acreditar em algo a meu respeito, que seja nisso.

Reid se aproximou mais, ficando tão perto que criava um ar inconfundível de intimidade. Como se protegesse as palavras dela, os segredos dela, porque eles eram os únicos no mundo capazes de ouvir.

– Eu acredito em você.

As palavras se assentaram em um espaço no peito dela que muitas vezes lhe parecia vazio, por mais que Vaasa não gostasse de admitir isso. Um espaço que começara a parecer muito mais cheio desde que chegara ali, de jeitos que não entendia bem.

– Ele vai mandar cartas. Recebi ordens estritas para não deixar que você as leia.

Reid só deu um sorrisinho.

– Acredito que podemos contornar essa regra.

Algo no jeito como ele falou fez os nós no estômago de Vaasa se apertarem, a pele sob os dedos dele se arrepiar. As palavras da primeira noite em que Vaasa o seguira até o banheiro cruzaram sua mente.

Tecnicamente não seria uma violação do nosso acordo se eu a tomasse nele.

Sutilmente, ela apertou as coxas. Jamais seguiria por esse caminho, então tentou abrir um espaço para conseguir pensar direito, mas Reid esticou o braço e bloqueou sua passagem, a mão no quadril dela agarrando o tecido para segurá-la ali.

– Durma na cama esta noite.

Ela perdeu o fôlego. Olhando do braço ao rosto suplicante de Reid, respondeu:

– Se você se aproximar demais de mim, Dominik vai matá-lo e me fazer assistir.

– Eu não tenho medo do seu irmão.

– Deveria ter.

Ele balançou a cabeça.

– Não estou pedindo que me ame. Estou pedindo que durma.

Recusando-se a baixar os olhos, Vaasa disse:

– E se eu gostar do sofá?

– Você não gosta do sofá.

Reid tinha razão, e o coração dela começou a bater mais forte.

– Eu não gosto do sofá.

A boca dele se curvou para cima, e sua voz se tornou um sussurro.

– E se eu disser que há monstros embaixo da cama e que eu tenho muito medo do escuro?

Os lábios dela ameaçaram sorrir.

— Não me parece que você tenha medo de qualquer coisa.

— Eu tenho medo de várias coisas, Indomável. Você só não sabe ainda de quais.

Ela relutou incessantemente, mas uma olhada para os cobertores quentes fez sua determinação desmoronar. Eles estavam andando numa corda bamba.

Mas só iam dormir.

— Tudo bem — cedeu ela, querendo ficar brava consigo mesma, mas encontrando apenas contentamento em sua barriga. Pela primeira vez, a magia estava quieta. — Mas só por causa dos monstros.

Reid soltou sua camisa, mas seus dedos deslizaram até as costas dela, e ele assentiu devagar.

— Só por causa dos monstros.

O desejo se formou no fundo do seu ventre. Vaasa não sabia quantos anos tinham se passado desde que permitira que alguém chegasse tão perto, se é que já deixara. A coisa certa a fazer seria se afastar.

Nenhum dos dois se mexeu.

Depois de um momento, Reid riu baixinho. Soltando-a devagar, deslizou os dedos pelo braço dela de novo e os entrelaçou nos dela, a levando ao quarto principal e apontando para a cama.

Meses antes, Vaasa o teria estrangulado em vez de obedecer.

Daquela vez, entrou sob as cobertas e as puxou até o queixo, deixando sua maciez e calor engoli-la. Quando soprou o lampião na mesa de cabeceira, a escuridão cobriu o quarto. Reid subiu na cama ao lado dela, o corpo grande emanando calor mesmo enquanto ele mantinha uma distância respeitosa e terrível.

Assim como prometera.

Ela tentou acalmar o coração.

— Por que tenho a impressão de que você preferia quando estávamos contra a porta? — sussurrou ele no espaço entre os dois.

Sem pensar nas consequências, Vaasa respondeu:

— Porque eu preferia.

O colchão afundou mais uma vez quando ele se virou, seu corpo estendido na frente dela, a respiração deles se misturando. Sua mão voltou ao quadril dela.

– Foi a proximidade ou minhas mãos?

Olhando para o sorriso confiante dele, Vaasa apoiou as mãos no seu peito nu e curvou os dedos bem de leve na sua pele. Inclinando-se para encostar a testa na dele, sussurrou:

– Não vou responder isso.

Então deu as costas a ele.

Ela ficou orgulhosa por vencer a discussão, mas perdeu o ar quando Reid deslizou os braços ao redor dela, puxando-a pela cintura para junto de seu corpo. Imóvel, ela perdeu o fôlego, especialmente quando ele começou a desenhar aqueles malditos círculos em sua barriga, como fizera na primeira noite no Jardim Inferior.

Ele riu baixinho.

– Então vou fazer os dois e, quando estiver pronta, pode me falar o que prefere.

Nenhuma resposta espirituosa ou réplica astuta lhe veio à mente. Vaasa estava sem palavras em todas as línguas. Mesmo com a mão dele firmemente por cima da camisa, a cada roçar de seus dedos que quase tocavam a sensível curva inferior dos seios dela, a respiração de Vaasa ficava mais rasa. O limite entre seus instintos e sua mente estava turvo.

Era perigoso, mas seu corpo gritava para que cruzasse aquele limite.

Vaasa se arqueou só um pouquinho contra ele, e disse a si mesma que foi um acidente, que estava só ajustando sua posição. Mas, quando se roçou em Reid, ele ficou rígido.

– Durma, Indomável – sussurrou ele no seu ouvido. – Ou não vou deixar você dormir.

Era um convite, ela sabia.

Mas não podia aceitar.

Forçou-se a fechar os olhos, a mensagem subliminar das palavras dele causando sensações indescritíveis em suas entranhas, e tentou se centrar. Controlar o impulso tolo de pedir a ele que cumprisse essa promessa.

Vaasa nunca se perdoaria se arruinasse tudo. Se começasse algo que não podia levar até o fim e acabasse outra vez sem um lar ou um sonho.

Ela nunca daria a alguém o poder de deixá-la desesperada.

Então acalmou a respiração e transformou a magia em água, adormecendo com o ritmo das mãos dele.

CAPÍTULO 15

Todo dia, Vaasa treinava sua magia ofensiva com Romana.
Elas tinham razão: uma bruxa veragi era um problema, um coven era um pesadelo.

Trabalhar com Romana tinha mudado os ataques de Vaasa de duas formas. Melisina era flexível como água e sábia como uma coruja, e os ciclos da magia pareciam atender a seus caprichos. Com ela, Vaasa aprendeu equilíbrio e a importância da resistência à tração. Romana era igualmente firme como uma montanha, mas, ao contrário de Melisina, também estremecia como uma. Ela ensinou a Vaasa outra peça do ciclo: a liberação. Vaasa achava seus usos particulares da magia curiosos, não tendo percebido o quanto se beneficiaria de ficar exposta a eles. Tinha uma forte fé nos princípios sob os quais todas elas viviam, mas sua empolgação cresceu ao pensar no que realizaria e em quem poderia se tornar.

Se tivesse tempo para isso.

Ela tinha dormido na cama toda noite desde que Dominik fora embora. Nem ela nem Reid tinham feito alarde sobre isso. Ele agia como se fosse a coisa mais normal do mundo. Algumas noites, ela dormia profundamente. Outras, não conseguia respirar com o corpo dele apertado contra o dela.

Reid simplesmente acordava e saía para cuidar de suas responsabilidades, às vezes se juntando às tropas para os exercícios matinais. Passava muito tempo com Kosana e Mathjin. Vaasa não tinha entendido até então como os três eram próximos e, à medida que eles se acostumavam ao papel dela e à sua presença na equipe, começaram a frequentar mais a villa.

Era assim que devia ser a vida deles antes de sua chegada, Vaasa percebeu certa noite, e a ideia fez seu coração doer um pouco. Ela se perguntou o que Reid fazia o dia inteiro, mas, pelo farfalhar dos papéis que ele às vezes levava para casa e ficava estudando na varanda, imaginou que fossem principalmente tarefas administrativas. Sua vida como grande mestre seria assim?

Em tempos de paz, talvez.

Certa tarde quente, Reid a levou para as extensas salinas e a apresentou aos senhores do sal, os mesmos homens ricos com quem ele negociara para manter restaurantes como o de Neil abertos. Eles a olharam de um jeito estranho e levaram alguns minutos para simpatizar com ela, mas ver Reid tratá-la com carinho suavizou sua desconfiança. Um deles deu a Vaasa um frasco de sal roxo, como um gesto de amizade.

Ela o manteve no bolso o dia inteiro, por algum motivo que não sabia explicar.

Duas semanas depois, recebeu a primeira carta de Dominik.

Sentou-se com Mathjin, e ele documentou cada palavra, escrevendo a tradução exata e guardando o documento em uma caixinha em seu escritório. Em seu livro-razão marrom, registrou a data e deu à carta seu próprio número de série. Depois de fazer os registros meticulosamente, guardou o livro na mesma caixa.

– Não entendo bem o que ele está dizendo – contou Vaasa em asteryano ao conselheiro, que ouvia fielmente cada palavra. Ela percebia como tudo aquilo exigia confiança, e fez seu melhor para ser o mais franca e direta possível. – A maior parte é só conversa-fiada, mas ele menciona um presente. Se há uma parte com algum significado oculto, é essa.

Assentindo devagar, Mathjin espalmou a mão pálida na mesa enquanto corria os olhos pela carta de novo.

– Mas não diz nada sobre Wrultho.

– Não.

– Eu tenho teorias sobre isso, mas suspeito que você também – comentou ele, falando na língua materna dela, mesmo que só para lhe dar uma chance de usá-la com outra pessoa.

– Quero propor que eles transfiram os soldados mais para o leste e derrubem a represa pessoalmente – disse Vaasa. – Podemos abordá-los durante as conferências, na eleição.

Mathjin apertou os lábios, parecendo mais velho que de costume. Ele tinha o hábito de torcer a boca com severidade ao falar sobre todos os assuntos com uma neutralidade clínica, como se nunca tivesse aprendido a relaxar. Novamente, ela se perguntou por que o homem passava a vida sozinho – por que, naquela terra de possibilidades irrestritas, escolhera não procurar um parceiro.

– Acho que é uma ideia inteligente e acho que sei para onde devemos mandá-los.

Puxando um mapa da pilha de rolos de pergaminhos atrás dele, Mathjin abriu os quatro cantos e os segurou com pedaços de pedra de sal obsidiana. Na frente deles se estendia o continente todo, classificado por cores, com os rios pintados de um azul brilhante.

– Eles deveriam avançar por esse ramo dos rios.

Apontando para uma das muitas redes de pequenos rios que se entrecruzavam nas terras orientais, seus dedos desceram por determinada rota. Estreitando os olhos, Vaasa percebeu que não era a mais conveniente. Seguia para o leste, tornando a jornada um pouco mais difícil, mas certamente não impossível.

– Esse caminho é quase… aleatório – comentou ela.

Mathjin deu uma piscadela.

Uma escolha calculada, então: pegar a estrada que eles não esperariam.

– Aqui – ela apontou o local da represa – é onde tem mais gente. A cidade vai sofrer quando a represa cair, provavelmente será destruída.

Um olhar triste cruzou o rosto dele.

– Governar é assim. Muitas vezes se trata de fazer um balanço das vítimas.

Embora Kosana muitas vezes risse de Mathjin e Reid nem sempre o entendesse, Vaasa sentia que o compreendia. Ele já fora um soldado, aparentemente nas Forças Centrais Icrurianas, e subira o suficiente na hierarquia para servir em um dos territórios mais ricos.

Não se fazia isso sem algum nível de culpabilidade moral.

Mathjin tinha feito o balanço das vítimas, então, e talvez ele mesmo fosse uma delas. Vaasa se perguntou o que o homem tinha sacrificado, e se havia sido aquele esplendor em que pensara antes.

– Reid vai saber o caminho – continuou Mathjin. – Foi o pai dele que o mapeou.

Franzindo o cenho, Vaasa se recostou na cadeira. Nunca ouvira histórias do pai de Reid, só da mãe.

– Eu servi com ele, na verdade – contou Mathjin. – Fui seu comandante nas Forças Centrais. Ele nasceu aqui em Mireh, mas todos achavam que era só um garoto pobre com talento para a espada. Ele construiu uma reputação em nossas tropas, se casou com uma das bruxas mais poderosas do continente e teve um filho com o pendor da mãe por livros e a força do pai.

– Como... – Vaasa olhou para o mapa, percebendo como a pergunta que lhe ocorreu era invasiva.

– Como ele morreu? – completou Mathjin, sem nem reparar no olhar constrangido de Vaasa.

Os tópicos que outras pessoas geralmente consideravam desrespeitosos, Mathjin parecia achar os mais interessantes de uma conversa. Como se cada detalhe sobre as pessoas fosse apenas outro item em uma lista de quem eram, não algo que ele via como tabu. Para Mathjin, o mundo simplesmente *era*.

– Não foi nada espetacular. Ele só ficou doente, como acontece às vezes, e não havia cura, nem por magia zuheia nem qualquer outra, que pudesse salvá-lo. Foi logo antes de Reid ser eleito, na verdade.

As bruxas zuheia estavam espalhadas pelos territórios orientais, suas habilidades de cura em alta demanda. Ela não conseguia imaginar Reid daquele jeito, desesperado e arrasado. Com o coração acelerado, Vaasa assentiu. Fazia só cinco anos, então.

– Você também está familiarizada com a perda – apontou Mathjin.

– Sim, estou.

– Eu também.

Ela se perguntou o que Mathjin tinha perdido, mas ele não se aprofundou no assunto. Mesmo que ele não se importasse com limites, Vaasa decidiu não insistir.

– Bem, vamos falar de economia? – perguntou ele.

Uma risada lhe escapou enquanto ela se endireitava no banquinho.

– Você quer ensinar a uma asteryana os segredos do comércio icruriano?

– Como você vai servir como grande consorte sem sabê-los?

A culpa a tomou por um momento, mas então Vaasa relaxou os ombros.

– Mathjin, nós dois sabemos que eu não vou servir nesse papel.

– Tudo bem. Como vai fingir que vai?

Ela abriu a boca para objetar, mas percebeu a praticidade da pergunta. Embora fosse brusco, o homem tinha um bom argumento.

– Tudo bem, vamos discutir economia.

E foi isso que fizeram, falando sobre o tipo de coisa que o pai dela teria matado para saber.

Mathjin descreveu os senhores do sal e seus negócios internos com Sigguth e Dihrah, delineando as principais rotas comerciais e portos ao longo do Settara. Com o mapa, mostrou a ela a passagem para o estreito Sanguíneo e todos os sinuosos rios orientais. O mapa era extenso, tanto que um forasteiro como Dominik levaria anos para mapear metade do que eles tinham descoberto.

Então ela ouviu.

Ela aprendeu.

Enquanto ele explicava a eleição e o relacionamento complexo entre Dihrah, Sigguth e Mireh, Vaasa percebeu como aqueles três territórios estavam entrelaçados. Havia uma fraqueza naqueles laços. Se qualquer lado do triângulo mudasse, o relacionamento já tênue entre as cidades-Estados formalmente independentes se fraturaria, o que poderia acontecer, por exemplo, se Sigguth encontrasse a madeira usada para construir navios em outra parte, ou se os homens de Reid aproveitassem sua aliança com Dihrah e decidissem construir os navios por conta própria. Um passo errado e egoísta e o resultado mergulharia centenas – *milhares* – de pessoas no desemprego.

Mas o poder era assim, o que ela sabia melhor do que qualquer um.

E aquele era só *um* dos sistemas econômicos interligados em Icruria. Hazut e Wrultho estavam irrevogavelmente entrelaçados, e Irhu dependia dos navios de Sigguth para a pesca. O mais importante era que cada território contribuía com algo para o exército: Dihrah e Mireh eram as regiões mais ricas e podiam bancar as Forças Centrais. Wrultho e Hazut forneciam a maior parte dos homens, enquanto Irhu e Sigguth construíam navios e treinavam suas tropas navais. Os únicos grupos que não pareciam conseguir trabalhar juntos eram os covens, cada um mantendo sigilo sobre sua história. Eles sabiam da existência uns dos outros, mas como e até que ponto era uma incerteza.

De repente, Vaasa entendeu por que lugares como Hazut e Wrultho se opunham tanto a que Icruria se abrisse a forasteiros. Para eles, a questão ia além da cultura. A única coisa que os mantinha relevantes era a comida ou os soldados que forneciam, e até isso estava sendo roubado deles por uma represa. Até isso exigia sal para ser preservado.

Mireh e Dihrah tinham mais poder político que o resto. *Claro* que Reid era um dos favoritos naquela eleição: o território dele tinha o sal.

Logo após deixar Mathjin, ela quis repassar com Reid o que tinham discutido.

O guardião estava se demorando no Grande Templo naquela noite, e Vaasa não soube o que a impeliu a fazer isso, mas ela passou no restaurante de Neil para pegar comida para ele. Quando enfiou a cabeça no escritório do marido, encontrou-o profundamente focado em uma pilha de papelada. Dispensando Esoti, que a tinha seguido o caminho inteiro, Vaasa o contemplou por um momento mais longo do que deveria.

Reid estava sentado à mesa larga, feita de madeira de tons diversos – aparentemente, tudo encontrado nas margens do Settara. A mesa cerimonial era passada de um guardião mirehano para o seguinte. Frascos de cristal com sal e vários pesos de papel cobriam a superfície de trabalho, e o peito dela se apertou.

– Reid – chamou da porta.

Ele ergueu os olhos e inclinou a cabeça, sua expressão se suavizando.

– Está tudo bem? – Então seu olhar desceu para a cesta nas mãos dela, e um sorriso irrompeu em seu rosto. – Por favor, diga que isso é para mim.

– Imagino que esteja com fome, então?

– Morrendo.

Reorganizando os papéis e os guardando em uma pasta de couro que colocou atrás de si, ele abriu espaço na mesa. Vaasa remexeu na cesta de Neil e pegou a parte de Reid, que empurrou para o seu lado da mesa antes de pegar a própria porção. Reid imediatamente começou a devorar a comida, cobrindo a boca como se estivesse com vergonha e limpando os dedos em um guardanapo de papel que mantinha na mesa.

– Como foi a conversa com Mathjin?

Ela franziu os lábios, recordando a única coisa que o homem não compartilhara, uma pergunta que a atormentava.

– Onde está a família dele?

Reid hesitou, então, baixando o guardanapo, seu olhar ficou pesaroso.

– Mortos. Foram assassinados por forças asteryanas no leste.

Vaasa olhou para as próprias mãos, sem saber lidar com o desconforto que a atingiu.

– Entendo.

Não havia nada que pudesse dizer, nem outras perguntas que tivesse o direito de fazer. Sua única dúvida era como, depois de tanto sofrimento, Mathjin não decidira odiá-la.

– Essa é a diferença que podemos fazer, você e eu – disse Reid, baixinho.

Vaasa ergueu os olhos.

– Mudar o destino deles. Mudar o destino de todos. – Reid se ajeitou na cadeira, virando-se para encará-la mais abertamente. – Passei algum tempo no leste também, e foi... brutal, para dizer o mínimo. Foi lá que decidi me candidatar a guardião. E que seria grande mestre um dia.

– Quanto tempo você passou lá? – perguntou ela.

– Alguns anos.

Vaasa achou estranho ele não dizer mais nada, porém, pelos fantasmas que pareceram cruzar suas feições, presumiu que havia um motivo para isso.

– Foi lá que você aprendeu a lutar?

Ele balançou a cabeça.

– Aprendi a lutar na primeira vez em que alguém empurrou Koen no chão. No leste, eu aprendi a *não* lutar.

Koen, o guardião de Dihrah que ela conhecera quando Reid a encontrara na sodalidade de lá. Vaasa lembrou que os dois eram amigos íntimos e ficou mais curiosa sobre Reid do que tinha se permitido até então. Quem era ele, de verdade? Tinha contado tão pouco sobre seu passado que parecia quase estúpido confiar nele; a confiança não deveria ser construída com base em informação? No entanto, Reid lhe dera algo mais valioso: ações. Os fatos do seu passado significavam pouco comparados a seus atos no presente.

E se isso valia para ele, em que situação deixava Vaasa?

– É por isso que você quer governar, então? Por que mais pessoas precisam aprender a não lutar? – indagou ela.

A pergunta o fez curvar os lábios de leve.

– Acho que sim. Às vezes, fico me perguntando como, depois de tantos anos, as pessoas não conseguem aprender a se dar bem.

– Você e eu estamos aprendendo a nos dar bem.

Com isso, o sorriso dele se abriu de vez.

– É isso que estamos fazendo?

– Eu gosto de pensar que sim.

Ele franziu o cenho, um pouco menos confiante, mas então falou:

– Ao escolher voltar para cá, você aumentou minha capacidade de ter esperanças.

Vaasa entreabriu a boca, mas não tinha uma resposta. Não uma boa resposta. Mas não importava, porque ele baixou os olhos para a comida e acrescentou:

– Houve anos em que não senti esperança nenhuma.

Era difícil imaginá-lo deprimido. Reid sempre parecia esconder qualquer pessimismo. Também não sabia como *ela* tinha lhe dado esperança quando ela mesma tinha tão pouca, mas não importava. Não de verdade.

– Você vai ganhar – garantiu Vaasa.

Ele assentiu, como se também acreditasse nisso.

Empertigando os ombros, Vaasa relatou os detalhes da conversa com Mathjin, reexaminando tudo que o conselheiro ensinara a ela e focando na parte econômica. Nas partes que solidificariam o mandato de Reid como grande mestre.

Recostando-se na cadeira, com as mãos atrás da cabeça, Reid a observou. Relaxou aos poucos, reconfortando-se naquela parceria.

– O sal constrói impérios – disse ele, por fim, esticando a mão para trás e pegando a pasta em que enfiara sua papelada. – É nisso que estou trabalhando agora, na verdade. Quero ver se há algum jeito de usá-lo para negociar com Wrultho.

– Acha que os senhores do sal vão concordar?

– Não. – Ele balançou a cabeça, esfregando o maxilar e a barba escura que cobria a cicatriz que Vaasa lhe dera. – Eles não entendem por que

Wrultho foi para cima de Asterya, para início de conversa. Até hoje, guardam um ressentimento profundo de Ton.

– Ton não começou a violência – disse ela.

Ele não sabia disso?

Reid franziu o cenho.

– Meu pai construiu a represa no Sanguíneo de propósito. O guardião de Wrultho tentou negociar, de início, e enviou sua conselheira. Ela começou falando de paz... e, pela sua cara, desconfio que você não sabia disso.

Parecendo atônito, Reid passou a mão pelo cabelo.

– Não é assim que os icrurianos agem. Nenhum território pode negociar com uma nação estrangeira sem permissão do grande mestre.

– Mas imagine se algum fizesse isso – sugeriu Vaasa – e salvasse toda a metade oriental de Icruria. Um homem assim poderia ganhar uma eleição.

– Se Ton quisesse ser grande mestre, não teria dado a ordem para um ataque não sancionado à represa.

– Eles não atacaram a represa.

Reid hesitou, baixando a mão para a mesa.

– Como assim?

Como Ton não tinha contado o que o pai dela fizera?

– O tratado só pedia que eles mandassem os trabalhadores para ajudar a derrubar a represa em segurança. Quando Ton de Wrultho cumpriu a promessa, meu pai assassinou todos os trabalhadores que ele enviou.

Reid ficou boquiaberto.

– Quê?

– Sempre me perguntei se Ton seria orgulhoso demais para admitir que tinha tentado se aliar a Asterya e sido enganado, mas achei que a essa altura teria pedido ajuda e explicado a situação.

– Não, ele não disse nada. – Reid se reclinou um pouco para trás, tentando apagar a surpresa de sua expressão, mas então se endireitou, com os cotovelos na mesa. – Mas não era um tratado de verdade, não sem o grande mestre e os conselheiros. Da mesma forma que seu pai manipulou Wrultho, eles manipularam seu pai.

– Você acredita mesmo que meu pai tinha qualquer intenção de cumprir o acordo?

Ele balançou a cabeça.

– Não.

Mas essa não era toda a verdade. Vaasa respirou fundo, deixando sua comida de lado e inclinando-se para a frente com as mãos nos joelhos.

– Eu falo seis idiomas, não quatro. Leio e escrevo em todos eles com proficiência também. Fui treinada para *isso*... para traduzir para ele. Quando você disse que ele me amolou como uma lâmina, tinha razão.

Reid prestou atenção em cada palavra, sem um pingo de divertimento no rosto.

– Seis?

Ela assentiu.

– Poucas pessoas além dos filhos dele conheciam suas manobras. Eu escrevi o tratado com Wrultho. Estava na sala e traduzi as negociações deles. Desconfiava do que meu pai faria, mas, se eu dissesse alguma coisa, se fizesse alguma coisa...

Olhando para as próprias mãos unidas, Vaasa parou de falar e se preparou para a raiva dele.

Só que essa fúria nunca se manifestou. Assentindo devagar, Reid murmurou:

– Imagino que você e Ton não sejam muito amigos, então.

– Você... não está bravo?

– Não vou culpá-la pelos modos como escolheu sobreviver.

Quando o encarou, Vaasa se perguntou se já existira alguém tão profundamente compassivo. Era a essência dele, o motivo de parecer tão estranho a ela.

– Eu esperaria certa hostilidade, sim.

Franzindo os lábios, Reid se recostou de novo na cadeira.

– Temos três semanas antes da eleição. Talvez você possa me ajudar a achar um jeito de convencer Wrultho a nos escutar...

– Sei pouco de economia – disse ela.

– O que não souber, eu posso te ensinar.

Balançando um pouco as pernas, ela deu de ombros.

– Tudo bem, vamos pensar num plano.

A boca dele se curvou de novo, não exatamente no sorrisinho divertido que ela via com frequência, mas numa expressão de conforto gentil, como se o mundo não fosse tão pesado.

Era perigoso se acostumar com aquilo, mas Vaasa achava que, se o mundo fosse diferente, se ela tivesse conhecido Reid como as pessoas deveriam se conhecer, teria sido possível governar uma nação ao lado dele.

Dar Asterya a ele seria uma das melhores coisas que ela faria na vida.

TRÊS SEMANAS NÃO FORAM SUFICIENTES.

Não havia silêncio suficiente – às vezes nenhum –, nem noites suficientes no escritório de Reid, com ele ensinando a ela o trabalho de um guardião e o que Vaasa esperava que um dia fosse o trabalho dele como grande mestre. Naquele pequeno escritório e até na varanda, ele apresentara a Vaasa cada detalhe da eleição: os eventos que aconteceriam a cada dia, como seriam os jantares, que tipo de bagagem ela deveria levar. Até ensinou as danças que fariam. Havia também uma galeria de arte em Mireh, que eles exploraram uma noite. Ao final das três semanas, Vaasa conseguia andar pela cidade sem ajuda e as pessoas começaram a acenar para ela.

No entanto, quando chegou o dia de deixar Mireh, a paz parecia uma corda retesada e um pouco esfiapada, e a ideia de perder a cidade de vista a deixou inquieta.

Vaasa observou o enorme navio de Dihrah se aproximar. Construído com madeira trazida do oeste do Settara, a superfície lixada com veios pretos e vermelhos, o navio era leve o bastante para flutuar em águas rasas, com quatro níveis acima do convés principal para as cabines dos passageiros. Com um casco de tábuas sobrepostas e tão grandioso quanto possível, aquele navio em particular era muito diferente das embarcações que ela se acostumara a ver na baía onde ficava a fortaleza de sua família. Aqueles navios tinham cascos enormes, que só conseguiam navegar em águas muito mais profundas. Aquele ali só tinha um nível abaixo do convés principal – o banco de remadores, onde os soldados impeliam a embarcação. Não era tão rápido quanto o navio que Reid tomara ao encontrá-la em Dihrah, que era mais prático, sem nenhum luxo. O objetivo daquele ali era mandar um recado, carregar grandes grupos de pessoas.

O que significava que a viagem duraria a noite inteira.

No convés, Marc de Mireh esperava com Isabel ao seu lado.

Vaasa e Reid embarcaram para encontrá-los, e Isabel imediatamente foi abraçá-la.

– Ah, está acontecendo! – A mulher curvilínea recuou só o suficiente para contemplar os prédios de vários andares de Mireh. – Logo voltaremos para casa.

– Você, sim – assegurou Vaasa, não tão confiante quanto a si mesma.

Marc apoiou a mão no ombro de Reid, chegando a sorrir enquanto fitava a cidade.

– Temos muito a discutir. Venha, me ajude a pôr os homens na linha.

Deixando-a com um toque em sua mão, Reid desceu a escada até o banco dos remadores, seguindo Marc.

– Esperem!

A voz de Amalie soou atrás dela, e Vaasa se virou para ver a mulher correndo pelo cais com uma bolsa de couro pendurada no ombro.

Seu coração ficou mais leve.

– Achei que você não viria.

Encarar Ton e o que parecia ser cada pessoa que conhecera de Wrultho fora demais, e, apesar de suas súplicas, Vaasa entendera a escolha de Amalie de ficar para trás.

A bruxa parou na frente dela, aprumando os ombros e respirando fundo.

– Sua força é minha força, certo?

Um sorriso se abriu no rosto de Vaasa.

– Sua força é minha força.

Isabel entrelaçou os braços com os das bruxas, vibrando de empolgação. Tanto que transmitiu um pouco dela para Vaasa. Isabel puxou as duas para o convés, até onde as outras esperavam.

– Vamos ajudar o seu coven a embarcar. Faz anos que não vejo Romana, e ela me deve um jogo de pôquer.

CAPÍTULO 16

Todo matiz de dourado se erguia em faixas sobre as colinas no horizonte. A água turquesa e brilhante do Settara assumiu um tom esmeralda mais escuro enquanto velejavam para o meio de um enorme lago de sal. Um pico aqui, uma memorável encosta escarpada ali. Quando o sol começou a se pôr, a água refletiu os raios vermelhos e laranja, as cores cintilando na superfície e deixando Vaasa sem fôlego.

Reid passou o dia no banco dos remadores com os soldados, assim como Kosana e Marc, os três ficando encharcados de suor. Vaasa tinha evitado aquela parte do navio, localizada logo abaixo do convés principal, optando por passar o tempo no convés superior, acima da cabine do capitão.

Ela perguntou a Esoti e Mathjin se deveria descer lá e se juntar a eles, mas o conselheiro balançou a cabeça.

– Escute – disse ele, passando a mão pelos olhos apertados com um ar exausto. – Viagens são entediantes. Muitas vezes não há nada para fazer, mas não significa que você seja preguiçosa.

Assentindo devagar, ela olhou para a água novamente e examinou o litoral. Eles tinham escolhido avançar por águas mais calmas, mais perto da margem. Vaasa ficou chocada ao ver como aquela parte do lago parecia funda, mesmo tão perto da costa. Ali, pedras laranja se projetavam ao céu e lago adentro, com platôs interrompendo a encosta imponente do desfiladeiro. Era diferente das colinas suaves que ela se acostumara a ver em Mireh.

Isabel estava concentrada em uma intensa partida de pôquer com Melisina, Romana, Suma e Mariana na cabine de passageiros, que era mais fresca, enquanto Amalie tinha permanecido ao lado de Vaasa. O pôr do sol cobria todos eles em raios dourados tão fortes que Vaasa teve que proteger os olhos.

Então um movimento atraiu sua atenção na margem, e ela se inclinou para a frente no banco. Semicerrando os olhos, sua visão oscilou para cima e para baixo. Não havia nada. Será que tinha imaginado?

Sua magia se enrodilhou e saltou, vazando por seus braços, como se soubesse de algo que ela não sabia. Como se sua intuição estivesse emitindo um alerta.

Amalie se endireitou no banco.

E então veio o pânico.

– Saquem suas armas! – berrou Vaasa, desembainhando a adaga em sua cintura.

Vozes irromperam lá de baixo.

Mathjin se ergueu com um salto, sua bolsinha de couro caindo do colo para o chão. Esoti já estava de pé e ao lado de Vaasa, com suas adagas cintilantes em cada mão, então se virou.

– Abaixem-se! – gritou ela.

A guerreira pulou sobre Vaasa e as duas caíram no convés quando algo passou zumbindo ao lado da orelha dela.

Ali, com a ponta fina perfurando o deque de madeira, estava uma flecha.

Vaasa ergueu a cabeça depressa. Havia soldados nos platôs, mirando seus arcos contra eles.

Mathjin rastejou para protegê-la quando uma torrente de flechas afiadas e cintilantes começou a cair como chuva.

O instinto correu com força pelas veias de Vaasa, recobrindo seus ossos, e a névoa preta jorrou de suas mãos. Ela rastejou até o lado do convés com Esoti, Amalie as seguindo, agachada, enquanto flechas acertavam e derrapavam pelo deque.

À esquerda, a magia sibilava ao se mover, pairando sobre o convés superior como névoa. Seu coração batia loucamente. O navio balançou, e Vaasa foi jogada com força para o lado, batendo na amurada com um grunhido.

Flechas começaram a ser disparadas do seu próprio navio, derrubando corpos dos platôs para a água.

Ainda assim, o navio atravessava o reflexo do sol, e Vaasa se ergueu de joelhos.

Àquela altura, menos flechas acertavam o convés superior, mas o suficiente para que uma rasgasse as mangas esvoaçantes da blusa de Vaasa, mas sem atingi-la.

– Que porra está acontecendo? – gritou ela.

– Estamos sob ataque – rosnou Esoti. – Precisamos levar você para um lugar seguro.

– Eu *não vou* ficar escondida numa cabine.

O navio balançou de novo enquanto vozes gritavam lá de baixo.

Algo colidiu contra o navio. Amalie se ergueu e se curvou sobre a amurada, então imediatamente se lançou de volta ao chão.

– Eles estão embarcando da água – anunciou ela, a voz rouca de preocupação.

O pânico desceu queimando pela coluna de Vaasa.

– Onde está Reid? – perguntou ela com urgência.

– Com Kosana. Eles devem estar no banco de remadores – respondeu Esoti, mas algo em sua voz dizia que a guarda-costas não estava tão confiante disso. – Precisamos levar vocês para uma cabine segura.

– Esoti – disse Vaasa, e tanto a bruxa como a guerreira se viraram para encontrar os olhos dela. – Eu já disse. Não vamos fazer isso.

Amalie deu um aceno firme, que foi seguido por um xingamento baixo e raivoso de Esoti.

Vaasa avançou de onde estava e irrompeu através da magia que se esgueirava pelo convés superior. Tão rápido quanto se levantou, ela correu até as escadas e desceu às pressas, Esoti e Amalie a seguindo de perto.

O convés principal estava coberto de sangue e flechas, e a porta do casco tinha sido arrancada. Barquinhos cercavam o navio deles, cada um com pelo menos quatro homens, e um marinheiro perto dela escorregou na superfície agora úmida. Vaasa examinou a proa.

Pelo menos dez soldados tinham sido derrubados, e Reid e Kosana não estavam em lugar nenhum.

Esoti puxou Vaasa de volta no instante em que algo bateu contra a lateral do navio. Uma garra de metal enganchou-se contra a amurada, e uma soldada mirehana freneticamente cortou a corda conectada a ela para soltá-la.

Uma flecha perfurou o ombro da mulher, que gritou e recuou enquanto a corda se partia. Amalie deu um salto para a frente.

Flechas choveram de novo.

Vaasa agarrou o pulso da amiga, puxando-a para longe dos borrifos de sangue. Todas se agacharam sob o beiral do convés superior, a soldada ferida rastejando para o mais longe possível da amurada. Vaasa sentiu uma pontada fugaz de preocupação por Mathjin quando ele pousou no convés e sacou a espada. Vaasa notou as mãos dele tremendo de leve, e não sabia se era por causa da idade ou da adrenalina. Esoti o empurrou para a porta, exigindo que ele encontrasse Kosana e Reid.

Do outro lado do navio, um homem usando um colete verde e uma calça preta pulou no deque. O emblema em seu peito, branco e dourado, indicava sua conexão com Wrultho.

– Somos de Mireh! – gritou Esoti.

Ainda assim, o homem de Wrultho atacou. Ele e Esoti sacaram lâminas afiadas, e aço bateu contra aço. Dos cordames do navio, flechas choviam e perfuravam os homens que tentavam subir a bordo, e corpos caíam de volta na água.

– Eles estão vindo rápido demais! – gritou Esoti, estripando o soldado.

Vaasa pulou para trás para evitar o jorro de sangue, tentando resistir ao instinto de desaparecer. Ela também era treinada, sabia lutar. Pegou uma adaga abandonada do chão e a apertou entre os dedos.

– Por que eles estão atacando? – questionou.

Alguém surgiu do outro lado do convés.

Vaasa quase estremeceu de alívio ao ver seu coven.

A proa foi inundada de verde, pelo menos doze soldados inimigos pulando no barco, e Esoti soltou um palavrão pesado antes de mergulhar na batalha. Mariana uivou ao erguer os braços, e a escuridão começou a sibilar na água ao redor. Amalie correu atrás dela, a névoa banhando suas mãos enquanto atirava sua magia na direção de um soldado, o vazio do poder veragi cercando seus olhos, boca e nariz, bloqueando seus sentidos.

Vaasa atacou, sentindo a resistência de músculo e osso contra aço, e forçou a lâmina para a frente. Então arrancou sua adaga do abdômen do homem e o empurrou ao chão.

Uma flecha se cravou no braço de um mirehano perto dela, que caiu no convés com um grito.

Vaasa mergulhou no meio da batalha, sentindo o gosto do medo na língua, mas sua magia a atraía cada vez mais pelo convés principal adentro. Amalie empunhava a magia com habilidade e Vaasa terminava o serviço, vendo a vida sumir dos olhos castanhos de um desconhecido cujo cadáver ela jogou no convés. Soldado após soldado caiu diante dos guerreiros e das bruxas. A magia veragi parecia rugir, se retorcendo nas entranhas de Vaasa enquanto as flechas choviam do céu, e ela a lançou sobre o homem mais perto delas.

Só conseguia pensar em Reid – seu cabelo escuro e seu olhar tão dourado que rivalizava com o sol. Seu peito se contraiu em um pavor agonizante, seguido pela raiva mais ardente que já sentira. Era seu próprio pânico pregando peças nela ou seu instinto tentando lhe dizer alguma coisa?

Precisava encontrá-lo.

– Esoti... – chamou Vaasa, mas o barco balançou mais uma vez, e ela perdeu o equilíbrio, caindo no convés enquanto a guerreira colidia contra a amurada, quase rachando a madeira.

Um homem saltou sobre ela, olhos azuis raivosos piscando para afastar o sangue.

Antes que Vaasa pudesse reagir, uma faca voou pelo ar e perfurou o peito do homem. Uma mancha vermelha encharcou o verde da camisa dele, que tropeçou para trás e perdeu toda a tensão nos ombros, os joelhos fraquejando e batendo no convés coberto de magia.

Quando Vaasa se virou, encontrou Marc com outra faca já a postos.

Ela mal teve um momento para suspirar de alívio antes que outros dois soldados viessem em sua direção. De olhos arregalados diante da névoa que os cercava, eles rastrearam a magia até as mãos dela.

Vaasa avançou, puxou a faca do homem caído e se ergueu depressa. O medo que fluía em suas veias acendeu uma chama em seu estômago, e sua magia se transformou de um ratinho covarde em um gato selvagem e feroz.

Quando o primeiro homem ousou se aproximar, ela deu um rosnado ferino e saltou sobre ele. Sua faca afundou nas entranhas do sujeito, e ela o empurrou para longe da lâmina, girando para enfrentar o próximo, que se esgueirava em sua direção. Névoa preta cobria suas mãos e a faca, gavinhas de magia emanando da sua pele e envolvendo o pescoço de um homem antes de mergulhar pelo nariz e pela garganta dele.

Ela viu a vida sumir de seus olhos depois de ter roubado o ar dele. A magia saiu da boca do homem, que desabou no convés, e Vaasa fez um agradecimento silencioso a Romana.

Um homem de verde à esquerda deu um passo para trás e cuspiu a palavra *bruxa*.

Vaasa congelou.

Asteryano.

Ele tinha falado em asteryano.

Não era contra Wrultho que lutavam, mas contra o maldito império dela.

Tudo que Romana lhe ensinara tensionou seus músculos, e Vaasa deixou as gavinhas se libertarem de novo, guiando o vazio destruidor ao redor da cabeça dos soldados de verde e os deixando cair com o balanço do navio, como Amalie fazia. Quando eles desabavam, os mirehanos desferiam os golpes finais. Dois soldados defendiam Vaasa, na frente e atrás, para que ela pudesse tirar o equilíbrio e a vida daqueles de verde. Um por um, os atacantes caíam no convés e perdiam a vida, alguns sendo arrastados sobre a amurada e jogados na água.

Mais homens subiram ao convés, um após o outro, em uma torrente infinita.

Soldados mirehanos avançaram com seus escudos, tentando formar uma linha de defesa enorme para bloquear os invasores.

A ponta de um escudo empalou um asteryano que tentou passar pela defesa, e seu sangue escorreu pelo emblema mirehano preto e roxo como uma fonte.

Mas o que atraiu a atenção dela estava logo além: uma monstruosidade de névoa preta que surgia da água esverdeada.

Sibilando em um idioma que Vaasa não entendia, a coisa se curvava e se retorcia ao se erguer das profundezas. Água escorreu da criatura de sombras enquanto uma crina e um rabo se formavam, sombras deslizando ao seu redor e estalando contra o torso largo. Era um cavalo, feito de sombras e feixes de escuridão, com olhos tão brancos que pareciam conter a lua.

E na outra ponta do barco estava Melisina, com os olhos brilhando.

O cavalo fantasma deslizou sobre a água com o corpo do tamanho de três veleiros, lançando-se sobre os grupos de inimigos que tentavam fugir nos botes. Gritos cortaram o ar enquanto eles eram puxados para baixo da água, suas vidas tomadas pelas profundezas do Settara ou pelo vazio da magia veragi.

Ela já vira bruxas invocarem seu poder na forma de animais, mas nunca algo tão grande.

Será que um dia conseguiria fazer algo assim?

Um momento depois, Kosana emergiu do lado esquerdo do convés, com os dentes expostos e um brilho perigoso nos olhos. A guerreira saltou contra dois soldados que avançavam pelo convés, agarrando a cabeça de um e a torcendo para quebrar o pescoço e então saltando sobre o corpo do sujeito e enfiando a adaga longa na virilha do outro. O grito agonizante do homem ecoou por um instante, então Kosana rosnou para ele e cortou sua garganta.

Os olhos delas se encontraram.

Vaasa congelou.

– Que foi? Acha que vou te matar?

Kosana girou e cravou a lâmina contra o peito de outro homem, rasgando seu emblema e o chutando para o chão para que ele sangrasse longe dela.

– Não se dê tanta importância – disse ela, reduzindo o espaço entre as duas.

Dividida entre admiração e pavor, Vaasa apertou a faca na mão e passou entre os soldados ao seu redor.

– Eles falam asteryano.

Outro tentou atravessar a parede de escudos, e a faca de Kosana voou até ele, acertando o ponto entre seus olhos.

– Eu sei.

Ela correu até o homem, recuperou sua adaga e o chutou no estômago, jogando-o sobre a amurada enquanto as gavinhas de magia de Amalie mergulhavam na garganta de outra pessoa, que também recuou e caiu.

– Onde está Reid? – perguntou Kosana.

Vaasa sentiu o estômago despencar.

– Eu... Mas ele estava com você.

– Ele saiu do banco de remadores.

Kosana hesitou, então examinou os arredores, os olhos pousando no cavalo e piscando.

Vaasa não pensou, só correu.

Esoti gritou seu nome enquanto Vaasa abria caminho através de pelo menos três homens e dobrava a lateral do convés, adentrando as cabines de passageiros e subindo as escadas.

A escuridão revestiu o corredor estreito enquanto ela subia, e os xingamentos de Kosana ecoaram atrás dela.

– Eu devia ter te matado, porra!

Ainda dava para ouvir os sons da batalha no convés principal. Aço. Corpos colidindo. Gritos. Um pânico terrível e desesperado a inundou, e suas mãos começaram a tremer.

– Me ajude a encontrar Reid e você pode me matar depois – disse Vaasa por cima do ombro.

– Combinado.

O navio balançava tanto que ela bateu contra a parede e tropeçou. Kosana xingou de novo enquanto ajudava Vaasa a se levantar, e as duas entraram correndo por uma porta até um corredor cheio de cabines de passageiros.

Se ele tinha saído do banco de remadores e não chegara à proa, só podia estar em um daqueles cômodos.

Kosana devia ter chegado à mesma conclusão, porque começou a escancarar as portas, cuspindo palavrões toda vez que achava um quarto vazio. Vaasa correu na direção da porta no final do corredor, que levava aos aposentos deles, e a abriu.

Quatro homens se viraram diante da intrusão. No canto, Mathjin jazia imóvel, uma pequena mancha de sangue em seu cabelo loiro platinado. O coração de Vaasa subiu à garganta. Um dos homens deu um passo à frente, o suficiente para ela poder ver a cena atrás deles.

Reid estava sem camisa e de joelhos na frente da cama, os pulsos amarrados cada um a um pé da cama. Seus ombros estavam puxados para trás e esticados, embora não houvesse feridas em sua pele.

Ainda.

Um homem alto e magro, com um olhar selvagem e sombrio, deu um sorrisinho, segurando uma machadinha cheia de espetos de ferro.

Vaasa perdeu o fôlego.

Aqueles olhos azuis eram familiares. A curva ardilosa da boca. Aquela *arma*.

Ela conhecia aquele homem. Era um general asteryano.

De repente, a carta de Dominik, com a menção de um *presente*, surgiu em sua mente.

Kosana soltou um grito de guerra ao entrar correndo no quarto. A magia irrompeu de Vaasa por instinto, a escuridão cintilante girando sobre os homens e envolvendo os olhos e a garganta do general asteryano. O poder se contraiu com a raiva dela, estrangulando as vias aéreas dele e fazendo a machadinha cair ao chão. A boca do homem se abriu em um grito que ele não conseguiu emitir.

Os outros homens atacaram.

Um a derrubou no chão enquanto outro agarrava seus pulsos, puxando seus braços. Vaasa se debateu com força, e o homem que a derrubou tentou agarrar seu pé, que ela imediatamente bateu no nariz dele. Sangue jorrou e cobriu o bigode e os lábios do adversário. Ele gritou algo vil em asteryano e deu um soco no estômago dela.

Vaasa se arqueou de dor, mas o homem que segurava seus pulsos a impediu de erguer os braços. Ela ofegou quando o homem que tinha chutado agarrou seus tornozelos, o sangue dele pingando na calça dela. O emblema dourado e verde de Wrultho, sobre o coração dele, debochava dela.

Ele a mataria.

O homem ergueu uma faca serrilhada.

Ao longe, ela ouviu o rugido horrorizado de Reid.

E então uma lâmina de ônix atravessou a garganta do soldado.

O sangue esguichou, cobrindo a blusa e o rosto dela, e o homem gorgolejou, seu corpo imediatamente ficando flácido quando a vida se apagou nos olhos dele. A lâmina foi retirada e, quando o homem de verde caiu, Vaasa soltou um soluço desesperado.

Kosana rosnou enquanto passava a faca na garganta do homem que segurava os pulsos de Vaasa.

Ele caiu para trás, sua jugular jorrando no chão.

Um momento.

Vaasa estremeceu por um único momento.

Uma mão apareceu na frente dela. Kosana.

O mundo acelerou de novo, e Vaasa segurou a mão da comandante, encontrando forças para se erguer. Kosana enxugou o sangue do rosto de Vaasa de imediato, esfregando a própria jaqueta cheia de condecorações na pele dela.

– Obrigada – murmurou Vaasa.

Elas se viraram e viram o general se contorcendo no chão. A meio metro dele, estava sua mão decepada. Kosana riu do próprio trabalho, que devia ter executado enquanto Vaasa estava no chão. A serpente nas entranhas de Vaasa ficou ainda mais feroz, sem qualquer divertimento, crescendo e se transformando em algo que nunca fora. Um animal que ela não reconhecia. Dentes e olhos tão brancos que podiam rivalizar com a luz, como o cavalo que acabara de ver Melisina conjurar.

A criatura avançou junto com os passos dela.

Devagar.

Um passo.

Dois.

Uma malícia implacável ardia no branco dos olhos da criatura. Nos dela. Suas veias congelaram, o lábio retorcido enquanto liberava a magia novamente e a via deslizar pelo chão.

– Por favor – implorou o homem em asteryano, engasgado. – Somos...

Ele engasgou de novo, sem conseguir terminar a frase.

A magia de Vaasa mergulhou pela garganta do general. Ela sabia a relação que tinham. Era cômico que ele achasse que isso o salvaria.

Então uma ideia, ardente e brilhante, surgiu em sua mente. Vaasa entreabriu a boca e segurou o fluxo de magia até ele perder a consciência.

Kosana ergueu sua lâmina, mas Vaasa disse:

– Ele é um general. É melhor mantê-lo vivo.

A comandante ergueu uma sobrancelha, mas, para a surpresa de Vaasa, não discutiu. A criatura dentro dela esvaneceu, e Vaasa imediatamente murchou. Embora tivesse vontade de cair no chão e dormir por uma vida inteira, caiu de joelhos ao lado de Reid. O cabelo dele estava solto, suor encharcando seu pescoço e peito. Ela se recusou a deixar qualquer emoção a dominar enquanto desamarrava as cordas ao redor dos pulsos dele. Pareciam normais, mas havia fibras pretas intrincadamente entrelaçadas nelas.

Assim que tocou a primeira, algo se esvaziou em seu estômago. A magia. Como se tivesse sido extinguida. Desaparecido. Ela xingou e recuou a mão, e a magia voltou à vida com um rugido.

– O que é isso? – sussurrou ela.

– Magia – sussurrou Reid. – Ela entorpece a magia.

Vaasa não sentiu nada.

E sentiu tudo.

De uma só vez.

Ela segurou o fôlego ao longo do processo. Sua magia foi drenada de um jeito horrível, até parecer que havia partes inteiras faltando dentro dela. Ainda assim, ela cortou a corda.

– Há quanto tempo você está aqui? – questionou Kosana do outro lado do quarto, conferindo a pulsação de Mathjin na dobra do seu pescoço.

Ela deu um aceno brusco. Mathjin estava vivo.

– Ele só estava começando. – Reid arquejou quando um braço foi libertado e o levou ao peito, cerrando a mandíbula. – Eu o vi correr atrás de Mathjin, então segui.

Vaasa começou a cortar a outra corda, ainda sem conseguir falar ou processar o que eles tinham usado para amarrar Reid. Cortou o material firmemente trançado, os olhos fixos nos fios pretos. Quanto mais contato tinha com a corda, mais seus dedos ardiam ao toque.

As cordas se desfiaram e romperam, e Reid arquejou de novo enquanto caía no chão. Vaasa abaixou os braços, balançando as mãos.

As botas de Kosana ecoaram ao lado de Vaasa até ela se agachar na frente de Reid, agarrando o queixo dele e movendo sua cabeça para um lado e para outro em uma inspeção. Aparentemente, decidiu que ele estava bem, porque o deixou cair de novo no chão enquanto se erguia outra vez.

– Você tem uma sorte do *caralho*. – Então, virando-se para Vaasa, ela curvou a cabeça. – Seu instinto estava certo. Desisto do nosso combinado.

Vaasa assentiu em silêncio, percebendo que aquilo era talvez o mais próximo de um elogio que receberia de Kosana.

Todos se viraram para o homem encolhido no chão. O general asteryano, ainda sangrando. Se o quisessem vivo, aquele ferimento precisava ser cauterizado imediatamente.

Com um olhar para as queimaduras na ponta de seus dedos, ela decidiu que o "presente" de Dominik tinha sido só outro alerta.

– Ele é um general? – perguntou Kosana.

– Seu nome é Ignac Kozár – disse Vaasa. – Um dos poucos membros da família do meu pai ainda vivo. Ele é meu primo.

CAPÍTULO 17

A primeira coisa que Vaasa fez foi lavar o sangue de sua pele.

A tripulação limpou os destroços da emboscada. O navio não sofrera nenhum dano permanente, e seguiu pelo Settara como se nada tivesse interrompido seu progresso. Homens lavavam sangue do convés enquanto Kosana corria de um lado a outro, coletando o máximo de informações que conseguia sobre o ataque.

Todo corpo que encontraram usava o mesmo colete com o emblema e as cores de Wrultho. Aparentemente, era um uniforme antigo, o que significava que Ignac e seus homens o deviam ter roubado de alguma outra batalha.

Eles não lutavam como icrurianos. Seguiam formações e ordens, enquanto os icrurianos eram treinados como milícias aterrorizantes. A natureza imprevisível das forças icrurianas era o que as tornava tão letais. Em minutos, os mirehanos tinham determinado o que seus atacantes pretendiam fazer e conseguiram frustrar suas tentativas de danificar a galera do navio. O coven os derrubou dos platôs sem a menor dificuldade, e Melisina...

Bem, ela tomara mais vidas do que todos os outros juntos.

A primeira pessoa que Vaasa foi ver foi Ignac, o filho do irmão mais novo de seu pai.

Ele só ousara ir ao castelo algumas vezes enquanto o pai dela ainda estava vivo – era esperto o suficiente para saber que possuir o sobrenome Kozár era um risco. Sem dúvida, sabia que tinha sido exatamente isso que colocava o próprio pai na cova. Cumprira seu dever bem longe de Mekës desde que Vaasa o conhecera.

Ela lhe perguntou apenas uma coisa: o que ele queria com Reid.

Já sabia quem o enviara.

Ignac só implorou. Despejou mentiras até Vaasa dar um passo à frente e arrastar aquela machadinha traiçoeira por sua bochecha macia. Mesmo assim, não obteve respostas verdadeiras; nem sobre a corda, nem sobre as perguntas que ele pretendia fazer a Reid, nem se matá-la era o objetivo do ataque. Coberta de sujeira e sangue, Kosana assistiu à interação toda com as sobrancelhas preguiçosamente arqueadas. Os homens de Dihrah e de Mireh tinham ouvido falar de forças Wrultho na área, mas presumiram que tivesse a ver com a eleição.

Por fim, Vaasa contou à comandante sua ideia para lidar com o general asteryano, e a mulher se iluminou como uma das lanternas na Sodalidade de Una.

– Você é uma aliada formidável – respondeu Kosana.

Deixando Ignac amarrado e sangrando, as duas foram para o brigue lotado, passando por Mathjin, que entrou mancando no cômodo onde o general estava detido. Embora exausto, a expressão de Mathjin estava contraída, determinada. Ele instruiu os dois guardas perto delas a impedir qualquer um de entrar até ele ter terminado, então fechou a porta atrás de si com um baque retumbante.

Kosana permaneceu ao lado de Vaasa enquanto ela ia de um prisioneiro a outro. Todos falavam asteryano e, enquanto Mathjin ainda estava com Ignac, Vaasa era uma das únicas pessoas a bordo capazes de se comunicar com eles. Foi por isso que executou o primeiro pessoalmente – para sanar qualquer dúvida que os icrurianos pudessem ter sobre sua lealdade. Uma pequena parte de sua consciência a puniu pelo ato, mas Vaasa sabia bem que aqueles homens não a teriam poupado se tivessem tido a chance.

Sabia que ela provavelmente tinha sido um dos alvos do ataque.

Os asteryanos não lhe deram nenhuma informação útil. A maioria desdenhou de sua magia ou a chamou de *invoque* (bruxa), ou pior, de *bonas* (traidora). Um cuspiu no chão na frente dela.

Um mirehano deu um passo à frente na mesma hora, encostando sua faca na garganta do homem, e se virou para Vaasa esperando uma ordem.

Com um pequeno movimento do queixo, a vida do asteryano acabou. Era errado, mas Vaasa sorriu. Ao longo daquela batalha, tinha se estabelecido entre o povo mirehano como uma opção forte para grande consorte.

Quando se virou para sair, um dos homens perguntou:

– E o general?

Vaasa apertou os lábios, lançou um olhar de esguelha para Kosana, e elas deram uma risadinha.

– Deixe aquele lá vivo.

Ninguém questionou nenhuma das duas.

Exceto, claro, Esoti e Amalie, que tinham muito a dizer sobre a decisão que ela tomara de descer para o casco do navio atrás de Reid. As duas só se acalmaram quando Marc e Isabel as levaram embora, para dar uma trégua a Vaasa.

Roubando dois minutos para si, ela fitou as estrelas cintilando no Settara e curvou as mãos sobre a amurada. Reid estava bem. Conscientemente, ela sabia disso, mas a violência ainda agitava suas entranhas. Foi a primeira batalha que viu de perto, a primeira de que tinha participado.

A criatura em seu estômago não era inteiramente identificável, mas sua presença era evidente. Ainda desconhecida, seus olhos brancos brilhavam um pouco menos do que antes, mas seus dentes ainda eram afiados.

Não havia motivo para evitá-lo. Nenhum bom motivo, ao menos.

Soltando o ar devagar, ela se virou e desceu de novo para o casco do navio.

A adrenalina disparou em suas veias enquanto percorria o corredor que levava a seus aposentos. Abriu a porta e encontrou Reid sentado na cama, não mais coberto de sangue. Ele só estava vestido da cintura para baixo, a camisa encharcada de sangue fora de vista.

Ela fincou as unhas nas palmas, seu peito queimando ao se lembrar de como o encontrara ali.

Reid ergueu a cabeça e franziu o cenho.

– Você está bem?

Em silêncio, ela fechou a porta e avançou devagar até parar na frente dele, inspecionando as fracas linhas vermelhas em seus pulsos. Virou a palma dele e tocou, hesitante.

– Não dói – disse ele baixinho. – Eu não tenho magia. Era só uma precaução.

A criatura dentro dela estava inquieta, enquanto sua mente repassava cada detalhe da luta, os olhos correndo pelas tatuagens que ela raramente se dava a liberdade de examinar. A tinta cobria todo o peitoral e o ombro esquerdos, descendo pelo bíceps até o cotovelo. Parecia ser uma representação detalhada da armadura mirehana, as linhas da ombreira desenhadas com precisão. Na curva do ombro, via-se o emblema mirehano: o lobo. Como os que uivavam para o Settara à noite. Como o animal que inspirou o apelido de Reid. Parecia tão vívido, tão real, que ela não conseguiu se segurar e correu os dedos sobre a imagem.

A pele dele se arrepiou sob seu toque.

Erguendo os olhos para ela, Reid segurou a mão de Vaasa como se quisesse mantê-la ali.

– Você não vai falar, vai?

Ela não sabia como dizer... que não tinha palavras para se explicar. Que só tinha o resquício de um pânico que não entendia e um medo visceral que nunca experimentara por ninguém exceto si mesma.

Um *frio*.

Ela tinha corrido atrás dele sem pensar duas vezes, entrando numa briga que quase a tinha matado. Fora imprudente e idiota, algo que nunca teria feito por ninguém antes.

E isso a aterrorizava. Era o oposto do que deveria sentir.

Sustentando o olhar de Reid, ela manteve silêncio.

– Tudo bem, então eu falo.

Reid se ergueu da cama e foi até a cômoda aparafusada ao chão da pequena cabine, de onde puxou uma de suas enormes camisas. Nenhum sinal de dor cruzou suas feições, e o fato de ele só ter sofrido ferimentos superficiais era uma prova de que ela chegara no momento certo. Ele estendeu a camisa para Vaasa.

– Dominik é o responsável por isso, não é?

Ela não conseguia respirar. Ou discordar.

Então desviou os olhos e cerrou a mandíbula, correndo a língua pelos dentes e pegando a camisa. Marchando até o banheiro que mal lhe permitia abrir os braços, tentou não bater os cotovelos nas paredes enquanto tirava a blusa e a calça ensanguentadas e vestia a camisa de Reid.

Claro que o irmão dela tinha planejado aquilo. Qualquer que fosse o resultado, seria bom para ele: ou dava a Vaasa um jeito de provar sua lealdade a Icruria, ou a única ameaça ao seu trono era eliminada.

Mas não era por si mesma que ela temia. Tinha aceitado o desejo de Dominik de extinguir sua existência havia tempo.

Mas *Reid*?

Meses antes, ela não teria se importado com a morte dele, mas no momento só conseguia pensar nisso. Finalmente tinha que admitir a si mesma o quanto isso importava.

A magia em seu âmago se metamorfoseou nas brasas quentes de uma chama, baixa, ameaçadora e crepitante. Depois do frio gélido, esse calor raivoso foi bem-vindo.

– Por que você saiu do banco de remadores? – questionou ela, voltando subitamente ao quarto.

Silêncio.

Sentado sob os lençóis marfim, Reid se reclinou contra a cabeceira. Nenhuma palavra saiu dos seus lábios. Em vez disso, ele examinou os punhos fechados e os ombros tensos de Vaasa.

Aproximando-se da cama em que ele tinha se acomodado tão confortavelmente, ela deixou seu tom mais afiado.

– *Por que* você saiu do banco de remadores?

Se ele tivesse ficado lá, nunca teria sido pego.

Os homens não haviam conseguido chegar lá.

Um pensamento terrível, porém, cruzou sua mente: talvez não tivessem nem tentado, porque já haviam encontrado o que estavam procurando.

– Responda.

Com os lábios apertados, ele deu de ombros.

– Eu estava procurando você.

– Não devia ter feito isso.

– Nunca vou deixar de fazer isso.

A questão não era negociável, julgando pela rigidez do maxilar e a firmeza do olhar dele. Ou talvez tivesse sido o jeito como Reid apagou o lampião e os deixou no escuro que mostrou para Vaasa que ele não tinha qualquer intenção de admitir a própria estupidez.

– Você é um idiota – disparou ela, virando-se e tentando não tropeçar para chegar do outro lado da cama.

– Por que eu sou o idiota, Indomável?

Indomável. O tom dele lhe deu nos nervos, enfurecendo-a até os ossos. Bufando, ela enfim conseguiu encontrar uma beirada da cama que o corpo dele não ocupava. Entrando sob os cobertores, implorou que sua magia se assentasse. Respirasse. Parasse de arranhá-la por dentro.

Não parou. Embora Vaasa já tivesse se considerado implacável e inflexível, a magia se contraiu ao redor de sua garganta. Puxando as pernas contra o peito, ela se encolheu toda para tentar aliviar os nós em sua barriga.

Suas mãos começaram a tremer.

Vaasa sentiu um calor quando o corpo de Reid se apertou contra as costas dela, um braço contornando sua cintura para segurar suas mãos.

– *Respire*, Indomável.

A outra mão dele tentou fechar o abraço, mas Vaasa estava encolhida em posição fetal e se afastou dele.

– *Estou* respirando – rosnou.

– Devagar.

Um pequeno suspiro de frustração escapou dos seus lábios.

Reid segurou seus pulsos com mais força.

– Você não tem que fazer isso – cuspiu ela. – Eu não preciso ser contida.

Ele congelou por uma fração de segundo e então a puxou, forçando Vaasa a se deitar de costas e se ajoelhando ao lado dela, seu corpo grande inclinado sobre o dela, uma perna enfiada entre suas coxas. Ela ficou tensa, mas então se obrigou a relaxar. A escuridão os banhava, mas os olhos dela tinham começado a se adaptar, e podia ver a boca dele apertada em uma linha raivosa, seus olhos semicerrados e os fios de cabelo que quase os cobriam enquanto Reid a observava.

– Se quer comprar uma briga, pelo menos olhe para mim.

– Não estou comprando uma briga.

– Está. Você sempre faz isso quando sente que está perdendo o controle.

A magia se ergueu como bile. Ela não ia perder o controle. Não podia. Mas aquele poder precisava de um escape, um jeito de atravessar suas veias e esvaziar-se.

Merda. Ele tinha razão.

Reid apontou o queixo para os pulsos de Vaasa, que ele ainda estava segurando, os braços dela encolhidos contra o peito, suas mãos tomadas pela magia crescente.

– Do que você precisa?

Dividida entre a raiva por aquela observação e a vergonha por ele ter notado, ela olhou para a cabine sem luz.

– Só preciso de um segundo.

Ela precisava voltar para si mesma.

– Então tire um segundo – disse ele, recusando-se a relaxar o aperto, como se soubesse que a magia estava perigosamente próxima de se soltar e que ali, naquele navio, não havia lugar para onde pudesse ir.

Baixando os olhos para o pouquíssimo espaço entre eles, Vaasa cerrou os dentes e tentou passar pelo ciclo. Sentir, aceitar e soltar.

Mas só conseguia sentir.

A magia só crescia e se agitava. Ela não conseguia respirar. Não sabia como soltar um pouco sem soltar tudo.

– Dói. – Ela apertou os olhos. – Não consigo.

– Controle a liberação. Sei que você consegue.

Num suspiro, a magia começou a se mover. Vaasa a sentiu primeiro nos dedos, consumindo suas mãos em uma névoa fria. Alguns fiapos de poder escaparam e ela tentou puxá-los de volta, mas Reid a repreendeu, apertando seus pulsos com mais força. Ele estava perto demais, vendo demais. O que ia pensar? O peito dela se apertou de pânico só de imaginar.

– Não quero que você veja isso.

Reid, porém, não se acovardou à visão da magia cobrindo a pele dele. Em vez disso, roçou os lábios nos nós dos dedos dela cobertos de névoa. Uma onda de calor subiu pelo pescoço de Vaasa, mas sua boca se entreabriu.

– Libere – insistiu ele, a boca roçando seu pulso. – Deixe a cama toda preta.

Sua obstinação a deixou, e Vaasa sentiu a boca seca. Reid continuou descendo, sua respiração deslizando pelo antebraço dela. Vaasa soltou outro fiapo de poder, e dessa vez a magia suspirou com ela. Dançando sobre os lençóis de marfim, a névoa preta se esgueirou pelos travesseiros, descendo até onde o joelho dele pressionava os cobertores.

A dor começou a suavizar.

Ele deu mordidinhas em sua pele, arrastando o lábio inferior enquanto arrepios se erguiam nos braços dela.

Mais um pouco da magia escapou; Vaasa a agarrou, impedindo a liberação antes que tudo transbordasse. Aquilo estava *funcionando*.

– Ótimo – elogiou ele. – Mais?

– Mais – disse ela, rouca.

Erguendo os pulsos dela sobre a cabeça, Reid usou uma mão para segurá-los contra o travesseiro.

Os nervos de Vaasa se incendiaram com a sensação, e ela instintivamente se arqueou na direção dele.

Com o convite, Reid abaixou a boca para onde a camisa emprestada cobria seus seios. Hesitou. A respiração dele fez os mamilos dela intumescerem, e ele correu os dentes sobre a nova curva, lambendo o tecido da camisa. Uma onda de desejo tomou o ventre de Vaasa. Com mais um suspiro, ela soltou o poder de novo, aliviando a pressão em seu estômago.

Reid pairou sobre o seio coberto dela, então o tomou na boca e chupou.

Cada espaço vago que a lenta liberação da magia criava imediatamente se preenchia de desejo, que era mais fácil de administrar do que a raiva, a tristeza ou o medo. Todos os sentidos dela se concentraram no ponto onde estava o joelho de Reid. No ponto onde ele a tocava. Sentiu a pele dele contra a sua, sentiu a proximidade do seu peito largo, e como, quando ela respirava fundo, seus pulsos forçavam a pegada dele.

Ao soltar o ar, ela guiou a magia para fora de novo e a viu avançar mais sobre os lençóis.

Ecoando diretamente acima dela, Reid perguntou:

– Mais?

Quando abriu os olhos, Vaasa encontrou os dele cravados em seus lábios entreabertos.

– Mais.

Ele se abaixou e tomou a boca de Vaasa, roubando a palavra do ar como se quisesse se certificar de que pertencia a ele, e apenas a ele. Sua língua imediatamente mergulhou entre os lábios dela, e Vaasa derreteu contra seu corpo, o fogo dentro de si queimando mais forte enquanto Reid provava e explorava sua boca.

Ao toque de seus lábios, a magia baixou e em seguida se espalhou como o vapor de uma panela em fervura. Cercando os dois, a névoa preta recobriu a cama e o chão com um sibilo enquanto se transformava em uma ave de rapina raivosa e depois na superfície do Settara. Envolvendo suas entranhas, era capaz de grande calmaria ou de imensas tempestades.

Quando ele soltou os pulsos dela, seu corpo escolheu as tempestades.

Como um elástico se soltando, Vaasa o beijou loucamente, enfiando as mãos no cabelo dele e pressionando seus corpos. Quando Reid passou as mãos sob suas costas e as usou para girá-la, Vaasa perdeu toda noção de cautela.

Queria esquecer qualquer coisa que pudesse feri-lo.

Reid a moveu com suavidade, deitando-se de costas contra a cabeceira e dissipando a escuridão que se esgueirava pela cama. Agarrando as coxas dela, puxou-a para montar seus quadris e a acomodou com força no colo, sua boca só deixando a de Vaasa para começar uma descida provocante. Os dentes dele arranharam a curva do seu pescoço, e ele ergueu a mão para brincar com a bainha da camisa que ela usava, então a enfiou sob o tecido e correu os dedos pelo quadril nu de Vaasa.

Ele congelou. Ela o sentiu endurecer enquanto dizia:

– Você não está usando nada por baixo.

Ela nunca usava. Vaasa começou a ofegar, erguendo os quadris para se esfregar nele.

– Você *usa* roupa de baixo sob as minhas camisas?

Mordendo o interior da bochecha, ela balançou a cabeça.

Um som baixo escapou do fundo da garganta dele enquanto beijava Vaasa de novo, mordendo seu lábio inferior.

– Essa barreira me manteve sob controle, Vaasa. Eu disse a mim mesmo que seria inapropriado me livrar dela e tomar você.

O desejo disparou pelo corpo dela, e Vaasa se esfregou com mais força no colo dele, os quadris implorando para que Reid fosse mais longe. Que fizesse o que queria. Ela não tinha como resistir àquelas palavras – ouvi-las em icruriano só a fez arder ainda mais, como se seus ouvidos cedessem ao idioma assim como ela cedia ao toque dele.

– Eu só precisava de uma desculpa – sussurrou ele. – E de permissão.

– E encontrou uma desculpa? – ela ousou perguntar.

Ele a apertou mais forte.

– Podemos fingir que é porque vai te ajudar a dormir, porque sou bondoso e altruísta.

– E não é a verdade?

– Não, não é a verdade.

Ele a pegou pela curva dos joelhos, deslizando para o interior de suas coxas, perigosamente próximo de onde ela o queria. Acariciando, para cima e para baixo.

– A verdade é que só consigo pensar em enfiar a mão entre suas pernas até você gozar tão forte que vai esquecer que já me odiou um dia.

Vaasa gemeu contra os lábios dele e se ergueu para que a mão de Reid chegasse mais perto da umidade à sua espera.

– Você está sendo bondoso e altruísta – garantiu ela.

– Ótimo. Então só falta a permissão, Indomável.

Lá estava de novo aquela pergunta. Mas, dessa vez, ela não ficou tão surpresa.

– Por favor – implorou contra a boca dele.

Reid a beijou de novo, lambendo seus lábios, e finalmente deslizou os dedos ao ponto entre suas coxas.

Vaasa perdeu o ar, e ele grunhiu ao encontrá-la molhada, seus dedos pegando ritmo enquanto ela tentava beijá-lo. Ela tentou manter um pouco de controle, mas então Reid soltou a mão que segurava sua nuca e a enfiou entre suas pernas também. Quando ela ergueu os quadris, ele enfiou dois dedos dentro. O prazer disparou pelo corpo de Vaasa, e mais uma vez sua magia se transformou em algo novo. Algo que ela sentira mais cedo – com os olhos brancos e os dentes afiados.

Vaasa abriu a boca contra a dele, subindo e descendo os quadris enquanto cavalgava seus dedos. Reid a tocava em movimentos circulares, acariciando-a, deixando Vaasa estabelecer o ritmo e decidir quão fundo e quão rápido ele ia.

A magia se ergueu e se contraiu, diferente de qualquer coisa que já sentira. Ela não ousara se levar ao clímax com aquele poder imprevisível, não com Reid tão próximo. Mas ele conhecia a força àquela altura, e Vaasa sabia, sem sombra de dúvida, que a força também o conhecia.

Conhecia a ela própria.

Vaasa não o machucaria.

A ideia fez seu corpo disparar. Ela abriu a boca contra a de Reid, que manteve o ritmo, sem ousar forçar ou mudar qualquer coisa no compasso que tinham alcançado. Ele apenas tomou a boca de Vaasa e se deliciou com seus lábios entreabertos e com o jeito como ela não conseguia beijá-lo direito enquanto gemia. Com um grito, o resto da magia reprimida irrompeu de Vaasa em uma onda preta que apagou toda a luz no quarto. Ela gozou tão forte quanto ele desejara, seu corpo todo se contraindo.

Reid continuou a beijando, as mãos mantendo o ritmo até os quadris dela desacelerarem.

A escuridão banhava os dois, e ela mal conseguia ver a cor da cama. A névoa preta flutuava por toda a cabine, cobrindo cada superfície e sibilando contra as paredes.

Mas Vaasa estava vazia – saciada, sem mais precisar conter desesperadamente a magia. A força não a arranhava por dentro nem espreitava de um lado a outro. Ela se deitou com a cabeça no ombro dele e respirou fundo, deixando o aroma de Reid preencher seus sentidos.

Sal. Âmbar.

A magia se acomodou no fluxo calmo da água, como se ela também pudesse refletir o luar.

– Que bom que achamos uma solução – sussurrou Reid no ouvido dela, soltando seus quadris.

Embora devesse estar confuso, ele não pediu uma explicação... nem pediu por mais. Parte de Vaasa ainda estava em chamas, disposta a queimar com ele. A fazer qualquer coisa que Reid quisesse, por quanto tempo ele quisesse.

Mas a rapidez com que ele se levantou a fez reprimir tais palavras.

A vulnerabilidade pulsou em seu peito enquanto o via entrar no banheiro.

Abraçando-se, Vaasa se obrigou a conter tudo aquilo.

A magia. O desejo.

Pouco depois, ele voltou para o quarto e se deitou de novo a uma distância respeitosa.

– Durma, Indomável. Você precisa.

Ela fechou os olhos. A verdade era que ele não era o idiota... *ela* era. Contra seu bom senso, também tinha ido procurá-lo.

Como poderia admitir isso?

Nenhum idioma lhe dera as palavras de que precisava para se explicar. Nenhum idioma podia transmitir exatamente o anseio que sentia na presença dele, ou a confusão que atropelava suas certezas. Especialmente, não havia palavras para expressar o modo como as pessoas, assim como os lares, sempre lhe seriam tomados.

Ela não fazia ideia de como deixar alguém se aproximar o suficiente para que doesse.

Talvez por isso ele não tivesse levado as coisas mais longe.

Talvez ele também não soubesse.

CAPÍTULO 18

Ao nascer do sol, eles se prepararam para desembarcar na movimentada cidade de Dihrah. Vaasa mal conseguia se manter de pé. A exaustão latejava como as batidas de um tambor, e sua magia se agitava, inquieta de novo. Não se enrolou como uma serpente outra vez, algo que ela atribuiu ao alívio que lhe fora oferecido na noite anterior, mas também não estava dormente. Fervilhava logo abaixo da pele.

Antes de se juntarem ao resto do grupo, ela contou a Reid o que pretendia fazer com o general. Eles não trocaram qualquer palavra ou comentário sobre o que se passara na noite anterior. Era só mais uma impossibilidade que Vaasa precisava transformar em água. Havia muito mais em risco do que apenas a eleição: o equilíbrio frágil entre Dominik e Icruria se apoiava em uma corda que desfiava bem acima da cabeça dela... da cabeça de todos eles.

Dihrah era tão linda quanto ela lembrava, mas dessa vez o espanto tocou seu coração, enquanto antes não houvera espaço para isso. Contemplá-la fez a magia de Vaasa se agitar – os locais também continham memória. Dezenas de canais fluíam através da cidade enorme e colorida, com pontes se curvando sobre a água esmeralda do Settara. Arcos e filigranas de ferro decoravam as construções que pontilhavam a linha do horizonte. E, perto dali, Vaasa avistou os pináculos gigantes da Sodalidade de Una.

Uma multidão os aguardava. As pessoas esperavam no cais e flanquearam todo o caminho até o Grande Templo de Dihrah. Seus gritos e chamados alegres ecoavam até a água, enchendo as cabines do navio e os ouvidos de Vaasa. Os soldados, em vestes cerimoniais, dominavam o cais, formando um enorme desfile em fileiras de dez. Os homens e mulheres das Tropas Mirehanas, liderados por Kosana, saíram marchando pela rua com as espadas nas mãos.

O infame coven de bruxas veragi desembarcou em seguida, logo sendo cercado pelas longas túnicas ametista usadas pelos sábios de Setar. Quando chegaram às docas de Dihrah, as mulheres soltaram alguns fios de sua magia, a névoa se esgueirando pelo caminho e pairando sob a bainha de suas túnicas.

A multidão pareceu ofegar ao mesmo tempo.

Uma bela demonstração de poder para o guardião favorito de Icruria.

Isabel e Marc desembarcaram, seus olhares orgulhosos percorrendo tudo que tinham ajudado a governar por uma década, e então Marc se virou com a mão aberta, apontando para a abertura no casco.

Para o Lobo de Mireh, com sua consorte ao lado.

Os aplausos da multidão ecoaram até o barco.

Reid realmente parecia um grande mestre. Seu ombro, coberto pelas dobras do traje roxo, roçou o de Vaasa quando ele baixou os olhos para ela.

– Pronta?

Vaasa assentiu.

– Finja que me ama, Indomável – murmurou ele, e Vaasa lhe deu uma cotovelada, só para não perder o costume.

Ele riu baixo e apoiou a mão na base da coluna dela.

E então desceram ao encontro da multidão, que rugiu para Reid e Vaasalisa de Mireh.

Na beira do cais, cada candidato e consorte esperavam, acompanhados pelos seus conselheiros. Reid e Vaasa foram os últimos a chegar, o que não era surpreendente, considerando os eventos do dia anterior. Os primeiros que Vaasa notou foram Kenen e Galen, os dois conselheiros parados com seus respectivos guardiões. No entanto, seus rostos familiares eram um parco conforto naquela multidão. Koen, que não tinha mudado nada desde que se despedira dos dois naquela manhã fatídica, estava com o grande mestre. Os dois pareciam os mais amigáveis do grupo. O guardião de Hazut parecia acreditar ter uma chance real de vencer. Foi Ton de Wrultho, porém, que mais atraiu a atenção de Vaasa, acompanhado por seu conselheiro, Hunt.

Reid se aproximou imediatamente do grupo, curvando a cabeça para cada candidato e conselheiro, e Vaasa fez o mesmo. Eles os cumprimentaram um por um, se apresentando. Então o guardião de Mireh acelerou o passo e Koen avançou, os dois se abraçando e irradiando afeto.

– Consorte – disse Koen, curvando a cabeça para Vaasa quando enfim soltou Reid e dirigiu-se ao resto do grupo. – É um prazer vê-la de novo.

Eles mal tinham trocado uma palavra quando a encontraram em Dihrah. Koen obviamente sabia que o casamento deles era uma farsa, mas, assim como Mathjin e Melisina, não parecia se ressentir dela por isso.

– O prazer é meu – disse Vaasa.

– O guardião que ganhou uma bruxa veragi como esposa – disse um homem desconhecido, que se aproximou por trás do guardião de Dihrah.

Ele parecia franco e acessível, a pele escura destacando o brilho dourado e castanho de seus olhos.

– Quando começou a me chamar pelo meu título, Kier? – perguntou Reid com uma risada amistosa e despreocupada.

Kier. O *grande mestre* Kier de Icruria.

– É uma honra conhecê-lo – disse Vaasa, curvando a cabeça em uma mesura profunda.

Kier sorriu e se afastou após retribuir o gesto, abrindo espaço para os candidatos. Eles cumprimentaram rapidamente os competidores de Hazut, e o coração de Vaasa começou a martelar no peito.

Enquanto se moviam pelo grupo, um homem enorme avançou até eles, com ombros largos que pareciam capazes de derrubar qualquer um que entrasse em seu caminho. O cais estremeceu com seus passos. Uma tatuagem com as marcações dentadas de Icruria subiam pela lateral do seu rosto, até o couro cabeludo raspado.

Ton de Wrultho. O atual guardião de Wrultho.

Sem nem sequer olhar para Reid, seus olhos laranja como o sol se fixaram friamente em Vaasa. Isabel de repente apareceu ao lado dela, apoiando uma mão protetora em seu braço. Marc se remexeu, ao lado da esposa, mas não falou nada – como dissera a Reid que faria, garantindo que o guardião pareceria fraco se deixasse Marc agir como se estivesse no comando.

Atrás de Ton, outro homem se adiantou para cumprimentá-los e, embora Vaasa não achasse possível, ele parecia ainda menos amigável que o guardião. Observando o navio enorme atrás deles, o homem endireitou a coluna.

Hunt de Wrultho, o atual conselheiro.

Reid a tinha informado de tudo que ela precisava saber sobre aquele homem antes de descerem no cais, começando pelo relacionamento íntimo de Hunt com a conselheira com que Vaasa tinha negociado, anos antes. Para a sorte deles, aquela mulher específica não parecia estar presente ali.

O mandato de Hunt como guardião acabara quando ele perdeu a eleição para grande mestre e se tornou conselheiro, e Ton tinha assumido o posto pouco depois, em uma demonstração lendária de habilidade e força. Enquanto Mireh elegia seu guardião por meio de um torneio variado de força, no qual a população votava, Wrultho tinha um jeito bem mais simples de escolher seu líder.

Uma luta até a morte.

Ton saíra vitorioso e, examinando seu corpo enorme e olhar fulminante, Vaasa entendia por quê. Mireh elegia um guardião duas vezes durante o ciclo de grande mestre, mas Wrultho, não. Ton estava em seu posto desde que Hunt se tornara conselheiro, o que significava que seu ciclo estava quase acabando também. O que Hunt sabia ou não sobre a história de Vaasa com Wrultho era um mistério para todos eles, uma vez que Reid não sabia a verdade sobre o tratado rompido de Ton com Asterya.

A ira nos olhos de Ton foi contida quando Hunt apareceu ao seu lado, como se ele soubesse que não podia deixar seu passado com Vaasa transparecer na frente do homem que queria tão desesperadamente agradar.

– Posso apresentar Vaasalisa de Mireh? – disse Reid, como se não pudesse sentir o ódio emanando do olhar do homem.

Novamente, o nome dela associado ao dele. Associado a Mireh. Não era mais uma Kozár.

O canto do lábio de Ton se curvou.

– Ouvi falar muito de você, Vaasalisa de Mireh.

Vaasa podia lidar com aquela situação de muitos jeitos – e considerara alguns antes de desembarcar. Embora não precisassem do voto de Hunt, sem um acordo bem-sucedido com Ton não haveria jeito de vencer Dominik. Então ela usou a única tática que conhecia bem: um ardil. Com um sorrisinho, disse:

– Você pode não gostar de mim, mas aposto que, ao final do nosso tempo aqui, vai mudar de ideia.

Ton franziu o cenho e olhou para Reid, que abafou uma risadinha diante da audácia dela e deu de ombros.

– Vejo que essa aí te dá trabalho – comentou Hunt.

– Ela só me dá o que ela quer – respondeu Reid, sem hesitar.

Para a surpresa de Vaasa, Hunt abriu um sorriso.

Vaasa conteve o próprio divertimento e o calor que percorreu seu corpo. Aquele tipo de bravata era a coisa menos autêntica que vira entre os icrurianos até o momento, mas o comentário de Reid... bem, era apenas a verdade.

– Gostaria de aceitar minha aposta, Ton de Wrultho?

O guardião de Wrultho torceu o nariz para sua abordagem direta e disse:

– Vá logo ao ponto ou pare de desperdiçar meu tempo.

Aparentemente, a resposta era não.

– Última chance – ofereceu ela.

Ton praticamente soltou fumaça pelas ventas, ainda mais quando Hunt se inclinou para trás, como se estivesse de fato interessado em ver como a situação se desenrolaria, e os outros conselheiros e guardiões começaram a prestar atenção.

– Acho que nossa nação já aprendeu a não fazer joguinhos com asteryanos – disse Ton, a boca retorcida de desdém.

Apesar do seu ódio por Asterya ser justificado de muitas formas, aquela atitude mordaz não oferecia nenhuma pista sobre o que era ou não do conhecimento de Hunt. Mathjin a alertara da aversão escancarada que muitas pessoas demonstrariam por ela naquela semana.

– Permita-me expressar minhas sinceras esperanças para nosso relacionamento daqui para a frente – disse Vaasa.

Nesse instante, Ton ergueu os olhos para o navio, cujas portas se abriram de novo com um rangido.

A multidão inteira caiu em silêncio.

O chacoalhar de correntes encheu o cais enquanto elos de aço batiam contra madeira.

O general asteryano foi arrastado pela prancha de desembarque, os olhos aterrorizados semicerrados contra a luz ofuscante do sol.

A multidão no cais inspirou em uníssono, todos os olhos fixos em Reid, em Vaasa e nas longas correntes que Esoti puxava sem dó. Ignac parecia pior do que quando ela o vira pela última vez, mais ensanguentado, e ela se perguntou em silêncio o que Mathjin fizera com ele.

O general caiu de joelhos.

Esoti colocou as correntes diretamente nas mãos de Reid.

– Não sei se você foi formalmente apresentado ao general Ignac Kozár, mas por acaso o encontramos usando o emblema de Wrultho, no Settara – disse Vaasa, em voz alta o suficiente para os outros candidatos e conselheiros ouvirem. – Ele e sua legião asteryana atacaram nosso navio. Você pode imaginar nossa surpresa quando homens que usavam os *seus* uniformes tentaram tomar nossa embarcação.

Os lábios severos de Ton se entreabriram, os olhos indo dela ao general. A raiva cobriu suas feições severas, e uma veia latejou em sua têmpora.

– Esses uniformes devem ter sido *roubados*. Meus homens nunca os atacariam.

Hunt aprumou os ombros.

– É claro – disse Reid. – Os asteryanos devem tê-los roubados. Eles pagaram por sua insolência.

Vaasa deu a Ton seu sorriso mais doce.

– Estão todos mortos, exceto pelo general Kozár. Considere-o um presente.

Hunt de Wrultho curvou os lábios de prazer, encarando Vaasa com mais surpresa do que ela achara que receberia.

– Esse homem não é parente seu? – perguntou o conselheiro de Hazut.

Ele observava a cena como se não acreditasse nos próprios olhos, e ela rapidamente percebeu que estava aproveitando a oportunidade que se apresentava.

– Esse homem atacou meu marido e meu navio. – Vaasa olhou para Reid, depois para o conselheiro. – Qualquer parentesco entre nós ficou naquelas águas.

Galen e Kenen cochicharam entre si, os olhos de ambos arregalados diante daquela cena... e Vaasa soube que aquela demonstração cumpriria perfeitamente o objetivo.

Hunt bufou de satisfação, inclinando a cabeça tatuada e a examinando de cima a baixo.

– Que bom que meu sucessor não aceitou sua aposta, Vaasalisa de Mireh.

Reid apertou o punho.

– Eu descobri rápido que pessoas que apostam contra minha esposa tendem a acabar se arrependendo.

Ton soltou um grunhido, tentando não olhar para os outros candidatos, que tinham ouvido o comentário. Hunt, entretanto, ergueu as sobrancelhas, olhando entre seu sucessor e o guardião incrivelmente confiante de Mireh como se observasse dois reis.

Reid empinou o queixo, deslizando possessivamente a mão livre sobre o ombro de Vaasa e dirigindo um último golpe potente contra Ton.

– Em vista desses eventos, eu gostaria de pedir uma reunião, na qual você poderá decidir de qual lado gostaria de ficar: do nosso ou do perdedor.

O sorriso de prazer de Hunt estremeceu com a ameaça, mas algo no jeito como soltou um murmúrio baixinho disse a Vaasa que talvez ele os respeitasse mais do que gostaria de admitir.

– Então vamos entrar – disse Ton, sem conseguir esconder sua ira. – Podemos discutir essas coisas agora.

– Podemos presumir que não haverá nenhuma reunião esta noite – disse Hunt, com uma nota de comando na voz que minava profundamente a autoridade de Ton. Dava para ver a violência implícita na curva crescente de sua boca. – Em vez disso, você e eu decidiremos o que fazer com esse presente. Usar nosso emblema para seus próprios propósitos é uma ofensa grave, e ele deve pagar por isso.

Ton hesitou, e Vaasa quase riu diante do significado por trás daquelas palavras. Dar uma ordem tão direta, especialmente a um homem a meros dias de completar um mandato de guardião que durara uma década, um homem que no mínimo seria promovido a conselheiro...

Marc de Mireh jamais ousaria falar com Reid assim, por mais que Reid buscasse a aprovação dele.

Hunt virou-se para a esposa sem esperar resposta, porque já tinha uma. Vaasa fez questão de que todos a vissem entregar as correntes nas mãos do guarda que Hunt enviou para tomá-las. Elas chacoalharam novamente quando Ignac foi arrastado pelos homens de Ton, que o levaram para onde Hunt discretamente instruíra. Com uma careta frustrada, Ton saiu batendo os pés atrás do conselheiro, e Vaasa se perguntou quanta fé Hunt tinha em seu sucessor, no fim das contas. Quanta responsabilidade ele acreditava que podia recair no colo daquele homem?

Considerando como Wrultho ficava perto de Hazut, era uma dinâmica que ela certamente poderia explorar.

Os candidatos e conselheiros desceram até a multidão agitada.

Quando os outros se afastaram, Isabel murmurou baixinho:

– O cãozinho de Hunt. Senta, fica.

A risada de Reid os envolveu. A contragosto, Vaasa sorriu, olhando para seu pequeno grupo, e sussurrou:

– Vamos ver se ele sabe rolar?

Contra todas as probabilidades, Marc de Mireh riu antes de rapidamente recuperar a compostura.

– Vamos vencer uma eleição, que tal?

Ao entrar no Grande Templo de Dihrah, eles foram atingidos por uma lufada de ar fresco que soprava de grandes ventiladores girando no teto abobadado. As extremidades alargadas se moviam em uníssono, parecendo afiadas do ponto de vista de Vaasa. Parando de imediato ao seu lado, as outras cinco bruxas veragi elogiaram a entrada triunfal deles e como a multidão tinha estremecido de expectativa.

Koen logo foi encontrá-los no salão principal, os óculos de metal destacando seus olhos cor de chocolate, e seu sorriso largo cresceu ao vê-los. Ele examinou o pequeno coven, cumprimentando cada bruxa com uma estranha familiaridade, até que seu olhar penetrante pousou em Amalie, ao lado de Vaasa. Ele inclinou a cabeça.

– Acredito que ainda não nos conhecemos.

Amalie pareceu congelar por um momento, mas então disse:

– Acredito que não.

De trás de Koen, Reid ergueu as sobrancelhas.

– Koen de Dihrah – apresentou-se o guardião, curvando a cabeça em uma mesura profunda.

– Amalie McCray. – A bruxa de cabelo castanho se remexeu um pouco.

– Melisina! – chamou outra voz, e então um homem alto e magro avançou com a graciosidade de um dançarino, as pernas longas o carregando através da multidão até os braços abertos da bruxa.

– Elijah – cumprimentou Melisina, a túnica roxa do homem se amarrotando no abraço. Vaasa se deu conta de que ele era o grande consorte de Icruria. – Você precisa conhecer minha nora.

– Outra bruxa veragi, sua espertinha! – disse ele. – Como se sua linhagem precisasse de mais magia.

Elijah de Icruria se virou para cumprimentar Vaasa, seus lindíssimos olhos azuis a examinando da cabeça aos pés.

– Ah, está aprovada! – exclamou ele, com um passo adiante para apertar o antebraço dela.

– É um prazer conhecê-lo, grande consorte – disse Vaasa enquanto Reid voltava para o lado dela e apoiava uma mão reconfortante em suas costas.

– Elijah – corrigiu ele. – É só Elijah. Assim como a chamarei de Vaasalisa quando inevitavelmente tomar a minha posição.

Reid riu, concordando com firmeza, e Vaasa sorriu, apesar de sentir um aperto na boca do estômago.

– Na verdade, você me chamará de Vaasa. É como todos os meus amigos me chamam.

Levando a mão ao peito, Elijah ficou boquiaberto.

– Ah, Reid, ela tem lábia, sem dúvida.

– Muita – disse ele, dando uma piscadinha antes de dar um beijo afetuoso na têmpora dela.

– Vocês têm uma hora – informou Kier, os olhos deslizando para Romana e Mariana. – Nem pensem em fugir para a sodalidade esse ano.

– Não ache que seu titulozinho significa que pode nos dar ordens – lembrou Romana.

Vaasa abafou uma risada, dado que o *titulozinho* dele era *grande mestre de Icruria*.

Revirando os olhos, Kier conteve um sorriso.

– Boa sorte, Reid. Talvez você consiga finalmente negociar com elas.

– Improvável – disse Mariana, enquanto Kier sumia de novo no salão lotado.

Vaasa passou aquela hora nos aposentos deles, ajeitando a maquiagem nos olhos e nos lábios, com Amalie sentada na bancada da pia, balançando as pernas. Reid pôs a conversa em dia com Koen no pátio, e, usando seus melhores trajes, os quatro desceram para seu primeiro jantar tradicional juntos.

Os conselheiros observaram todo o jantar com um ar arrogante, prestando atenção em cada gesto de Vaasa. Hunt de Wrultho claramente desconfiava dela, depois da ceninha que armara no cais; muitas vezes ele se inclinava para sussurrar com seu companheiro loiro, o conselheiro de Hazut. No entanto, Hunt ainda conseguia parecer mais acolhedor que seu sucessor, que tinha que se curvar sobre a mesa para caber ali. Os olhos de Ton de Wrultho se arregalaram quando ele viu quem tomou o lugar à direita de Vaasa.

Amalie.

A magia em Vaasa se agitou.

Apesar disso, eles comeram em paz, rindo das piadas de Reid e sorrindo abertamente com os comentários de Koen. Ele tinha se sentado ao lado de Amalie, o que fez Vaasa abrir um sorriso, ainda que não fosse se intrometer na vida dos outros.

O salão abarrotado estava cheio de mesas, todas dispostas ao redor de uma pista de dança. A comida estava empilhada em duas grandes mesas retangulares nas laterais. Lampiões acesos pelo coven de Una pendiam do teto em níveis variados, assim como na biblioteca, cintilando com uma luz dourada suave. Mais pessoas entravam no salão, a maioria desconhecida de Vaasa. Ainda assim, ela comeu à vontade e juntou-se à conversa quando pôde.

Brom de Hazut passou pela mesa deles, assentindo para Reid e para ela enquanto desfilava majestosamente com a esposa – que era linda, de fato – pelo salão. Ambos se apresentavam como bons concorrentes. O vestido dela caía graciosamente dos ombros e arrastava uma pequena cauda atrás de si. Toda de verde, Vaasa pensou que ela parecia uma grande consorte. Com um corpo esguio e membros longos, a mulher olhou para alguém por cima do ombro em um gesto elegante e sorriu.

Devia ter treinado para aquilo a vida toda.

Amalie riu, e Vaasa deu uma cotovelada nela.

As danças começaram. Ton bebeu mais hidromel do que era ou deveria ser aceitável, e Vaasa não perdeu tempo em dançar com Reid. Já conhecia melhor os passos, graças às aulas dele, mas enquanto Reid executava cada dança com a graça de um ator, ela aproveitou a primeira chance que teve para sair de seus braços e ir até a periferia da pista, onde não passaria mais vergonha.

Não pareceria menos icruriana do que já parecia.

Amalie ficou grudada nela, seu único consolo naquela multidão de desconhecidos. Mas então Koen estendeu a mão à bruxa, e Amalie a aceitou, atraindo a atenção de muitos ao redor quando Koen a levou para a pista.

Ao ver Vaasa sozinha, Melisina aproveitou a chance para ensiná-la sobre os principais covens. Ao redor do salão estavam os bruxos que residiam em cada sodalidade, todos com magias diferentes da dela. Alguns podiam manipular metal, outros, água, e outros eram curandeiros. Embora o sangue deles pudesse ser transmitido a qualquer criança, independentemente do sexo, cada coven era atormentado pelo mesmo problema das veragi: só um bruxo por linhagem vivia de cada vez. Ao contrário das veragi, porém, o poder dos outros não era tão arrebatador a ponto de matar os bruxos sem treinamento. No entanto, a maioria era irascível, reservada e sigilosa. Era o problema que Amalie sonhava em consertar, e Vaasa só podia imaginar do que seriam capazes se trabalhassem juntos.

Melisina apontou para o coven de Una, que Vaasa tinha procurado meses antes. Ela examinou os rostos do grande grupo de bruxos, todos usando as túnicas cerimoniais da sodalidade.

E seu coração despencou.

Ali, com uma taça na mão e um sorriso no rosto, estava Brielle.

A jovem tinha sido a única pessoa a lhe oferecer amizade na Sodalidade de Una, e Vaasa a tinha rejeitado.

Não preciso de sua assistência, Brielle.

A vergonha desabrochou em seu peito, junto com o arrependimento. Estivera errada, na época, ao presumir que estar sozinha era o único jeito de sobreviver. Estar sozinha era o jeito mais seguro de morrer.

Vaasa apertou sua taça e desviou os olhos.

– Foi ela quem me disse onde você estava – disse Melisina em voz baixa, ainda ao seu lado. – E eu contei a Reid.

Foi como se o mundo desmoronasse sob seus pés. Nunca tinha entendido como a encontraram, como Reid soubera exatamente onde ela estaria, na biblioteca.

Vaasa tentou se concentrar nos casais dançando ao redor, em Amalie e Kosana e Esoti e no salão cheio de corações que de repente ela conseguia ouvir bater. Tentou não tremer. Tentou não deixar seus pensamentos saírem de controle com as lembranças do tempo que passara naquela cidade.

A ideia de que poderia voltar a ficar sozinha a qualquer momento a aterrorizava.

Quando se virou, encontrou Reid parado à sua frente, com aquele sorrisinho divertido e arrogante nos lábios. Quando ele se aproximou, seu cheiro envolveu os sentidos dela e a obrigou a desviar os olhos de Brielle. O sal. O âmbar. Ela ergueu o olhar para ele e o encontrou já a examinando.

– Um brinde? – perguntou ele, o sorriso lupino crescendo enquanto as pessoas os observavam, avaliando o casal que poderia muito bem ser o seu próximo grande mestre e grande consorte. – À minha esposa, que será uma das grandes consortes mais geniais que este continente já conheceu.

Uma declaração bastante ousada para se fazer no meio da eleição.

No entanto, quando Elijah ergueu sua taça com um grito alto de concordância, um burburinho se espalhou pelo salão.

Ton observava os dois, Hunt também. Assim como Brom e sua esposa.

Os lábios de Vaasa se abriram num sorriso que só ela e Reid saberiam que não era real. Fingindo estar lisonjeada, ela pegou o cálice da mão dele e deu um grande gole, brindando às pessoas que formavam um círculo ao redor deles.

– A Icruria!

Todos deram vivas e riram, erguendo as próprias taças. Celebrando Reid de Mireh e sua entusiasmada noiva asteryana.

Ela tinha um trabalho a fazer. Embora sem dúvida fosse sofrer por isso mais tarde, conteve a magia e o aperto crescente no peito. Tornou-se o que todos a acusavam de ser: uma camaleoa, se mesclando com o seu ambiente e se tornando o que precisavam que fosse.

O mundo estava assistindo, então Vaasa apoiou as mãos no peito de Reid.

Seus olhos índigo intensos encontraram as profundezas dos olhos dele. E, se não soubesse que era só fingimento, poderia ter jurado que ele ficou preso ali.

Então sussurrou:

– Dance comigo como se fôssemos amantes.

A mandíbula de Reid se tensionou e, assim que ela fez o pedido, Reid de Mireh obedeceu.

CAPÍTULO 19

Depois de uma noite de sono intermitente e uma manhã de politicagens, eles saíram pela cidade montados em rinocerontes, que bramiam com grande prazer quando Vaasa coçava atrás de suas orelhas. Sob a luz da tarde, seu couro cinza era mais claro do que ela teria imaginado. As ruas fervilhavam de movimento e conversas altas. O alvoroço da eleição tinha se assentado como poeira em cada caminho; as pessoas andavam de um lado a outro, tentando captar um vislumbre dos candidatos, e as filas para entrar no coliseu de Dihrah davam voltas no quarteirão.

Vaasa aproveitava essas oportunidades para cochichar com Reid, sentado atrás dela, abraçando sua cintura de um jeito possessivo. Ela queria dizer que estava calor demais para aqueles joguinhos, mas guardou o pensamento para si. Estava ansiosa em relação ao evento, mesmo que ele não estivesse.

Naquele dia, haveria o torneio de força: a maior demonstração de proeza física da eleição, apesar de ser apenas pelo espetáculo. Os guardiões orientais eram os favoritos para vencer.

Só que Reid ia lutar.

O calor do verão beijava o céu seco e, em uma grande prova de sua força de vontade, Vaasa não se jogou no Settara para se refrescar. A cada centímetro que percorriam nas costas dos animais de couro áspero, ela entendia mais o propósito do seu treinamento com Esoti.

As paredes arredondadas não conseguiam abafar os brados e os ecos de batidas de pés que emanavam do enorme coliseu quando eles entraram no campo de batalha. Em todas as fileiras de bancos de pedra viam-se famílias e crianças, idosos e soldados jovens conversando e compartilhando sua empolgação a respeito dos eventos do dia. Aquela cacofonia melodiosa os envolveu como um grito de guerra. Reid apeou na areia com um movimento fluido e ajudou Vaasa a descer, abraçando-a sob os berros da multidão.

– Eles gostam de ver você nos meus braços – sussurrou Reid, obrigando Vaasa a afastar os olhos do clamor.

Ela tentou ignorar o som do próprio coração martelando. Com o estômago embrulhado, sabia que o comentário era só para manter a farsa, então correu os dedos pelos fios soltos do cabelo dele.

Os olhos travessos de Reid brilharam, e Vaasa mordeu o lábio inferior, fazendo o olhar dele se fixar em sua boca. Ela se lembrou da primeira vez que se viram tão próximos, quando ela estivera apenas fingindo. Por algum motivo, a lembrança inflamou a intimidade perigosa que sentia com ele. O momento que compartilharam no navio não tinha deixado sua mente nem por um segundo, mas, pela mandíbula rígida de Reid, ela suspeitava que aquilo não estivesse nem passando pela dele.

– Está nervoso? – perguntou ela, sussurrando para que só ele pudesse ouvir.

Ele pareceu que ia negar, mas então assentiu brevemente.

– Meu pai competiu nesse torneio uma vez, antes de se casar com minha mãe.

Afastando os fios rebeldes do caminho, ela ergueu os lábios à orelha dele. Outra parte do fingimento, embora suas palavras não fossem.

– Você deixará seu pai orgulhoso – garantiu Vaasa. – Já deixou.

Ele recuou e a observou, como se visse algo mais em Vaasa – como se alguma peça do quebra-cabeça que não soubesse bem onde pôr tivesse finalmente se encaixado. Então, alto o bastante para as pessoas ao redor ouvirem, ele perguntou:

– E se eu quisesse deixar *você* orgulhosa hoje?

Ela abriu um grande sorriso.

– Então precisa ganhar.

Reid apoiou um dedo no queixo dela, ergueu seu rosto e, embora nunca tivesse feito aquilo em público antes, pressionou os lábios aos dela. O coração de Vaasa imediatamente começou a bater forte.

– Muito bem, Indomável – sussurrou contra a boca dela, rompendo o contato tão rápido quanto o iniciara.

Reid saiu andando confiante na direção da plateia, deixando-a com Amalie e Mathjin, atormentada por perguntas.

Tudo aquilo tinha sido só fingimento?

Amalie a puxou pelo braço, sabiamente escolhendo manter silêncio, e Mathjin as seguiu de perto. Vaasa afastou aqueles pensamentos, escolhendo focar no que importava. Por cima do seu ombro, Mathjin mantinha a mão no cabo da espada. Kosana e Esoti tinham se inscrito em uma luta de duplas, e Reid estava seguindo para seu lugar, o que deixava Mathjin como o defensor delas.

Enquanto seguiam para tomar seus assentos designados, em cadeiras de madeira, em vez de bancos de pedra, Vaasa avistou Koen.

– Você não vai participar?

Os principais guerreiros de cada território lutariam até a rendição, competindo entre si até restar o vencedor daquela década. Alguns daqueles homens e mulheres eram candidatos a guardiões de seus próprios territórios, o que fazia com que todos trocassem olhares mais afiados. Todos queriam se provar antes de voltar para casa, para suas eleições e torneios locais. Nenhum grupo era mais intenso do que o dos candidatos a grande mestre, todos reunidos onde Reid estava, exceto, aparentemente, Koen.

Ele riu e empurrou os óculos pelo nariz.

– Não vou ser grande mestre, então não vejo motivo para me machucar por conta disso.

Na noite anterior, Koen aproveitara a chance para explicar o quanto *não* estava interessado no cargo, principalmente porque Kier e Elijah eram seus pais adotivos. Nenhum conselheiro votaria por uma transferência de poder dentro da mesma família. Sabendo que seus pais já tinham vencido a eleição uma vez e que Dihrah provavelmente não estaria na disputa, ele tinha assumido o cargo de guardião, focado em ser um conselheiro no mandato de Reid. Eles tinham crescido juntos; o pai de Reid e Kier serviram nas Forças Centrais Icrurianas na mesma época. Enquanto Reid trocara a sodalidade por um longo período nas FCI, Koen tinha estudado anos a fio em

Dihrah. Ele também era amigo de Kosana, e os três tinham prometido que um dia ascenderiam juntos.

– Acho isso uma tolice – admitiu Amalie, fazendo Koen lançar um olhar de esguelha para ela.

Naquele momento, Hunt de Wrultho agraciou com sua presença a varanda de pedra reservada aos conselheiros, sentando-se perto de Isabel e Marc, que estavam conversando com Kenen. Hunt deu um aceno para Vaasa, mas então seus olhos pousaram em Amalie.

Ele franziu o cenho e olhou para Ton, parado junto dos outros candidatos, mas inspecionando cada gesto do grupo de Vaasa.

Quando Amalie passou, ele bufou.

Koen se ergueu com elegância e correu os dedos pela cadeira ao seu lado.

– Senta comigo? – perguntou ele a Amalie, que tinha visivelmente mordido o interior da bochecha para não demonstrar o quanto a hostilidade de Ton a afetava.

Todas as defesas da mulher estavam erguidas, mas, quando Koen gesticulou para que tomasse o lugar ao seu lado, os ombros dela relaxaram um pouco.

Pelo jeito sutil como Koen voltou o corpo na direção da Amalie, Vaasa se perguntou se a fúria de Ton era só um bônus para o guardião.

Mathjin lançou um olhar analítico para todos eles e tomou o banco diretamente atrás de Vaasa. Ela se sentiu mais segura sabendo que o homem estava às suas costas e poderia se levantar a qualquer momento, caso Vaasa precisasse dele.

O primeiro grupo de atletas chegou e foi embora. Vaasa nem se lembrava de quem venceu. Ao longo do arremesso de lanças e da corrida sobre grandes obstáculos, cada atleta se provou mais capaz que o anterior. Enquanto as tropas mirehanas focavam na resistência, algo que Kosana tinha provado a Vaasa do jeito mais difícil, aqueles guerreiros eram tão agressivamente ofensivos que o coração de Vaasa pulava para a garganta em certos momentos. Lanças e machados também tornavam seus movimentos mais brutais, e ela estreitou os olhos para observar os competidores na arena. Rapidamente, identificou-os como soldados de Wrultho e Hazut.

Suor brotou na base do pescoço dela, e seus cabelos curtos não ficavam no lugar. Uma luta após a outra foi anunciada. Sangue borrifava a areia conforme guerreiros eram arrastados por curandeiros da Sodalidade de Zuheia.

Levou duas horas para o resto das lutas serem anunciadas, até que chegou o evento principal: as batalhas dos candidatos. Os primeiros foram Irhu e Hazut, mas mal dava para chamar aquilo de luta. Brom rapidamente conseguiu uma rendição de Irhu. Reid apareceu em seguida para sua primeira disputa, enfrentando o candidato de Sigguth sem grandes problemas. As lutas quase pareciam programadas para colocar o Oeste contra o Leste, mas, depois que Reid venceu, de repente houve uma batalha entre Wrultho e Hazut.

Em poucos minutos, embora parecesse estar lutando bem, Brom de Hazut se rendeu.

Vaasa franziu o cenho. Será que alguém o ordenara a fazer isso? Brom não parecia o tipo de homem que se rendia tão rápido.

– Foi planejado – confirmou Mathjin, inclinando-se sobre o braço da cadeira de Vaasa. – O objetivo é pôr Reid contra o guardião de Wrultho.

– Por quê?

– Porque eles são os principais competidores na eleição – respondeu Koen.

Parecia ter mais a ver com a economia de Icruria do que com os candidatos em si. O que era mais lucrativo: guerra ou paz?

Um chacoalhar de correntes tirou Vaasa dessa reflexão.

Um portão com barras terminando em pontas afiadas estava sendo erguido do outro lado da arena, e Vaasa perdeu o fôlego. Tropeçando através dele, sob o sol escaldante, com os olhos semicerrados contra a luz súbita, vinha Ignac Kozár.

O emblema de Wrultho fora arrancado do seu peito e a pele ensanguentada estava exposta sob o buraco na roupa. O toco da mão amputada não era visível à distância, mas pingava sangue na areia. Parte da plateia irrompeu em gritos e aplausos mais altos do que tinham dado até então. O coliseu estremeceu com seus berros estrondosos e a batida de pés.

Mas outras seções da arena caíram em silêncio.

Vaasa olhou para Reid, que tinha dado alguns passos para trás. Todos pareciam olhar para *ela*.

Especialmente os conselheiros.

Vaasa moldou suas feições numa máscara de neutralidade, apoiando as mãos no colo e empinando o queixo. Se reagisse como se aquilo a incomodasse, quantos danos poderia causar? Koen não fingiu permanecer tranquilo; se ergueu junto com Elijah e Kier, provavelmente se perguntando a mesma coisa.

Como, na cidade *deles*, alguém tinha dado uma ordem daquelas?

Vaasa tentou se manter fria, percebendo os perigos daquela sequência de momentos. Era um ardil, então. Para lembrar o mundo da agressão asteryana, bem quando Reid lutava contra um dos territórios orientais que era atormentado pela violência da terra natal de sua esposa.

Homens cercaram Ignac com lanças enquanto o acorrentavam a uma estaca de madeira no centro do campo de batalha improvisado. Então ele foi erguido até uma plataforma, como um enfeite em um altar dedicado ao derramamento de sangue, e posicionado bem acima do caos. A intenção era que fosse visto. Que fosse um símbolo – como um porco premiado, que seria massacrado assim que alguém ficasse faminto. Será que forçariam o vencedor a assassiná-lo? Que o torturariam até que confessasse seus crimes ou revelasse quem o tinha enviado?

Ela não ousou demonstrar um pingo de emoção.

A manopla foi jogada ao chão, dando a largada para a luta.

Reid não era tão grande quanto Ton de Wrultho, mas Vaasa imediatamente pôde ver que era mais rápido. Os dois homens dançavam com ainda mais habilidade que os guerreiros de Kosana. O estilo de luta ofensivo do Leste fazia Reid se mover mais do que era estratégico, talvez, porém ele manteve o equilíbrio. Depois de se desviar de três golpes do machado de Ton, pôs espaço suficiente entre eles para Ton não ter escolha exceto começar a rodeá-lo.

Ton atacou e ferro colidiu com ferro, ecoando pela arena e fazendo os espectadores pularem dos assentos. Reid se esquivou, girando em um círculo completo para evitar o golpe da arma de Ton. Quando a lâmina enorme desceu na direção do abdômen dele, Vaasa inspirou bruscamente. Ton errou – por um triz. Reid girou e se concentrou em bloquear os ataques com a espada enquanto Ton avançava com mais força do que antes.

Se Vaasa tivesse assistido àquela luta semanas antes, teria presumido que Ton fosse vencer. O homem robusto tinha o ímpeto, o fervor, e parecia estar ganhando terreno. Mas Reid era muito específico em relação a como posicionava os pés e a quanta energia gastava em cada movimento. Ela conhecia esse lado dele, e seu estilo de luta era calculado, preciso e resiliente.

Os golpes de Ton começaram a desacelerar. Os bloqueios de Reid, não.

Reid deu mais um giro completo, agora rápido demais para Ton acompanhar, e o homem corpulento tropeçou.

Uma abertura.

Vaasa deslizou para a beirada do assento, esquecendo por um momento que existia qualquer outra pessoa no mundo.

Foi ali, no jeito como Reid avançou com uma postura aterrorizante, sua estratégia entrelaçada em cada mínimo gesto, que Vaasa entendeu por que recebera aquele apelido – *o Lobo*. Havia voracidade em seu jeito de andar. Ameaça em seus passos. Com o coração martelando no peito, Vaasa não conseguia respirar direito enquanto o observava. Sentiu admiração junto com a adrenalina.

Ele ia vencer.

Então sons selvagens e ensandecidos ecoaram dos corredores de pedra.

Em um instante, todos estavam de pé, arregalando os olhos para a cena que se desenrolava à esquerda, e a magia se concentrou de novo nos membros de Vaasa. As pessoas gritavam, a multidão se movendo como ondas nas arquibancadas curvas do estádio.

Era uma fuga.

Elas estavam *fugindo*.

Óleo preto cobria os bancos e se derramava sobre as pedras, se espalhando pelo coliseu de um jeito muito parecido com a névoa da magia veragi, exceto que era reluzente e seboso. Aquilo não era magia veragi. Um guincho sofrido ecoou ao redor deles, transformando-se em um rosnado raivoso de dor.

Vaasa perdeu o ar quando aquela *coisa* se curvou sobre uma das pilastras de arenito.

A criatura pulou sobre os bancos, com pernas finas e compridas e garras, seu torso curvado. A pedra se esmigalhou sobre o seu peso, rolando para os bancos abaixo.

Pingando sombras e escuridão, gavinhas oleosas dançavam ao redor da criatura, cujos braços eram tão longos que ela tinha que se apoiar nas mãos para se equilibrar. Uma garra se projetava como um dedo indicador alongado, lascando os tijolos de pedra abaixo, e seus braços eram cobertos por asas estriadas. Dois chifres despontavam da cabeça e faziam curva para trás, até as laterais do crânio.

Soldados avançaram de todas as direções enquanto gritos enchiam o ar; Reid e Ton não estavam mais lutando. Mathjin apareceu ao lado de Vaasa e agarrou seu antebraço, mas ela já estava se afastando, os olhos ainda colados na criatura e nos dois candidatos na arena.

Mathjin a puxou para trás, rumo aos arcos de pedra.

A criatura pulou, planando com as asas vacilantes abertas, e pousou na arena.

– Mathjin! – gritou Vaasa, resistindo ao seu aperto.

– Não ouse – rosnou ele.

Vaasa puxou com toda a força até livrar o braço da mão dele.

Então começou a correr pelos degraus de pedra, ouvindo o homem berrar atrás dela.

Pessoas se moviam por todos os lados, mas Vaasa só tinha olhos para uma coisa. Ela saltou sobre uma das fileiras de assentos de pedra e se desviou de outro grupo, focada em Reid. Não sabia de onde vinha aquele instinto ou como podia ter tanta certeza, mas algo lhe dizia que aquilo era coisa do irmão dela.

Se ele matasse Reid assim...

Os gritos ficaram mais altos conforme as pessoas se atropelavam durante a fuga, o coliseu mergulhando no caos. Mil cenários inundaram sua mente. Será que era só o começo de um ataque? Dominik estaria ali? Quem estava controlando a criatura?

Vaasa quase tropeçou enquanto descia as escadas correndo, Mathjin ainda berrando atrás dela. Um dos guardas tentou bloquear seu caminho, mas ela girou, as costas roçando o ombro do sujeito, e estendeu o braço bem a tempo de envolver os dedos no cabo da espada dele e puxá-la da bainha.

Mathjin gritou de novo quando ela começou a descer os degraus de dois em dois, sua nova arma de ferro reluzindo à luz do sol.

Os guardas tinham se espalhado pela areia. Flechas voavam, e uma acertou a asa da criatura, que jogou a cabeça chifruda para trás e gritou de raiva, depois estraçalhou a pessoa mais próxima, esmagando o homem entre os dentes e jogando o corpo flácido de lado.

Em seguida, ela saltou e planou, levada por um vento invisível, as asas escurecendo o sol por um breve segundo. Sombras se soltaram do seu corpo e cobriram o chão de areia. A magia disparou de Vaasa quando alcançou o interior da arena e pulou por cima da última mureta. A queda foi maior do que esperava, e ela grunhiu ao rolar na areia, sua espada batendo no chão. Suas costas protestaram, mas o ímpeto a fez se levantar. Tudo que Esoti lhe ensinara pulsava em suas veias. Magia preta envolvia seus braços e torso enquanto ela apanhava a espada e continuava correndo.

Reid estava lá, parado bem na frente da criatura, com a espada erguida. Então seus olhos se viraram na direção dela, arregalando-se de raiva enquanto Vaasa se colocava entre ele e a criatura.

– Que *porra* você está fazendo? – berrou ele.

Arquejando, ela fincou os calcanhares na areia e não respondeu. Em vez disso, ergueu a espada.

Olhos carmesins brilhavam em um rosto quase humano. Ao vê-los, a criatura abriu a boca, revelando dentes afiados horrendos que pingavam com o sangue do homem que acabara de matar. Sua coluna e costelas despontavam sob a pele escamosa, e sua magia oleosa começou a se esgueirar pela areia bem na frente deles. Lembrando um ser humano destroçado, a criatura era diferente de tudo que Vaasa já tinha visto. O aroma rançoso de sua magia dominava o ar, invadindo seu nariz e descendo por sua garganta.

Como pele em decomposição. Cabelo queimado.

A magia fervilhou em seu estômago, se tensionando com a lembrança que atravessava seu corpo – memória muscular, na forma do abdômen se contraindo e da náusea enrijecendo sua mandíbula. Aquele cheiro a tinha assombrado. Tinha seguido Vaasa dia após dia, naquelas primeiras semanas. As lembranças nunca a deixavam.

O cheiro flutuara pelo corredor onde ela tinha encontrado a mãe. A substância oleosa tinha escorrido por sua pele pálida, manchando o vestido verde. Vaasa pensara que fossem os resquícios da magia veragi, mas então se lembrou: tinha sentido o mesmo cheiro em Dominik poucas semanas antes. Será que sua mente estivera só lhe pregando peças?

Aqueles olhos sanguinolentos pousaram logo atrás de Vaasa.

A criatura inclinou a cabeça e avançou lentamente na direção deles.

Vaasa apertou a espada com mais força, todo o seu corpo se preparava para golpear.

Então a cabeça da criatura se virou para a direita, as asas machucadas se erguendo para alçar voo e passar planando por eles, pousando firmemente na plataforma que mantinha Ignac Kozár no ar. Vaasa arquejou quando a criatura afundou os dentes sem hesitação na pele do general.

Sangue borrifou nas correntes e na estaca a que ele estava amarrado, e os gritos finais do homem não foram altos o bastante para serem ouvidos. Perdido para o ar, seu lamento inaudível emanou ao redor de todos.

Especialmente quando a criatura se virou de volta para Reid e Vaasa, só por um momento, antes de tremeluzir.

E desaparecer.

Não restou nada além do corpo flácido de Ignac e, se ousasse se aproximar o suficiente, Vaasa sabia o que encontraria. Palidez. Faces encovadas. Restos da magia oleosa, alimentando-se do cadáver, vorazes. Uma imagem que tinha se enterrado tão fundo na mente dela que, naquele momento, ela quase jurava ver o corpo da mãe, seu vestido jade rasgado e pendendo da plataforma.

Vaasa baixou a espada.

Ninguém se mexeu.

Nem os guardas.

E então todos se mexeram de uma vez.

Reid envolveu a cintura dela com um braço, arrastando-a da arena e rosnando para qualquer um que se aproximasse demais. Todo o trajeto até um túnel frio e estreito foi um borrão. Vaasa só conseguia sentir o cheiro e ver a magia oleosa.

Uma porta de madeira se fechou com um baque atrás dela, bloqueando a maior parte da luz e do som. Eles estavam sozinhos, e a respiração de Vaasa começou a acelerar.

Reid a apertou contra a pedra fria, a mão agarrando suas roupas. Ela não conseguia respirar. Não conseguia pensar.

– Por que você fez aquilo? – questionou ele.

Quando Vaasa não respondeu, ele pressionou o corpo ao dela.

– Responda!

– Cala a boca – disparou ela, empurrando-o para poder contorná-lo, trôpega.

Bile subiu por sua garganta, e ela vomitou na areia. Seus joelhos bateram no chão, o estômago se revirando enquanto seu almoço era regurgitado. Reid xingou atrás dela, tentou afastar seu cabelo do rosto, mas Vaasa empurrou suas mãos.

– Amalie – exigiu ela. – *Amalie*.

– Amalie não está aqui – disse ele. – Só tem eu.

Ela limpou a boca, lágrimas brotando nos olhos enquanto se arrastava para longe do vômito. Reid a seguiu. Deixando espaço suficiente entre eles para não assustá-la, ele se agachou no chão a alguns passos de Vaasa.

– O que está acontecendo?

Vaasa não podia só ficar sentada ali na areia e chorar. Usando a pouca força que lhe restava, ela se ergueu e começou a descer pelo túnel.

– Aonde esse caminho leva?

Uma pausa curta, então ele disse:

– Há catacumbas sob o coliseu.

– Você pode me mostrar a saída?

Reid apertou os lábios.

– Pode me contar que diabos acabou de acontecer?

Ele sabia lê-la bem demais. Vaasa o deixara se aproximar demais.

– Eu conheço aquele cheiro – confessou ela. – É o mesmo que senti na noite em que encontrei minha mãe.

– Encontrou onde?

– Morta.

Um silêncio caiu entre os dois, e ela percebeu que nunca tinha contado essa parte. Mas Reid não fez alarde com a informação. Talvez também entendesse as peças que ela tinha acabado de juntar.

A mãe de Vaasa não tinha perdido o controle da magia veragi. Tinha sido assassinada.

E a pessoa que fizera aquilo enviara a mesma criatura para Icruria.

CAPÍTULO
20

A cidade foi fechada em questão de minutos.
   Reid e Vaasa encontraram o resto do seu grupo, e poucos comentaram sobre a escolha de Vaasa de fugir de Mathjin. O conselheiro sábio também manteve a boca fechada, embora a raiva em seus olhos dissesse a Vaasa que eles teriam aquela conversa depois. Ela pagaria caro por não seguir o plano dele.

De volta ao Grande Templo, Amalie sumiu para encontrar um conhecido de Wrultho que dissera ter respostas sobre como Ignac fora levado até a arena. Uma vez que ele era o alvo da criatura, tinha que haver uma conexão. Vaasa tomou um banho, se vestiu de novo e se manteve sob controle.

Quando Amalie voltou, eles descobriram que o resto do coven já estava na Sodalidade de Una. Foi o único outro coven que aceitou se encontrar com elas, apesar das súplicas de Melisina para os outros bruxos.

Tecnicamente, eles não tinham recebido permissão de deixar o Grande Templo. A pedido de Amalie, Koen os escoltou pessoalmente, e só assim conseguiram percorrer as três quadras até o enorme prédio. Brielle estava esperando na entrada, os cachos balançando ao redor do rosto como um halo. O coração de Vaasa subiu à garganta, mas a mulher só abriu um sorriso.

– Seu coven está esperando – disse ela.

Assentindo em silêncio, o grupo a seguiu por entre as estantes iluminadas da Biblioteca de Una, descendo até o último andar, onde só alguns lampiões estavam pendurados ao alcance das mãos. Duas mulheres em túnicas vermelhas de acólitas se levantaram à entrada deles, notando primeiro Brielle e então arregalando os olhos para Koen e Reid. Brielle sorriu para as duas, que deram um aceno severo para Amalie e Vaasa. Atrás da barreira de ferro forjado do sétimo andar, as estantes de carvalho estavam banhadas em uma luz dourada, com arandelas posicionadas sobre cada uma, o suporte ornamentado com padrões diferentes de metal retorcido. Com um pequeno gesto, luz começou a crescer na mão de Brielle, e Vaasa perdeu o fôlego.

Nunca tinha visto uma das bruxas de Una manipulando luz.

Quando mergulharam em um corredor escuro, quase toda luz diminuiu, exceto pelo pequeno orbe de Brielle, e então o corredor se abriu para uma catacumba embaixo de outra torre. Subindo a escada de mármore, ornamentada com mais carvalho e ferro, eles foram parar no primeiro andar da torre das bruxas. Mais duas escadas largas os levaram a um mezanino, e mais corredores se abriam nas laterais, conduzindo ao que Vaasa imaginava que fossem salas privativas. No meio daquele mezanino do segundo andar havia uma mesa comprida retangular, e ao redor dela encontrava-se um grupinho familiar de bruxas.

Vaasa soltou um pequeno suspiro de alívio.

– Você está viva – disse Romana, os pés apoiados sobre a mesa no centro do enorme cômodo, com um livro na mão.

Mariana estava sentada ao lado dela, o cabelo loiro preso longe do rosto. Suma ergueu os olhos, sorriu e enfiou o nariz de volta no seu livro.

Melisina se ergueu da mesa e foi até eles, então envolveu os quatro em um abraço. Vaasa tentou não ficar desconfortável com todo aquele contato físico, e Reid resmungou alguma coisa sobre a mãe estar exagerando.

Uma mulher desconhecida os observava, lá junto da mesa. Seu cabelo curto e platinado caía delicadamente sobre o rosto esguio e amistoso. Olhos castanhos estreitos os examinaram de cima a baixo, as mãos se erguendo para revelar linhas tatuadas sobre a pele marrom sedosa. Sua túnica preta indicava que era uma sábia, embora Vaasa não a reconhecesse.

– Consorte – cumprimentou ela, e então se virou para Amalie. – E você deve ser Amalie. Estou feliz por ver as duas a salvo.

– É um prazer conhecê-la – disse Amalie, baixando a cabeça.

– Leanan Day. Sou a grande bruxa de Una.

A que tinha o mesmo cargo de Melisina ali em Dihrah, então.

– É uma honra conhecê-la, Leanan – disse Vaasa.

Dada a estranha franqueza das bruxas naquela sala, Vaasa sentiu uma pequena pontada de frustração. Teria sido tão fácil encontrá-las se tivesse apenas sido sincera.

– Você encontrou seu soldado de Wrultho? – perguntou Leanan a Amalie.

Vaasa se perguntou se aquele "soldado" era o mesmo homem sobre quem a bruxa tinha lhe contado, semanas antes, no almoço, o amigo de infância que fora seu primeiro amor. Amalie se aproximou depressa, puxando Vaasa consigo, e segurou a beirada da mesa. Seu pé começou a bater no chão.

– Sim, e acho que tem algo acontecendo com Ton.

Reid discretamente se pôs atrás de Vaasa, puxando uma cadeira para ela e parando ali atrás, com as mãos no espaldar.

– De onde você conhece esse soldado? – perguntou ele a Amalie, parecendo mais querer perguntar: "Como você sabe que podemos confiar nele?"

Amalie hesitou e começou a bater o pé de novo.

– Ele é um amigo da minha família e um membro das Forças Centrais. Assim como eu, tem conexões com o povo de Wrultho.

Amigo da minha família não explicava o tom dela, nem por que um leve rubor começou a subir por seu pescoço enquanto cruzava os braços e tentava fingir que ninguém tinha perguntado nada. Sua expressão era um tanto envergonhada, mas ela empinou o queixo e se manteve firme.

Sem dúvida era o mesmo homem. O homem pelo qual Ton a exilara.

Sem o menor interesse nas recordações de Amalie, Melisina perguntou:

– Os homens de Ton estão dispostos a traí-lo?

– Não sei – disse Amalie. – Mas ele disse que algo estava esquisito. Como se eles estivessem incomodados, ou divididos.

– Podemos culpá-los? – perguntou Koen.

Entre as batidas do pé de Amalie, Vaasa tentou dar espaço à magia, liberando-a aos pouquinhos pela ponta dos dedos. Quanto mais eles conversavam, mais a magia parecia uma ave de rapina se banqueteando com suas entranhas.

– O que aconteceu no coliseu? – perguntou Leanan. – Vamos começar por aí.

Amalie relatou o episódio, descrevendo o monstro com uma precisão aterrorizante e deixando de fora a parte que incluía Vaasa.

– Parece um Miro'dag – sussurrou Brielle, remexendo-se desconfortável na cadeira.

Amalie parou de bater o pé, ficando boquiaberta.

– Foi o que suspeitei – disse Koen, ao lado de Vaasa. – É um tipo de demônio.

Isso chamou a atenção dela.

– Um Miro'dag exige um tipo muito específico de magia, uma magia sombria e terrível, extinta há muito tempo – explicou ele. – É o capanga de um bruxo zetyr.

Zetyr, o deus dos pactos e das almas.

Era uma das linhagens mais infames que governaram por gerações as terras que atualmente formavam Wrultho. Vaasa lera sobre eles enquanto pesquisava sobre as bruxas veragi. A família mais proeminente tinha sido massacrada por um de seus próprios membros, e então os participantes do coven se voltaram uns contra os outros em sua luta por poder. As implicações daquilo causaram um calafrio na barriga de Vaasa.

– Ninguém vê um bruxo zetyr há séculos – argumentou Leanan.

– Para mim também parece um Miro'dag – disse Melisina.

– Então eles não estão extintos? – perguntou Romana com um tom incrédulo, fechando o livro e cruzando os braços.

Melisina fez um gesto para Amalie continuar, deixando a bruxa tomar a frente da discussão. Remexendo-se, Amalie pareceu decidir ocupar o espaço que lhe era devido, e esse foi o único momento de alívio que Vaasa sentiu naquela sala.

– Não encontrei nenhum registro deles nas últimas gerações, mas temos alguns documentos um pouco anteriores à fundação do nosso coven.

– Eu li as mesmas coisas. – Koen empurrou os óculos para o alto do nariz. – Você também viu a criatura, Amalie. Achou que parecia magia zetyr?

Com os lábios apertados, os olhos dela vagaram ao redor até pousarem com hesitação no guardião de Dihrah.

– Só vi esboços, mas a descrição combina. Parecia... óleo.

– Eu não entendo – disse Vaasa, enfim se pronunciando.

Sua cabeça parecia não conseguir processar os diferentes tipos de magia, especialmente quando cada coven escolhia o que dividir com os outros. Era provável que, mesmo se houvesse uma história escrita sobre aquele tipo de magia, estaria trancada nas profundezas da sodalidade de Wrultho. E, de todos os territórios, Wrultho seria o menos disposto a oferecer qualquer coisa a Vaasa.

Poucas vezes na vida ela não fora a pessoa mais bem informada numa sala, a pessoa que tinha as respostas. Depois de tudo que acontecera naquele dia, Vaasa queria uma luta, ou sair correndo pelas margens do Settara. Qualquer coisa para gastar aquela energia.

Suma estendeu a mão para o braço dela, seus grandes olhos castanhos gentis.

– Assim como nossa magia vem de Veragi, os bruxos zetyr obtêm sua magia do seu deus. Nós somos capazes de muitas coisas... e eles também. Seus métodos são terríveis e deturpados; eles conseguem conjurar até ilusões, fingindo ter uma magia que não possuem de fato. Mas os zetyr só conseguem usar seu poder se barganharem por ele. A magia não pode ser usada sem que haja uma troca.

– O que significa que alguém está fazendo o pacto e outra pessoa está usando a magia de fato – disse Leanan.

– É sempre tolo presumir que há apenas um inimigo – sussurrou Vaasa.

Koen cruzou os braços. Reid apertou o ombro dela, mas Vaasa o afastou. Não queria ser tocada por ninguém. Por nada.

A voz no fundo de sua mente berrava um alerta.

Embora fosse perigoso fazer suposições, ela só conseguia pensar que Dominik estava por trás daquilo de alguma forma. Só a discórdia semeada ali já era suficiente para que ela presumisse que o irmão tivera algo a ver com o ocorrido. Não podia ser só Ton.

Se Dominik estava negociando com pessoas que tinham muito mais magia que ela, que chance Vaasa tinha de sobreviver?

– Preciso pensar – disse ela, rouca.

Arrastou a cadeira para se erguer, mas também para se afastar dos outros, então foi até a balaustrada de madeira do segundo andar, apoiando as mãos.

Tinha que haver uma maneira de tirar proveito daquelas informações, de levar vantagem. Segredos eram uma moeda de troca, e o orgulho muitas vezes causava a ruína de uma pessoa.

Dominik queria que as forças de Wrultho recuassem, que saíssem do seu caminho. Se ele possuía uma magia como aquela, por que simplesmente não tomava o que queria? Com certeza alguém tão audaz quanto ele já teria dizimado exércitos inteiros se pudesse.

Tinha que haver um limite. Uma restrição para o que a pessoa que fazia a barganha podia realizar. Ela olhou para Reid, sentindo a magia se inflamar de novo, mas foi Melisina quem falou, a voz suave e calma:

– Vamos nos concentrar no que sabemos.

Vaasa se obrigou a respirar. Eles sabiam muito pouco e, por causa dela, não tinham a menor chance de colaborar com os bruxos de Wrultho.

Vaasa olhou para Amalie, que deu um aceno mínimo, como se entendesse melhor do que ninguém a culpa e o medo que percorriam Vaasa.

Mas ela não queria compreensão; queria soluções. Queria saber que não estava prestes a causar a morte de todos eles.

– Talvez tenha sido um dos concorrentes – sugeriu Koen. – Como Ton. Talvez ele tenha armado toda a emboscada e matado Ignac para disfarçar.

– Por que ele faria algo tão idiota? – perguntou Reid.

Ele estava recostado na balaustrada, e só olhava para Vaasa quando ela falava.

Dando de ombros, Melisina disse:

– O concorrente dele chega com uma nova esposa logo do império com que Ton está em guerra... Entre todos aqui, ele é o que mais tem a perder se você for eleito, principalmente seu orgulho.

Koen descruzou os braços.

– É bem possível que Ton tenha recorrido a medidas extremas para influenciar essa eleição.

– Nesse caso, por que não só atacou Reid diretamente? – perguntou Romana.

– Suas cidades-Estados estão perigosamente conectadas em termos de distribuição de recursos – disse Vaasa. – Cometer uma agressão contra qualquer um dos territórios só isolaria Wrultho, o que é algo que eles não podem se dar ao luxo de fazer.

– Ton não é um gênio político – apontou Koen.

Reid bufou em concordância.

Vaasa balançou a cabeça, contrariando os dois.

— Ele está lutando pela aprovação de Hunt, o que significa que quer ter destaque no território icruriano.

— Se ele não tivesse começado a guerra com Asterya, provavelmente seria um candidato forte nessa eleição — desdenhou Amalie.

De tudo que Vaasa sabia sobre Ton, uma coisa era certa: o homem queria poder. Mas Amalie tinha razão. Pelo jeito tradicional, Ton nunca poderia vencer.

— Ele está com vergonha, procurando um jeito de se tornar importante. E suspeito que suas metas estejam alinhadas com essa motivação — concordou Koen.

— Ele quer ver sangue derramado. Se foi ele quem convocou aquela criatura, já a teria usado contra Asterya — disse Vaasa.

— Certo, então não sabemos nada — disse Romana.

— Não temos certeza de nada, é verdade — confirmou Koen.

Sentindo a frustração formigar sobre sua pele, Vaasa apoiou as mãos na mesa.

— Vocês podem me passar tudo que têm sobre magia zetyr?

— Não é muito, mas sim — disse Leanan.

Reid balançou a cabeça.

— Está tarde, você deveria...

— Nem comece — avisou Vaasa.

Os dois se encararam por um breve momento, até que Reid finalmente cruzou os braços.

— Venho buscar você em algumas horas. Kier deve estar querendo falar comigo e com Koen.

— Vão — disse Melisina. — Este lugar é seguro. Nenhum Miro'dag nos encontrará aqui.

Com os lábios apertados, Reid deu um aceno firme, se virou e desceu as escadas sem dizer mais nada. Koen curvou a cabeça para todas e saiu depressa atrás dele, os dois guardiões desaparecendo nas sombras do primeiro andar.

Vaasa só queria ficar sozinha, ter o espaço de que precisava para juntar aquelas peças confusas do quebra-cabeça.

Sem dúvida, estavam todas conectadas.

Então Brielle se aproximou da estante à direita dela, puxou um volume encadernado em couro e o deslizou sobre a mesa.

– Comece com isso. Vou pegar um carrinho e trazer para você tudo que temos.

– Brielle... – Vaasa hesitou, então controlou as emoções quando a mulher se virou para ela de novo. – Obrigada.

Com um meio sorriso e um pequeno aceno, Brielle atravessou a sala e começou a tirar livros das estantes.

– Tem uma sala nos fundos – disse Leanan. – Um lugar onde você pode estudar em silêncio.

– Eu vou com você... – disse Amalie.

– Não – interrompeu Vaasa, facas em seu sangue.

Um olhar de mágoa cruzou o rosto de Amalie, doendo também em Vaasa.

Ela nunca fazia ou dizia nada certo.

Pegou o livro, curvou a cabeça para todas e então rapidamente desapareceu de vista.

À MEDIDA QUE AS BRUXAS IAM EMBORA, com o passar das horas, a magia de Vaasa voltou à vida e pesou como se ela tivesse engolido pedras. Ela mal reparou nos passos e ecos de portas se fechando. Ficou sentada em uma mesa em uma sala localizada em um dos três corredores, de onde podia ver toda a extensão de Dihrah através de grandes janelas. A Cidade dos Eruditos cintilava sob a luz das estrelas, fachos das luzes de Una correndo dourados ao longo da mesa e das cadeiras de carvalho, brincando sobre os rios de carmesim e marfim no piso de mármore. Sozinha, ela repassou cada detalhe da conversa que tiveram e de conversas anteriores. Do ataque. De cada palavra que ela dissera a Dominik. Das cartas que revisara com Mathjin.

Um bruxo estava se escondendo. Alguém que tinha matado a mãe dela e provavelmente Ignac Kozár na frente de todos das principais figuras icrurianas.

Só havia uma pessoa que tinha muito a ganhar com todas aquelas mortes – uma pessoa que removera sistematicamente qualquer ameaça à sua ascensão, até só restarem duas.

E Vaasa estava sentada ali, sabendo muito bem quem elas eram.

Ela aprendeu tudo que conseguiu sobre o deus Zetyr, já que havia muito pouco sobre a magia em si. A mitologia sobre ele era repleta de crueldade: possessão de mortais, sacrifício de entes queridos, histórias de um deus trapaceiro e sinistro. Havia lendas horríveis sobre os pactos que ele fazia e como eram construídos sobre palavras enganosas. Quando não conseguiu achar respostas sobre o coven de Zetyr, especificamente, voltou-se aos registros históricos, mas a maioria era escrita em um dialeto icruriano muito antigo, que ela não conseguia decifrar bem. Em sua busca pela verdade, as lacunas no contexto de certas palavras e frases bastaram para arruinar suas pretensões. Vaasa não conseguia achar uma tradução que fizesse sentido.

Aquela pessoa, fosse quem fosse, era infinitamente mais poderosa e muito mais ardilosa do que Vaasa jamais poderia ser. Se esse bruxo tinha conseguido permanecer escondido aquele tempo todo...

O cheiro do Miro'dag se insinuou de novo em seu nariz, e ela passou a mão pelo cabelo, as unhas quase machucando o couro cabeludo. A verdade era que provavelmente não conhecia o bruxo. Não saberia nem sua aparência. Alguém tão poderoso – tão cobiçado – sem dúvida ficaria escondido.

Por outro lado, ela sabia bem que o melhor jeito de se esconder era em plena vista.

O som da porta se abrindo a fez dar um pulo.

Amalie entrou, seu belo rosto revelando hesitação.

– Já está quase amanhecendo, Vaasa. Você precisa dormir.

Cerrando os dentes, Vaasa olhou para os livros de novo, já vendo as palavras borradas. Estava cansada de ouvir os outros dizerem do que ela precisava.

– Não estou cansada. Volte. Eu irei quando tiver acabado aqui.

– Você está se esgotando. Se não descansar...

– Eu não me importo! – esbravejou Vaasa, erguendo os olhos do volume e apertando as mãos em punhos.

Sabia que a bruxa tinha razão; ela estava se exaurindo. Mas que outra opção havia?

Todas aquelas mortes seriam culpa dela.

Amalie apertou os lábios, mas não adentrou mais a sala. Também não se virou para sair, como Vaasa esperava.

– Não me afaste, Vaasa.

Cerrando ainda mais a mandíbula, Vaasa conteve a resposta raivosa que imediatamente saltou para a ponta de sua língua.

Amalie, no entanto, devia ter visto o veneno em seus olhos, lido algo na sua linguagem corporal. Ela endireitou as costas e baixou a voz.

– Você está se machucando. Essa frieza... Você não é assim.

A raiva era a principal emoção em Vaasa, a irritação como uma lâmina descendo por sua coluna. Aquela frieza combinava exatamente com ela. Por que Amalie não enxergava? Por que *nenhum deles* enxergava?

Vaasa bateu a mão na mesa.

– Eu não quero sua sabedoria ou seus conselhos no momento.

Balançando a cabeça, Amalie disse:

– Eu sou sua melhor amiga. Não faça isso.

– Eu não tenho uma melhor amiga! – explodiu Vaasa. – Ficarei aqui por três anos e nem um dia a mais.

Assim que as palavras saíram, foi como se Vaasa pudesse vê-las no ar. Como se tentasse alcançá-las, mas as bordas das letras ficassem evadindo suas mãos.

Então elas apenas pairaram no ar entre as duas.

Amalie a encarou como se tivesse levado um tapa, mas apertou os lábios com força. Seus olhos reluziam com lágrimas, mas ela balançou a cabeça para dissipá-las.

O arrependimento tomou Vaasa como uma onda tão poderosa que roubou o ar da sala. Ela sentiu de novo aquele anseio familiar, aquele desejo tolo de jogar fora tudo o mais e consertar as coisas. Era irônico como conseguia ver que tinha feito algo errado e mesmo assim não tomar qualquer atitude a respeito. Não mudar de rumo, como se já tivesse avançado tanto que seria pior voltar atrás.

Não que importasse, porque ela não teve a chance.

– Entendido – disse Amalie, em uma voz tensa.

E então sua única amiga de verdade – sua *melhor* amiga – saiu pela porta, fechando-a com força atrás de si.

Sentada ali sozinha, Vaasa se perguntou se todo aquele trabalho, toda aquela introspecção e aqueles desafios tinham sido inúteis.

Se, afinal, ela não tinha aprendido absolutamente nada.

CAPÍTULO 21

No dia seguinte, o caos que se seguiu ao ataque no coliseu tinha sido contido. Embora o número de soldados ao redor deles houvesse dobrado, especialmente dos de Wrultho, tudo parecia tão normal quanto possível em uma eleição.

Excetо por Amalie, que não tinha dito uma palavra sequer a ela.

Vaasa e Reid andavam com Koen, Kier e Elijah pelos corredores do Grande Templo de Dihrah, observando as obras de alguns dos melhores artistas de Icruria. Aquela exposição impressionante acontecia em toda eleição – *uma exibição cultural*, como chamou Kier, satisfeito. Era o último evento diurno antes da votação em si. O dia seguinte estaria reservado para negociações e reuniões, embora essas já ocorressem a portas fechadas havia dois dias, e então haveria o último entretenimento escolhido por Kier naquela noite. Na manhã seguinte, a votação ocorreria ao meio-dia, e a celebração do novo grande mestre teria início. O mestre eleito só assumiria o posto dali a três meses, mas o processo de transferência da capital já começaria.

Enquanto observava as obras espetaculares de toda a nação, Vaasa não pôde deixar de pensar em Freya. Será que ela tinha exposto suas obras naquela mostra tradicional também? Os artistas trabalhavam por anos nos trabalhos que apresentavam na eleição e, pelo canto do olho, ela viu compradores privados fazendo lances não muito silenciosos.

Atrás deles, os homens de Ton avançavam devagar, rodeando seu guardião como se desconfiassem do surgimento de uma briga.

Corpulento como sempre, o guardião de Wrultho se aproximou deles com sua grande escolta armada.

Reid ficou rígido ao lado dela.

– Ton.

– Reid.

Kier olhou para eles, então Elijah delicadamente apoiou a mão no braço do marido e o levou até uma pintura que Vaasa duvidasse que fosse de maior destaque do que as outras.

Koen, porém, não se mexeu.

Vaasa ergueu as sobrancelhas, mas não ia discutir. Ainda mais quando Reid apertou sua lâmina de ônix e piscou um olho para os soldados esperando junto à parede.

Koen observava uma pintura colorida com uma expressão tão neutra que lembrou Marc. Uma coisa em particular chamou a atenção dela: Hunt de Wrultho não estava com Ton, o que significava que o guardião não queria seu conselheiro guiando aquela conversa.

– Você quer conversar no meio da exposição, Ton? – perguntou Reid em voz baixa.

Os olhos de Ton deslizaram para Vaasa, e o homem cerrou a mandíbula. A magia dela se agitou defensivamente diante das implicações daquele olhar.

– Ele acredita que tive algo a ver com os eventos de ontem – disse Vaasa.

– Ouvi os boatos sobre essa *bruxa* – desdenhou Ton. – Tenho experiência com gente da laia dela.

A magia se retorceu, irritada com a indireta sutil a Amalie, mesmo que ela não tivesse direito a isso... especialmente depois da noite anterior.

Reid gelou.

– O que você acha que sabe sobre a minha consorte?

– A criatura não atacou até ela se envolver. Por quê?

– Talvez fosse mais inteligente que você – respondeu Reid sem hesitar, puxando Vaasa mais para perto – e soubesse quem deveria temer.

– Não sou o único que ainda precisa aprender essa lição – disparou Ton.

Ele conhecia melhor a magia do que a maioria das pessoas, dada sua autoridade na própria cidade, que era a sede do coven de bruxos com quem Vaasa precisava desesperadamente conversar. No entanto, a hostilidade em sua linguagem corporal disse a ela que o pedido não seria concedido, então, por mais que estivesse na ponta de sua língua, Vaasa não ousou falar.

Koen deu uma risadinha, contornando o grupo para cortar a tensão e casualmente observar outra pintura.

– Você acredita que vai ganhar essa eleição, Ton?

– Eu serei o próximo grande mestre de Icruria – confirmou o homem.

Reid torceu os lábios e Vaasa tentou não rir.

– Mesmo se conseguir o voto do seu predecessor, a seca em sua cidade e a violência em suas fronteiras tornam Wrultho a última escolha para sediar a capital – disse Koen.

– Os soldados que fogem para Dihrah contam histórias sobre como dormiam no leito dos rios secos – acrescentou Reid. – Sabia que os conselheiros ouviram sobre isso?

A mão grande de Ton se apertou no punho da espada. Vaasa acompanhou o movimento. Todas as coisas que presumira sobre homens poderosos tinham sido desafiadas por Reid e Koen. Olhando para o guardião de Wrultho naquele momento, porém, ela pensou que eram todas verdadeiras.

– Para sua sorte – disse Mathjin, por fim, à esquerda deles –, temos uma solução para ambos os problemas. Talvez Wrultho tenha uma chance no fim do ciclo de Reid.

– Por que eu negociaria com um homem que aceita conselhos de uma herdeira asteryana? – perguntou Ton, sua voz sincera, embora uma nota de aversão pontuasse as palavras.

Vaasa limpou uma sujeirinha da blusa, como se estivesse entediada.

– Eu não sei nada sobre a magia usada no ataque de ontem. Seria melhor perguntar ao coven de sua cidade.

– E se eu não acreditar em você? – perguntou Ton.

– Você está desperdiçando muita energia em algo que não pode nem provar nem usar como barganha. – Vaasa encontrou os olhos dele. – Se eu souber mesmo algo sobre aquele monstro e você quiser prejudicar as chances do meu marido, não terá escolha exceto contar a Hunt. O que seu conselheiro vai pensar quando descobrir sobre sua história com Asterya?

Um mínimo estremecimento do olho esquerdo de Ton disse a Vaasa que ela tinha acertado em cheio: Hunt não sabia de nada. Levando em conta tudo que Amalie tinha contado na noite anterior, Vaasa se perguntou o que exatamente estava acontecendo nas tropas de Ton e como isso inevitavelmente influenciaria a votação.

Reid começou a acariciar a cintura de Vaasa, os dedos subindo e descendo, algo que ela passara a entender que ele fazia para disfarçar o nervosismo. Ele a tocava assim sempre que estava pensando no que dizer. Avaliando sua plateia.

– Fiz um acordo com o imperador de Asterya para que derrubasse a represa – declarou Reid.

Ton balançou a cabeça.

– Não há a menor chance de ele ter concordado com isso, e, se concordou, é mentira.

– Ele está pedindo pelo fim da violência – continuou Reid.

– Asterya *começou* a violência – rosnou Ton. – Eles massacraram nosso povo. Estão dizimando a fronteira há meia década. Se você está casado com *ela*, já sabe da verdade.

Algumas cabeças se viraram e, como se obedecendo a uma deixa, alguns dos membros das tropas de Ton se aproximaram mais deles. Vaasa não sabia bem por que ele escolhera ter aquela discussão em público, mas talvez fosse porque qualquer discussão privada inevitavelmente incluiria Hunt.

Será que o guardião finalmente tinha tomado uma decisão por conta própria?

O trabalho de Hunt era aconselhar Kier, não Ton.

– E é por isso que não estamos sugerindo que você largue as armas – disse Reid. – Em vez disso, deve mover suas forças mais para o leste e se preparar para atacar.

Ton se sobressaltou, ficando boquiaberto, depois apertando os lábios.

– E, quando eliminar a companhia deles, derrube a represa você mesmo.

O choque ficou evidente no rosto do homem.

– Para que então sua esposa possa trair todos nós?

Koen entrou na conversa de novo.

– Você não precisa confiar nela. Embora, pelo que vejo, não tenha muita escolha. Seu povo está morrendo e seu território não tem condições de competir. Conheço alguns soldados seus que desertaram.

Ton esperou um momento antes de responder, a teimosia ainda presente na rigidez de seus ombros.

– São todos covardes – murmurou, por fim.

Que homem tolo e ingênuo.

– Envie seus desertores para Mireh, então – continuou Koen. – Vamos abrir uma negociação com Sigguth para obter os navios de que você precisa para navegar nas águas mais rasas, pelo menos até a represa ser derrubada. Os navios vão criar empregos para as pessoas que você não consegue sustentar. Reid vai separar terras para elas cultivarem e, com os novos navios, o comércio deve fluir sem problemas.

Reid começou a acariciar a cintura de Vaasa outra vez, não mais fingindo olhar para as pinturas, e falou, em um tom bem neutro:

– Quando chegar o próximo ciclo, Wrultho terá chances de competir pelo posto de grande mestre. Você derrubaria a represa, acabaria com qualquer dissidência em seu próprio território e talvez com essa guerra com Asterya. Teria um fornecimento constante de comida e um novo relacionamento com três guardiões. *Esse* deve ser o seu legado, Ton.

– E o que me impediria de apoiar o guardião de Sigguth na eleição e negociar meus navios diretamente com ele? – questionou Ton.

Koen soltou um grunhido, cruzando os braços.

– E construí-los onde? Não há água se você não tirar aqueles soldados de lá.

Embora Ton provavelmente não quisesse admitir, Koen tinha um ótimo argumento. O que ficou implícito era simples: Sigguth não negociaria com Wrultho sem que Mireh sancionasse o acordo. O território costeiro ia para onde estava o sal. Nenhum porto daria acesso a Ton se Mireh não desse.

Reid não estava mentindo quando disse que o sal construía impérios.

O rancor fervilhando nos olhos de Ton disse a Vaasa que o guardião já sabia de tudo aquilo. Virando-se para o homem, ela disse:

– Meu irmão vai destruir você antes que consiga resolver essa seca. Você sabe disso, certo?

Ton empinou o queixo como se não acreditasse nela. Será que era tão orgulhoso que se achava invencível, ou só não queria ouvir porque era ela quem estava falando?

Eles estavam fazendo uma oferta que qualquer líder sensato aceitaria... mas Ton não era um líder sensato.

– Você quer ver seu país fracassar? – perguntou Ton. – Esse é o tipo de lealdade que vai demonstrar a Icruria se eles forem tolos o suficiente para deixá-la ser a consorte do grande mestre? Você abandonou seu próprio país...

– Asterya não é mais meu país – interrompeu Vaasa com tranquilidade, mantendo firmemente sob controle a magia que tentava lhe escapar.

Em vez disso, permitiu que a força borbulhasse na ponta de seus dedos e se dissipasse em pequenos fios de escuridão, esgueirando-se pelo braço de Reid a partir do ponto em que ele a tocava. Os olhos de Ton baixaram para a magia, praticamente salivando diante do poder, apesar de tê-lo insultado antes.

– Sou a bisneta de uma das bruxas veragi mais poderosas da história, que viveu em Mireh.

Os olhos de Ton se arregalaram.

– Eu não abandonei meu país – disse Vaasa. – Eu voltei para casa.

Reid entreabriu a boca e se virou para ela, sua expressão completamente ilegível. Ela nunca tinha dito aquilo em voz alta – nunca reivindicara Icruria ou Mireh como seus. No entanto, a magia se assentou de forma confiante em seu estômago e sumiu com um sibilo outra vez.

E Vaasa percebeu que, embora sua fala tivesse sido calculada, não era mentira.

Ton deu um passo para trás e fingiu olhar para a pintura de novo, embora algo novo brilhasse no canto do seu olho. Ela teve a mesma suspeita de antes, e agora sabia que nome dar àquilo.

Luxúria. Não por ela, mas pelo poder que vira emanar dela. Provavelmente tivera a mesma expressão quando vira do que Amalie era capaz. Não era segurança para seu povo que Ton queria como seu legado.

Era sangue. Vingança. Violência.

Controle.

– Muitos governantes dariam muito mais do que seu marido deu para ter uma magia assim à sua disposição – disse ele.

Vaasa teve que conter as informações que tinha sobre o homem diante de si, o que *queria* dizer.

– E mesmo assim você questiona firmar uma aliança com ele?

– Eu questiono firmar uma aliança com você.

– Eu traduzi algumas palavras, não as escrevi. Nunca esteve em minhas mãos decidir o resultado do seu tratado.

Diante disso, Ton apertou os lábios.

– Estou mais interessado em como você pretende desestabilizar seu próprio irmão do que no que seu marido está oferecendo.

– Esse assunto seria de decisão sua e do meu marido. – Ela passou a mão pelo ombro de Reid. – E é o que você quer, certo? Que meu irmão trema quando ouvir seu nome. Asterya não está a salvo de nós e, se for nosso aliado, também não estará a salvo de você.

Ela conhecia homens como Ton, tinha crescido entre eles e os visto brincar com a vida dos outros sobre mesas e campos de batalhas. Todos buscavam a mesma coisa. Era mais do que desejo e cobiça que impeliam suas tramas ameaçadoras; era um senso profundamente enraizado da própria inutilidade que os fazia ansiar pelo poder.

Ela só precisava oferecer a ele uma parcela de valor.

De repente, pôde ver as imagens que dançaram atrás dos olhos dele. A queda de um império, sangue banhando a terra que ele tomaria como sua. Ton já podia ouvir as canções que seriam cantadas – do guardião que pegou sua terra arruinada e a transformou em campos de ouro.

Ele sorriu.

– Eu quero começar hoje. Vamos decidir para onde mover essas tropas. Quero as negociações finalizadas quando a votação começar.

Reid assentiu, firme.

– Vou reservar uma sala para esta noite.

E embora Vaasa tivesse permanecido em silêncio, pelo resto do dia ela contou o número desmedido de soldados de Wrultho rondando pelo Grande Templo.

CAPÍTULO 22

As horas seguintes foram passadas com conselheiros e guardiões em salas e em negociações *privadas,* o que significava que todo conselheiro de todo território de alguma forma acabou entre aquelas quatro paredes cor de creme. Todos, exceto pela delegação de Hazut. Não só Hazut perderia a eleição, como também estaria para trás nas negociações econômicas ao final daquela semana. Aquela estranha aliança com Ton garantira isso.

Com uma risadinha, Vaasa pensou que Reid nem sequer precisara dela.

Isabel arrumou um jeito de levar Vaasa embora no começo da tarde, cerca de uma hora antes de seu compromisso na Biblioteca de Una, para ela poder se trocar e desfrutar de alguns momentos tranquilos a sós. Ela não sabia como agradecer à mulher por não segui-la até seus aposentos ou querer discutir as conversas que tiveram e escutaram, mas achou que um sorriso e um aperto no braço já diriam o bastante.

Ela passou o fim da tarde na Sodalidade de Una, praticando para a exibição de magia do coven no último evento, na noite seguinte. Com o coração martelando, imaginou o que falaria e faria quando finalmente visse Amalie de novo.

Amalie, porém, não apareceu.

Melisina apertou os lábios.

– Dê mais um ou dois dias a ela. Acho que estar aqui, tendo que ver Ton e todas aquelas pessoas de Wrultho, é mais difícil do que Amalie imaginava. Ela nem queria vir.

O coração de Vaasa despencou.

– Então por que veio?

Melisina deu de ombros.

– Por você, Vaasa. Ela pensou que, se você era corajosa o bastante para estar aqui, ela também deveria ser.

Imediatamente, Vaasa baixou a cabeça. *Corajosa* não era a palavra que usaria para se descrever.

Melisina não abordou o assunto de novo.

No entanto, não houve um momento em que Vaasa não pensou sobre o assunto. Nem quando Esoti a escoltou de volta ao Grande Templo. A guerreira disse que Amalie estava em seus aposentos e reiterou o que Melisina tinha dito: tempo.

Se Amalie quisesse conversar, a procuraria.

Então Vaasa a deixou em paz.

Já era quase meia-noite, e Vaasa esperava sozinha, encolhida no sofá vermelho felpudo na varanda dos aposentos privados dela e de Reid.

O cômodo no primeiro andar se abria para os jardins do Grande Templo, cercado por arbustos floridos que subiam por paredes de vidro, ocultando a varanda completamente de vista. Acima, o teto de vidro mantinha o ar fresco no interior e propiciava uma vista nítida do céu turquesa. O luar banhava o piso de mármore e brincava sobre os pequenos veios carmesins entremeados ali.

Com o caderno apertado na mão, ela revisou as anotações que tinha copiado na noite anterior – os detalhes sobre a mitologia zetyr, que o coven passara o dia todo estudando. Melisina até tentara se aproveitar da aliança tênue entre Reid e Ton, mas não adiantou. Quando sua visão começou a ficar turva, Vaasa mudou o foco e examinou a rota que ela e Mathjin tinham discutido, considerando por qual direção Dominik viajaria. Sem a habilidade de navegar pela vasta rede hidrográfica, Asterya sempre saía derrotada. Era o motivo de Icruria ter se mantido inexpugnável por tantos anos.

A porta se abriu e, ao ver Reid entrar no quarto, os pensamentos sobre guerra e rios e sangue se aquietaram.

Ele foi imediatamente até ela, os olhos focados e acesos enquanto a inspecionava da cabeça aos pés. Viu as pernas dela estendidas no sofá, e os cantos de sua boca se ergueram em um sorrisinho sensual.

– Você conquistou uma nação para nós, Indomável.

Fechando o caderno, Vaasa o encarou. Ele usava a bela jaqueta roxa que às vezes se retesava quando Reid se movia. Àquela altura, seu cabelo tinha quase completamente se rebelado contra a tira de couro, então a maior parte lhe caía nos ombros e emoldurava seu rosto. *Mais do que um guerreiro*, pensou ela. Ele parecia um grande mestre de Icruria. Era impossível não ser contagiada pelo orgulho dele e compartilhar dele, ou ignorar a felicidade que desabrochava nela quando Reid a olhava daquele jeito. Quando ela podia olhá-lo daquele jeito.

– Você teria vencido de qualquer jeito. Sabe disso, não sabe?

– Talvez.

Ela balançou a cabeça. Agora ele queria ser modesto?

Com a voz um pouco baixa, Reid perguntou:

– O que está acontecendo entre você e Amalie?

Vaasa cerrou os dentes, apertando o caderno em seu colo.

– Ela disse alguma coisa?

Ele negou com a cabeça.

– Mathjin mencionou que Amalie não apareceu para jantar, nem foi na sodalidade esta noite.

– É culpa minha – sussurrou ela. Como Vaasa podia ter sido tão egoísta? – Eu... eu vou resolver isso. Prometo.

Sentando-se ao lado dela, Reid se recostou no braço de veludo com um ar mais casual do que qualquer pessoa deveria ser capaz de manter. Ela apertou o caderno de novo enquanto abria espaço para ele. Reid observou o movimento, franzindo o cenho, e piscou como se estivesse surpreso.

– Onde você arranjou isso?

– Isso? – Ela olhou para o caderno de couro preto simples e tentou afastar a tristeza que se perguntava se um dia controlaria. – Escolhi faz um tempo. Já o tenho há meses.

Um suspiro pequeno e descrente escapou dele.

– Você o escolheu?

Ela assentiu.

– Foi um dos truques de Melisina. Eu o escolhi entre centenas. Acho que foi a primeira vez em anos que confiei em meus instintos.

Reid fez uma pausa, sua expressão mudando, como se considerasse algo. Hesitante, ele correu a mão pelo queixo e a pousou no colo.

– Eu quero que você fique mais do que três anos.

Vaasa congelou.

Uma felicidade perigosa explodiu dentro dela, substituída depressa por uma raiva selvagem.

Uma raiva, que, claro, era só um disfarce para o medo. Ela reconhecia isso agora. Então cerrou os dentes e a conteve, lembrando-se de que não queria cometer o mesmo erro que cometera com Amalie.

– Não estou querendo desfazer nosso acordo – explicou Reid, provavelmente entendendo a expressão dela. – Estou propondo um novo acordo, e espero que você considere o que tenho a dizer.

Ela se esforçou ao máximo para manter a compostura.

– Pode falar.

Ele engoliu em seco, mas relaxou os ombros. Erguendo as pernas dela e as apoiando em seu colo, começou aquele movimento incessante de acariciar Vaasa. Ela deixou, mas só porque precisava fingir também.

– Não sei quanto tempo vamos levar para lidar com seu irmão e removê-lo da equação, mas suspeito que, mesmo que a gente consiga fazer isso logo depois da eleição, a estabilização de Asterya vai levar mais do que três anos. Bem mais até eu ter influência suficiente para reivindicar o trono de Asterya se você e eu não estivermos mais casados. Então, embora eu me acredite capaz de muitas coisas, não sou idiota a ponto de achar que conseguiria lidar com essa situação melhor do que você.

Os motivos dele não importavam. Desde o começo, Vaasa tivera certeza de que jamais queria governar uma nação. Jamais queria se tornar o que seu pai fora, o que sua mãe se tornara, o que levara o irmão a virar um assassino.

Então não fazia sentido que, ao ouvir o pedido, cada parte da sua alma tivesse se agitado em aprovação.

– Você quer que eu fique por motivos políticos?

– Você suspeita que seja por outra razão?

– *É* por outra razão?

Ele deu de ombros, com o ar sereno de sempre.

– Isso não tem nada a ver com o quanto eu gostaria de ter você na minha cama, embora eu torça para que isso a interesse também, Indomável.

O estômago dela se retorceu, as palavras invocando os nós que ele criava com tanta facilidade.

– E você acha que isso é uma boa ideia?

– Acho que é uma das nossas melhores ideias, na verdade, o que não é pouco, considerando como acho você genial.

Os lábios de Vaasa se curvaram, apesar de tudo que sentia. Conhecia as vontades traiçoeiras do seu coração... Sabia que, se pudesse escolher, se eles pudessem viver vidas mais normais, escolheria Reid. Escolheria aquilo. Então não conseguiu se impedir de perguntar:

– Qual é o acordo que está propondo?

Reid se ajeitou e se afundou mais no sofá, as mãos ainda firmes sobre as pernas dela.

– Fique até sentir que Asterya está estabilizada, não importa quanto tempo leve.

– Você não quer combinar um prazo?

– Três anos não é suficiente.

– O que seria suficiente?

Ele hesitou, os lábios apertados, mas não desviou o olhar dela.

– Não sei.

Parecia que aquelas palavras abarcavam algum significado profundo impossível de conter no espaço de um fôlego.

– Não sei o que mais oferecer a você – continuou ele. – Mas, no momento, eu estaria disposto a te dar praticamente qualquer coisa que pedisse. Faça sua lista de exigências. Seus sonhos mais loucos.

O que ela queria, além do que Reid já lhe dera? Se considerasse seu desejo mais impronunciável, era exatamente o que ele oferecia. Vaasa, porém, o conhecia melhor do que conhecia a si mesma, e ele estava mentindo.

– Você só faz isso com as mãos quando está pensando no que dizer.

Reid parou o movimento em sua pele.

– E as pessoas que estão pensando no que dizer raramente estão dizendo a verdade – continuou Vaasa.

Olhando para as próprias mãos, ele pareceu conscientemente optar por não recolhê-las. Não interromper o contato entre eles.

– Me diga que não é verdade. Me diga que você já não sabe que não há nada que eu não faria ou daria por você.

Aquela postura casual e relaxada era justamente como ele se escondia – o muro que erguia, parecido com a raiva e o veneno dela.

Reid sabia exatamente quanto tempo seria suficiente, porque a resposta era simples.

Nenhum tempo seria suficiente.

– E se a verdade não importar? – sussurrou ela.

Ele a encarou como se aquilo fosse uma mera desculpa.

– Qual é o problema? – perguntou ele, finalmente abandonando os subterfúgios. – Você quer que sintam falta de você mais do que quer ser amada?

As palavras causaram um aperto em seu peito. Ela tinha compartilhado mais com ele do que com qualquer outra pessoa, dado muito mais a ele do que ousara dar a qualquer outro.

– Você sabe o que significa para mim – declarou Vaasa.

Ele balançou a cabeça.

– Já disse que não faço suposições quando se trata de você.

O coração dela ardeu com uma fúria incandescente. Como ele ousava aludir à coisa que eles tinham concordado em não discutir? Só que eles não tinham concordado, claro. Vaasa apenas tinha decidido por ambos. Sabia, desde o momento em que subiu na cama dele, que em algum momento haveria uma conversa como aquela. E não parecia justificado culpá-lo por querer tê-la.

Não quando ele não era o único.

– Dominik é...

– Se ele é o obstáculo entre nós, eu resolvo isso agora mesmo. Dê a ordem, e ele vai parar de respirar.

– Não é tão simples.

– É, sim. – Reid apontou para o caderno. – Isso era meu. Eu o comprei alguns anos atrás, de um artesão no Jardim Inferior.

Ele se endireitou no sofá.

– Era seu?

Reid assentiu, olhando para os grandes arbustos de gardênias que cobriam a varanda, claramente perdido nos pensamentos que repassava sem parar.

– Eu estou enlouquecendo de ficar só imaginando. Supondo. Criando esperanças.

Você aumentou minha capacidade de ter esperanças.

Será que ele quisera dizer mais com aquelas palavras do que ela se deixara acreditar? Será que era por *ela* que ele esperava, não só por uma nação ou um título?

Vaasa já o conhecia bem o suficiente para que a resposta fosse óbvia. Ele tinha esperanças em relação a ela e, em algum momento, ela se deixara sentir o mesmo em relação a ele.

Mentir parecia uma sentença de morte. Era inaceitável permitir que Reid não soubesse que ele seria a maior perda da vida dela. Vaasa abaixou a voz, como se fosse contar um segredo.

– Eu colecionei milhares de palavras, mas não consigo achar nenhuma para explicar tudo que ganha vida dentro de mim quando você está por perto.

– Você não sabe as palavras ou só tem medo de dizê-las? – indagou Reid.

Lágrimas brotaram nos olhos dela, e Vaasa os fechou com força. Por que aquilo era tão difícil? Achara-se incapaz. Pensara que estivesse quebrada. Ele viu aquela resposta pelo que era: uma saída fácil. Só outro jeito de se esconder.

– Não sei como te dar o que você está pedindo.

Uma lágrima escapou pelo canto do seu olho e, mesmo sem vê-lo se aproximar, ela o sentiu. Sentiu seu polegar delicado enxugar a lágrima de sua bochecha, sua mão correndo pelo cabelo dela.

– Você me ama como eu amo você? – perguntou ele.

Vaasa perdeu o ar. Mais uma vez, a sinceridade dele fazia o mundo desmoronar sob seus pés. Ela compreendia o que ele estava dizendo.

Que a amava.

No entanto, eles demonstravam afeto de jeitos diferentes – ele, com palavras, e ela com...

Com o quê?

Vaasa nunca tivera coragem de olhar alguém nos olhos e demonstrar como se sentia. De repente, o erro que cometera com Amalie ficou ainda mais óbvio. O erro que vinha cometendo havia meses.

Embora não achasse por um momento sequer que merecia amor, não conseguiu se impedir de ter *esperança*.

Ele segurou seu cabelo com mais firmeza, como se estivesse desesperado.

– Me diga, Indomável.

Vaasa abriu os olhos, ficando fascinada pelos pontinhos laranja e pretos nos dele. O medo a atravessava, o tipo de pânico atordoante que agarrava e asfixiava a coragem. Reid devia ter percebido que ela estremeceu, porque pressionou a testa contra a dela.

– Diga, e será suficiente.

Dizer era sentir. Dizer era tornar real. Mas ela se perguntou então se o silêncio também era real... se algo podia ser igualmente vivo na escuridão.

Em vez da serpente raivosa e venenosa que sentia nos momentos em que estava com medo, sua magia se transformou na criatura que se tornara recentemente: olhos brancos brilhando sobre preto enfumaçado. Ergueu-se dentro dela, alimentou-a, impeliu-a adiante. Era um esforço vão não desejar Reid. Era tarde demais para não precisar dele.

– Claro que eu amo você – sussurrou ela.

A mão dele tremeu de leve, e Reid soltou o ar com força.

– Então é suficiente.

Ele a olhou de um jeito como ninguém jamais a olhara, como se todas as partes afiadas de Vaasa tivessem se suavizado e brilhassem. Como se ser amado por ela fosse mesmo suficiente. E talvez ela estivesse destinada a perder tudo que já amara, talvez isso a estilhaçasse em milhares de pedacinhos, mas parecia valer a pena quebrar-se em troca daquele olhar.

Então ela sussurrou:

– Me lembre de quem eu sou. De onde estou. Acho que você é o único que sabe de verdade.

Reid entreabriu a boca, então se ergueu e se aproximou. Seus olhos severos estavam confiantes quando apoiou um joelho no sofá, afundando o peso do corpo no veludo vermelho e assomando sobre ela. Com o olhar se alternando entre os olhos e os lábios dela, era como se já a consumisse. Reid baixou a boca à bochecha dela, e suas palavras saíram suaves.

– Você está aqui, comigo.

O peito dela se encheu com a declaração, especialmente quando ele afundou ainda mais o sofá, deslizando uma mão às costas dela para erguê-la e posicioná-la melhor, acomodando-se entre as pernas de Vaasa e a deitando sobre as almofadas.

Seus corpos afundaram juntos, e Vaasa sentiu as partes quebradas de si mesma se remendando. Naquele momento, era suficiente amar e ser amada.

– Quanto a quem você é...

Ele correu os lábios por seu queixo. O vidro acima deixava entrar luz apenas o bastante para ela ver como Reid moveu os dedos por seu pescoço e inclinou sua cabeça para trás, a boca pairando logo acima da dela.

– Você é minha esposa, e tudo começa e termina com isso.

O coração dela deu um salto, e Reid aproveitou o momento para fechar o espaço entre eles, capturando sua boca. Meses de desejo transbordaram no beijo, e Vaasa não se conteve, a sinceridade em sua língua enquanto explorava a boca dele e sentia o gosto daquelas palavras. Ele soltou um grunhido. Saboreou-a de volta. Eles já conheciam um ao outro e o ritmo de suas bocas, mas ainda assim pareceu algo novo. Diferente. Como se, caso Vaasa olhasse através dos olhos dele, fosse ver a si mesma como algo que podia ser descoberto.

Era aterrorizante, e a impulsionou.

Ela puxou a bainha da camisa dele, e Reid a deixou tirá-la e jogá-la ao lado do sofá. Sua pele nua sob as mãos dela fez o desejo disparar até seu ventre. Vaasa roçou os lábios pela mandíbula dele, pelo pescoço. Lembrou o que tinha pensado da primeira vez que estiveram próximos: que queria sua barba áspera contra a pele. Então correu os lábios por ela e suspirou, puxando-o mais para perto.

Reid puxou a blusa branca dela de dentro da calça oliva, erguendo-a sobre a cabeça de Vaasa e a deixando cair ao lado da própria camisa, no chão. Erguendo as mãos para a seda suave que cobria os seios dela, ele começou uma descida com a boca, deixando um rastro de arrepios. Era diferente de como a tocara antes – menos apressado e desesperado, mais devastador. Reid ergueu os olhos, a observando enquanto afastava a alça do seu ombro, abaixando a seda para expor sua pele ao ar fresco. Então seus olhos baixaram, e ele devorou a visão, parando por um momento antes de se inclinar e chupar o mamilo rosado.

Uma onda de calor a tomou, e ele beijou o ponto entre seus seios antes de passar para o outro, soltando a alça e lambendo até ela jogar a cabeça para trás e gemer. Mais. Ela queria mais. Os dedos dele encontraram o botão de sua calça. Os quadris de Vaasa se ergueram ao comando dele, e Reid puxou o tecido sobre as pernas dela, os joelhos afundando no sofá.

Acima dela, Reid parecia ainda mais lindo do que na noite em que se conheceram. Mais lindo do que nunca, talvez. Ela correu os olhos pela tatuagem, mas já tinha memorizado cada linha.

– Isso também – disse ele, puxando a última peça da cintura dela e jogando-a sem cerimônia no chão.

Então se abaixou de novo e roçou a boca em sua barriga, apertando as coxas dela. Fincando os dedos nelas. O coração de Vaasa começou a disparar enquanto ele lentamente desceu os lábios por sua pele.

– Você mentiu sobre nunca ter estado com um homem, certo?

Uma risada borbulhou dentro dela, calor subindo por seu pescoço.

– Sim.

Reid a fez passar uma das pernas por cima do ombro dele.

– Então eu não preciso ser delicado?

Desejo disparou pelo corpo de Vaasa.

– Não.

– Ótimo.

Ele mergulhou um dedo dentro dela.

Vaasa arqueou os quadris por instinto.

Ele apenas retirou o dedo e botou mais um, vendo a arfar, tentando recuperar o controle dos quadris. Reid pressionou o polegar no ponto mais sensível dela e começou a fazer círculos gentis, aos poucos aumentando a intensidade do toque.

Vaasa começou a respirar mais pesado.

Então ele curvou os dedos dentro dela.

Um gemido escapou dos lábios de Vaasa. Com o desejo pulsando no ventre, ela disse:

– De novo.

Aquele sorrisinho travesso dele ia fazê-la pegar fogo. Reid curvou os dedos de novo, e ela arquejou.

– Bem aqui? – perguntou ele, pressionando de novo o ponto dentro dela que fazia uma onda se erguer em seu ventre.

– Isso – sussurrou ela. – Isso.

– E aqui?

Ele abaixou a cabeça entre suas pernas, os olhos ainda nos dela, os lábios tocando a parte interna de suas coxas. Reid deu algumas mordidinhas, e ela enfiou as mãos no seu cabelo. Sentiu a risada quente dele contra a pele exposta, e arrepios se ergueram por sua barriga e seus seios. Ele curvou os dedos dentro dela outra vez.

– Por favor – implorou Vaasa. – Por favor.

O calor da respiração dele desceu devagar por seu ventre, até que a língua de Reid roçou contra ela de modo hesitante.

Ele a lambeu uma vez. E outra.

Vaasa se arqueou contra ele.

Reid a lambeu de novo, e de novo, e de novo, as pernas de Vaasa se abrindo mais enquanto ele deixava seus movimentos cada vez mais intensos. Cada instinto dela se voltou para o rosto dele entre suas pernas. Não conseguia respirar direito. Não conseguiu evitar levar uma mão ao seio, apertando-o enquanto Reid a lambia num ritmo alucinante.

Reid ergueu os olhos e soltou um gemido ao vê-la, acelerando os movimentos com a língua. Os quadris de Vaasa começaram a se arquear de novo, e ele usou um braço para segurá-la, recusando-se a desacelerar ou a ceder qualquer espaço, a outra mão ainda se curvando para pressionar aquele ponto dentro dela. Um gemido escapou dos lábios dela.

– Reid – implorou Vaasa, torcendo desesperadamente para conseguir se conter até ele estar dentro dela.

Ele se ergueu em resposta ao desejo dela, e as mãos de Vaasa encontraram sua fivela e os botões da calça, empurrando-a bruscamente até os joelhos antes de Reid fazer com que ela se deitasse de novo nas almofadas e se acomodar entre suas pernas. Como se tivesse soltado as rédeas e não conseguisse respirar até finalmente tê-la, Reid se enterrou dentro dela em uma única investida dos quadris.

Vaasa gritou, o prazer crescendo em seu âmago. Ele tomou sua boca e ficou assim, a beijando, até que lentamente ergueu os quadris. Ela cravou os dedos nas costas nuas dele, tentando puxá-lo para mais perto. Para mais fundo.

– Porra – gemeu ele, rouco, e deu outra estocada. Forte.

Um instinto carnal tomou os dois e, quando ele recuou de novo, Vaasa ergueu a perna para que Reid pudesse prendê-la com o braço e investir mais fundo. Vaasa gemeu enquanto a língua dele deslizava pela dela. Ele saiu e meteu de novo. E de novo. Ela podia sentir cada centímetro dele a cada investida. Perdeu-se por um momento enquanto o observava, vendo o luar em sua pele marrom e o jeito como seus ombros se tensionavam a cada investida. Como seu cabelo comprido se grudava ao rosto. O desejo se condensou no ventre dela, e Vaasa ergueu os quadris, indo de encontro aos movimentos dele. Reid metia nela com força, e o prazer subiu pelo corpo de Vaasa, retesando-se quando ele se afastava e disparando quando a preenchia de novo.

Jogando a cabeça para trás, Vaasa perdeu toda a noção do mundo ao redor, de onde ela começava e ele acabava. Só pensava nas profundezas para onde queria levá-lo, e no calor da respiração dele enquanto Reid se inclinava para fechar a boca em seu seio.

Ele o lambeu enquanto metia com força dentro dela.

– Mais rápido – implorou Vaasa.

Ele moveu os quadris mais depressa, entrando e saindo. De novo. De novo. De novo. Ela acompanhou cada estocada, e sua voz foi ficando mais alta enquanto Reid mantinha exatamente o ritmo e o ângulo que roubavam todo o ar do mundo.

Vaasa começou a se contrair de modo implacável.

O prazer disparou com tudo por sua coluna e pelo ventre. Ela fechou os dedos no cabelo dele, e Reid continuou se movendo, levando Vaasa ao orgasmo, extraindo dela toda satisfação possível.

Então o peito dele ficou tenso, e Reid grunhiu contra a pele dela.

Ele saiu de dentro dela no último segundo, alcançando o clímax com uma série de gemidos que deixou Vaasa excitada, com vontade de fazer tudo de novo, e de novo, e de novo.

Ela apoiou a cabeça no ombro dele, respirando fundo enquanto tentava recuperar os sentidos e focar em algo além de seu desejo. Só conseguiu quando ele se ergueu nas pernas fortes. As penas dela não tinham a mesma estabilidade; sabia que, caso se levantasse, ia cambalear. Mas não importava, porque Reid se acomodou atrás dela, puxando seu corpo contra o peito e a poupando da necessidade de ir a qualquer lugar.

– Fizemos uma bagunça nesse sofá – sussurrou ela.

– Vou pedir para Koen me mandar a conta.

Uma risadinha constrangida escapou dela. Ficaram deitados em silêncio por um momento, mas os fios ligando os dois se apertaram. Reid sussurrou contra o cabelo dela:

– Pode me falar de novo?

Permitir-se aquilo não faria diferença. Não nas coisas que importavam. Não desejar Reid não impediria o mundo de levá-lo embora, nem a pouparia de inevitavelmente desmoronar quando o mundo voltasse ao normal e sua sorte acabasse.

Então ela se virou nos braços dele, olhando-os nos olhos enquanto dizia a verdade:

– Eu te amo. Isso nunca deixará de ser verdade.

Ele estremeceu de leve, abraçando-a com mais força. Vaasa olhou para a tatuagem no seu ombro, seguindo as linhas escuras que retratavam uma ombreira mirehana, como se ele carregasse a armadura aonde quer que fosse.

A voz de Reid rompeu o silêncio.

– Sei que você não quer uma nação ou um trono, sei que não quer essa vida. Então, se eu tiver que esperar até o final dessa década, esperarei. Irei atrás de você, e aí você pode escolher que vida teremos. Qualquer vida que quiser.

Todas as coisas que Reid sabia que ela não queria... eram exatamente o que ela queria, contanto que fossem com ele.

Mas Vaasa não podia dizer isso. Não podia lhe dar essa esperança e essa salvação. Seria a coisa mais cruel que já fizera com ele. Vaasa o transformaria em um cúmplice de sua destruição, e Reid acabaria arrasado junto com ela.

Porque Vaasa não acreditava nem por um momento sequer que o mundo um dia seria um lugar seguro para ela.

Para eles.

– Tome um banho comigo – sussurrou ela, roçando os lábios nos dele. – Quero que você me tome em todo canto deste quarto e em todo lugar, quando voltarmos a Mireh.

Ela tinha dito o que ele pedira, que o amava. Que sabia que sempre o amaria.

E Reid dissera que era suficiente.

No entanto, talvez ele visse nos olhos dela, assim como ela sentia até nos ossos, a coisa que não tinha sido dita. A coisa que seria suficiente de fato.

Ela nunca lhe disse que ficaria.

CAPÍTULO
23

M úsica soou na escuridão.
    O som de cordas dedilhadas e um único violino flutuou através das paredes e do chão, preenchendo o escuro com sua doce melodia.

Sentada em silêncio, Vaasa começou a sorrir conforme a sombra que cobria o enorme teatro se dissipava. Em uma explosão brilhante de luz dourada, os bruxos de Una apareceram em túnicas brancas no fundo do teatro. Eles foram os primeiros a entrar na sala de espetáculos do Grande Templo de Dihrah, enquanto a plateia ocupava as fileiras de pelo menos vinte ou trinta assentos cada. O pequeno grupo de mirehanos estava em camarotes nas laterais do teatro, onde cortinas marfim e carmesins pendiam dos balcões até a curva da orquestra.

Para a demonstração de magia e a cerimônia final antes da votação no dia seguinte, o coven do grande mestre começaria e concluiria a noite. Kier tinha escolhido aquela demonstração, e Vaasa se perguntou se tinha sido por sugestão de Melisina. Queria ver o que cada coven deixaria de fora, as partes que não estavam dispostos a compartilhar.

A plateia caiu em silêncio quando Leanan, com Brielle ao seu lado, liderou o grupo de bruxos pelo corredor central. Deslizando lentamente com pequenos orbes de luz na mão esquerda, eles pareciam anjos, suas túnicas criando a ilusão de que flutuavam junto com a música. Um por um, eles alcançaram o palco, seus murmúrios suaves harmonizando com a melodia, e então a plateia começou a cantar junto.

Era lindo ver a cultura de uma nação daquele ponto privilegiado.

Reid tomou a mão dela.

Vaasa se virou e o pegou a observando com um contentamento puro nos olhos, então ele se inclinou mais para perto.

– Em dez anos, serão as veragi que abrirão essa cerimônia.

Ela sentiu um aperto no coração. Não queria explorar o anseio trêmulo que essas palavras despertaram. O nó que se formou em sua garganta.

Em vez disso, afastou os olhos e focou os bruxos de Una outra vez.

Mas então Melisina a cutucou por trás.

– Você viu Amalie?

Vaasa tinha combinado de se juntar a elas, atrás do palco, no final daquele ato, então imaginou que Amalie já fosse estar por lá. Que elas finalmente teriam uma chance de conversar depois do espetáculo.

– Pensei que ela estava com você.

Melisina balançou a cabeça.

Vaasa soltou a mão de Reid e se ergueu devagar, apertando o ombro dele. O marido se virou para ela com um olhar questionador, e Vaasa apontou para Melisina.

Não sabia por que aquele momento ficou tão nítido em sua memória, a leve curva de sua boca forte, mas a imagem foi gravada em sua mente.

Após assentir uma única vez, ele virou a cabeça.

Vaasa estava usando o traje mais impressionante que lhe tinham oferecido até então: uma calça preta justa e um corpete com mangas longas, que deixava seus ombros de fora. Uma saia roxa se abria no alto de seus quadris e caía ao chão atrás dela em uma cauda de chiffon de seda. Era um pouco pesada, mas permitia que ela usasse as botas que tinha amaciado anteriormente.

Erguendo a longa saia, ela seguiu Melisina para o corredor.

– Onde ela pode estar?

– Procure nos quartos e eu vou até a sodalidade.

– Você precisa ficar aqui – disse Vaasa. – É a grande bruxa, a mãe de Reid. Siga a apresentação sem a gente, eu vou conferir o quarto dela primeiro.

– Vaasa...

– Melisina, isso é culpa minha.

Com um pequeno suspiro, a bruxa aquiesceu e então desceu as escadas.

Vaasa foi para o salão principal do teatro e rumou até as portas, assentindo para um guarda antes de sair nos jardins. O aroma das gardênias imediatamente subiu ao seu nariz, e ela só parou por um momento para apreciar a beleza sutil da flor branca. Para lembrar como tinha olhado para elas na noite anterior.

Seu estômago se apertou com o pensamento.

Ao entrar no saguão principal, passou sob os grandes ventiladores e subiu depressa as escadas cobertas de veludo vermelho, percorrendo dois corredores antes de fazer a curva que levaria ao quarto de Amalie. Parecido com o deles, ficava logo acima da torre reservada para Mireh.

A porta de carvalho estava trancada.

Vaasa bateu uma vez, duas, e esperou.

– Amalie – chamou ela à porta, encostando o ouvido na madeira.

Nada.

Nenhum som. Nenhum indício de que havia alguém ali.

Uma doçura acre encheu os sentidos de Vaasa, a percepção súbita de que não estava sozinha a atingindo um momento tarde demais.

Seus joelhos fraquejaram.

Seus braços e dedos em seguida.

Antes que tivesse a chance de atacar, resistir ou fazer qualquer coisa para salvar a própria vida, pontos pretos cobriram sua visão. A última coisa que viu antes de apagar foram os olhos dele, destacando o tom quente de sua pele marrom. Aquele sorriso característico erguendo os dois cantos de sua boca. A aparência de seu corpo inteiro sob a luz fraca. Âmbar e sal e gardênia também.

A escuridão varreu tudo para longe.

E então não havia nada.

A LUZ TREMELUZIU ATRÁS DE SEUS OLHOS antes de brilhar à frente deles.

Era o tipo de luz que queimava através de pálpebras fechadas, forçando a pessoa a apertar os olhos para bloqueá-la. A oscilar nas margens da consciência sem erguer um dedo sequer.

Vaasa abriu um olho e depois o outro, sua visão borrada discernindo pouca coisa ao redor. Apalpou as longas mangas do corpete, consciente do peso sutil da saia.

Lentamente, notou o chão de pedra bege rachada, os grandes arcos com colunas ornamentadas, alguns estilhaçados e desmoronando, outros sustentando o peso de um grande fardo. Estátuas de homens e mulheres em túnicas esvoaçantes e translúcidas a cercavam, a pedra agora parcialmente consumida por sujeira e terra. A mesma erosão cobria a plataforma desbotada na qual ela se encontrava, os padrões de carmesim e dourado transformados em rosa e creme. Três degraus desciam da plataforma de pedra até um cômodo vazio e abandonado.

Era uma catacumba, percebeu Vaasa, com uma pontada de alarme. E, através das rachaduras, reconheceu a pedra como parte do coliseu. As fissuras no teto deixavam a luz do sol encharcar o chão.

Luz do sol.

Era *dia*.

Ela se ergueu, os pés mal sustentando seu peso, mas os braços amarrados não estavam doloridos. Não fazia muito tempo que estava ali.

Onde mais tinha estado?

Tentou se mexer, mas os pulsos arderam, um zumbido sutil descendo até o antebraço. Erguendo os olhos, ela viu cordas entremeadas de fios pretos.

As mesmas que tinham amarrado Reid no navio.

Não conseguia sentir a serpente dentro de si, nem qualquer traço da magia.

Com o coração martelando, virou a cabeça até seu olhar pousar em algo muito pior. Algo que imediatamente fez bile subir por sua garganta.

Amalie.

A jovem bruxa estava amarrada na frente dela, o vestido rasgado na bainha e nos braços, com sangue no cabelo. Ela tinha sido golpeada com alguma coisa. As mesmas cordas amarravam seu torso e a seguravam com firmeza contra uma cadeira de madeira. A cabeça da bruxa estava caída para a frente, e Vaasa não sabia se ela estava consciente ou não.

– Amalie – chamou, rouca.

Amalie ergueu o rosto exausto e manchado de lágrimas.

Vaasa arquejou.

Um hematoma cobria o lado esquerdo de sua bochecha, e uma mordaça branca cobria sua boca, amarrada atrás da cabeça. O terror dominava seus olhos castanhos quando a garota olhou ao redor.

Vaasa se debateu contra as cordas que a amarravam, seus olhos se enchendo de lágrimas.

Enquanto tentava formar palavras, passos na pedra a interromperam.

Ecoaram pela catacumba, ricocheteando nos rostos elegantes das estátuas e nas esculturas em pedra ao redor. Vaasa ficou tensa quando um cabelo grisalho entrou à vista em um corredor atrás de Amalie. Subindo os degraus, ele se juntou a elas na plataforma, a mão na espada.

Mathjin.

A garganta de Vaasa começou a se fechar em pânico, mas ela tentou acalmar a respiração acelerada. Mathjin?

Ele não sorriu. Havia apenas uma neutralidade severa nas rugas sutis ao redor de seus olhos.

Ele subiu até parar bem na frente dela, o olhar seguindo as cordas que seguravam os pulsos de Vaasa.

– É irônico, não acha? Eu não consegui achar as cordas que você usou no seu casamento, mas elas não seriam tão úteis agora, não é?

Vaasa queria vomitar.

Mathjin deu de ombros e olhou para Amalie, irritação retorcendo as feições que Vaasa já considerara sábias.

– Bom, pelo menos ela serviu. A jovem bruxa desaparece e todos entram em pânico.

– O que você está fazendo? – perguntou Vaasa. – Mathjin, por que...

– Por quê? – Ele balançou a cabeça. – Eu não sou Reid. Eu não sou Kosana. Não sou tão cego a ponto de acreditar que uma asteryana pode ser digna do cargo que foi oferecido a você. Prefiro ir para a cova a permitir que você macule tudo que este país trabalhou para conquistar.

De todas as pessoas que a odiavam, Mathjin era o que parecera detestá-la menos. Ele tinha lhe demonstrado gentileza e aceitação naqueles meses. Vaasa não sabia o que doía mais: o fato de ele nunca ter sido sincero, ou de ela ter se permitido acreditar que era.

– Sabe, eu tinha apenas vinte anos quando minha filha nasceu – disse Mathjin, virando-se para caminhar pela plataforma até algo que estava empilhado sobre um dos bancos de pedra no canto direito. – Ela tinha cabelo loiro como eu, os mesmos olhos cinza. As mesmas feições que ela passou para a minha neta. Minha neta, que tinha oito anos quando um soldado asteryano a encontrou na estrada entre Wrultho e Mireh, junto com minha filha e minha esposa, e assassinou todas elas. Minha filha já estava no meio de sua segunda gravidez.

De costas para ela, o homem parou diante do banco.

– Veja, quando um homem se torna pai tão jovem, essa é a única identidade que ele conhece. Ela vinha antes de soldado, antes de conselheiro, antes de qualquer outro título que eu conquistei. E, quando lhe digo que pai, marido e avô era como eu mais gostava de ser chamado, não estou mentindo.

A compaixão apertou a garganta de Vaasa, que segurava a língua enquanto lutava contra as lágrimas. Como podia chorar por aquele homem enquanto ele a tinha sequestrado e amarrado? Não sabia. Mas a falha em sua voz quando ele disse *avô* quase a partiu ao meio.

– Você quer saber o que Marc de Mireh disse quando implorei a ele que fosse à guerra? – perguntou Mathjin, finalmente se virando para encará-la, algo branco dobrado nas mãos.

Quando Vaasa não disse nada, ele respondeu mesmo assim:

– Ele disse que uma guerra com Asterya deixaria o mundo com muito menos netos.

A verdade cruel daquela declaração estava evidente para os dois, algo que ela podia ver escrito claramente no rosto trêmulo dele. *Um balanço das vítimas*, Mathjin tinha chamado.

– Mas o que ninguém diz é o seguinte. – Ele avançou de novo, contornando as estátuas e indo até ela. – Quando tomam o que é seu, você se importa menos com o que é dos outros. Não se importa com o custo, porque tudo que importa já se foi.

– Mathjin...

– *Cale-se!* – vociferou ele, de repente. – Você não tem direito de falar nada. Em vez disso, vai escrever uma carta.

Ele subiu os degraus, as botas pisando forte no mármore gasto. Ela percebeu então que ele segurava um pergaminho e uma caneta. Desdobrou o papel, abrindo a superfície plana para expor o espaço branco.

– Você vai detalhar em asteryano a movimentação exata dos homens de Ton. A rota que você e eu discutimos, que ele e Reid combinaram ontem. Vai destiná-la a seu irmão e vai assiná-la.

Vaasa parou de respirar.

– Não.

– Sim.

– Por que está fazendo isso? Vai sacrificar seus compatriotas e começar uma guerra maior do que...

– *Eu quero começar uma guerra!* – gritou ele, sacudindo o pergaminho para ela. – Essa carta será interceptada pelos homens de Ton, que a levarão ao guardião esta manhã. Reid vai perder e não vai ter escolha exceto concordar com a guerra.

Os homens de Ton.

Era por isso que havia tantos deles ali. Vaasa pensara que tinha sido muito convincente, que tinha derrotado Ton na frente daquelas pinturas, mas toda a conversa devia ter sido uma farsa. Uma cilada armada por Mathjin e Ton. Eles tinham trocado informações sobre Wrultho e sobre os soldados, informações a que Vaasa tivera acesso – o suficiente para ela poder trair todos eles se fosse a pessoa que Ton alegava que era.

Seu coração se apertou. Os detalhes do plano de Mathjin ganharam forma em sua mente, como se os visse abertos em uma das mesas de guerra do pai. Se escrevesse aquela carta, ele a mostraria a todos os conselheiros. A Reid, que conhecia sua letra, sua assinatura. Ele perder a eleição seria só o começo das consequências desse ato. Aquilo ia arruiná-lo.

– Não – arquejou ela. – Não vou escrever essa carta.

– Vai, sim – disse outra voz, vindo da escuridão, em um asteryano puro e fluido que desceu pela coluna dela e despertou um pânico imediato e instintivo.

Não.

Seus olhos se arregalaram.

Ele emergiu da esquerda, o cabelo preto delicadamente penteado, os olhos cor de oceano contra a pele pálida como neve. Até as sombras pareceram fugir quando o sol pousou em suas feições duras e angulosas, feitas de ossos afiados e malícia. Sua capa preta e vermelho-sangue, entremeada com fios de ouro, arrastava-se no chão. Ele parecia doente e transbordando de más intenções, os olhos sagazes pousando onde as cordas a amarravam.

Dominik sorriu.

CAPÍTULO 24

Reid apertou a cadeira de madeira enquanto esperava, torcendo para que os planos tivessem mudado e que Amalie e Vaasa fossem se juntar ao resto do coven no palco ao final do espetáculo, para fazer uma demonstração espetacular do seu crescimento numérico. Sua esposa sempre gostara de entradas e saídas dramáticas. Cada segundo que passava era um teste à compostura dele.

As cortinas carmesins se fecharam, e as bruxas veragi desapareceram no palco do enorme teatro.

Erguendo-se antes que se desse conta do que fazia, Reid se virou para Mathjin. O conselheiro estava de cenho franzido, como se estivesse se fazendo a mesma pergunta. Kosana, parada na entrada do camarote, avançou com uma expressão familiar. Ao seu lado, Esoti estava toda tensa e preocupada.

– Onde está Vaasa?

– Ela saiu com minha mãe – disse Reid, irrompendo no corredor e olhando ao redor.

O pânico começou a aumentar, mas ele lhe negou espaço, focando em possibilidades mais lógicas. Talvez ela estivesse esperando ao pé das escadas, talvez elas tivessem mudado de ideia sobre fazer sua consorte exibir tanto poder. Talvez Amalie não tivesse conseguido encarar Ton e o resto de Wrultho, e Vaasa tivesse ficado com ela. A mãe dele saberia.

Kosana e Esoti o seguiram escada abaixo até os fundos do teatro, e nenhum guarda se perturbou com sua presença ou sua intrusão. Melisina emergiu por uma porta dos fundos, Romana e o resto do coven vindo atrás, como um bando de pássaros. O pânico começou a borbulhar de novo quando ele viu a mãe examinar os jardins.

– Onde ela está? – perguntou Reid assim que se aproximaram.

– Ela foi procurar Amalie – respondeu sua mãe, e saiu para os jardins. – Tem algo errado. Elas já deviam ter voltado.

Se a mãe achava que algo estava errado, Reid sabia que não devia questionar. Os instintos dela sempre tinham sido muito melhores que os dele, então aprendera a ouvi-los com atenção, mesmo quando não queria.

– Revistem a propriedade e a sodalidade até encontrá-la – ordenou ele, a voz falhando quando se virou a Kosana e Esoti.

Esoti já estava correndo, sem esperar ordens antes de sair em busca da consorte de Mireh.

Da consorte *dele*.

– Reid, você pode não querer ouvir isso, mas é seguro ficar em um lugar desprotegido? – perguntou Mathjin, que saíra do teatro junto com ele e caminhava ao seu lado. – Se algo aconteceu com a consorte e a herdeira das veragi, talvez seja melhor...

– Eu não pedi sua opinião – disparou Reid.

Normalmente, apreciava a franqueza e a cabeça fria de Mathjin, mas naquela noite não tinha paciência por isso.

Mathjin curvou a cabeça e deu um passo para trás.

– Merda – rosnou Reid baixinho enquanto seguia a longa túnica da mãe. Conhecia melhor do que ninguém os perigos que Vaasa corria. – *Merda*.

Aquele medo era diferente de tudo que já sentira.

Algo estava errado. Ele não sabia como sabia, mas sabia. Tinha certeza.

Correu até o prédio principal e começou a busca pelo quarto deles, olhando ao redor. Notou a cômoda e o guarda-roupa intocados, a porta de madeira do banheiro ainda fechada, como ele a deixara. Então olhou para as paredes de vidro da varanda e para as gardênias brancas que criavam o próprio muro. A luz das estrelas caía sobre o sofá onde ele finalmente a tomara. Onde não deixara de notar a pequena omissão dela.

Vaasa nunca lhe prometera uma vida juntos.

Ele pretendia fazê-la mudar de ideia.

– Parece que você sabe de algo que eu não sei – disse a mãe atrás dele.

Reid se virou, encontrando seus olhos severos e se sentindo como uma criança por um momento. O mesmo poder que a rodeava e que às vezes tornara impossível não temê-la pairava no ar. Ele cerrou os dentes.

– Dominik... ele vai matá-la. Planeja matá-la.

– Por quê?

– Porque a tradição asteryana diz que, se ele estiver morto, o marido de Vaasa é o próximo na linha de sucessão. Enquanto estivermos casados, ela e eu somos a maior ameaça ao reino de Dominik.

Era impossível pegar Melisina Le Torneau de surpresa. Ela mantinha a compostura melhor do que qualquer pessoa que Reid já conhecera. Todo movimento, todo sentimento, era controlado. Mesmo após a morte do pai, ele não a vira desmoronar. Ressentira-se dela por isso, na época, antes de conhecer Vaasa e ver como as emoções a controlavam. Como podiam destruí-la.

Então, quando o rosto da mãe se contorceu, ele sentiu a gravidade do momento como se o mundo inteiro tivesse estremecido.

– Vaasa sabe que você pretende matar o único parente vivo dela e roubar uma nação inteira?

– Claro. Foi ideia dela.

– É melhor estar falando a verdade, Reid Cazden, ou eu vou te esganar.

O sobrenome do pai martelou contra o peito dele, bem como a mãe pretendia. Um pequeno lembrete das expectativas que o pai depositara nele e de que, por mais que Reid crescesse na vida, a mãe era maior. Ele precisara daqueles lembretes quando garoto, porém não eram mais necessários. No entanto, havia um brilho nos olhos da mãe que ele não podia ignorar e que inflamou sua determinação de novo. Seu medo.

Ela também amava Vaasa e jogaria a responsabilidade de protegê-la nos ombros dele se necessário fosse.

– Se eu não encontrá-la, vou queimar Asterya até não sobrar nada – prometeu Reid, contornando a túnica preta da mãe e seguindo para o Grande Templo de Dihrah. – Kier! – berrou ele, acima do som de seus passos nas escadas.

Sua mãe o seguia de perto.

Reid encontrou o guardião e Koen no saguão principal, e os dois arregalaram os olhos ao ver sua raiva. E as espirais de escuridão que cobriam as escadas.

Reid não perdeu tempo com amabilidades.

– Bloqueiem a cidade inteira. Eu quero o porto armado e cada centímetro deste prédio revistado.

– Reid... – disse Koen.

Reid se virou para ele. Erguendo os óculos com sua calma costumeira, Koen assentiu.

– Já está feito.

Reid não conseguia encontrá-la.

Eram três horas após o toque da meia-noite, e ele mal conseguia se manter de pé, os olhos turvos enquanto se arrastava por entre as estantes até a mesa onde lhe disseram que Vaasa costumava passar o tempo. Quando a encontrara ali, a considerara tola por não mudar de localização com frequência; retornar à mesma mesa, no mesmo andar, era um erro mínimo, mas que lhe permitira encontrá-la.

Nos últimos tempos, ele vinha dizendo a si mesmo que Vaasa fizera aquilo de propósito. Que sempre fazia tudo de propósito. Nunca dava um passo que não fosse calculado ou que não tivesse algum objetivo. Disse a si mesmo que ela queria ser encontrada. Que estava esperando por ele, tão fascinada por Reid quanto ele ficara por ela depois da noite de núpcias, mesmo que não quisesse admitir. Mesmo que ele tivesse sangrado em silêncio na cama, perguntando-se se a coisa mais curiosa de sua vida tinha acabado de fugir pela janela.

Ele sabia que Vaasa não estivera de fato esperando por ele, mas ao parar diante daquela mesa na Biblioteca de Una, foi o único conforto que se permitiu sentir.

Seus olhos correram pelas estantes, pousando no exato lugar onde ela tinha sacado uma faca contra ele outra vez, no lugar onde ele a empurrara contra os livros só para ter uma chance de implorar a ela que voltasse.

Disse a si mesmo que Vaasa ainda estava esperando por ele. Que estava esperando que fosse encontrá-la. Porque, caso contrário, teria que enfrentar o pensamento traiçoeiro começando a se formar no fundo de sua mente.

E se Dominik não a tivesse sequestrado?

E se Reid tivesse se aproximado demais, deixado suas esperanças crescerem demais, e Vaasa tivesse fugido, como ele sempre pensou que ela faria?

Cerrando os punhos, Reid se dirigiu à torre dos bruxos, onde sua mãe e o coven estavam trabalhando. Passando pelos portões de ferro e pelo corredor, encontrou Leanan e Brielle não só com sua mãe. Na grande mesa retangular estavam os grandes bruxos de *todas* as sodalidades, reunidos e trabalhando juntos talvez pela primeira vez na memória de qualquer pessoa viva.

A voz de Melisina ecoou pela sala até ele.

– Você não vai conseguir ajudar ninguém nesse estado – disse ela. – Volte ao Grande Templo e durma algumas horas.

De repente, os joelhos dele pareceram fraquejar. Tristeza e uma raiva quente arderam atrás dos seus olhos, e ele teve que engolir para contê-las, os dedos se curvando em punhos. A mãe notou, e então se afastou do resto das bruxas e agarrou o braço dele, levando Reid escada abaixo.

– A magia zuheia leva tempo – disse ela. – Estão tentando localizar os sinais vitais dela, mas esta cidade é grande. É difícil achar alguém com precisão.

Reid encontrou os olhos dela, uma preocupação implícita pairando entre os dois. *Talvez esse tipo de magia dependa do fato de ela ainda estar viva.* Era um pensamento que ele nunca vocalizaria.

– Ela é minha esposa – disse Reid, por fim.

– E vamos encontrá-la.

– Estou apaixonado por ela.

A mãe soltou um leve suspiro, encostando-se na balaustrada de ferro.

– Eu sei.

– E ela vai embora mesmo assim.

– Eu sei.

A voz dele falhou, mas Reid se obrigou a falar:

– E se ela já tiver ido?

Silêncio.

Reid se virou, uma lágrima escapando pelo canto do olho enquanto o nó na garganta aumentava.

– Eu quero... – Ele parou e engoliu em seco. – Eu quero o que você e meu pai tinham.

O rosto da mãe se suavizou. Talvez estivesse pensando no amor que Reid presenciara, um amor que não era verdadeiro só nas lembranças romantizadas da infância. Um amor que era difícil, às vezes. Um amor que significava que eles escolhiam um ao outro, vez após vez. Um amor capaz de encarar o pesadelo da mortalidade e transcender as leis mais brutais da natureza. Que ainda existia, nas sombras do luto que ele viu cruzar as feições da mãe. Reid sabia que, só porque ela não tinha desmoronado quando perdeu o marido, não significava que não tivesse sofrido.

Ele sentia aquele mesmo sofrimento o invadindo no momento, como pedras erodidas nas curvas dos rios.

– Ela tirou você do luto – sussurrou sua mãe. – Um luto que eu não sabia se você conseguiria superar um dia.

Os anos após a morte do pai foram duros. Ele não teve a chance de ver Reid ascender a guardião ou realizar qualquer das mudanças no Leste das quais tinham falado. Foi seu pai que o guiara com segurança através daqueles campos de batalha. Que lhe ensinara que a luta mais poderosa era a que uma pessoa escolhia lutar, não aquela em que caía por acaso. Reid continuou seguindo em frente, mas, não importava qual ambição perseguisse ou quais degraus subisse, não era rápido o bastante para fugir do passado. Não era rápido o bastante para evitar a dor. Tinha dedicado cada momento de sua vida àquele novo sonho, até que Vaasa aparecera para mudar isso.

Ele viu além do cargo de grande mestre. Viu além daqueles dez anos.

E, no momento, não conseguia ver além da hora seguinte.

Fechando os olhos como se estivesse prestes a desmoronar, sua mãe respirou fundo.

– Ela foi atrás de Amalie, e não conseguimos encontrar nenhuma das duas. Eu aprendi muita coisa sobre Vaasalisa, e uma delas é o carinho que tem por aquela garota. Ela nunca, nunca *mesmo*, colocaria Amalie em perigo. Se sumiu, não foi por escolha, filho.

As palavras dela fizeram o coração de Reid bater mais rápido. Vaasa não era a única que temia a esperança.

– Você acredita que elas estão juntas?

– Acredito que seria preciso uma força da natureza para separá-las. – A mãe apoiou a mão no ombro dele em um gesto de consolo. – Sei que você não quer ouvir isso, mas, se não conseguirmos encontrá-la, você tem uma chance melhor de comandar um exército se vencer a eleição. O melhor a fazer é comparecer amanhã. Vença. É *isso* que você pode fazer por ela.

Reid tamborilou na estante de madeira.

– Quer dizer que os conselheiros ainda não ficaram sabendo que minha esposa está desaparecida? – Ele balançou a cabeça. – Não sei se tenho chance de vencer sem ela.

– Você sabia há semanas que venceria, independentemente da presença dela.

Quando Marc chegara sem aviso, com Kenen e Galen, Reid soubera então que a eleição estava praticamente decidida, mas aquela foi a noite em que Vaasa se mostrara tão necessária, talvez não para a eleição, mas para ele.

– Em algum ponto, eu decidi que não queria vencer sem ela – sussurrou ele.

A tristeza brilhou nos olhos da mãe, mas ela engoliu em seco e assentiu. Uma expressão feroz tomou suas feições sábias. Reid herdara do pai a compleição de tons marrons e reflexos dourados, passara a vida adquirindo a determinação da mãe. Arrastando a túnica pelo chão, ela parou na escadaria só o suficiente para olhar por cima do ombro.

– Ainda há uma coisa que não tentei.

Era tanto uma promessa quanto uma ameaça. E Reid não sabia se podia acreditar nela.

No entanto, implorara a Vaasa que tivesse esperança, então era justo que fizesse o mesmo.

CAPÍTULO 25

— Mathjin, o que você fez? – rosnou Vaasa em icruriano. – *O que você fez?*

– Eu fiz o que tinha que fazer – respondeu Mathjin em asteryano, examinando cada passo de Dominik e usando aquele idioma para que o homem entendesse a conversa.

Seis outras pessoas estavam paradas no perímetro: guardas asteryanos. A respiração de Vaasa começou a ficar acelerada. As forças asteryanas estavam na cidade?

– Ele fez um acordo, não muito diferente do nosso – disse Dominik simplesmente, as mãos unidas às costas, subindo a escada. – Se me entregasse você, eu mataria o general que assassinou a família dele. Me diga, Mathjin: Ignac Kozár sofreu o suficiente para o seu gosto?

Mathjin se afastou dele e não se dignou a dar uma resposta.

O presente, percebeu Vaasa. Aquela carta nunca fora para ela. Dominik já sabia que Vaasa a mostraria a Mathjin. Tinha se comunicado com o conselheiro por meio de Vaasa, e ela nem tinha notado.

Será que em algum momento tivera qualquer vantagem, ou Dominik estivera sempre um passo à frente?

Dominik se aproximou de Amalie, e o medo fez as mãos de Vaasa tremerem.

– Era um acordo simples, na verdade – afirmou ele.

Correndo o nó do dedo pela bochecha de Amalie, ele apertou o anel de garra prateado contra a pele dela, pedra preta contra o rosto pálido. Amalie tentou se debater, mas ele correu o anel até a linha do seu cabelo.

A bruxa cerrou os dentes para conter qualquer som. Gotas de sangue escorreram por sua pele e se empoçaram na mordaça branca ainda cobrindo sua boca.

Vaasa sabia que não deveria falar nada. Se implorasse pela vida dela, Dominik ficaria mais inclinado a tirá-la. Em vez disso, ela prendeu a respiração, esperando para ver o que ele faria em seguida.

Nunca tinha se sentido tão impotente.

– Você deveria ter deixado a magia matá-la. – Dominik olhou diretamente para Vaasa. – Sabia que ia morrer de qualquer jeito.

Naquele momento, ela teve dificuldade de discordar.

– Você despreza Asterya, então convida o imperador para sua capital? Para sua *eleição*? – perguntou Vaasa a Mathjin, voltando ao icruriano e vendo o conselheiro traidor manter uma distância saudável do irmão dela, o asco estampado em suas feições. – Ele deu um general a você, cumpriu *uma* promessa, e isso valeu trair Reid?

Amalie gritou. Vaasa virou a cabeça para o irmão, cujo anel pingava com o sangue da bruxa. O corte era idêntico ao primeiro, descendo pela bochecha bem ao lado do outro. Dominik se endireitou.

– Toda vez que alguém falar icruriano, eu vou fazer mais um corte.

Pelo canto do olho, Mathjin observou os guardas. Um leve questionamento cruzou seu rosto, como se subitamente duvidasse do acordo que fizera.

– Ele concordou em ir embora em paz se puder levar você – respondeu Mathjin. – Ele e eu nos encontraremos no campo de batalha, e aí não haverá acordos. Então você vai escrever essa carta, vocês dois vão embora, e ele vai perder a guerra que começar aqui.

– Você é um tolo – disparou ela.

Aquilo respondia a sua pergunta, porém: Mathjin não tinha deixado um exército todo cruzar a fronteira, mesmo que quisesse guerra. Isso nunca teria escapado aos vigias ao longo do Settara, a não ser que eles usassem as cores e o emblema de Wrultho. Mathjin tinha feito um acordo idiota, tão dominado pelo luto e pelo desejo de vingança que não enxergava o perigo à sua frente. A pior parte era que tinha barganhado com o irmão errado: se tivesse contado a Vaasa sobre a vingança que desejava, ela teria feito tudo ao seu alcance para lhe trazer Ignac Kozár.

– Eu estou com o conselheiro dele. Se Dominik tentar qualquer coisa, eu mato o velho.

Vaasa teve vontade de rir, mas com o irmão tão perto de Amalie, com o irmão *quieto*, ela não pôde.

– Você acha que ele se importa com a vida de Ozik? – Não havia um pingo de lealdade no corpo de Dominik. – Você fez um acordo com uma víbora. Não sabe disso ainda, mas já foi mordido.

– Escreva a porra da carta – rosnou Mathjin.

– *Não.*

– Eu não vou matá-la – disse Dominik, encostando o dedo delicadamente na garganta de Amalie. – Não de imediato. Mas, a cada momento que você passar sem escrever essa carta, vou fazer mais um corte na pele linda e delicada dela.

E fez isso, logo abaixo da mandíbula, como se debochasse do jeito como tudo aquilo começara para Vaasa. Amalie inspirou bruscamente através dos dentes cerrados, mas não fez som algum, em desafio.

Mathjin devia ter contado cada mínimo detalhe a Dominik.

A náusea a atravessou. Era seu pior pesadelo: Dominik sabendo de qualquer momento em que ela sorrira, qualquer momento em que se permitira se aproximar o suficiente daquelas pessoas para que se tornassem importantes. Dominik colocando as mãos nas lembranças que tinham se gravado na pele e no coração dela. Aquela vulnerabilidade cortava mais fundo do que qualquer lâmina.

Dominik esperou, então fez um corte grande no peito de Amalie.

Exatamente no mesmo lugar em que Kosana cortara Vaasa.

O divertimento reluziu nos olhos dele.

– Pare – disse Vaasa. – Você não tem que ferir mais ninguém aqui.

Dominik arrastou o anel pela parte interna do braço de Amalie, e dessa vez ela soltou um soluço engasgado.

– Pare!

– Escreva a maldita carta! – berrou Mathjin.

Amalie não ergueu os olhos. Jamais pediria a Vaasa que cedesse. Ela não começaria uma guerra, mesmo se o custo fosse sua vida.

Dominik ergueu o dedo para a outra bochecha de Amalie.

– Pare – disse Vaasa. – Eu vou escrever. Vou escrever a carta.

Dominik cortou Amalie mesmo assim.

Amalie soltou um ganido e se engasgou na mordaça, contendo o que deviam ser lágrimas de terror. A raiva cresceu em Vaasa.

– Eu disse que vou escrever!

– Basta – disse Mathjin a Dominik, que ergueu uma sobrancelha com a audácia do conselheiro.

Junto à parede da catacumba, um guarda asteryano sacou a espada, mas Dominik bateu o anel de garra na pedra esmigalhada e gesticulou para Mathjin seguir em frente. A espada foi baixada. O tédio transparecia nas linhas afiadas e angulosas do rosto de Dominik, o que significava que ele era muito mais perigoso naquele momento do que quando demonstrava emoção. Ele estava pensando, provavelmente sobre como tiraria a vida de Mathjin.

Olhando para as próprias mãos, Vaasa deixou os ombros caírem.

– Você vai ter que me desamarrar.

– Ela só precisa de uma mão – alertou Dominik a Mathjin, que se aproximou com cuidado.

Mathjin não se retraiu ao tocar as cordas em seus pulsos; as fibras entrelaçadas ali não tinham efeito algum em suas mãos sem magia. Um pulso foi solto, o da mão dominante, e caiu como um peso morto ao lado dela.

Erguendo o joelho, ela deu um chute forte na virilha de Mathjin.

Ele berrou de dor e cambaleou para trás, com fúria nos olhos, cuspindo aos pés dela enquanto se dobrava no meio.

Atrás dele, Dominik deu uma risadinha.

Mathjin se obrigou a se erguer e avançar, erguendo o braço e dando um tapa no rosto de Vaasa com as costas das mãos. O eco do golpe reverberou pela sala. Vaasa não fez som algum.

Inclinando a cabeça para trás, ela torceu os lábios.

– Meu rosto será a última coisa que você verá.

– Você não vai viver o suficiente para isso.

– Você me subestima.

– Não. – Mathjin foi mancando recuperar o papel e a caneta do chão. – É *ele* que eu estimo corretamente.

Dominik sorriu, correndo o anel ao longo da bochecha de Amalie outra vez. Ela se encolheu, mas ele apenas se aproximou, inclinando-se para sussurrar algo no seu ouvido, as mãos correndo por seu pescoço.

Amalie ficou completamente imóvel.

A fúria inundou Vaasa, sua mente gritando para que ela tentasse alguma coisa, qualquer coisa, para fazer Dominik libertar Amalie. Ela sabia, no entanto, qual seria o resultado de pedir ao irmão que parasse, sabia que Dominik simplesmente estenderia a tortura ainda mais e a tornaria muito pior.

Mantendo distância, Mathjin deslizou o papel e a caneta sobre o banco ao lado dela, fazendo um gesto brusco com a mão.

– Escreva. E não se esqueça de que eu já li as suas cartas. Sei como você fala. Faça direito.

Ela esticou o braço para pegar a caneta, a corda se retesando em seu pulso e fazendo Vaasa se retrair. A caneta estava fria em sua mão, mas ela respirou fundo e começou a rabiscar palavras que soavam genuínas.

Descreveu com precisão a rota com a qual todos concordaram, desde as depressões nos cânions até as curvas no rio Sanguíneo. Mathjin saberia se houvesse qualquer detalhe fora de lugar – tinha sido ele, afinal, que pensara em tudo aquilo.

Lágrimas brotaram em seus olhos quando ela escreveu a última linha.

Tentando não soltar um suspiro trêmulo, ela assinou o pergaminho e soltou a caneta.

Mathjin saltou sobre ela, acertando o joelho em seu estômago e a empurrando até bater contra a estaca de madeira à qual tinha sido amarrada. Um grito escapou dos lábios dela, e seu joelho falhou, uma pontada de dor lhe atravessando o ombro. Vaasa se apoiou com a mão livre no banco, encostando-se nele e tentando aliviar o peso no ombro forçado.

– *Vai se foder.*

– Mate-a logo, por favor – disse Mathjin apenas, dobrando o pergaminho e o guardando no casaco. Ele a deixou com uma mão desamarrada, provavelmente para debochar de Dominik. – E então saia do meu país.

– Esse é o acordo – respondeu Dominik suavemente.

Sem olhar para ela ou para Amalie, Mathjin desapareceu nas sombras da catacumba, os guardas asteryanos abrindo espaço para ele.

Dominik bateu o pé no chão.

Vaasa ergueu os olhos, encontrando os dele através dos feixes de luz que entravam pelas fissuras na pedra ao redor. Não ousou fazer qualquer som, não ousou implorar por uma morte rápida ou misericórdia. Parte dela sempre soube que eles acabariam ali. Que um dia estariam frente a frente, a morte dela iminente, o sorriso dele exatamente assim.

Ela só lamentava o fato de que o último rosto que veria seria o de Dominik.

Reid, no teatro, com seu olhar tranquilo e sorriso casual, surgiu em sua mente. E, se ela já não estivesse no chão, essa imagem a teria feito desabar. No entanto, um fio de gratidão se entremeou em seus pensamentos: ela tinha aquela lembrança, a lembrança dele na noite anterior e em todas as outras noites também. Seu peito doeu de gratidão por saber como tinha sido tê-lo, mesmo por um curto período.

– Você pretende morrer assim? – perguntou Dominik, olhando para sua postura vergonhosa.

– O lugar da minha morte não faz diferença para mim.

– Sabe – disse ele atrás de Amalie –, parte de mim lamenta ver as coisas chegarem a esse ponto entre nós.

– Não lamenta, não.

Ela olhou para os guardas; ele até trouxera testemunhas. Como podia ter persuadido todos a não falar do que acontecesse ali?

– Acredite no que quiser, mas você entende que não tive escolha, certo? Refleti sobre as alternativas, sabe. Eu podia ter matado apenas o guardião, mas e se você fosse tola a ponto de se casar de novo? Além disso, essa é uma história muito melhor: aquele guardião inútil de Wrultho começa a ter ambições de poder e a herdeira de Asterya morre no fogo cruzado? Nossos nobres vão marchar para a guerra.

Por um momento, a confusão superou a dor de cabeça de Vaasa. Ela não achara o guardião muito capaz, mas o homem estava planejando algo grande, isso estava claro.

– Você sempre falou tanto? – perguntou ela.

Dominik bufou, olhando para Amalie, que ainda estava observando Vaasa sem se mexer. Ele novamente correu o dedo com o anel pela bochecha dela, até o pescoço, então ao longo do decote da blusa.

Amalie apertou os olhos.

– Pare – implorou Vaasa. – Deixe-a em paz. Ela não fez nada para você.

A mão de Dominik parou.

Então ele correu o anel sobre o peito de Amalie, fazendo um longo corte que imediatamente borbulhou com sangue. Dessa vez, Amalie se debateu com gritos abafados pela mordaça.

Vaasa deu um salto para a frente, mas a corda a segurou, e ela cerrou os dentes, lágrimas brotando nos olhos.

Dominik saiu de trás de Amalie e cruzou a plataforma com quatro passos. Até os raios de luz se inclinavam para longe dele. Os traços finos do seu rosto assomavam, mais próximos a cada passo, mas ele parou fora do alcance de Vaasa. Os olhos índigo do irmão mediram impecavelmente a distância.

– Me responda uma coisa: como você aprendeu a manipular a maldição?

Uma risada desesperada veio do fundo do peito dela, uma lágrima escapando junto e escorrendo por sua bochecha.

– Você quer respostas de mim? Assim?

– Responda à pergunta.

– Morra com a dúvida. Espero que ela o atormente até seu último dia.

Ele voltou batendo os pés, os passos altos ecoando na câmara, até parar na frente de Amalie. Então deu um tapa nela com as costas da mão, como Mathjin fizera com Vaasa.

Amalie choramingou enquanto lágrimas e sangue escorriam por seu rosto, o anel de Dominik pingando sangue.

– Responda à pergunta – rosnou Dominik, virando-se de novo.

Não importava se ele soubesse. Talvez ela pudesse ao menos garantir uma morte rápida e indolor para Amalie.

– Não é uma maldição – disse Vaasa em voz baixa. – É magia, e nossa mãe sempre a teve.

Dominik tamborilou o anel contra a cadeira de madeira de Amalie.

– Por que ela arranjou seu casamento?

– Foi por isso que você a matou? – rebateu Vaasa.

Não importava o que revelasse agora, quais partes do quebra-cabeça começasse a juntar. Ela e Amalie iam morrer.

– Eu não matei nossa mãe – respondeu Dominik, algo novo brilhando em seus olhos.

Foi a única vez na vida que ela viu o sentimento transparecer naquelas íris azuis: mágoa. Será que ele... amara alguém, no fim das contas?

– Então quem foi? Quem invocou o Miro'dag, quem fez o pacto com os zetyr? – perguntou ela.

– Eu não faço ideia do que você está falando.

Era sinceridade o que identificava no tom dele, naquele curvar dos lábios? Ela nunca o vira assim.

Dominik estreitou os olhos.

– Não é você quem faz as perguntas aqui.

Ela ficou pasma ao ver uma expressão juvenil cruzar seu rosto, a natureza impetuosa e afrontada de alguém jovem demais para não ser suscetível à dor. Ela nunca o vira daquele jeito, nunca tivera essa capacidade. Sentiu uma pontada de vergonha. Ele ainda era seu irmão mais novo.

– O que você quer, então? O que mais você quer?

– Eu quero *entender* – exigiu ele. – Saber por que ela deu a você a única coisa que sabia que seria uma ameaça a mim.

– Não sei, Dominik.

– Ah, mas você sabe *tudo*, irmã. – Dominik olhou para Amalie e então para Vaasa. – Você sempre soube de tudo. A porra da favorita do papai.

– Ele te deu um império. E me deu uma sentença de morte.

– *E ela te deu uma saída!*

Lá estava de novo, o ódio. A mesma emoção que ardia nos olhos dela quando encarava Dominik. A crueldade e a cobiça sempre emergiam quando o irmão se sentia ameaçado, e ele machucava as pessoas por isso. Machucava-as além do perdão.

E, por um momento, Vaasa sentiu pena dele. Como era triste passar a vida inteira com medo.

No momento em que pensou nisso, as palavras a paralisaram. Enquanto olhava para o brilho paranoico nos olhos do irmão, Vaasa repassou cada momento em que sentiu o medo se enrodilhar no seu coração e no dele – porque se parecia com o pai. Porque se parecia com Dominik. E então, ao aprender a verdade sobre a magia, tinha pensado que o irmão era a maldição. Que *ele* era a maldição que a assombrava. O motivo para ela não conseguir amar ou ter esperanças ou sonhar.

Ela baixou os olhos para o chão de terra.

Não podia mais sentir a serpente, mas sabia que, se pudesse, ouviria o zumbido suave do que seu coração sempre quisera que enxergasse. Nunca foi a magia, nunca foi o irmão... seu medo era a verdadeira maldição com que nascera, que atormentara os dois igualmente. Era o maior ciclo da vida deles. E Vaasa recebera um jeito de quebrá-lo.

Mas não tinha feito isso.

Que triste passar a vida inteira com medo. Olhar para o amor e a gentileza e temê-los.

– Me matar não vai libertar você – sussurrou ela.

Dominik ficou em silêncio por um momento antes que sua voz soasse sobre as pedras:

– Quê?

– Nosso pai tinha razão. Não podemos desejar nada sem considerar que será tomado de nós. – Ela ergueu os olhos para ele, o coração acelerado. – Você nunca vai ter alívio para o seu medo, Dominik, porque a chave não é tomar o que deseja, mas desejar as coisas certas. E você *nunca* desejou as coisas certas.

Os lábios de Dominik se abriram, mas Vaasa não estava mais olhando para ele.

Ela olhou para Amalie, que entendia toda palavra em asteryano que saía de sua boca. E então ousou mudar para icruriano.

– Você me demonstrou amor e, por causa disso, eu aprendi a demonstrá-lo também.

Amor. Gratidão.

Esperança.

Eram os únicos jeitos de quebrar a maldição.

– Feche os olhos – disse ela a Amalie. – Não assista a nada disso.

Lágrimas brotaram nos olhos da garota, escorrendo por suas faces e se misturando ao sangue. Ela balançou a cabeça em desafio.

– Quando ele me matar, preciso que você lute com todas as suas forças. Sua força é a minha força – disse Vaasa, a voz embargada.

Era talvez a única gentileza que ela tinha a oferecer a Amalie, momentos finais que não estivessem envoltos em imagens da morte sangrenta de Vaasa, mas em esperança.

– E diga a Reid... que eu teria ficado.

Amalie ainda não podia falar, mas, após um momento de hesitação, assentiu. Como se a promessa de realizar o pedido de Vaasa – a promessa de lhe oferecer aquela última coisa – realmente lhe desse forças. Lágrimas brilhavam em seus olhos castanhos, mas Amalie engoliu o choro. Ergueu o queixo com coragem, em um gesto que Vaasa podia ter jurado que significava *eu também te amo*. E o único alívio que Vaasa sentiu foi quando Amalie fechou os olhos.

– Me mate, Dominik – disse Vaasa, erguendo os olhos de novo. – Me mate e prove que estou certa.

Raiva e frieza se entremeavam no olhar dele, e Dominik sacou a faca cintilante da cintura. Quando Vaasa o viu se aproximar devagar, com a boca retorcida num esgar, decidiu que o rosto dele não seria o último que veria. Mesmo que morresse ali, ela não olharia mais para o medo.

Em vez disso, encarou Amalie, que, bem naquele instante, abriu os olhos de repente. Vaasa podia jurar ter visto um brilho branco reluzir neles.

E então a magia inundou as catacumbas, colidindo contra Dominik e acabando com qualquer luz e som.

E não havia mais nada.

Até que o mundo começou a cantarolar.

A escuridão que os cobria se dissipou em um estalo, o tipo de controle que só uma bruxa veragi experiente podia ter. Uma névoa preta cercava a plataforma, subia pelas colunas e esgueirava-se pelo teto em ruínas. Em meio a ela emergiu lentamente uma figura de capa, banhada de preto rodopiante, as sombras se curvando com seus passos.

Cabelo loiro-platinado erguendo-se com a névoa.

Olhos âmbar brilhando no escuro.

Melisina.

Vaasa se engasgou em um soluço de alívio e se debateu contra as cordas que a amarravam. Seu pulso ardia, e seus olhos imediatamente procuraram Dominik. Ela o encontrou caído no chão, com sangue escorrendo da cabeça, tentando se erguer com o apoio dos braços.

A faca tinha caído na frente dele.

Mais perto dela.

Dominik ergueu a cabeça subitamente, os olhos azul-oceano se fixando nos dela enquanto fazia alguma ameaça que Vaasa não conseguiu ouvir. Ele pulou na direção da lâmina.

Vaasa lançou o corpo para longe da estaca de madeira que a prendia, limitada pelo braço preso, e chutou com toda a força que conseguiu. Ossos quebraram e sangue jorrou do nariz de Dominik quando ele recuou, as mãos no rosto. Seu grito raivoso perfurou o ar, e ele saltou atrás da arma. Usando o pé esticado, Vaasa chutou a faca para as próprias mãos e teve vontade de uivar de alívio quando seus dedos se fecharam ao redor da lâmina. Rapidamente começou a tentar cortar a corda amarrada à outra mão. Dominik rastejou pelo chão na direção dela. Atrás dele, Melisina estava derrubando os seis guardas, a magia veragi preta mergulhando pela garganta e pelo nariz deles.

Dominik fechou os dedos ao redor do pulso de Vaasa e o bateu contra a madeira. A faca caiu ao chão antes que ela pudesse terminar de cortar a corda, e Vaasa tentou mover o corpo, chutar e se livrar dele, mas Dominik agarrou seu pé e puxou até ela perder o equilíbrio. Agarrando a corda desfiada acima dela, Vaasa respirou fundo e então fez força com todo o peso do seu corpo.

Sentiu uma pontada aguda de dor no braço.

A corda desfiada se rompeu.

Seu braço que estava amarrado se soltou, e ela arquejou enquanto o sangue voltava a circular em seus dedos, um formigamento queimando até as pontas. Desesperadamente, tentou se livrar da corda ainda amarrada ao pulso. Se pudesse acessar sua magia, se pudesse...

Ela rolou para o lado quando Dominik golpeou com a faca, a lâmina de ferro entalhando o chão de pedra. Chutou o flanco dele de novo, fazendo-o perder o equilíbrio e, jogando o peso para a esquerda, rolou para o mais longe possível, colidindo contra a parede de pedra dura. Pedaços afiados de granito pontilhavam o chão ao seu redor. Vaasa esfregou uma daquelas pedras contra a corda ainda amarrada ao seu pulso, ouvindo Dominik se levantar, os passos dele ecoando no chão.

Ela continuou cortando, apesar do olhar homicida dele, apesar do sangue que escorria por seu pulso. Encolhida no chão, tinha poucos momentos antes de Dominik matá-la.

Amalie soltou um grito agudo, abafado pela mordaça. Seu cabelo estava espalhado pelo chão, a cadeira em pedaços, seu corpo encolhido no chão de mármore, berrando através da mordaça.

Ela jamais quisera imaginar Amalie arrasada.

E agora Vaasa via o jeito como tudo aquilo parecia ter estilhaçado a amiga. Como um poço se enchendo, como uma chama se inflamando, a raiva se acumulou dentro dela.

Não... não era raiva.

Era magia.

Suas unhas cortaram o resto da corda, que caiu no chão enquanto a escuridão disparava de Vaasa, batendo contra Dominik e o fazendo voar para trás. Mais retesada e furiosa do que nunca, a magia deslizava por sua barriga e através de suas veias, correndo até seus membros e saindo da ponta dos dedos. Subiu pelos braços e pelo pescoço dela, sibilando, a névoa crescendo enquanto Vaasa se colocava de pé.

Os olhos de Dominik se arregalaram.

– Irmã...

– *Não ouse implorar.*

Ele começou a tremer.

Vaasa deu um passo lento para a frente, a névoa preta cobrindo o chão com sua fúria. Os olhos de Dominik ficaram ainda maiores. A névoa ao redor dela mudou. Não se enrolava mais nos seus membros; se contorcia no chão na direção dele, uma coleção de serpentes com línguas bifurcadas que subiam e passavam por cima umas das outras. Elas se enrolaram para criar algo novo, um corpo que se ergueu e se contorceu até formar quatro patas. A criatura avançou com passos lentos, as serpentes que a compunham sibilando e deslizando.

E então a magia dentro de Vaasa cresceu e se transformou, os quatro membros da criatura se esticando, os olhos brancos brilhando. Em um coro de sombras gritantes, o animal ergueu a cabeça para o céu.

Vaasa soube então o que era. Soube com total clareza o que ela sempre quis que fosse, o que não tinha deixado que se tornasse. A criatura uivou sua lealdade e sua revolta.

A magia faiscou, seu sangue vibrando com desejo de vingança, e o lobo assumiu sua forma.

Acompanhando cada passo de Vaasa, ele avançou devagar, os dentes arreganhados, as margens da magia lambendo o ar. Aquela criatura de vazio era tudo que havia dentro dela: escuridão, dor, medo, e também poder.

– Você passou a vida inteira com medo desse momento.

Ela parou na frente do irmão e observou o horror em seu rosto pálido, o jeito como as bordas da própria magia estalavam como chicotes contra ele, cortando seus pulsos e roupas.

– Eu esperei a vida toda por isso – continuou ela. – Para ver o medo dançar nos seus olhos enquanto você encarava o seu maior pesadelo, porque você sempre conseguiu testemunhar o meu.

Em uma última demonstração de covardia, Dominik olhou para um lado e para o outro, procurando uma saída.

– Você percebe que foi você que criou sua maior ameaça? – perguntou ela.

Quando Dominik pôs os olhos na magia ainda girando ao redor de Vaasa, ficou imóvel.

– Não é ele o lobo – disse Dominik. – É você.

Por um momento, Vaasa cogitou deixá-lo viver. Entretanto, apesar da vergonha que ainda não a abandonara, sabia que aquela nunca seria uma opção. Que ele só pararia até o mundo estar ardendo sob seus pés.

A criatura do vazio atacou.

O lobo o consumiu, a névoa preta veragi abafando sua visão e audição e olfato. Expulsou o ar dos pulmões dele e o arrastou para suas sombras perversas, para o vazio. Afogou-o. Seus gritos gorgolejantes mal podiam ser ouvidos, mas Vaasa sentiu os dentes do lobo rasgarem o pescoço dele, sentiu o gosto metálico do sangue que derramava, ouviu os membros sendo arrancados.

E então a magia se dissipou, voltando para dentro dela com uma força que a obrigou a firmar os pés no chão. Dominik estava ali, o sangue empoçando no chão. Sua cabeça jazia a meio metro de distância do resto do corpo.

O choque percorreu Vaasa. Uma resistência ao que via, ao que fizera.

E então ela gritou.

A agonia a estilhaçou como ao vidro de uma janela, pequenos cacos perfurando cada um dos seus órgãos e rasgando sua pele. Detonando. A névoa preta explodiu ao seu redor. Explodiu de dentro dela. Através dela. Colidiu contra as colunas e paredes, e Vaasa se perguntou por um momento se derrubaria o coliseu inteiro. Se tremeria tanto que nenhum alicerce aguentaria.

O último membro de sua família estava morto.

No entanto, ela não podia parar. Não podia sequer desacelerar. Havia pessoas ainda respirando, pessoas que queriam tirar tudo dela. Pessoas cujo egoísmo e cobiça a tinham colocado naquela situação, de matar ou morrer. Pessoas que queriam ver uma nação se estilhaçar.

Então um sentimento a preencheu até transbordar, a inundou com a velocidade de uma explosão: raiva.

Ao longe, ela ouviu Melisina tentando acalmar Amalie, desfazer os nós. Ouviu Amalie gritando.

Um joelho por vez, ela se ergueu do chão, o vazio ainda se debatendo ao seu redor e lambendo o ar. Deixou a metade rasgada da saia se arrastar pelo sangue de Dominik. A névoa se espalhava de onde ela apoiava os pés.

– O que você está fazendo? – perguntou Melisina.

Curvando-se e agarrando o cabelo de Dominik com a mão, Vaasa rosnou:

– Ele não estava trabalhando sozinho.

CAPÍTULO
26

O enorme jardim zumbia ao redor de Reid conforme os conselheiros entravam um após o outro. Cada candidato estava sentado em uma plataforma elevada na frente do espaço retangular, a estátua de mármore branco de Una espiando por cima de seus ombros. O pátio principal, construído entre as seis catedrais do complexo, era o destaque do Grande Templo de Dihrah, onde o cheiro de gardênias flutuava pelo ar e as flores pareciam estremecer de empolgação. Cada sodalidade tinha um pátio principal, e era lá que o novo grande mestre era escolhido. O grande mestre Kier fora eleito no pátio do Grande Templo de Sigguth, e agora Reid esperava fazer história ali em Dihrah, para governar pela década seguinte. Para transferir a capital para Mireh, onde seu sucessor contemplaria suas rochas e suas flores e também faria história.

O grande mestre Kier estava parado na frente da plataforma, a barba castanha perfeitamente aparada, usando seu traje icruriano formal, nos tons de dourado, prateado e preto que representavam toda a nação. Não havia roxo, verde, azul, amarelo, laranja ou vermelho – ele era um homem de todo o país. Aqueles eram os trajes que Reid esperava usar quando o novo mandato começasse e a transferência de poder ocorresse.

Mas não estava conseguindo pensar direito. Não conseguia focar em nada além de sua mãe e o coven dela, que estavam vasculhando as ruas para encontrar suas duas membros mais jovens.

Uma das quais era a esposa dele.

Vaasa não tinha voltado na manhã seguinte, embora tivesse aparecido nos sonhos de Reid. Isso só dificultou que abrisse os olhos; a manhã era sempre o pior período para o luto, quando ele sentia a dor mais agudamente e precisava mergulhar no trabalho. Era por isso que sempre se levantava com o sol e trabalhava incessantemente o dia todo.

Enquanto os raios do final da manhã banhavam os caminhos de mármore do pátio, Reid se obrigou a afastar os olhos da luz. Todos os conselheiros o observavam, como tinham feito a manhã toda. A expressão de Marc era de pena, mas a dos outros, não. Eles não conheciam Vaasa de verdade; tinham-na visto pela primeira vez poucos dias antes e passado todos os outros dias atrás de portas fechadas questionando sua lealdade a ele e a Icruria.

Reid se odiava por isso, mas uma pequena parte dele questionava a lealdade dela também. Talvez não conseguisse conceber um mundo no qual Vaasa ficava com ele. No qual ele conseguia tudo que desejava. A vida toda, ele fora obrigado a escolher.

Conforme a música foi parando e os conselheiros assumiram seus lugares, as gardênias pareceram julgá-lo, e Reid se esforçou para manter a cabeça erguida. Kier abriu a cerimônia com um discurso revisando o progresso de Icruria ao longo dos anos e celebrando os sucessos da nação. Reid imaginara ouvi-lo com Vaasa ao seu lado, considerando o discurso que ele mesmo daria um dia. Dias antes, tinha imaginado Vaasa ali ao lado dele dali a dez anos – como Elijah estava ao lado de Kier, pronto para deixar para trás aquela fase de suas vidas. Ele se agarrara à esperança de que conseguiria convencê-la a construir um lar e uma vida com ele nos anos seguintes. De que ela poderia encontrar liberdade ali. Confiança também.

No momento, ele não conseguia ouvir mais do que três ou quatro frases. Não conseguia pensar em nada além da tristeza.

O coro irrompeu em hinos que não importavam mais, com uma música que não tocava sua alma. Não como costumava fazer. Reid ignorou o som enquanto esperava que terminassem.

Quando o primeiro conselheiro se ergueu para falar, um estranho murmúrio tomou a multidão. As pessoas se viraram, e Reid ficou tenso quando alguém correu até Ton, com algo branco dobrado nas mãos. Ton abriu o pergaminho, correu os olhos pela mensagem, balançou a cabeça, então olhou diretamente para Reid.

– Parece ser uma carta que meus homens interceptaram. Assinada por sua esposa.

Reid imediatamente se ergueu, sem se importar com o decoro, e cruzou a plataforma com poucos passos. Ton entregou a carta a ele. Reid imediatamente reconheceu o idioma asteryano e a letra de Vaasa, embora parecesse um pouco trêmula ou apressada. Mas não conseguia ler.

Virou-se para Mathjin, que estava com a mesma expressão neutra de sempre, e gesticulou para o conselheiro se aproximar. Ele levou alguns momentos para chegar, e Reid estendeu a carta para ele.

– Você consegue traduzir isso?

Mathjin leu com cuidado, então olhou para Reid com pena e assentiu.

– Fielmente – avisou Ton. – Pediremos que outros leiam também.

Reid quase rosnou para o guardião, mas controlou a raiva. O medo. Em vez disso, focou Mathjin. Enquanto o conselheiro falava, Reid fechou os olhos. Seu estômago despencou. O mundo pareceu parar de girar.

Mathjin leu a exata localização que Reid e Ton tinham combinado menos de dois dias antes. Era um relato detalhado da movimentação dos soldados, dos rios que tomariam e do momento que eles tinham combinado. O plano exato que Mathjin e Vaasa tinham apresentado a Reid apenas semanas antes. E a carta estava dirigida ao irmão dela. A Dominik.

Raiva e traição e medo o dominaram enquanto sua visão parecia se estreitar e o mundo oscilava sob seus pés a cada nova palavra. As consequências seriam piores do que só perder a eleição; aquilo seria o estopim de nada menos que uma guerra civil.

Ela os tinha traído. Ela tinha fugido e os traíra...

– Espere – disse Reid. – Leia a última frase de novo.

Mathjin leu a última frase em uma tradução perfeita ao icruriano.

– "Você pode contar comigo se eu puder contar com você também" – disse o conselheiro.

O mundo voltou ao seu eixo perfeito, e Reid endireitou a coluna.

– *Mentirosos* – rosnou ele, olhando para Ton e sacando a espada de ônix. A espada do seu pai. – Onde está minha esposa?

Ton arregalou os olhos e sacou a própria espada, confusão e dúvida estampadas em seu rosto. Mais espadas foram sacadas, ferro puxado das bainhas, e Kier se levantou.

Então a multidão começou a gritar.

Reid girou, e ali, às margens do jardim, sua mãe apareceu envolta em névoa. Ao lado dela estava Amalie.

E Vaasa.

Reid tentou se mover, mas Mathjin agarrou seu braço, a espada na mão. Como um anjo da morte, sua esposa avançou usando as roupas em que ele a vira pela última vez, com a saia rasgada e o corpete manchado de sangue. Névoa preta se enrolava em seus braços e pernas, com gavinhas roçando o chão onde pisava. Ela deixava um rastro de sangue, como um véu de noiva.

E, ao lado dela, como um turbilhão de escuridão cintilante, vinha um lobo.

As bordas do animal flamejavam e se borravam com a névoa veragi rodopiante. Faíscas do cosmo – azuis e roxas e verdes – acompanhavam seus contornos em veios de constelações. Olhos de puro luar brilhavam mesmo sob o sol.

Um líquido carmesim pingava dos dedos de Vaasa e manchava suas mãos, que seguravam algo preto. Todo o ar escapou de seus pulmões quando Vaasa se aproximou o suficiente para ele ver o que ela segurava. Olhos azuis sem vida – a cabeça de Dominik pendia das mãos dela.

Vaasa a jogou no chão, na base da plataforma. A cabeça rolou até atingir a pedra. O mundo estava em silêncio.

Sua esposa olhou para a esquerda dele, diretamente para Mathjin, e disse:

– Você é o próximo.

CAPÍTULO 27

Todos os conselheiros deviam estar encarando, mas Vaasa não via nada exceto o próprio ódio e pesar.

Além de Reid, que a olhava como se ela fosse um agouro.

Ela encarou Mathjin diretamente, e o lobo ao seu lado rosnou.

Mathjin, com a espada na mão, olhou de relance para Reid. Vaasa arreganhou os dentes, e a escuridão irrompeu dela, gavinhas de magia disparando pela plataforma. Mathjin agarrou Reid e girou. Koen veio da esquerda, saltando contra Mathjin, e os dois caíram e rolaram pelo chão, enquanto Reid perdia o equilíbrio e rolava pela plataforma.

Mathjin desabou no chão de pedra e tentou golpear Koen, mas o guardião tinha sacado a espada e o bloqueou. Aço encontrou aço, e o jardim irrompeu em caos.

Homens usando o verde de Wrultho vieram correndo de todos os lados, cravando espadas em corpos e gritando a plenos pulmões. Ton avançou rumo à plataforma, matando um guarda no caminho. Seus olhos estavam fixos em Kier, que hesitava, provavelmente percebendo que era o alvo.

– É um golpe! – gritou alguém, no instante em que outro homem saltou sobre Vaasa.

De repente, Esoti e Kosana estavam ali. Kosana protegeu a retaguarda de Vaasa enquanto Esoti pulava na sua frente, recuando às pressas diante do lobo que se lançou contra o inimigo. Os gritos do homem encheram o ar, e a magia disparou de Vaasa, mais poderosa do que nunca, como se aquela nova manifestação tivesse liberado algo dentro dela. Esoti enfiou uma faca na bainha vazia na coxa de Vaasa. Com um aceno severo, a soldada a soltou e entrelaçou o braço no de Kosana.

As duas se encararam, e então Kosana mergulhou no caos.

– Vá... – disse Vaasa.

– Não vou tirar os olhos de você de novo – disse Esoti, agarrando o braço dela. – Agora, vamos cortar mais cabeças.

Com a escuridão irrompendo dela, Vaasa correu com a faca de Dominik ainda na mão, bem no momento em que Reid girou e ergueu a espada contra a de Ton. Kier protegia Elijah, empurrando o marido da plataforma na direção dos guardas de confiança deles. Os homens partiram com o grande consorte, e Kier se virou, as feições contorcidas por uma raiva terrível.

O lobo de Vaasa saltou contra Ton com os dentes arreganhados, e ela sentiu o gosto metálico de sangue e os gritos ecoando em seus ouvidos ao pular na plataforma.

Reid não desperdiçou um único segundo, enterrando a espada nas entranhas de Ton e o cortando até a virilha. Sangue jorrou enquanto o corpo robusto do homem caía no chão, sem vida, seu rosto batendo na pedra. Uma poça vermelha desabrochou sob ele.

Vaasa virou-se quando os jardins estremeceram.

Os limites do pátio estavam cobertos de névoa. Melisina e Amalie estavam nos fundos, lutando contra um grande número de soldados usando o verde de Wrultho, sua magia criando uma fronteira circular ao redor dos jardins. Kier berrou ordens, e os outros conselheiros o imitaram, instruindo os guardas a lutarem contra os homens de Ton. Os soldados se lançaram através do vazio de magia veragi, onde não tinham visão nem audição nem olfato. Kosana protegia as duas bruxas, rosnando ordens para suas próprias tropas, e derrubou um homem de verde que passou por ela. Examinando a enorme fronteira, Vaasa viu Romana, Mariana e Suma formando um triângulo atrás da plataforma, a névoa jorrando de suas mãos para fechar a outra metade dos jardins. A magia delas se misturou com a de Melisina e Amalie, completando um círculo para envolver todos eles. A névoa sibilava e rodopiava. Reid ordenou bruscamente que os homens de Kier defendessem as bruxas, deixando uma escolha aos soldados: ficar do lado dele, ou seja, do lado de Icruria, ou hesitar e ser marcado como traidor. Vaasa reconheceu o rosto dos bruxos de Una, criando luzes que ofuscavam os homens de verde que passavam pela fronteira mágica. Vendo a demonstração de lealdade deles, os soldados icrurianos seguiram o coven de Veragi também.

Mas o pátio era enorme, suficiente para abarcar ao menos quinhentas pessoas, e eles jamais conseguiriam pegar cada uma que atravessava a névoa. Aquelas vestidas de dourado e prateado, as cores icrurianas, saltavam sobre os intrusos, os gritos de fugitivos e guerreiros ecoando pelas videiras e paredes de vidro de pátios escondidos, como aquele em que Vaasa tinha dormido.

Ela girou de novo, se encontrando diante de Reid. Ele estendeu a mão para o ferimento em sua bochecha, mas ela sabia que, se sentisse mais alguma coisa naquele momento, ia desmoronar. Então gentilmente afastou a mão dele, procurando outra vez por sua próxima vítima e encontrando Mathjin ainda lutando com Koen.

Avançou.

Reid a chamou, mas Vaasa continuou seguindo com passos lentos e seguros, a sombra do lobo a seus pés. Mathjin ergueu o rosto. Havia terror em seus olhos azuis, e ela percebeu que, mesmo que se odiasse por isso, aquele terror lhe dava forças, lhe alimentava. Talvez fosse mais parecida com o irmão do que achara.

Koen deu um golpe no flanco de Mathjin, rasgando suas roupas e criando um corte vermelho. Mathjin tropeçou, e Vaasa virou a cabeça para o guardião, fazendo Koen dar um passo para trás e baixar a espada.

Mathjin afastou a mão que tinha levado ao corte, segurou o cabo da espada e se preparou.

– Você estimou errado – disse Vaasa.

A magia dentro dela se enrodilhou num nó firme. Poucos meses antes, a avidez da magia era insuportável, mas agora a sensação era familiar, trabalhando junto com ela, e não contra.

Mathjin ergueu a espada.

O lobo atacou.

Vaasa sentiu os movimentos da criatura como se fossem seus. Como se fossem seus pés batendo no pátio encharcado de sangue, seus dentes arreganhados, seus músculos tensos. Mathjin golpeou contra o vazio e a magia tremeluziu, perdendo parte da forma ao se lançar sobre o conselheiro e o arrastar para trás.

– Vaasa! – gritou Reid, agarrando seu braço.

Ela xingou e se debateu, mas o lobo já tinha se dissolvido e soltado Mathjin.

– Ele fez um acordo com Dominik! – berrou ela, girando e livrando o braço da mão de Reid.

Ele congelou.

– O quê?

– Conte a ele! – gritou Vaasa, se virando para Mathjin.

Sua magia explodiu de novo, sintonizada com sua fúria, e os rodeou do mesmo jeito que a magia de Melisina cercava os jardins, um círculo que rodopiava ao redor de todos, o vazio ameaçando esprimê-los. A força os envolveu como envolvera Vaasa naquela noite junto ao Settara, só que dessa vez ela a deixou respirar. Falar. Expandir-se ao redor deles como uma abóbada perfeita, bloqueando até a luz do sol.

– Conte a ele o que você fez com Amalie. Como assistiu enquanto Dominik a torturava.

Mathjin piscou furiosamente, tentando se ajustar à súbita escuridão.

– Conte a ele! – gritou Vaasa de novo, e Mathjin virou a cabeça. – Conte tudo a ele. Como se correspondeu com Dominik em segredo. Conte a ele o que fez por Ton e pelo Leste.

– Reid... – disse Mathjin.

– É verdade? – murmurou Reid.

A batalha rugia lá fora, mas naquele canto do jardim, no olho da tempestade da magia dela, Reid apenas avançou até parar ao lado de Vaasa.

– Conte a ele como você me sequestrou e me amarrou. Como me obrigou a escrever aquela carta. Como me deixou lá para morrer.

Mathjin recuou um passo, buscando em desespero por uma abertura na névoa rodopiante.

Não havia nenhuma.

Com cuidado, ele encarou Reid. Seus olhos se encontraram.

– Você pode não entender agora, mas um dia entenderá – jurou o conselheiro.

A calma de Reid ruiu.

Avançando devagar, como o lobo que diziam que ele era, sem um traço de misericórdia em qualquer parte do corpo retesado, Reid partiu para cima de Mathjin com a ira implacável que reservava apenas àqueles que machucavam as pessoas que amava. Foi como se escolhesse cada passo, e o que tinha dito a Vaasa certo dia, em seu escritório, pareceu verdade: ele sabia quando não lutar, o que tornava o fato de escolher lutar ainda mais assustador.

Reid deu um berro ao chutar o conselheiro na barriga, fazendo-o voar longe e desabar nas pedras do chão, batendo contra uma das muitas estátuas do jardim central. A escultura rachou e balançou, o corpo se partindo ao meio, um braço de mármore caindo e se estilhaçando no chão. Ao redor deles, a magia ficou mais ampla e escura e barulhenta, rugindo com a violência que pulsava através de Vaasa.

– Como você ousa? – disse Reid a Mathjin.

Ela nunca ouvira aquele tom em sua voz: uma mistura de raiva e mágoa que só podia ser inspirada pela traição mais profunda.

– Como *você* ousa? – gritou Mathjin de volta, tremendo ao se erguer. – Arruinar o legado da sua família, arruinar tudo pelo que seu pai...

Reid bateu o cabo da espada na bochecha de Mathjin, fazendo-o cair de novo no chão. O conselheiro gritou de dor, e sangue escorreu de sua cabeça no ponto em que bateu na estátua.

Vaasa enfiou a faca na perna dele.

Mathjin berrou, e sua perna teve espasmos violentos até parar.

A traição ardia nas feições de Reid. Hesitação também. E então uma centelha de resolução quando sua mandíbula se tensionou.

Lágrimas escorriam pelo rosto de Mathjin, uma súplica saindo de seus lábios covardes.

Vaasa viu a rigidez dos movimentos de Reid, o jeito como ele não conseguia erguer o braço. Com delicadeza, apoiou a mão no ombro dele. Quando Reid se virou, ela o absolveu, em silêncio.

Faria aquilo pessoalmente. Ele não precisava matá-lo.

Mas Reid balançou a cabeça. Dando um passo à frente, encostou a ponta da espada logo abaixo do queixo de Mathjin, mantendo a mesma honra que ela o vira demonstrar desde a primeira vez que testemunhara seu instinto protetor. Era ele quem executaria a punição, ele quem carregaria o fardo.

– Pela minha esposa e pelo meu pai. Por falhar com o único filho dele.

Com um longo movimento, Reid cortou a garganta de Mathjin.

O conselheiro traidor se engasgou no próprio sangue, e sua cabeça pendeu para a frente, escondendo o rasgo terrível que jorrava carmesim no casaco roxo coberto de terra.

Reid tremia.

A magia se ergueu mais e se estreitou, suas espirais erguendo fios do cabelo de Vaasa. Ela sussurrou para o corpo sem vida de Mathjin:

– Eu disse que meu rosto seria a última coisa que você veria.

E então a magia desceu ao chão com um sibilo, se dissipando em uma nuvem de névoa que escorreu sobre as pedras ensanguentadas.

O corpo de Reid envolveu o dela por um brevíssimo momento, um único instante de raiva e tristeza compartilhadas. Ele encostou os lábios nos dela e murmurou:

– *Ainda não acabou.*

Então ele se afastou, voltando-se para os gritos ecoantes e os sons de aço colidindo. Ela pensou em segui-lo e oferecer algumas palavras de consolo, mas não havia o que dizer.

Então ouviu a magia crepitar de leve sobre as pedras e, com suas últimas forças, correu até Melisina e Amalie. Correr era tudo que podia fazer. Lutar. Esoti apareceu atrás dela, as duas alcançando um grupinho de homens que tinha atravessado o escudo de névoa. Vaasa passou sob o braço erguido de um deles e girou, enfiando a adaga nas costas do sujeito no mesmo instante em que Esoti rasgava a garganta dele. Arrancando a adaga, Vaasa girou e perfurou o estômago de outro, que tentou golpear com a espada e foi bloqueado por Esoti.

A cada vida que tomava, o poço de escuridão dentro dela ficava mais profundo, sua raiva, mais ardente.

Adiante, o conselheiro de Hazut encarava tudo boquiaberto e girava a cabeça, tentando achar seu candidato. O guardião de Hazut não estava em lugar algum. O covarde não teria sido apto a governar Icruria, então.

Vaasa não teve tempo de fazer um comentário ácido a respeito disso, embora sentisse que tinha o direito. Esoti a puxou para o lado e cravou uma lâmina no olho de um homem usando o emblema de Wrultho. Usando o corpo do soldado como um aríete, ela se lançou contra outros dois. Vaasa saltou sobre a bagunça de membros emaranhados no chão e fincou a adaga de Dominik na coxa de um soldado. Esoti rapidamente executou o outro, e elas saíram correndo pelos jardins.

Quando alcançaram Melisina, através da confusão de soldados vestidos de ouro e prata, a bruxa já começava a titubear. A exaustão era óbvia em seu rosto enquanto forçava os limites de sua magia. Vaasa agarrou o ombro de Melisina, que estava ofegante.

– Você já fez o suficiente. Precisa descansar.

– Só quando acabar – disse ela, os dentes cerrados.

– Acabou – prometeu Vaasa. – A maré virou.

Melisina olhou para Vaasa por cima do ombro, e então para além dela. Seus olhos se arregalaram. Seu grito horrorizado perfurou o ar, e Vaasa girou, pronta para correr. Os jardins estremeceram quando um guincho familiar e terrível emanou através do chão.

O Miro'dag irrompeu pela névoa, subindo na plataforma diretamente atrás de Reid.

Berros aterrorizados ecoaram pelos jardins, e as pessoas fugiram, preferindo mergulhar no vazio entorpecente de névoa a arriscar ficar ali.

Vaasa não pensou, só correu.

Com as asas cinza-escuro e vermelho-sangue cintilando, a criatura se jogou contra a estátua de Una na plataforma, e o mármore se esmigalhou no chão de pedra. Então aquelas asas colidiram com Reid. Os joelhos dele bateram no mármore. Uma garra perfurou seu ombro, e o corpo inteiro de Reid se arqueou, seu grito de dor ecoando em cada folha e videira.

Os passos desesperados de Vaasa reverberavam no chão, e um grito escapou de sua garganta. Mas então uma figura atravessou a névoa perto do Miro'dag, envolta em uma capa preta, e algo ondulou no ar.

Uma lufada de vento atingiu Vaasa e a fez voar para trás, escorregando pelo chão de pedra e se ralando. Ela rolou, parando com o rosto para baixo, e forçou as palmas contra o chão quente, virando a cabeça e ficando de joelhos.

Com o cabelo branco esvoaçando atrás de si e um sorriso de dentes afiados no rosto, Ozik estava parado na plataforma, uma mancha escura contra o verde vibrante e o branco-perolado do jardim. A magia emanava dele em ondas reluzentes, a energia translúcida, mas inconfundível. Ele bateu palmas, e os jardins estremeceram, seus aplausos debochados silenciando a tudo e a todos. Os que restavam pularam na mortalha de magia de Melisina, que estremeceu ao tentar se erguer.

Os sons das palmas ecoaram pelas pedras quebradas e cobriram Vaasa, o pavor a dominando. O conselheiro mais antigo do seu pai deu um passo à frente junto com o Miro'dag, que prendia Reid, sangrando, atrás dele.

– Uma cabeça cortada, Vaasalisa? – disse Ozik em asteryano, sem se importar com quem ainda estava ali ou se conseguiriam entender. – E achei que seria *eu* a fazer uma entrada dramática.

Os músculos de Vaasa gritaram quando ela se levantou e deu um passo à frente. Não sentiu a dor por muito tempo. Ela foi rapidamente substituída pela adrenalina e pela magia. Todo mundo fugiu – tanto soldados como diplomatas mergulharam no vazio da magia veragi para escapar da força do demônio. Para ter uma chance de sobreviver.

Tudo que Vaasa via era Reid.

Tudo que sentia era o ímpeto de avançar, embora os jardins se esvaziassem ao seu redor e os bruxos estivessem a postos, ninguém ousando atacar por medo de arriscar a vida de Reid. A névoa ao redor deles estremecia e sibilava. O resto do coven cairia. Ozik tinha esperado até o fim – até eles estarem exaustos da batalha.

Ele girou o pulso, e um fio cintilante de poder ondulou pelo ar. A magia fez pressão no peito de Vaasa até obrigá-la a parar contra algum muro invisível. No entanto, a magia estremecia quando ela forçava, e o ar estava espesso, como se Ozik tivesse dificuldade para sustentá-lo. Ela fixou os olhos em Reid, no Miro'dag que o segurava, e não ousou se mexer.

Olhos dourados em um rosto ancião retesado. Ozik não parecia elegante e sereno, como nas lembranças dela. Não, ele estava exausto, no limite. Ela não era a única que estava cansada.

– O que você está fazendo? – perguntou Vaasa.

– Comece largando essa faquinha irritante.

Ozik apontou o queixo para a cabeça de Dominik, que ainda não tinha sido enterrada sob outros corpos. Seus olhos sem vida encaravam a plataforma, o cabelo preto ainda pegajoso de sangue, que agora cintilava de um jeito novo.

– Não confio no que você pode fazer com ela. A lâmina na sua coxa também.

Esoti rosnou atrás dela, e Reid tentou falar, mas seu grito abafado foi suficiente para arrasar Vaasa de novo. O Miro'dag pingava sangue oleoso no ombro dele. Primeiro Amalie, agora Reid. Prestes a desmoronar, Vaasa jogou as facas no chão, que caíram com um som metálico, uma por uma. Ozik observou as lâminas caírem aos pés de Vaasa.

– Chute-as para longe.

Usando a ponta da bota encharcada de sangue, ela chutou as armas para a esquerda.

Ozik apenas riu baixo. Ajustando a postura, ele avançou até a beirada da plataforma, arrastando a capa preta e pisando sobre o sangue dos caídos, por fim chutando um corpo sobre a borda do palco.

– Seu irmão e eu fizemos um acordo, entende? Um *pacto*. Mas agora ele está morto, e só me resta uma promessa vazia.

Claro. Ela nunca tinha considerado essa possibilidade.

– Você é o zetyr – disse Vaasa, rouca.

Será que Dominik sequer sabia com quem tinha barganhado? O poder que invocara?

Ozik saltou da plataforma e avançou. O tédio estava nítido em suas feições cautelosas, e ele parou a uma distância segura. A bainha de sua capa se arrastava pelo chão.

– Sim. Muito bem.

Julgando pelo brilho maníaco em seu olhar, Ozik já suspeitava que Dominik não fosse sair vivo da altercação deles. Vaasa percebeu que o conselheiro vinha manipulando tudo desde antes de seu irmão nascer.

Mas ela nunca suspeitara dele.

Um lapso de sua parte, ofuscada pelo ódio intenso que sentia pelo irmão. Fizera uma estimativa exagerada da inteligência dele. Como Mathjin e Ton, Ozik também estivera ciente de cada discussão, cada carta, cada jogada no tabuleiro de xadrez entre o irmão e ela, mas Vaasa nunca tinha questionado se seria ele fazendo as jogadas. O conselheiro implacável que ficara ao lado do pai dela e o ajudara a conquistar um império, que tinha supervisionado sua educação, sempre exigindo mais dela, sempre por dentro dos segredos de todos.

– Quantos pactos você já fez, Ozik?

– Vaasa... – disse Reid em alerta, arquejando, mas Ozik ergueu a mão, e o Miro'dag cravou sua garra longa e pontuda mais fundo no ombro dele, atravessando a tatuagem que ela memorizara.

Reid ofegou de dor, e Vaasa avançou outra vez, mais rápido, mas Ozik saltou entre ela e a plataforma.

– Quantos pactos? – questionou ela, recusando-se a reduzir o ritmo.

– Quanto tempo você acha que temos?

Ele ergueu a mão para que ela parasse onde estava. Vaasa parou, Esoti ainda um passo atrás dela, seguindo-a com cautela.

– É melhor sua guarda-costas ficar aí – instruiu ele.

Esoti arreganhou os dentes.

Vaasa podia sentir as sombras e a névoa dançando sobre seus pulsos. Podia ver a brutalidade nos olhos de Ozik quando se virou para Reid de novo, o Miro'dag pronto para atacar.

– Recue – ordenou ela a Esoti.

A guerreira xingou, mas obedeceu.

Ozik sorriu e inclinou a cabeça.

– Será que devo começar pelo começo, ou só com a pequena troca que sua mãe fez comigo? A vida do seu pai, e eu finalmente a teria só para mim. Poderia me sentar no trono com a única outra bruxa que conhecia e pôr fim ao reinado tolo do seu pai. Finalmente teria um reino nosso. Ninguém suspeitou de nada além de uma gripe.

Vaasa perdeu o fôlego. Ozik amara a mãe dela? Será que eles tinham um caso?

Ele matara o pai dela pelo seu trono e sua esposa.

– Eu devia ter prestado mais atenção quando seu pai ficava tagarelando sobre como o amor é inútil. Sua mãe passou *um* verão fora. Veio para cá, logo para cá, e desconfio que foi onde bolou o seu planinho: me persuadir a matar seu marido, dar o trono ao filho e mandar a filha a um bastião de magia veragi, que protegeria você contra mim, contra seu irmão, contra o resto do mundo. – Ele balançou a cabeça. – Bem, o que acha que acontece quando alguém quebra um pacto com um bruxo zetyr?

Enquanto o óleo pingava sobre Reid, os olhos dele permaneceram fixos nos dela. A sequência de eventos e motivações começou a fazer sentido.

As peças do quebra-cabeça finalmente se encaixaram, encontrando suas curvas e bordas e se ordenando na mesa à frente dela.

– Morte – disse Vaasa.

A magia zetyr era uma troca, isso ela tinha entendido a partir das próprias leituras sobre o deus. Aquela era a condição, o motivo de ser a força mais poderosa existente ou a menos acessível. Era baseada em um pacto, sujeita aos desejos de outra pessoa. Então a consequência fazia sentido: se a fonte voltasse atrás em sua parte do acordo, abria mão de sua vida.

A mãe de Vaasa sabia que ia morrer, mas não cederia o trono a Ozik. De certa forma, tinha dado a cada filho seu direito de nascença: um trono a Dominik, um coven a Vaasa.

Vaasa respirou com dificuldade, lutando contra a nova onda de luto que a invadiu.

– Você matou meus pais, jogou Dominik e a mim um contra o outro, tudo para poder conquistar o trono asteryano.

Ozik deu uma risadinha, achando graça, e então franziu o cenho para o corpo mais perto dele. Ton de Wrultho. Com uma bufada, chutou-o com a ponta da bota.

– Inútil. Embora ele tenha planejado esse pequeno golpe sozinho. Tão caóticos, esses icrurianos.

– *Basta*. O que você quer? – implorou ela.

Ozik girou o pulso, e o Miro'dag atacou. Suas asas estriadas se abriram, então a fera uivou e arrancou a garra do ombro de Reid.

E a cravou diretamente nas costas dele, erguendo-o no ar e perfurando seu coração.

O grito de Melisina pôde ser ouvido do outro lado dos jardins, e a névoa veragi despencou ao chão de pedra, dissipando-se no vento. A garra curva saiu rasgando os tendões de Reid, quebrando sua clavícula, o sangue jorrando quando o Miro'dag guinchou e o corpo de Reid caiu na plataforma.

– *Não!*

Vaasa soltou um grito de gelar o sangue e correu até Reid. Sua magia sibilou contra o chão, e Ozik rosnou um aviso para ela, mas Vaasa apenas subiu na plataforma enquanto o Miro'dag pairava acima deles, óleo escorrendo para o mármore branco ao redor do corpo de Reid, misturando-se com a névoa e as serpentes e os gritos dela. Podia sentir o cheiro de podridão. De morte. O mesmo aroma que a tinha assombrado durante todos aqueles meses.

O Miro'dag se curvou e recuou, os olhos vermelhos brilhando. Ele não atacou de novo, não drenou a vida de Reid. Só observou.

Esperou.

E tudo que Vaasa tinha era o cheiro. As imagens indesejadas. Amalie coberta de sangue. A cabeça de Dominik separada do corpo. A garganta cortada de Mathjin.

Sangue escorria do ferimento. A respiração de Reid estava rasa e entrecortada, e Vaasa não se importava se o Miro'dag a levasse também. Não se importava se tinha sobrevivido a Dominik só para morrer ali, de joelhos, ao lado de Reid. Ele estava perdendo sangue demais. O líquido se empoçava ao redor deles, e as mãos de Vaasa tremiam, mal tocando o corpo dele; os olhos dele não se mexiam mais.

– Reid! – berrou ela, vendo com horror a pele ao redor de sua boca empalidecer.

Sua mandíbula rígida ficar flácida.

A vida sumir de seus olhos dourados e expressivos.

E ela sentiu.

Sentiu a respiração dele parar.

Sentiu a vida deixá-lo.

Sentiu seu âmago se partir.

Um grito lancinante irrompeu do seu peito, e ela puxou a cabeça pesada dele para o colo, lágrimas escorrendo pelo rosto enquanto a magia rodopiava ao seu redor.

– Não – sussurrou. – Não, você não pode partir. Não pode!

Ela encostou a testa na dele e correu os dedos por seu cabelo bagunçado, pelos fios que tinham escapado da faixa de couro. Buscou sinais de vida, uma pulsação, qualquer coisa, e não encontrou nada exceto o sangue pegajoso dele e seu próprio coração estilhaçado.

Os gritos de Melisina romperam a imobilidade do jardim. Seu lamento arrasado ecoou ao redor deles.

Uma vida inteira passou diante dos olhos de Vaasa – Mireh, e a villa, e os lugares que Reid mostraria a ela, em lindos tons de laranja e amarelo e azul. O jeito como o corpo dele se colaria ao dela de noite. Como estariam insones e cansados de manhã, nada arrependidos de terem se perdido um no outro.

O riso de crianças. A batida de seus pés no chão.

Secretamente, ela torcia para que tivessem os olhos dele.

Para que Reid lhes ensinasse sua gentileza.

Viu o cabelo dele ficando grisalho, sua barba também. Como o tempo enrugaria a pele de suas mãos. Como ficariam sentados na varanda, e ele encostaria a testa na dela, sussurrando sobre a vida que tinham vivido e sobre como o mundo não era feito de montanhas e horizontes aventurosos, mas do assoalho de salas de estar e do tremeluzir silencioso de velas.

O futuro a assombrava mais do que qualquer lembrança, qualquer fantasma. A percepção terrível não do que tiveram, mas do que nunca teriam.

Ela devia ter contado a ele antes. Devia ter implorado a ele para ficar com ela.

Tinha desperdiçado todo aquele tempo.

– Não é suficiente. – Seu sussurro rouco flutuou ao redor deles, a pele de Reid ainda quente contra ela. – Não é suficiente.

E, acima do luto em seu coração, ela ouviu a voz de Ozik atravessar a névoa:

– Está pronta para fazer um acordo?

Devagar, ela ergueu a cabeça. A magia se debatia em suas entranhas e rosnava, o lobo voltando à vida, assomando ao lado dela enquanto se preparava para atacar.

Ozik não se mexeu. Apenas falou:

– Mate-me e ele continua morto.

O lobo parou.

Com dedos trêmulos, ela olhou para o corpo sem vida de Reid e percebeu exatamente o que Ozik planejara. A extensão do poder da magia zetyr quando invocada.

Ele queria um pacto, e encontrara o único jeito de deixá-la desesperada o suficiente para lhe dar qualquer coisa que ele pedisse.

– Traga-o de volta – balbuciou ela. – Eu lhe dou o que você quiser. Só o traga de volta.

Eles deviam ter mais tempo. Ela tinha matado o irmão. Tinha *sobrevivido*. Mas não importava o que perderia, o que o mundo exigiria dela agora. A única coisa que importava era que os pulmões de Reid puxassem o ar, que alguém bom como ele continuasse vivo.

Ozik subiu na plataforma e se aproximou devagar, observando como ela tocava Reid. Por um momento, ele olhou para o lobo, mas, com Reid morto nos braços dela, seu sorriso era confiante. Vaasa não atacaria, não quando ele tinha nas mãos a única coisa que ela queria mais que tudo.

– *Conceda-me sua magia* – rosnou ele.

Um alerta soou dentro dela, fundo e grave, um pequeno sussurro possessivo que poderia até ter encontrado a voz se Ozik não a tivesse derrotado completamente. Não havia o que debater ou questionar.

– É sua.

– Diga que concede sua magia a mim. Faça isso e, em troca, eu renovarei a vida dele.

– Tudo bem.

– *Diga*.

O coração dela subiu à garganta, mas Vaasa engoliu a magia, a raiva e o medo.

– Eu concedo minha magia a você. Em troca, *você deve restaurar a vida dele*.

Ozik respirou fundo, e o ar ao redor deles se agitou com algo perverso. Então os músculos no abdômen de Vaasa se contraíram. Como um poço secando, ela sentiu seu poder – seu novo e poderoso lobo – ser arrancado de seus ossos. Ele se agarrou às entranhas dela ao sair. Arranhou sua garganta. A força se rebelava contra a separação, os dentes se cravando tão brutalmente que Vaasa gritou, mas então a magia foi arrancada da pele onde tinha se enterrado, como as raízes de uma árvore puxada violentamente do solo. Algo se rompeu dentro dela. Vaasa ouviu o uivo do lobo enquanto ele se desintegrava, viu as cinzas pretas cintilantes de algo que já fora dela flutuando ao redor de Ozik. Ela tinha feito por merecer aquela magia. Conquistara aquela escuridão. O vazio pelo qual já tinha ansiado se tornou um poço vazio. Frio. E embora seus dedos formigassem de vontade de se estender e reivindicar o que era dela, permaneceram no corpo sem vida que estavam tocando.

Ozik girou a cabeça para um lado e para outro, os olhos fechados com o tipo de alívio que só vinha da suavização de uma dor profunda e sombria. Quando abriu os olhos, ele assentiu e se ajoelhou ao lado dela, apoiando a mão pálida no ferimento no peito de Reid. Veias pretas correram pelas costas de sua mão e sumiram sob a capa. Após alguns momentos, o ferimento de Reid começou a se fechar. O ar ao redor crepitava com uma magia pura e chocante, diferente de tudo que Vaasa já vira. Era como se Ozik tivesse nascido como um bruxo zuheia, com o poder máximo de cura, e pudesse mandá-lo cumprir qualquer comando que desejasse. Como se, com as palavras dela, tivesse libertado um potencial maior do que Vaasa sequer conseguia conceber.

Vaasa gritou de agonia, o estômago se retorcendo, o poço vazio em fogo. Chamas lambiam as cavernas vazias onde seu poder estivera, se erguendo e queimando e...

Tão rápido quanto veio, desapareceu.

O rosto de Reid recuperou a cor.

E então ele ofegou.

Vaasa soluçou, perdeu as forças e deixou o corpo cair. Abaixou a cabeça ao peito dele. Ali, com a bochecha apertada ao corpo de Reid, deferente e impotente, ela ouviu um ritmo se acelerar.

A batida de um coração.

Outro soluço escapou dos seus lábios. Ela não se importava com o que entregara, não se importava que Asterya caísse nas mãos de um homem louco ou que o continente fosse devastado. A única coisa que importava era que Reid enchesse os pulmões de ar.

Uma mão a segurou pelo cabelo e a puxou, fazendo Vaasa gritar ao ser arrastada para longe de Reid. O corpo dele escorregou de seus braços. Na ausência fria, ela notou a corda áspera arranhando seu pescoço e parou de respirar.

Suas mãos se ergueram para a corda, os dedos tentando desesperadamente puxá-la. Ela chutou e jogou o corpo para o lado, dando de encontro com um peito duro e desconhecido enquanto puxavam seu braço, depois o outro, atrás das costas. Soldados que ela não conhecia, todos vestidos com o verde de Wrultho, a arrastaram pela plataforma, enquanto alguém ainda puxava seu cabelo. Cordas amarraram seus pulsos antes que Vaasa tivesse a oportunidade de lutar. Por instinto, ela tentou invocar a magia... mas não houve resposta. Ela engasgou com seus soluços.

– Soltem ela! – Vaasa ouviu o grito desesperado de Esoti, depois um grunhido.

Virou a cabeça e viu Esoti cravar sua faca no abdômen do homem que a atacou. Por toda parte, homens usando os uniformes antigos de Wrultho invadiram o pátio, forçando os bruxos a retomar a luta. Eram asteryanos, que vinham se escondendo em plena vista e estavam preparados para matar.

O mundo se reorientou quando os soldados empurraram Vaasa para a frente, a mão no seu cabelo ainda a segurando quando seus joelhos bateram na plataforma. Ozik parou diante dela. Puxaram sua cabeça, de modo que Vaasa não teve opção exceto olhar para ele. O rosto do homem estava retorcido pela magia, suas mãos livres das veias pretas que ela vira antes. O cansaço desaparecera. Ele parecia um novo homem: jovem e infinitamente perverso.

– Ande, ou eu vou matar cada pessoa neste pátio – sussurrou ele no ouvido dela.

Vaasa não precisava estimar suas chances. Não arriscaria mais a vida deles. Ergueu-se como instruído, e a mão em seu cabelo a soltou.

Ela andou.

Soldados a flanqueavam, um segurando firmemente a corda amarrada em seu pescoço como um nó de forca, os outros a impedindo de se virar. Ela tentou, mas eles bloquearam sua visão – do pátio, dos bruxos, de Reid.

Dos passos pesados que ela jurava que ecoavam atrás deles.

Não viu nada. Ninguém. Nem quando a fizeram descer da plataforma e mergulhar no círculo de névoa veragi que se erguia como uma fronteira ao redor da batalha sangrenta. Por um momento, a magia familiar roçou nela, mas então cambaleou, raivosa e ressentida.

Algo cobriu sua boca e nariz e, inalando o aroma acre de veneno, Vaasa afundou no nada.

CAPÍTULO
28

U m fogo ardia no peito de Reid.
Ele tentou se erguer para ficar sentado, mas de repente havia uma mão em seu ombro. A mãe assomava sobre ele.

– Não se mexa – avisou ela, empurrando-o de leve para deitá-lo de costas.

Ao redor dele havia rostos – o da mãe, marcado com pesar e exaustão, sujo de terra e manchado de lágrimas. O das outras bruxas veragi. O da grande bruxa de Zuheia. Pessoas que ele não conhecia. Seus cenhos franzidos de preocupação entravam e saíam da consciência dele.

Cores explodiram atrás dos seus olhos. Preto e branco. Vermelho. Roxo. Tons de amarelo.

A dor retrocedeu.

À distância, ouviu vozes. Choro.

Aquilo se repetiu vez após vez – acordar e dormir. Toda vez, ele olhava. Ouvia.

Procurando uma voz que não escutava.

Até que não ouviu mais nada.

REID ACORDOU EM UM QUARTO SILENCIOSO, em uma cama vazia.

Um travesseiro parecia engolir sua cabeça. Ele olhou ao redor: o reflexo de vidro quebrado sob as portas do cômodo, o pátio cheio de pétalas e videiras despedaçadas. Vidro cobria o lado esquerdo do quarto. A janela do pátio tinha sido completamente estilhaçada.

Ele ficou ciente de algumas coisas, em ordem crescente. Se estava ali, provavelmente estava vivo. A cidade ainda resistia e o Grande Templo permanecia sob controle de Icruria.

Mas era a mãe que estava sentada ao seu lado, não sua esposa.

– Me diga que ela está viva – disse Reid, rouco.

Ele prendeu o fôlego. Muitas partes do dia eram vislumbres e borrões, e ele se lembrava de pouca coisa com clareza. Como se assistisse à sua vida por meio de rascunhos e pinturas, não conseguia se agarrar a nada real.

– Ela está viva – confirmou Melisina.

Ele se virou para a mãe, depois tentou se sentar. Conseguiu. Seus músculos funcionavam como antes. A mãe se inclinou e agarrou seu braço, mas Reid afastou as mãos dela. Precisava saber do que era capaz. Sentou-se direito e levou os joelhos ao peito, apoiou os braços neles. Girou os pulsos, depois os tornozelos, e balançou os dedos dos pés. Tudo funcionava. Nada doía.

Então ele se levantou. Ouviu o rangido da cadeira da mãe, mas passou por ela a uma velocidade alarmante, seguindo para o guarda-roupa. Quando passou na frente do espelho, parou. Encarou-se. Não se importava mais com o vidro quebrado ou o estado do Grande Templo. Ele parecia sujo e cansado. Desgrenhado. Seu cabelo estava colado às bochechas, e ele o afastou, vendo que a barba estava crescida.

– O. Que. Aconteceu – disse ele, e suas palavras não soaram em nada como uma pergunta.

– Você... – A mãe hesitou. – Você morreu, Reid. Eu senti. Vaasa fez um pacto para trazer você de volta.

Reid se virou e olhou para a mãe, que parecia mais cansada do que ele. Será que tinha dormido? Ele se lembrava da intensidade da luta... de como ela levara sua magia ao limite a fim de sustentar a fronteira mágica ao redor dos jardins. De repente, Reid se sentiu inútil. Quantos dias tinham se passado desde a eleição? Uma pequena parte dele se encolheu de pânico com as palavras da mãe. Morto. Ele estivera *morto*. Não se lembrava do que tinha acontecido. Mas não tinha tempo para pensar nisso, ainda não.

– Foi pela magia dela?

A mãe assentiu, os olhos cansados parecendo pedras estilhaçadas.

– Não consigo senti-la. Ainda existe, mas coberta por algo totalmente diferente. Uma sombra.

Vaasa salvara a vida dele, a vida de todos, e ainda assim era ela quem sofria as consequências.

– Como isso aconteceu?

– O conselheiro de Dominik é o bruxo zetyr, e o demônio dele é uma manifestação desse poder, como meu cavalo e a raposa de Amalie. Ele... – A mãe se calou, provavelmente engolindo o choro. – A criatura empalou você. Você morreu quase imediatamente. Vaasalisa fez um acordo com Ozik: a magia dela em troca da sua vida.

A cabeça de Reid girava e, embora soubesse que conseguia ficar em pé, temeu que suas pernas não o sustentassem.

– Ele não pode só *tirar* a magia dela, pode?

– Os zuheia têm histórias sobre bruxos como ele... suas tradições de sacrifício humano, seus pactos deturpados. Eles me deram acesso a essas informações em um nível que as veragi jamais tiveram. Depois eu vou para Wrultho. – Então Melisina mordeu o interior da bochecha, e seus ombros caíram. – Mas, no momento, eu não sei nada com certeza, só que há algo terrível acontecendo.

Reid observou a mãe com atenção: julgando por seus lábios apertados e pelo dedo que batia delicadamente no joelho, ele desconfiava que ela estivesse escondendo alguma coisa.

– O que você sabe?

Melisina baixou os olhos, e ele se perguntou o que ela não queria dizer – sempre o mantendo à margem, porque ele não tinha magia, não era parte do seu coven.

– Mãe – avisou ele.

Melisina o encarou, talvez vendo o desespero em seus olhos, e assentiu.

– A mãe de Vaasa... ela estava fugindo de alguma coisa. Sempre achei que fosse do imperador, mas... – Ela balançou a cabeça. – Agora eu não tenho tanta certeza.

– Como assim?

– Ela foi embora daqui, apesar dos meus apelos. Eu pedi a Vena Kozár que ficasse, disse a ela que podíamos protegê-la, mas ela respondeu que não tinha mais saída, que qualquer chance que poderia ter tido sumira havia muito tempo. Ela me pediu uma coisa, só uma coisa.

Reid hesitou, o corpo paralisado, vendo a mãe recordar uma lembrança que provavelmente nunca tinha mencionado a ninguém.

– Ela me pediu para proteger sua filha. – Melisina ergueu os olhos para ele. – Para trazê-la aqui, não importava como.

– Nosso casamento – sussurrou Reid.

– Foi o único jeito garantido em que consegui pensar.

Ele fechou os olhos, lembrando-se do dia em que a mãe lhe pedira para aceitar Vaasalisa Kozár, a filha do maior inimigo deles, como sua noiva. Ele tinha confiado implicitamente nela, nem se dera ao trabalho de fazer perguntas. Melisina fizera parecer um gesto político perfeito, e foi mesmo. Reid nunca fora bom na política, nunca tivera aquela habilidade particular e astuciosa de ler nas entrelinhas e enxergar a intenção das pessoas. Não como a mãe. Não como a esposa.

– Você acredita que a mãe dela estava fugindo do conselheiro?

– Acredito que há mais nessa história do que sequer começamos a desvendar – sussurrou Melisina, erguendo-se com pernas bambas.

Ela segurou a cadeira ao seu lado, apoiando o peso ali. Seus olhos começaram a marejar, e a mulher puxou o ar, trêmula e exausta.

– Ele não levou só Vaasalisa. Amalie, ela... ela abandonou seu posto e foi atrás deles. Não pude impedi-la.

Reid engoliu as lágrimas. Ele tinha fracassado com as duas bruxas em todas as questões mais importantes. A mãe tinha perdido *duas* membras do seu coven, e ele podia ver as lágrimas que ela tentava conter. A grande bruxa de Veragi devia sentir como se tivesse perdido um membro do corpo. Manter o coven seguro era a missão de sua vida. Agora ela mal conseguia sustentar o próprio peso contra o mundo, e ele não sabia como mudar isso.

– Os bruxos zuheia me curaram?

– Eles não acharam nenhum resquício de ferimento.

Reid flexionou os pés e curvou os joelhos. Ergueu os braços. Tudo funcionava. Ele sentia como se nunca tivesse experimentado a morte, como se pudesse entrar numa batalha naquele exato momento.

– Quantos dias se passaram?

– Pouco mais de uma semana.

Reid cerrou a mandíbula. *Uma semana?* De alguma forma, parecia-lhe tanto um piscar de olhos quanto uma vida inteira. Ele abriu o guarda-roupa e começou a reunir suas coisas. Nenhum plano se formara em sua cabeça ainda, mas com certeza teria um quando chegasse ao cais.

– Preciso de um navio.

– Você não pode ir – disse a mãe.

– Nem tente me impedir.

– Você é o grande mestre eleito, Reid.

Reid parou e encarou as próprias mãos, que agora seguravam as roupas de Vaasa. Não conseguia desviar os olhos.

– A eleição aconteceu?

– Quando tivemos certeza de que você ia se recuperar, sim. Votaram em você para grande mestre. Precisamos pensar em como usar isso para trazê--la de volta. Até sabermos onde eles estão, você viajaria sem rumo.

Reid pegou sua camisa cinza da gaveta à frente, e uma centelha de violência perigosa se acendeu nele.

– Onde está Koen?

– Furioso, esperando você – respondeu ela.

Reid vestiu a camisa, enfiando-a nas calças que usava, e se dirigiu à porta.

– Reid.

Ele parou, a voz da mãe soando mais fraca do que nunca.

– Eu vou reunir todos os bruxos – disse Melisina. – Vamos vasculhar cada livro que já foi escrito. Você tem minha palavra. Mas não pode só marchar até aquele império sem um plano.

– Eu comando exércitos. Frotas inteiras...

– Seus exércitos não são páreo para o que está por vir, Reid Cazden! – exclamou ela.

Ouvir o sobrenome do pai, que Reid tinha trocado pelo seu título, fez seu corpo congelar. Poucas vezes desde a adolescência a mãe o chamara assim. Melisina balançou a cabeça, como se Reid estivesse deixando passar alguma informação vital. E ele *sempre* estava. Ela se sentou, fazendo a cadeira ranger. Pela segunda vez, pareceu frágil a Reid. Sempre parecera tão grande, sobrenatural...

– Ela falou comigo pela primeira vez em anos. Pela primeira vez desde o dia em que Vena Kozár entrou na minha sodalidade.

– Quem? – perguntou Reid.

– Veragi – murmurou Melisina, encontrando os olhos dele com firmeza. – Ela me disse onde encontrar Vaasalisa, quando ela estava nas catacumbas, mas, desde o que aconteceu no jardim, não consigo ouvi-la. Só sinto dor, uma dor imensurável, insuportável.

O coração de Reid bateu mais forte, latejando em seus ouvidos.

– Isso está além até de nós – disse Melisina. – É muito mais que uma guerra entre mortais. Trata-se de uma injustiça cometida muitos, muitos anos atrás, e acho que a deusa pretende retificá-la.

– Eu não entendo – disse Reid.

– Há uma coisa que devemos nos perguntar, algo que você deve considerar a cada passo que der. Se temos uma deusa do nosso lado, meu filho, então quem, ou o quê, está do lado de Ozik?

Reid apertou a maçaneta da porta, cada músculo lhe dizendo para avançar logo, revirar o continente e derrubar qualquer um em seu caminho. Para encontrar Vaasa e finalmente libertá-la.

– Você só esqueceu uma coisa, algo que nem Ozik pode negar.

A mãe inclinou a cabeça.

– O quê?

– Dominik está morto. Eu estou casado com Vaasalisa Kozár, a última herdeira remanescente do trono asteryano. Então, embora eu seja o grande mestre eleito de Icruria – ele abriu a porta, olhando por cima do ombro mais uma vez para a mãe –, eu também sou o imperador de Asterya. E vou trazer minha esposa para casa.

AGRADECIMENTOS

Lançar o primeiro livro é um processo atordoante, e às vezes não consigo acreditar que tive essa oportunidade. Curiosamente, Vaasa começou como um exercício terapêutico para mim – escrever uma personagem cujo luto, instabilidade e raiva fossem equivalentes aos meus na época. Sua história desabrochou, e eu com ela. Botar essa história no mundo tem sido uma experiência surreal, e é preciso muitas outras pessoas além de um autor para dar vida a um livro. Farei meu melhor para agradecer a todos e não esquecer ninguém.

Primeiro, a Samantha Fabien, agente extraordinária, que acreditou neste romance e em mim. Desde nossa primeira ligação, eu senti a magia – você é um apoio incrível nesse louco mundo editorial. Sem você, eu nunca teria chegado aqui. Estou muito grata por tê-la ao meu lado e por você ser a defensora das minhas palavras. A toda a família Root Literary e ao Time Samantha: seu apoio fez toda a diferença. A Heather, que levou essa obra para o exterior, e a todos os outros trabalhando com o time da Root Literary: obrigada.

Obrigada a minha editora, Amara, por enxergar o coração e a alma deste romance. Sua visão para este livro se encaixou perfeitamente com o que eu queria que este manuscrito se transformasse, e seu olhar experiente elevou a história até se tornar o trabalho incrível que lançamos. A todos no time da Saga Press, obrigada por seu tempo e energia e por responder às minhas perguntas enquanto eu me orientava por essa temporada de lançamento como uma autora iniciante. Caroline e Savannah, vocês duas são incríveis!

Noémie, que bênção é conhecer você e ser sua amiga. Você é minha alma gêmea para a vida toda, e nenhuma palavra vê a luz do dia sem que você a tenha lido primeiro. Seu feedback é incrível, e você é a única pessoa em quem confio para me dizer abertamente *isso está um lixo* porque sempre é seguido por *eu sei que você consegue deixar perfeito*. Um grande agradecimento a Catherine por ler uma versão inicial deste manuscrito e me ajudar a levar o desenvolvimento dos personagens ainda mais longe. Seu feedback foi essencial no processo, e sou muito grata.

Tiffanie, seus conselhos, consideração e gentileza impulsionaram o trabalho necessário para escrever este romance. Você foi a primeira pessoa a me incentivar a criar essa personagem, e foi por meio de suas estratégias que comecei o trabalho difícil de olhar para dentro. Obrigada por me apoiar durante um tempo tão difícil.

A Jacob, a quem devo uma página inteira de agradecimentos, mas tentarei ser concisa: você é um dos melhores amigos que eu poderia ter, e o fato de construir um mundo inteiro comigo em troca de um bom copo de uísque (ou quatro) é só um bônus. Sem você como meu parceiro de criatividade, este romance não teria visto a luz do dia. Espero que sempre saiba como é importante. Obrigada por vir correndo quando eu estava empacada, por desenhar um mapa enorme num painel para me ajudar a deixar tudo com sentido, e por sempre ampliar meus horizontes. Meu carinho por você é imenso, e minha vida seria infinitamente pior sem sua presença.

A Erin, que leu até minhas obras mais antigas e me incentivou a cada passo do caminho. De colegas a colegas de quarto, a esposas, a mães, passamos a maior parte da vida adulta nas mesmas situações, e por isso sempre serei grata. E a Spencer, que tem sido uma amiga maravilhosa e a melhor parceira que eu poderia desejar para minha melhor amiga. Obrigada às duas pelo meu sobrinho e por me apoiar ao longo desse processo maluco.

Roomz, que é uma das minhas amigas mais queridas e minha eterna colega de SSR, sua amizade me torna uma pessoa melhor. Obrigada por sempre discutir livros comigo, por tomar sopa independentemente da estação, e por ler este romance. Sou muito grata por nossa amizade de ensino médio ter se transformado em uma conexão para a vida inteira. A DeeDee, que esteve comigo durante algumas das épocas mais sombrias, quando a serpente estava pior do que nunca: obrigada por ter ficado do meu lado. E a Marissa, que me amou mesmo quando não tinha a obrigação, que leu versões iniciais desta obra e forneceu a perspectiva de uma leitora. Sem seu tempo e incentivo, talvez eu nunca tivesse tido a coragem de mandar este manuscrito a uma agente.

Emma, você esteve aqui desde o começo e sei que estará até o final. Obrigada por ler até as primeiras palavras mais toscas que eu coloquei no papel, tantos anos atrás. Obrigada por sempre me apoiar e por aparecer do meu lado num segundo, sempre. Eu te amo muito.

A tia Julie e tio Manrique, Sam e Luis, obrigada por partilhar de minha empolgação e me incentivar a seguir em frente. A minha avó, que me disse para nunca me acomodar, nunca aceitar menos do que eu mereço. Você é uma mulher incrível e corajosa, e sou profundamente grata por você.

Obrigada a Lisa e Chris, que me amaram como a uma filha desde os meus dezoito anos. Vocês sempre apoiaram minha escrita, mesmo quando significava que eu estava digitando em vez de assistindo ao filme em família ou ajudando a terminar o quebra-cabeça. Sou muito grata por ter sogros para os quais adoro ligar e que amo encontrar. O jeito como me receberam em sua vida para mim é uma grande parte do que inspirou a sensação de pertencimento neste romance. Eu os agradeço por isso.

A meu pai, que me deu sua firmeza e determinação. As escolhas difíceis que fez por sua família não passaram despercebidas, e é por causa delas que fui capaz de fazer escolhas para a minha também. Nunca me identifiquei mais com você do que quando escrevi este livro, especialmente quando isso significava passar tempo longe do meu filho. Entendo agora. A minha mãe, que me deu uma pasta para guardar o primeiro manuscrito que escrevi na vida, sem saber se minhas palavras um dia seriam publicadas; é raro que as pessoas tenham uma mulher como você, que sempre atende ao telefone, que trata os outros com gentileza sem o menor esforço e que sempre vê o melhor nos outros. Mesmo que eles não mereçam. Mesmo que eu não mereça. Você é excepcional.

Obrigada a Ben, que ouviu minhas tramas sem coerência e me deixou ler cenas em voz alta até elas fazerem sentido na minha cabeça. Você é o refúgio para todas as partes de mim – a alegria, a tristeza, a criatividade.

É nas noites quietas com você que me vejo mais à vontade e mais capaz de acessar o amor que tenho por essa arte. Poderia escrever para sempre sobre o que você significa para mim.

A Lucas: você me deu a motivação para olhar para dentro, mesmo quando o que eu encontrava às vezes era difícil. Por você, eu sempre vou tentar ser a melhor mãe – o que significa ser a melhor *pessoa* – que posso. Você carrega um lobo, meu filho. Assim como seu pai. Assim como sua mãe.

E, por fim, quero expressar um pouco de gratidão a mim mesma. Foi um esforço incrível escrever este romance, e sobreviver a um ano de estreia enquanto criava uma criança pequena, começava em um novo emprego e fazia o rascunho do segundo romance desta série. Nunca deveria ter questionado minha própria força – e estou orgulhosa de mim mesma por tê-la encontrado. Em seguida vem o equilíbrio. Em seguida, o amor-próprio.

Obrigada.

CONHEÇA OUTROS LIVROS DA EDITORA ARQUEIRO

Caçador sem coração
Kristen Ciccarelli

Na noite em que uma revolução derruba o Reinado das Bruxas, a vida de Rune Winters muda para sempre. Agora, com a Nova República no poder e bruxas sendo caçadas e executadas, a jovem precisa esconder quem realmente é.

Durante o dia ela finge ser apenas uma socialite fútil, mas à noite se torna a Mariposa Escarlate, uma vingadora que salva suas companheiras de magia. Porém, quando um dos resgates dá errado, ela tem que arrumar um jeito de despistar os perseguidores e conseguir a informação de que precisa. A solução é flertar com o belo e impiedoso Gideon Sharpe, um dos mais famosos caçadores de bruxas.

Gideon odeia todo o luxo que Rune representa, mas, quando descobre que a Mariposa Escarlate usa os navios mercantes da jovem para ajudar bruxas a fugirem, resolve se infiltrar em seus círculos sociais e cortejá-la. Logo percebe que, sob toda a beleza e frivolidade, ela é incrivelmente inteligente e sensível e parece seu par perfeito. Porém... e se ela for a inimiga que ele está há anos caçando?

Castelos em seus ossos
Laura Sebastian

Quando as trigêmeas Beatriz, Daphne e Sophronia nasceram, sua mãe, a imperatriz Margaraux, já havia traçado um plano: elas deveriam ser rainhas. Agora, aos 16 anos, as três precisam deixar sua terra natal e se casar com um príncipe.

Belas, inteligentes e reservadas, elas parecem ser as noivas perfeitas, mas não são nada inocentes. Treinadas nas artes da falsificação, dos venenos e da sedução, as irmãs têm como objetivo derrubar monarquias. Seus casamentos são apenas a primeira etapa de uma trama muito maior da imperatriz para reinar sobre todo o continente de Vesteria.

As princesas passaram a vida se aprimorando e agora estão prontas, cada uma com a própria habilidade. Ainda assim, elas vão precisar lidar com ameaças, segredos e inimigos que nunca poderiam imaginar... e mal sabem que Margaraux não lhes contou todo o plano. O futuro delas está além de todas as previsões.

Despertar da Chama Eterna
Penn Cole

Em um mundo colonizado por deuses e governado por seus cruéis e mágicos Descendentes, a curandeira Diem Bellator sonha escapar da vida sufocante em sua humilde aldeia.

O desaparecimento repentino da mãe e a descoberta de um segredo perigoso sobre o passado dela lhe dão uma chance inesperada de se infiltrar no sombrio mundo da realeza dos Descendentes e desvendar os mistérios que sua mãe deixou para trás.

Herdeiro do rei, o príncipe Luther observa cada movimento de Diem, e uma aliança mortal está determinada a recrutá-la para a guerra civil iminente. Em meio a tantos riscos, ela precisará dominar as regras do amor, do poder e da política para proteger sua família – e toda a humanidade.

Para saber mais sobre os títulos e autores da Editora Arqueiro,
visite o nosso site e siga as nossas redes sociais.
Além de informações sobre os próximos lançamentos,
você terá acesso a conteúdos exclusivos
e poderá participar de promoções e sorteios.

editoraarqueiro.com.br